周大新文集

金色的麦田

周大新 / 著
JIN SE DE MAI TIAN

人民文学出版社

图书在版编目(CIP)数据

金色的麦田/周大新著.—北京：人民文学出版社，2016
（周大新文集）
ISBN 978-7-02-011494-8

Ⅰ.①金… Ⅱ.①周… Ⅲ.①短篇小说—小说集—中国—当代 Ⅳ.①I247.7

中国版本图书馆 CIP 数据核字(2016)第 058282 号

选题统筹　付如初
责任编辑　赵荣荣　付如初
装帧设计　陶　雷
责任印制　苏文强

出版发行　人民文学出版社
社　　址　北京市朝内大街 166 号
邮政编码　100705
网　　址　http://www.rw-cn.com

印　　刷　三河市鑫金马印装有限公司
经　　销　全国新华书店等

字　　数　340 千字
开　　本　640 毫米×960 毫米　1/16
印　　张　30.5　插页 2
印　　数　3001—6000
版　　次　2016 年 10 月北京第 1 版
印　　次　2017 年 5 月第 2 次印刷

书　　号　978-7-02-011494-8
定　　价　44.00 元

如有印装质量问题，请与本社图书销售中心调换　电话：010-65233595

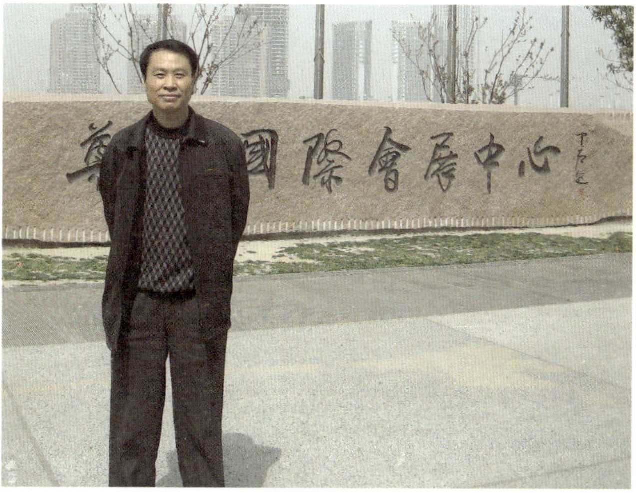
國際會展中心

自　序

自 1979 年 3 月在《济南日报》发表第一篇小说《前方来信》至今,转眼已经 36 年了。

如今回眸看去,才知道 1979 年的自己是多么地不知天高地厚,以为自己的生活和创作会一帆风顺,以为自己可支配的时间多得无限,以为有无数的幸福就在前边不远处等着自己去取。嗨,到了 2015 年才知道,上天根本没准备给我发放幸福,他老人家送给我的礼物,除了连串的坎坷和成群的灾难之外,就是允许我写了一堆文字。

现在我把这堆文字中的大部分整理出来,放在这套文集里。

小说,在文集里占了一大部分。她是我的最爱。还在我很小的时候,就对她产生了爱意。上高小的时候,就开始读小说了;上初中时,读起小说来已经如痴如醉;上高中时,已试着把作文写出小说味；当兵之后，更对她爱得如胶似漆。到了我可以不必再为吃饭、穿衣发愁时，就开始正式学着写小说了。只可惜，几十年忙碌下来，由于雕功一直欠佳，我没能将自己的小说打扮得更美，没能使她在小说之林里显得娇艳动人。我因此对她充满歉意。

散文，是文集的重要组成部分。如果把小说比作我的情人的话，散文就是我的密友。每当我有话想说却又无法在小说里说出来时，我就将其写成散文。我写散文时，就像对着密友聊天，海阔天空，话无边际，自由自在，特别痛快。小说的内容是虚构的，里边的人和事很少是真的。而我的散文，其中所涉的人和事包括抒发的感情都是真的。因其真，就有了一份保存的价值。散文，是比小说还要古老的文体，在这种文体里创新很不容易，我该继续努力。

电影剧本，也在文集里保留了位置。如果再做一个比喻的话，电影剧本是我最喜欢的表弟。我很小就被电影所迷，在乡下有时为看一场电影，我会不辞辛苦地跑上十几里地。学写电影剧本，其实比我学写小说还早，1976年"文革"结束之后，我就开始疯狂地阅读电影剧本和学写电影剧本，只可惜，那年头电影剧本的成活率仅有五千分之一。我失败了。可我一向认为电影剧本的文学性并不低，我们可以把电影剧本当作正式的文学作品来读，我们从中可以收获东西。

我不知道上天允许我再活多长时间。对时间流逝的恐惧，是每个活到我这个年纪的人都可能在心里生出来的。好在美国麻省理工学院的布拉德福德·斯科博士最近提出了一种新理论：时间并不会像水一样流走，时间中的一切都是始终存在的；如果我们俯瞰宇宙，我们看到时间是向着所有方向延伸的，正如我们此刻看到的天空。这给了我安慰。但我真切感受到我的肉体正在日渐枯萎,我能动笔写东西的时间已经十分有限,我得抓紧,争取能再写出些像样的作品,以献给长久以来一直关爱我的众多读者朋友。

感谢人民文学出版社给了我出版这套文集的机会!

感谢为这套文集的编辑出版付出大量心血的付如初女士!

2015年春于北京

目　录

风水塔 …………………………………………… 1

红桑葚 …………………………………………… 10

牛筋腰带 ………………………………………… 18

水清清 …………………………………………… 27

在打字室里 ……………………………………… 45

208 号房间 ……………………………………… 51

体验 ……………………………………………… 55

泉洞 ……………………………………………… 57

暮霭 ……………………………………………… 84

白门槛 …………………………………………… 94

老辙 ……………………………………………… 109

启明星 …………………………………………… 127

怪火 ……………………………………………… 141

无疾而终 ………………………………………… 153

登基前夜 ………………………………………… 159

金色的麦田 ……………………………………… 170

哼个小曲你听听 ………………………………… 196

玉器行 …………………………………………… 214

养子 ………………………………………………… 230
乡村教师 ……………………………………………… 239
猜测历史 ……………………………………………… 249
倾诉 …………………………………………………… 267
儿女 …………………………………………………… 290
烙画馆 ………………………………………………… 309
黄昏的发明 …………………………………………… 328
病例 …………………………………………………… 348
笔记小说六题 ………………………………………… 358
会晤站 ………………………………………………… 368
释放 …………………………………………………… 377
返回家园 ……………………………………………… 389
现代生活 ……………………………………………… 404
后裔 …………………………………………………… 414
卷宗 …………………………………………………… 426
十七岁 ………………………………………………… 438
私房话 ………………………………………………… 448
关于战争消失那天庆贺仪式的设计 ………………… 461
圆月高悬 ……………………………………………… 465

风水塔

在我们柳镇的十字街口上,有一座塔,砖砌的,方形,共七层。据说是隋朝时建的。大凡是塔,都多少与佛家有关,然这座塔却无,老人们说,当初修它只是为了它下边的那口井。据说那水井初是藏在一块石板下,并无人知晓。偶有一日,镇上的哑巴与人比赛力气,无意中掀开了石板,遂发现石板下有井,水极清,且水中卧一朵莲花;溢着香。用水桶汲水,一桶水提上来,桶里便也卧着一朵莲花;把水倒在锅里,锅里也有一朵莲花;把水舀在碗里,碗里就也有一朵莲花,然要待人用手去抓那莲花时,那花却隐了。用莲花井水做饭,饭里总有一种莲花的清香。柳镇人因常饮用此水,所以高寿者极多,且很少有人患病。后来消息渐渐传开,让相邻的陕南和鄂北人听说,他们就经常用毛驴来拉水去喝。拉水的人竟日不绝,柳镇人就生出一些担忧:长此下去,柳镇的好风水怕要毁掉!于是,就相商要保护莲花井,最后商定:仍用厚石板将井口封死,并在井口上建一砖塔,护住这方宝地的风水,镇上人饮水,仍用过去的老井。

于是,砖塔就带了这使命在柳镇立起来。

至今,只要你走进砖塔底层,在那厚石板上跺一下脚,就可以听到一阵空洞的响声,那响声证明,下边是空的,有井。而且,在天气极好时的午夜时分,倘你走近塔身,还能闻到一股莲花香味,淡淡的。

解放后,为了保护那塔,镇政府围着塔砌了一圈院墙,院门外还盖一间小房,让一老人住着,负责看塔。

那看塔的老头不是本镇人。早先,看塔由镇上的老人轮流负责,轮到谁谁就搬进塔院小屋住。一日,镇上颇有威望的老七爷拄了杖进镇政府对镇长说:南街上来了一个讨饭的老头,带着一个才生几个月的孙子,怪可怜的,干脆,叫他住塔院小屋看塔算了。镇长就问:他家是哪里?七爷说:是东边的唐河县里,那地方去年发了大水,我问过。镇长于是就点头,说:中!

那老头倒没辜负七爷的推荐,对于护塔极是尽责。每日一早起来,总是拿起扫帚,先把塔院扫得干干净净;不是镇上允许的人来参观,他决不放人进院子;而且他还抽空用细铁丝编了网,将塔的四周易于鸟们栖落的地方罩上。他的举动颇令镇上人满意,后来,镇上就同意让他入了户口,每月从附近的生产队里领些粮食,他和孙子也就慢慢变成了柳镇人。

那老头的脾性有些古怪,平日里绝少与人说话,笑,更是极稀少,总是默默地干活,默默地做饭,默默地抱着孙子哄他睡觉,默默地嚓着旱烟坐那里向天上看。有时不得已与人搭话,也总是头垂着,眼眯起,很少让人看到他的双眸。他的须发已经全白,脸上的皱纹纵横着,腰也佝偻得厉害,让人一看总觉得他好像经历过什么。老七爷认为他是因为在洪水中失了妻、子、媳,生了悲,就常来劝他想开点。每回他听完七爷的劝说,总是默默拔下嘴上的旱烟,把头点点,并不说出什么或叹一口气。他与街坊邻居们相处得颇好,而且极勤快,倘是落了雪,他不仅把塔院的雪打扫干净,还总是把街道扫得清清爽爽。邻人家若有事,他总是默默上前帮忙,亦不图回报。

老头极爱他的孙子。他刚来时孙子还小,常见他抱了孙子去找有孩子的妇女给喂奶。小镇上有奶娃子的妇女们,虽说平日并没什么好东西吃,但奶水却都一律地旺,俩奶子总在胸前很有气势地晃,而且极慷慨,不论哪个有奶水的妇女,只要一见老头抱着孙子过来,就都是一边喊:抱来!一边就去解上衣的扣子。不过,那老头倒也不让孙子白吃人家的奶,每当孙子躺在人家怀里噙了奶头猛吸时,他总要不声不响地在人家院里找点活干,或是打扫院子,或是垫垫猪圈,或是挑一担水,或是劈一堆柴。那孩子到了不用吃奶的时候,就常见老头坐在门前,让孙子坐怀里,手中捏一块白面饼子,咬一口在嘴里嚼,嚼成糊状之后,就俯下身,伸出舌尖,把饼糊糊填进孙子嘴里。再不就是见他把孙子放在脚脖子上坐着,自己端个盛了面条的小碗,用筷子挑了面条喂孩子。镇上人没想到,那老头就靠这办法,竟把孙子喂成了个白白胖胖的娃娃。那娃娃三岁时,自己就端碗吃饭,常去塔院串门的镇上人发现,那娃娃碗里不是鸡蛋面条就是白面疙瘩,而老头的碗里总是红薯面汤,看到的人都十分感动,有识字的还要叹上一句:可怜天下祖父心!

那娃娃长到六岁时,身个已可和镇上八岁的孩子相比。六岁后半年,老头拉上孙子去镇上小学报名上学。老师问孩子的名字,老头答:雪止。老师颇有些意外:镇上人给娃儿起名字,多是栓儿、柱儿、狗儿、虎儿,还极少有这样别致的名字。于是就问:这孩子生下来时雪停了?老头当时只嗯了一声,很含混。

雪止七岁以后,镇上人渐渐发现,老头对孙子的态度有些改变,而且变得很怪。比如下雪的早晨,别的孩子都还在热被窝里躺着,雪止却已经被爷爷叫起,让他随自己去野外看雪。小雪止看着门外漫天的雪粒,怕冷,总是缩肩抱臂地不想出门,老头这时就厉声叫一句:走!小雪止没法,只得老老实实跟在爷爷后边走,直走到镇外野地里,当爷爷的说:好了,就站这里!于是小雪止就迎了风站在爷爷身边,任雪粒往自己的脸上砸。又如,下大雨时,别的人家都是把孩子叫回屋里,老头却偏偏让小雪止披上蓑衣,随他一块儿绕镇子走一圈,雷鸣电闪加上雨点,常把小雪止吓得紧扯住爷爷的衣襟,可当爷爷的每逢这时,总要把小孙子拉自己衣襟的手打掉,只准他跟在自己身后跟跟跄跄地走。一个下雾雨的夜里,天黑得像抹了锅底灰,镇上有个男子出门小解,忽听镇外有小雪止的哭声,觉了奇,以为是小雪止出门拾柴回来晚了,便慌忙回屋拿了电筒循声去找,谁知赶到一看,只见雪止爷爷就蹲在孙子身边。问雪止为什么哭,小雪止就说:爷爷让他再摸黑朝前走五百步,他害怕。那人就诧异地问雪止爷:这是干啥?老头沉默了一霎,而后慢慢说了两个字,玩玩。

接下来,人们又注意到,老头对孙儿的管教也很是怪异。那次镇上的三叔进塔院,正瞥见老头把一把菜刀往小雪止手上递,逼他把拴在树上的一只鸡杀掉,小雪止因为害怕,手哆嗦着不敢接刀,但在爷爷的威逼下,最后还是接了刀,颤着手把鸡提在手里,杀了。何以非让小孩杀鸡不可?这一幕把三叔看得又吃惊又糊涂。老头在小雪止床头的墙上,贴了两张白纸,一张纸上画一个缩肩弯腰的男子,另一张纸上画一个挺胸昂首的男人,画的是谁,并不能看得分明。人们只是知道,那老头常指着那两张纸向孙子讲着什么,但一逢人走近屋门,老头就立即住口,而且小雪止也绝不回答人们对此事的询问,所以,老头对孙子的讲话内容,一直无人知晓。

要不是看到那老头每日照样对护塔的事十分尽责,而且常在灯下为孙儿缝补衣服,人们是真会把老头当精神病患者来看的。

人们感觉到了那老头有些怪异。

日头一天一天地换,不知不觉间,十几年竟已过去。小雪止就长成了一个粗壮结实的棒小伙子,身子宛如铁铸一般,而且胆大得惊人,仿佛世上没有他不敢干的事情。小雪止从十五岁开始,逢镇上人杀猪祭塔时,老七爷总在镇上百十个小伙中选中他扛祭礼上塔。因为这塔是护柳镇风水的,所以每年镇上人就都要祭一次,即使在"文化大革命"中,这种祭祀也没有停,不过是改在夜里罢了。镇上的领导都是本镇人,对此事睁一眼闭一眼,并不进行干涉。祭塔时,要杀一头二百斤重的大猪,猪杀完,在锣鼓、唢呐声中,由镇上一个壮小伙将猪扛在肩上,沿着塔内的一个旋转小木梯,一股气扛上塔顶,在塔顶停放一个时辰后再扛下来。这扛祭礼的人必须身强力壮,要不然,二百斤东西压在肩上再爬七层塔,是要压垮的,加上祭塔时图吉利,要求扛祭礼的人上塔时一步不停,所以镇上很少有人能胜任此事。但小雪止连扛几年祭礼,每次都是脸不变色腿不发软。每当他扛着祭礼出现在塔顶时,围在塔四周的人就都向他欢呼,特别是那些和他差不多年龄的姑娘们,欢呼声更尖、更响,都想博得站在塔顶的雪止看她们一眼。

5

这个时候,雪止爷是更加老了,腰佝偻得越发厉害,咳嗽声也愈见粗重,抱着扫帚扫塔院,常常是扫不到一半就得歇歇。镇上的老七爷常拄了拐杖去看他,见了面,总是先喘一阵粗气,然后说:雪止已经长大,你的苦也算熬到头了,赶紧给他娶个媳妇,也好有人伺候你。雪止爷听罢,每次总是哦哦地应着。雪止十八岁那年,因为平日很招姑娘们喜欢,又到了婚配的年纪,上门提亲的媒婆就很有几个。镇上人都以为,雪止爷会马上给孙儿定一房媳妇,从此安度晚年。却不料,雪止爷对媒婆们都未作答,而是突然向镇政府提出:让孙子去当兵!

那时候南方边境上已有些紧张,广播里总在说要准备打仗,老头在这时提出让孙子去当兵,很让镇上人觉着意外。几个老人特地赶来劝他:队伍上也不缺你这一个孙子,你已经到了这把年纪,万一孩子出去有个三长两短,你往后靠谁?雪止爷听罢,只含混地应着。到了征兵开始时的一个晚上,老头去了老七爷家,一进屋竟屈膝朝老七爷跪了下去,口中抖抖地说:七哥,你在镇上有威望,求你成全我一回,去给镇上领导说说,让我的孙子去当兵!老七爷未料到对方让孙子当兵的心如此迫切,也受了感动,就去给镇上领导讲了讲。

雪止于是被通知去体检。

雪止那身体,只要参加体检,就没有被淘汰的可能。

雪止当兵临走的那天早晨,有人看见,老头一大早起来,先拎一把斧子,提一个凳子走到塔院门口,把斧子往凳上一放,这才又回屋烧火做饭帮孙子收拾行李。待雪止吃完饭背上行李同爷爷走到塔院门口时,当爷爷的拉了孙子的手,指着院门旁凳上的斧子,很低地说了几句什么,雪止极肃穆地听着,听罢,把头点点,这才出了门。

雪止爷就扶着门框,看孙子慢慢走远。

当运新兵的汽车在镇政府大门口启动时,有人注意到,扶着门框的雪止爷,抬手抹了一下脸。

老头开始一个人过日子。每天早上,他依旧早早起床,抱了扫帚扫塔院和附近的街道;扫完,就进屋拉动风箱做饭;饭后,常搬个木梯,颤颤地爬上塔去修补防鸟落塔的铁丝网;干上一阵,便又慢慢地爬下来,搬个小凳坐在门外,眯了眼晒太阳。

当初放在门口的那个凳子和斧子,仍旧放在原处。那斧子,渐渐生了些锈。

少了雪止,镇上的年轻人很少再进塔院,于是,那塔院里就完全断了说笑声,常常整晌听不到那院里响动,除了老头那越来越闷哑了的咳嗽。

一日,镇上的邮递员给老头送来一封信,是雪止寄来的。几个平日同雪止要好的青年,担心老人不识字,上前要替他念信。他摆了摆手,拿起信转身进了屋,半晌之后他才出来,仍然默默地坐在门前。几个青年就问:雪止信上说了啥?老头把头摇摇,答:没啥。

后来,有两个年轻人从城里听来消息,说雪止已随部队到了南边,正在打仗。但大多数镇上人并不信,如果雪止真要去打仗了,总要告诉他爷爷一声,可现在老头那样平静,不像。

时光在飞快地流走,老头的身子也愈发显得不济。人们常常看见,他搂着扫帚弯着腰在那里咳嗽,好一阵才能直起身。镇上人商议着:护塔的事该换个人了,不能再让他劳累。但这事一和雪止爷说,他就坚决地摇头,说:我行!

忽然有一天,镇长带着镇政府的一帮人和两个军人来到塔院。镇上的人有些诧异,就都围了来看。正坐在门外晒太阳的雪止爷慢慢地站起身。两个军人上前一步,极恭敬地向

7

老人敬礼,说:爷爷,我们代替雪止来看望您。

"是战死的?"老人只直直地盯着两个军人的脸,平静地问。

两个军人先是眼圈一红,随即含了泪把头点点,又抖着手掏出一枚一等功军功章和一包雪止的遗物,向老人递过去。

老人接了军功章和那包遗物,没听镇长的安慰,径直向塔院门口蹒跚着走,到了门口,伸手拿开一直放在凳上的那把斧子,这才朝门外极轻地说:进来吧,孩子。

众人见状,以为他被这突然的打击弄得有些糊涂,就一齐过来劝慰。他却摆了摆手说:没啥,你们都去忙吧,让这两个当兵的陪陪我。

两个军人直陪他坐到天黑才回镇招待所。那天晚上,邻居们注意到,塔院里那间小房的灯,一直亮着。

第二天,直到太阳出来时,人们还没听到雪止爷的扫帚声,塔院的门也还紧紧关着,大家以为老人悲伤,就没去惊动他。到了晌午时分,看到几个小孩在塔院门口骇然地指指门缝叫:快看!快看!大人们才有些着慌,才急忙弄开了塔院的门。门一开,大伙都一怔:只见雪止爷扑倒在塔前的一个木梯下,一只手端一个盛了糨糊的碗,一只手里攥了一卷纸。人们急忙上前去扶,方知道老人早已停了呼吸。当最初的慌乱过去之后,人们才发现,在二层塔身上,已经贴了两张纸,纸上写满很工整的毛笔字,第一张纸上写着——

杨家列祖列宗:

不肖子杨豫泽曾有辱先人家国,铭心刻骨,没齿不忘。如今耻辱终得洗雪,杨门重生辉,死亦瞑目。

第二张纸上写着——

柳镇诸位乡亲：

原谅我一直对你们隐瞒自己的身份。我真名杨豫泽，宛城人。自幼上学，长大教书，民国三十二年九月三日，我在去学校途中被日军抓获，受不

这张纸上就写了这些字。

还有一卷纸攥在老人手里。

两个年轻人想去取下老人手中那卷纸看个明白，被老七爷威严地骂开：奶那蛋，滚远！

雪止爷手攥那卷纸被放进棺材。

柳镇人为杨豫泽举行了隆重的葬礼，老七爷亲自拄拐引领着杨豫泽的灵柩绕塔走了三圈——这是柳镇德高望重的人才能享有的葬仪。

那天有风，白色的纸钱被风卷起，在砖塔的四周飞旋。

有人注意到，七层风水塔的每一层上，都落有两枚纸钱。

第二日，晨起，柳镇人闻见，街上弥漫着一股悠远的荷花香味。

那香味久不散去……

红桑葚

在我们豫西南,桑葚红都在阴历五月。每年的那个时候,孩子们围着缀满桑葚的桑树,用棍子打,用手摇,再不就干脆爬上树去,摘些红的、紫的桑葚吃,把一双嘴唇吃成了红的、紫的,一边吃,还要咿咿呀呀地唱:红桑葚,染嘴唇,吃了桑葚见情人。两人脸上会留印,印儿红,红印儿……

在陈小椹准备投向这个世界的时候,桑葚恰也开始红了。小椹妈偶然地从四奶奶那里听说,怀孩子的女人,每日吃五颗红桑葚,连吃七日,生下来的孩子五官正、七窍通、肤色好、身子壮,于是便让丈夫每日去镇头的那棵老桑树上采集五颗红桑葚吃下。三十五颗桑葚刚刚吃完,小椹便迫不及待地哇哇落地了。

四奶奶的话仿佛真有几分道理,小椹长大之后,七窍通、身子壮自然不必说,五官在一张圆脸上确实安排得极是精巧,而且肤色莹白中透着几分粉红,使见到她的人都禁不住想多看一眼,以致当她从部队通信学校毕业分到二连的那天傍晚,二连所有的男同志都把有些吃惊的目光聚在了她的身上,有人还不自主地叫了一声:嚄!

小椹虽是来连队当通信技师,但官样儿却一点没有,仍像在家、在校时那样,爱笑、爱唱。她的笑极好引发,常常为一句话就能笑上半天,有些调皮的老兵故意逗她,说:陈技师,笑一个! 小椹先是生气地噘起嘴,跟着就又忍不住咯咯地笑开了。她的爱唱更是出名。逢节日连队开晚会,只要有谁喊一声:请陈技师来一段,小椹便毫不推辞地站起来,一甩乌亮的秀发,抻抻衣角、裙角,把手腕上戴的那个窄手镯向上捋捋——那手镯上缀有两颗用桑木雕成的小桑葚,是她小时候爸爸亲手给她雕成的,她一直戴着——而后大大方方地走上舞台,用她那又甜又脆的声音唱起来,或是一段豫剧:《花木兰从军》;或是一段越调:《穆桂英挂帅》;或是一段曲剧:《樊梨花征西》;或是一首歌:《巾帼英雄》……每次唱完,热烈的掌声几乎要把屋子冲破。只有一次例外,那次她开口唱的是豫西南民歌《红桑葚》,她刚唱到"红桑葚,染嘴唇,吃了桑葚见情人,两人脸上会留印……"连长郭涌突然间站起来叫:"停止!军营不要唱这东西!"这一声喊叫把小陈惊呆在舞台上,她红着脸,鼓着嘴,眼中满是泪。她恨恨地看着郭涌,在心里叫:好你个郭涌,你敢出我的丑!咒你眼瞎、头秃,一辈子说不上媳妇!

就是从这以后,她和郭涌结下了怨。

小椹对连长郭涌原本就有些看不惯。郭涌的脸生得好黑,皮肤粗得厉害,而且还有络腮胡子。天!他妈妈生他前为啥不也吃点红桑葚? 小椹第一次见他时就在心里嘀咕。现在再加上这件事,小椹对他就越加有些烦。自此,她见了连长,话自然是很少说的,而且不时地把那一种不屑的眼光投射到连长身上。有时,当郭涌向她交代完工作转过身去时,她还会让自己的嘴角露出一丝鄙夷来。小椹对连长的这种怨气,到了那次打靶时,竟愈是加剧了。

那次打靶,是干部手枪射击。男干部们打完之后,郭涌把连队的四五个女干部带到了靶台前,小椹也在其中。这几个女干部,包括小椹,打手枪都还是第一次。郭涌大约是考虑到这种情况,开始前就很仔细地讲了打靶须知。小椹虽然站在那里,但因对连长不满,就很不愿让郭涌的声音进入耳中,只嫌对方啰唆。待到郭涌下了子弹上膛的命令后,小椹的右手食指刚挨着扳机,就不由自主地一动,跟着便听"啪"的一声,一颗子弹钻进了有云的天空。这枪一响,吓得小椹一呆。旁边的郭涌一见,便厉声吼:"不愿打给我下来!"

"谁不愿打?"呆在那里的小椹,这时朝郭涌转过身来委屈地辩解。她根本没意识到,在她转身的同时,也把手中的枪口转了过来,而且辩解时右手的食指又不由自主地哆嗦了一下,这下可好,只听"啪"的一声,又一颗子弹飞出来,擦着郭涌的大腿蹿了过去。这一次把小椹的脸吓得煞白。没容她从呆怔中醒过来,手中的枪已被郭涌夺走了。

羞、愧、恼,使她的眼泪涌了出来。

打靶结束,小椹一天没吃饭,在床上躺了两天。

第三天起床后,她拿过自己的手枪,先是拆了装,装了拆,把枪的构造在心里弄熟,而后独自提枪去了射击练习场。七个月后,当第二次手枪射击开始时,小椹的八发子弹,七个十环,一个九环。报靶员欢喜地叫:与全国手枪连射冠军的成绩只差一点!连长郭涌这时眉开眼笑地迎上前夸奖:"小椹,打得漂亮!"

"少说好听的!"她瞪起一双杏眼,一扭头就走了。

小椹记着郭涌的仇,郭涌却仿佛并没意识到。一天傍晚,郭涌竟手拿一本《计算机入门》来找小椹请教。连队的干部中,只有小椹当初在学校进修过计算机专业课。当时正在那里读报的小椹,见郭涌进来,本想冷言几句将他赶走,但机灵的脑子一转悠,竟想出了个恶作剧的主意。只听她一本正经地讲:"想学计算机可以,不过计算机操作时要求十指灵活,这点做不到,理论学了也白搭!你得先练练这一招,办法是用织衣针织白纱窗帘,两个窗帘织完,咱们再开课,如何?"

郭涌听罢,竟连连点头,说:"好!"

当郭涌的脚步声在门外消失之后,小椹扑到床上纵情地笑开了,直笑得眼泪从腮上的酒窝里溢了出来。

第二天,小椹发现,郭涌在用买来的织针和白线勾织窗帘,织得极认真。

小椹捂了嘴,踉踉跄跄地笑着跑开了。

以后几日,小椹看到郭涌仍在极认真地勾织,她也依旧是笑。到了第七天晚饭后,她看到郭涌还在宿舍里满头大汗地织着,小椹却把笑换成了惊愕。她先是无声地在门外站了许久,而后轻手轻脚地走进去,扯起郭涌刚织了一半的窗帘看看,说:"行了!"

郭涌欢喜地站起来问:"真的?"

她点点头,又急忙扭开了脸,她怕他看到自己脸上那丝莫名其妙的不安。

从这天起,小椹开始利用业余时间给郭涌讲计算机知识。到了这时,她才知道,这位黑脸的连长脑子非常聪明,什么问题只要讲一遍,他便能立刻理解并牢牢记在心里。她也只是在这时才发现,这个皮肤粗糙的连长,心还挺细挺好,有天她

13

给他讲课时头有点疼,偶尔皱了皱眉心,他便专门跑去卫生室给她要了药,而且是捧着开水杯看她吃下才又落座。几个月后,当郭涌熟练地在计算机显示屏上打出"感谢你,我尊敬的陈小椹老师"时,小椹忽然间觉得郭涌那张黑而粗糙且有络腮胡子的脸其实还挺耐看。

此后有一段时间,不断地有红娘、月老来给小椹介绍对象,介绍的对象中有参谋、有技师、有医生,还有一个年轻的参谋长,但小椹却都用一个奇怪的理由回绝:他们没有络腮胡子!这理由把介绍人惊得目瞪口呆。小椹似乎在期待着什么,但什么也没发生。

一天,小椹无意中从女伴们那里得知,副营长要给连长郭涌介绍个对象,准备第二天让双方见面。她听后身子一抖,脸上随即现出了一种异样的神情。当天晚饭后,她借口汇报工作进了连长的宿舍,郭涌见她进来,急忙起身给她倒茶,趁这当儿,小椹取下自己右腕上那个缀有两颗木刻桑葚的手镯,悄悄地放进了郭涌办公桌的抽屉里。这件事做罢,小椹说了几句话便告辞出来,径直向营部走去。在营部,她找到了副营长,大大方方地说道,"副营长,郭涌和我准备结婚,你觉得什么日子好些?"副营长一听,眼睛睁得鸡蛋般大:"真的?你们俩?!嘿,我怎么不知道?"

"这还有假?"小椹脸红红地答道,"他早把俺的手镯要去了,一直保存在他三屉桌中间那个抽屉里,你就从没发现过?"

副营长用手拍着大腿叫:"嘿,这个郭涌,跟我开什么玩笑?!"半小时之后,副营长跑进了郭涌的宿舍,不由分说地拉开郭涌的抽屉,从那里找出了那个缀有桑葚的手镯。全营的人都知道这个缀桑葚的手镯属于谁,郭涌见到副营长竟从自己的抽屉里拿出了小椹的手镯,先是一愣,但片刻之后就霍然明白了,他一边听着副营长的斥责,一边浮出一个欢喜至极的笑。

四个月之后的一个月明风清的晚上,小椹和郭涌站在大红的双喜字下向来宾们分送了喜糖。当洞房里那盏荷叶形的台灯就要被郭涌拉灭的时候,小椹瞪大喜波荡漾的双眼嗔怪地问:"说!当初为什么不主动求我,反逼我去乱想主意?"郭涌嗫嚅着说:"我怕自己丑,配不上你,没敢开口。""天呀!"小椹在扑向郭涌怀中的同时,轻轻地叫了一声,"要不是我生出那个主意,我俩这辈子又该是一个怎样的过法……"

从此,郭涌的宿舍里常常传出小椹那含爱的责怪:"就不能多吃点?"掺了情的嘱咐:"再加一件衣服!"很轻柔的催促:"还不快休息?"偶尔地,那窗隙门缝里,还能飞出小椹甜而低的歌声:"红桑葚,染嘴唇,吃了桑葚见情人。两人脸上会留印,印儿红、红印儿……"

军人生活中的突发事件自然会有。就在一天傍晚,突然间传来了上级的命令:部队要去打仗,连队的女军人留守,男军人出征。已怀孕几月的小椹听到这个消息,急慌慌地去邮局买了一百张邮票,悄悄交到了连部那个十八岁的通信员手上,嘱他每隔三天瞒着连长给她写一封短信,写清连长的身体情况,信上的话要绝对真实,不能有半个字的虚假。说完,还让那小通信员发誓:决不在信上写假话!这才放心回家。丈夫临走的那晚,她褪下右手腕上那个缀有木刻桑葚的手镯,装进丈夫的贴身衣袋,哑声说:"想我了,就看看它。你保重好你自己的身子,别挂念我,我不管怀的是儿子还是闺女,一定会顺顺利利地让他来到世上,你回来时,俺娘俩去迎你!"

丈夫随部队走了之后,小椹除了工作外,一心盼着的就是丈夫和通信员的信。每天下午,一逢邮车来到的时辰,小椹就拖着重身子和一些家属一起,围在了团部收发室门前。丈夫的信使她感到甜蜜激动,小通信员的信则让她心里踏实、安稳。

前方的战事在进行,小椹的产期也在临近。离预产期还有一个来星期的一天下午,小椹在收发室拿到了一封挺厚的前方来信。没有人注意到她当时看信时的神情,反正到了当晚,她忽然在录音机里放起了歌声,而且音量极大,留守的人们一听,便都估计:她大约是从前方来信上得到了好消息。歌声响一阵后,又见她走出来,喊了几个女伴到她宿舍,她拿糖、端茶之后要求:每人给她讲一个故事、说一个笑话,故事越吸引人越好,笑话越好笑越好,她将按质行赏。就这样,小椹和几个嘻嘻哈哈、叽叽喳喳的女伴一起,笑闹到深夜。从这日开始,每天晚上,小椹总是这样邀请女伴们到宿舍里热闹,一直到她阵痛发作,被送进产房。

送她进产房的女伴们发现,她右手中紧攥着一个纸团,大家以为,那是她为了忍受阵痛而临时抓到手的一件东西。

在产房里,不管阵痛如何折磨,脸色煞白的小椹没有一声喊叫,只是咬了牙,攥紧手中的纸团,无声地忍着。

"小椹!"接生的老军医看着汗水淋漓的小椹,关切地说,"你要是觉得难忍的话,可以喊叫几声,喊喊郭涌的名字也行。"

小椹没应,仍只是拼力忍着。

终于,那时刻到了,随着一股汹涌的血流,新生命被运载来了。

小椹只听完"是个儿子"那四个字,便筋疲力尽地陷入了昏睡中。在她闭上双目的那一刻,她的手一松,右手中攥着的那个纸团落到了地上。

接生的老军医默默地弯腰,拾起那个纸团,并抬手准备把它扔进污物桶中。就在她要扔出手的那一瞬间,她感到了那纸团有一种奇特的重量。她有些诧异,便慢慢地伸手去展,纸团展开,见里边竟包着一只断了的手镯,手镯上缀着一颗木刻的桑葚。

军医的眼中露出了惊异。片刻之后,她在那张纸上依稀辨出了一行字:"……昨天,郭连长在十七号高地上不幸牺牲……"

老军医只觉得眼前一阵黑。

"医生!"从短暂的昏睡中醒过来的小椹微弱地喊,"我儿子的……"她刚说到这里,猛地看到了老军医拿在手里的那个断手镯,双唇立刻哆嗦了起来,许久,才又出声,"我儿子的身体……没有因为我的情绪……受什么影响吧?"

老军医急忙摇头。

"那我……"一大团水雾开始在小椹的眼中弥漫,"现在……可以……哭吗……"

"当然……不过……奶水……"晶亮的东西已经模糊了军医的眼。

"……那……就……不哭……"小椹又咬紧了牙,让眼中的水雾一点一点地散去。

当晚,小椹让来看她的女伴,把她的录音机拿了来,装上了她自己录的磁带。当磁带旋转起来的时候,屋中便响起了她那低缓的歌声:"红桑葚,染嘴唇,吃了桑葚见情人。两人脸上会留印,印儿红,红印儿……"

牛筋腰带

　　白照生下来时就有些怪。不哭,一声不哭,不论接生的七奶怎样倒提他且拍打他的屁股,就是不哭,直到第二天上午才随便哼了那么一声,也仅此一声,就又闭了嘴。

　　更有些怪的是,就在他落地不久,村里有两头正在犁地的牛,忽然之间竟不明不白地倒地不起,咽了气,死前也是一声没叫,只在地上打了几个滚儿。

　　于是村里老辈人就说:这娃子来的怕有些蹊跷,究竟是什么东西托生的,难说清!白照的爹自然也有些惶恐,就狠了狠心卖掉一升芝麻,用卖芝麻钱割了二斤猪肉,去柳镇把算卦的仇瞎子请了来。仇瞎子捻卦一算,说:此娃乃三千年前伏牛山中的一只金丝猴转生,生性不会安分,落地即把两头牛妨死就是其不安分之例证,为保其日后少灾,也为了使邻人安生,须用其妨死的牛的筋做一腰带,束其腰上。

白照的爹连声应诺,随即找了屠户,讨了一段死牛的筋来,拉长、砸扁、钻了眼,做成了一条腰带,束在了白照的裲裆之上。

白照长到七八岁,和一般的孩子相比,果然就有些异处。异处之一,就是在做游戏时特别能折腾出一些新花样来。比如,两帮小伙伴开仗,平日多是用土块在一定的距离上互扔,但那次他参加后就说:用土块打仗,就是打中了也不能使"敌人"疼,应该改用硬东西!说完,他便钻进昌平家的茅房,把昌平刚买的预备给新媳妇做尿罐用的双耳瓦罐拎出来,用砖头砸烂成半寸见方的瓦块,分给参战双方使用,结果一仗下来,就有"敌人"因疼痛抱头哭喊。待昌平发现了瓦罐的用场,气得脸色苍白。再比如,小伙伴们玩救伤员的游戏,平时多是由一人装成伤员,捂住胳膊躺在那里哼哼,但那日白照见了,就说不像,说应该在胳膊上缠上红布,以证明那里流了血负了伤。说罢,便跑回家,趁娘不注意,把娘买的一个红布被面用剪子铰了两块,拿来拴在了"伤员"的胳膊上。将游戏做完回家,见娘正拎着那被铰得不成样子的被面生气,他情知不妙,刚想溜,娘已上前抓住了他的牛筋腰带,取下鞋,抡起来在他屁股上揍了十下,因病卧床的白照爹,也恨得咬牙,在床上叫:狠打!

白照只上到初二,他爹就说:上啥学?回来给老子干活!白照于是就提了书包回家,每日早上,用牛筋腰带将裤子勒紧,随他爹娘一块儿下地干活。但他干活时依旧能想出些新道道。比如锄地,历来都是一人一锄,人在麦苗垄里站,把锄伸到前边锄,锄几下挪一步,可他竟嫌这样慢,生出一法:把三张铁锄绑在一根横杆上,自己站前边拉。这样快是真快,一次就锄三垄,一人可顶三人,但因为是人在前边拉,锄在后边走,就难免不撞下几根麦苗来,而且,挨近麦苗的一些草,也颇难锄净,于是队长看见,就骂:你小子真会偷懒,净想歪点子!快给我拆了这锄,要不老子扣你工分!旁边的人看见,也都哂笑:还从没见这样锄地的!那回,队上种的几十亩水稻生了虫,队上便给每家分一块水田,让赶紧把虫灭掉。于是人们便急忙买了各种瓶装的农药,用喷雾器在田里喷洒。只有白照没喷农药,而是发动他那几个弟弟同他一起,沿水渠、河沟、池塘捉青蛙,那时正是青蛙多的时辰,不过一夜半天工夫,七百多只青蛙捉到,全放到分给他家的那块水田里。几天过去,稻上的虫灾果然也就和别家一样消去。但那块田里,一到晚上可就热闹了,蛙鸣如鼓、震天动地。村上的人听了,就都鄙夷地笑:娘的,自古以来没见过!这哪是种地?这是做小孩子游戏!还有一次,队上派他去摇水车浇菜地,菜地就在村后的水库旁边,那水库面积挺大,水极清,且长有莲、菱,水底亦无太多淤泥,是洗澡游泳的好地方。每到中午和傍晚,附近十来个村子和柳镇上的青年男女,就相邀着来洗澡游水,颇是热闹。白照在水库岸上,边摇水车浇菜边想出一计:把水库变成一个游泳池兼浴池,为队上赚钱!他说干就干,喊来几个伙伴,用地里割下的秫秸把宜于下水的地方全封起来,另留两个下水处,一男一女,两个下水处各搭一个棚子,让游水、洗澡的人更衣;并在两处各垒一个土台,插上纸牌,写收费处,每个下水人二分。三天收过去,竟收五十多元钱。他把这些钱扣下拾元作为伙伴们的辛苦费,买十来个西瓜吃了,剩下的就如数交了队长,队长虽然收了钱,却义正词严地责令:以后再不许这样干!正经门路不干,光想些歪点子,娘的!村上人知道,也都骂他:净想馊主意,祖祖辈辈过来,哪有下水洗澡也要钱的?存心要把村上的名声坏了!

这样的事一多,一来二去,村里人就都觉得:白照不是个正经货色！好偷懒、净生歪点子的印象已经牢牢给人留下。村里的老辈人见他,都是一脸的不屑。他的爹和娘就为他生出几分担忧,常常在暗地里为他的前途摇头。

忽一日,传来消息,说军队上要来招兵,大队分给生产队一个名额。白照听了这事,并没在意,他压根没想到这事会摊到自己头上,倒是队长想到了他,说:让白照去当兵吧,叫队伍上治治他那股懒劲,去去他那好出歪点子的毛病。队上人听了,就都说:中！这孩子是该让队伍上给炼炼,把他身上的毛病去去！白照的爹娘虽不想让孩子出门远走,很有些犹豫,但又恐儿子身上的毛病不去,日后难以立身处世,就也点头应允。于是,白照经过政审、体检,当上了炮兵。

白照当兵要走时,他娘蓦地记起当初仇瞎子的话,怕他到队伍上不安分、惹是非,再三地恳求他依旧把那牛筋腰带勒上。白照拗不过娘,只得把队伍上发的人造革腰带塞进挎包,照旧勒那根牛筋腰带。

一开始,白照分在炮班里当装填手,那活儿在炮兵里头最重,几十斤重的教练弹抱在怀里练装填,半晌下来,腿肚子都发酸,可就这个累劲,依旧挡不住他想些新点子。平日装填炮弹训练,按规程,是几个炮手手抱着传,可他觉着这样传太麻烦,就自己在连里的仓库里翻找出一些废旧东西,动手做出两个极小的三轮拉车,不论什么地形都可拉一发教练炮弹灵活行走,这样,训练时,两个炮手轮流拉教练弹径直到火炮跟前装填。这件事班里战士们倒挺满意,可以腾出一人休息,但连里干部看见,有些生气,就严正地训:白照,你身为新兵,不按老规程训练,搞这种歪道道,是错误的！白照就急忙惶恐地点头,说:是！

白照当兵的第一年冬天,天奇冷,班里便生了煤球炉子。煤炉子的烟囱用不了几天,就积存厚厚的煤灰,按过去的做法,都是过几日便把烟囱取下,拿到室外将煤灰倒了。那天,白照脑子一转,想出个主意:他拿出一小包炮弹发射药,在炉子正旺时猛地填进炉膛,然后迅速盖上炉盖,发射药在燃烧的瞬间生出一股力,猛地向上蹿去,把积在烟囱里的烟灰一下子带了出去。这法子打烟囱倒是极方便,可也易发生危险,用量一大就会使炉子爆炸,何况用的又是装备物资,所以白照就理所当然地受到了批评。半年总结时,排长找他谈话,很郑重地指出:你的脑袋以后不要乱想点子!

没有多久,师电影组来连队挑人,白照原没有去师部工作的奢望,但连里觉着,白照这兵不怎么安分,就甩包袱似的让他去了。听说去师里,他也十分欢喜,就把军衣洗了洗,在脸上抹些香脂,把解放鞋的鞋带穿成梅花形,兴冲冲地去报了到。他到职后的第一个任务,是负责分发电影票。过去,都是看一次,分一次票,一次票就有两千来张,需一个人分两个多小时。他分了三次,觉着麻烦,反正部队的电影票又不要钱,他就想了个主意:把电影票改成季度票,一季度给每个应看电影的人发一张,票上不印座号,持票者按先来后到的秩序入座。不料仅实行两月,机关里就议论纷纷,说多少年都是看一次电影发一次票,现在这样一改,还要操保存电影票的心,真别扭!而且去晚了就没有好位置,根本就不如老办法!议论一大,不光这办法作废,他本人也给了大家一个好别出心裁的印象。不久,电影组裁人,理所当然地,他是裁减对象,于是,他便又回了老连队。

老连队原本对他就有些看法,如今见他又被师里贬回,印象就愈发不佳。工作安排上,连里干部在一番踌躇之后,便决定让他去炊事班做饭。对此,白照倒无怨言,径直把背包背到了炊事班。还笑着叫:好! 今后饭可以尽饱! 他在炊事班干了几天,发现每日灶上都要剩些小米、大米饭,这些米饭剩了之后,多是拿去喂猪,这就让白照很是心疼,毕竟,他是农家出身,晓得米粒是怎么来的。心疼之余,他动了心计:要用剩米饭做甜米酒! 他想起在家时,若剩了米饭,娘就常做这东西,甜甜的,喝着极是顺口。他想到就干,撺掇上士去城里买了做米酒的甜酒王曲,然后把剩米饭拌上发酵,不过四十个小时,剩米饭便成了甜甜的米酒,晚上在大锅里用开水一对,每个战士舀上一碗,喝得十分痛快。不过月余,连里战士们的脸上,就分明地都添了几分红润。未过多久,风声传到了团里,团里听说连队竟天天让战士喝酒,就很是生气,在电话上严肃指出:此种做法在我团历史上绝无先例,应即停止,出主意者与批准者应写检查! 接下来,白照就伏在桌上,用圆珠笔极认真地写着检查,检查一共七页,他还很仔细地编了页码。

　　按白照的表现,似无提干的希望,但世上事也巧,偏偏不久就出了个让他显示气概的事情。一个星期日的下午,他去团服务社买电筒,回来走至半路,忽见一辆汽车歪歪扭扭地迎面开来,车后追着一名妇女,那妇女边跑边叫:拦住车! 拦住车! 撞死人了! 撞死人了! 白照一听,知道这是肇事的司机想要逃避责任,估计自己徒手拦车不会拦住,就生出一计,迅速从挎包中掏出新买的电筒,按投手榴弹要领,飞快旋下尾盖,做一个嘴咬拉弦的动作。然后照着开过来的汽车车厢嗖一下扔过去,自己立即做出扑地躲弹片的动作。那司机一看当兵的向自己投出了手榴弹,顿时魂飞魄散,嘎一下刹住车,拉开车门就往地上滚着躲,正当他在等待那手榴弹的爆炸声响时,白照已极快地骑在他的身上,将他擒了。事后,公安局

23

和受害者的家属都给连队送来了感谢信,这一下连里干部对他有些刮目相看,就给他立了一功,是三等。后来连里的一个炮排长调走,他因为立过功,就补了缺,被提成了排座。

从战士变成排长,原来的每月几块钱津贴忽然间被几十元工资替代,使他有些喜出望外,于是,他就也学别的排长的样,买一身簇新的便衣,在节假日里穿上,很自豪地在营区里走,去惹那些女兵的目光,倘有哪个女兵盯住看他一眼,他就能高兴半天,回到宿舍,便放开喉咙唱:在那遥远的地方,有位好姑娘……一日,他突然收到一封寄自团卫生队的信,信上的字迹十分娟秀,他觉得诧异,急忙撕开信读,一读才知道,原来是卫生队的一个女护士写来的,信上先写些敬佩他智抓肇事司机的话,然后委婉提出,如果他星期六晚八点有空,去营房后的沟渠上坐坐聊聊。他的心里立时觉得甜极了,便急切地盼望星期六快点来到。到了那天傍晚,他早早穿扮停当去了约会的地方,就在坐等女护士到来的那个时间,他的脑子一转,又生出个主意,我先潜伏在这里,待她来时,再匍匐着向她接近,让她见识见识咱的夜间隐藏行进本领!他想了就做,便找个凹处伏在那里。待那姑娘按时到后,他就悄无声息地像蜥蜴那样向她爬过去。那姑娘正在甜蜜紧张的心境中期待着他的出现,忽见一个长长的黑东西向自己蠕动着爬来,顿时骇得两腿发软,只来得及叫一声:妈呀——便一下子晕倒在地。要不是他急忙掐着姑娘的人中穴,又喊又叫,那晚还真不知会闹出什么结果。自那以后,不管他怎样解释、求饶、发誓,那护士却再也不同他约会了。

恋爱上遇了挫折,事业上似也不是很顺利。他当排长没多久,因担心自己工作上出差错,就想出了个新名堂:在排里成立三人监察组,组员由排里敢作敢为的战士或班长担任,并宣布:监察组有权监察排长的行动,发现他在生活、指挥、管理上出了毛病,有权召集全排开会对排长进行劝阻、批评,直至要求其进行公开检讨。这办法刚实行一星期,便被连里知道,连长当即把他叫去,很严肃地警告:这是胡闹!部队上排一级啥时设过监察组?你身为排长,今后不准再想歪点子!

这件事没有过去三个月,他因嫌平日招呼排里战士都是高声喊,太麻烦,就和一个懂无线电的兵一起组装了一种钢笔式无线步话机。他让每个兵交十块钱津贴费,买来元件,给每人组装了一个,插在口袋上,在二百米的距离内,可随时同每一个兵进行联系。就是有人在厕所里,他在那步话机上说一句:集合!也都能听清。对这种东西,连里干部起先还能容忍。后来其他排的兵看见,就攀比着也想要一个,连里怕事情闹开,担心每人都装一个这种东西,开玩笑时也用它,会惹出麻烦,就禁止了。对此,白照自然要做些争辩,争辩的结果,他就给连里干部留下了一个不甚听话的感觉。类似这样的事情一多,一种不稳重的印象就给人造成了。连里有什么重要的事情,也一般不单独交给他去做。后来部队精简整编时,首批转业干部的名单中,就有他。

他临离开部队的那天晚上,几个战友买了酒菜为他饯行。席间,几杯酒下肚,他觉着热,就脱了外衣,这时,几个战友才注意到他腰上勒的那个磨得黑红锃亮的牛筋腰带,就凑近了看,一齐赞:嗬,好腰带!明光闪闪,柔韧不断,确是好东西!白照就手摸那腰带,沉默一霎之后,说:"这是爹娘自小给我制的,一直勒到今天,值得纪念,现今要是换别的腰带,我怕还不习惯……"

白照转业后又回到了南阳盆地,在宛城的一个小邮电所里工作。他到职后,不论做什么事,都认真地按所里的老章程办,再不乱出点子,提这想那,因此给人印象不错,领导和同事们都反映他踏实、稳重。报到后的第一季度,他就被评为先进,还发给他二十五块奖金。

就在前几日,笔者碰到了白照,见他上身穿白衬衣,下身着深色筒裤,衬衣扎在裤里,勒的依旧是那根牛筋腰带,浑身透着一种老练和稳重,早先的那股毛躁气再也没有了。他握了我的手,稳重地笑笑说:欢迎去我们所里玩。我就含笑说:中!

水清清

　　这是一条菜田里的那种小支渠,下游连着一个蓄水塘。
　　钟雄匆匆走出校院后门,刚要迈步登上那条小渠的渠埂,背后蓦然传来一声女子的喊叫:"钟雄——"他闻唤脚步停了一霎,只一霎,便又向前走了,与此同时,嘴里发出了一声恨恨的低语:"好一个女人!"他没有理会那接下去的喊叫,径自迈步登上了渠埂。

　　这条支渠的宽度不到一米,从北边灌溉干渠里流来的清澈渠水,在两条爬满青草的渠埂护持下,缓缓向南淌着。

　　若在第一学期,钟雄听到曲璐的这声喊叫,他会立时停下步子,带着笑脸向她迎去。
　　那个时候,钟雄不止一次地对他的好友闵灵说过:"曲璐这个女人不错!"

他和她第一次相识是在学校图书馆里。

那是入学不久一个反常闷热的星期三,中午,学校阅览室照例停阅一个半小时。管理阅览室的一个女战士因天太热,送走室内阅览人员之后,插上阅览室大门,脱下衬衣和裙子,用凉水擦起身来。擦完澡之后,她刚要拿上饭盒去饭堂吃饭,忽听第三排书架后传出吧嗒吧嗒的声音,她估计是老鼠在啃书,便轻手轻脚地走过去,结果探头一看,使她大吃一惊:原来是政工队学员钟雄席地坐在书架后,边看着一本书边啃着一个馒头。"天哪!我刚才脱得只剩下一条短裤,这个男的一定偷看了!"少女最忌讳胴体暴露,这个女战士立时捂脸哭了,边哭边羞愤地叫道:"你这个流氓!你这个流氓!"她这一哭,霎时引来了室外不少人。军中最忌这类事,钟雄在这种情况下的辩解自然不会使人相信,有几个人说着就要推钟雄去校务部军务处。不想正在这时,一个瘦小的女学员拿着一本书突然从第五排书架后走出来说道:"我来证明一下!刚才闭馆时我急着抄一篇资料,藏在第五排书架后,也没出去。当发现管理员脱衣擦澡时,曾有心提醒她室内还有男的,但后来见这位男同学背靠书架一动不动地坐在那里看书,我又不想暴露自己,便没有吭声。"这位陌生女同学的这番话才算救了钟雄,要不,一个处分算是落定了。事后,钟雄才知道,她是自己一直没注意过的同队同学,来自南方军区的一个通信总站,名字叫曲璐,而且,是一个寡妇!

寡妇!钟雄当时听人说到这两个字时心头一震,他知道他们这批学员中绝大部分已经结婚,但却从没料到其中还有寡妇。也就是从那天起,他对她有了好感。不过,那时也只是好感而已,真正使他对她做出"这个女人不错"判断的,是发生在入学三个月之后那个傍晚的那件事——

　　那是一个下着毛毛细雨的傍晚,天已经黑透了,校前大街上冷冷清清,只有钟雄因对一个难题苦思不得其解而仍在街边梧桐树下冒雨踱步。无意间,他在街灯光下瞥见在街对面人行道上匆匆向远处走着的曲璐。他有些奇怪:天这么黑且下着雨,她一个女人家这么匆匆地出去干啥?于是,他便用目光跟着她的背影。他看见她在一个巷道口站住,警惕地四下里看了几眼,大概是见确实无人注意她,这才迅疾地折身向巷道里走去。钟雄看到这里,突然觉得脸孔有些发热,他一下子记起了班里男同学们曾开玩笑地议论曲璐"小寡妇耐不住寂寞"的话,难道她真的是要去干丢人的事?不知因为气愤还是别的什么心理在作怪,反正钟雄连想也没想便向那巷道走去。小巷虽不深,但曲璐进了哪栋房子却不清楚,钟雄泄气地正要转身往回走时,从一个挂有"平安旅社"牌子的小院里蓦然传来曲璐的一阵笑声,这笑声那样欢快,欢快得使钟雄心里涌起了一股莫名的怒气。他循着那笑声进了院子,院子里因为下雨,没有别人,他很快便从一个没有拉上窗帘的窗户里看到了曲璐的身影。他向那个窗户走去——他是带着维护军队声誉的怒气走向那个窗户的。但在窗口,他呆住了:屋里,曲璐正抱着一个出生七八个月的胖胖的男孩在那里笑着、亲吻着;旁边的床上,坐着一个和曲璐面貌极相像的年轻姑娘。

　　也许是因为惊诧,也许是看呆了曲璐亲吻孩子时那副欢乐的样子,反正钟雄忘记了在灯影里隐住自己的身子,以至于当曲璐欢笑着把孩子抡一个圈时,蓦地瞥见了窗外的他。在那一瞬间,他看到曲璐脸上的笑容先是一下子僵住,继而现出了一丝惊恐。随之,就见她把孩子递给身边的姑娘,拉开门跑了出来。

两人在黑暗中对视了一霎,然后,是曲璐那低而带着乞求的诉说:"我知道学校有严格规定,不让学员家里人来校,但我忍不住,我太想我的孩子了,所以,我违反规定让我的妹妹把他带了来,他们只来了一个星期,就悄悄住在这小旅店里,我每天午饭后和晚上来看看他们。他们今晚就坐火车走,票已经买好了。我实在是控制不住自己,我想孩子,我天天想,我求您别去报告队首长,别让学校里知道,我求您了……"

钟雄当时什么话也没说,只是转身急步走出了那小旅店。他当然没去向谁报告这事,只是径直走进阅览室看起了书,但那晚他读书时精神总有些不集中。当预备熄灯号响起、他准备回宿舍时,竟又意外地发现,在另一张阅览台前,曲璐穿着半湿的衣服坐在那里看书,显然,她是去火车站送走了妹妹和儿子后又来到了这里。也就在那一刻,他心里认定这是个好女人……

那个时候,如果曲璐像今晚这样喊他,他一定会立时含笑迎上去,可是今天,他不会了!

柔和的夕照洒在这条南北走向的水渠上,把紧挨东侧渠埂的渠水染成了橘黄色,偶尔有几根青草从渠埂上向水面伸下茎子,会挡住那橘黄的夕照,在水面上造成细细的阴影。

"钟雄——"

身后又响起了曲璐的喊声,钟雄的额头上闪过了一丝厌恶,他装作没听见,仍继续迈着脚步。

对曲璐的这种厌恶是从什么时候开始的?是从听到她常在晚上去那个军事心理学教员单身宿舍的传说开始,还是从听到她为了发表论文专门在假期自费去《军事心理学》杂志社的消息开始？钟雄一时说不清楚。不过，自那次他那番关切的问话受到她那么冷淡的回应之后，对她的一丝反感就在他心里产生了。

那次她来向他请教心理学上的一个问题，他在耐心给她讲解之后，两人开始了闲谈，闲谈中钟雄顺口问了一句："孩子他爸是怎么去世的？"万没料到，曲璐听到这句问话后先是神色一变，随之低而冷淡地说道："我有点事，先走了。"说罢，起身就走了。钟雄当时愣在那儿，但跟着，一股气恼从他的心里涌起：即便我不该这样问，你也不必如此使人难堪！

渠底基本上是平坦的，清澈的渠水流过时几近无声，遇到稍有点起伏的地方，渠水也只是小心地发出一丝丝轻柔的笑声。

钟雄只是匆匆向前走着，那急而重的步子，甚至惊得缓缓流淌的渠水都有些哆嗦。

他这样走法并不仅仅是为了躲开身后的曲璐，还因为他有急事！

那事情的确很急！

下午第三节课上课前，他的好友闵灵把他拉到一边，十分机密地附耳告诉他："可靠消息，校学术委员会举办的学术论文评奖活动已进行到专家讨论这一步了，军事心理学方面的论文一等奖只评一篇，昨天有人提议评你那篇《简论现代战争中的双向担忧》，但今天上午突然又有人提议评曲璐那篇《战士战场心理失重的表现、原因和防治》。我发现曲璐这几天总出入军事心理学教研室几个教员的家，估计可能是她活

31

动的结果。"

"哦?!"钟雄当时大吃一惊。

自从学校公布开始论文评奖活动的消息以来,虽然钟雄表面上一如往常那样平静,但内心里却是一种充满了热切希望的焦急。课,听不进去;书,读不进去;论文,写不下去。他一直在焦急盼望学术论文评奖的结果,他企望自己的论文能够评上一等。

他的那篇论文发在全国著名的刊物《心理学》上,文章没有一定质量是上不了那个刊物的!

钟雄发表这样的论文并非容易,那是经过一番苦学苦钻后才得到的结果!

二十七岁的他由一个步兵营副教导员刚考入西安陆军学校政工干部队学习时,甚至还不知道什么叫"学术论文"。但自从他在教员的指导下,选择了军事心理学这个研究方向之后,他开始下起了苦功。早年丧父的家庭生活,使钟雄养成了不怕吃苦的精神。这种精神被他用于学习后很使周围同学们吃惊。他平时除了听课、吃饭、睡觉之外,剩余时间几乎全是泡在学校图书馆或阅览室里。第一学期下来,他的体重减轻了七斤;第二学期下来,他的两眼视力各下降了零点二。皇天不负苦心人。钟雄就是凭着这种苦干精神,接连发表了五篇论文,《简论现代战争中的双向担忧》只是其中一篇。

正因为如此,钟雄这些天一直在焦急地盼望着自己的论文能够获奖,但是,没有想到曲璐这个女人竟用邪招要把他的这个希望弄碎了!

可恶的女人!

当时钟雄回到教室后,望着前排座位上曲璐的背影发狠地在心里叫道:"我要行动!"

那节课教员在讲台上讲的什么内容,钟雄一点也没听进,他只是不断地用钢笔在记录本上写着两个字:行动!行动!行动!……

他此刻就是在"行动"!

渠水缓慢而悠闲地向前流着,水清得可以映出天上一只慢慢扇翅的鸟儿的影子。

他要去找军事心理学教研室主任程治武。

程治武是学校学术委员会委员,其军事心理学方面的造诣在全军都是数得着的,在学校有相当高的声望,只要他能替钟雄说上一句话,一等奖钟雄就可稳拿了。

钟雄刚才去程主任家时,程主任的小儿子说"爸爸妈妈饭后去学校后边的水渠上散步了"。他听后二话没说,便急步出了学校后门来到了这水渠上。他刚上了渠埂一看,在下游远处,果然隐隐晃着程主任和他妻子的身影,所以,他便急急地向他们身边走去。

钟雄此刻来找程治武"活动",内心是有成功把握的。对程治武,钟雄小时候就认识。早年,钟雄的爸爸和程治武同在南京军事学院执教,两家住邻居。幼时的钟雄每当嫌自己家饭菜不好吃时,就拿个饭碗跑到程伯伯家要着吃……钟雄上有哥下有弟,在家里的地位并不优越。恰好那时程伯母有病未能生育,程伯伯就把该当父亲而未能当父亲所储存起来的那种感情,全倾在了钟雄身上,对钟雄十分疼爱。随后,程伯伯干脆征得钟雄父母同意,收了钟雄做养子。后来因为钟雄奶奶的抗议,加上程伯母病好后又生了一子,钟雄才结束了养子生活,重回了家中。因为钟雄父亲同程治武的教谊,又加上这段缘由,所以两家关系十分密切。以后钟雄父亲病逝,母亲严守鲁中地区妇女"不事二夫"的信条,带三个孩子回山东老家后,程治武还经常寄钱接济钟雄母亲。只是由于"文化大革命"军事学院停办,程治武被下放部队,加上钟雄家也搬了地方,两家的联系才告中断。钟雄考上这所学校后,经过一段颇为曲折的过程,才认出也调到这里执教的当年的程伯伯,两家的关系便又接了起来。

这次评奖刚开始时,钟雄曾有心来找一下程伯伯,后因坚信自己凭论文质量可以拿到一等奖,所以才没来。现在,他决心要来找这个伯伯帮忙了。

钟雄此时望了一眼水渠下游程伯伯和程伯母那依稀可辨的身影,步子又加快了些。

渠埂上那一簇簇喇叭花被风一吹,不得不向渠水探出了身子。于是,她们那娇嫩的面孔,便立时在水面上映了出来。

"钟雄——"

曲璐的这声呼唤就响在他的背后,他不得不站住了。

"天哪!"曲璐带着急促的喘息站到了钟雄面前,"我见你走出校院后门便赶紧喊你、追你,没想到你一直没听见,又走这么快,是去散步?"

"嗯。"钟雄毫无表情地嗯了一声。他的目光迅速地从她那瘦小的身子上移开,第一次觉得她长得很难看。

"我想问你一下,"她开口说道,"你知道咱们学校谁有米凯夫斯基的《战斗过程中的心理变化》那本书吗?我急着想借来核对一段话,可图书馆、阅览室里都没有,我这两天去了几个教员家里也没有借到。"

说谎！你去几个教员家里绝不是为了借书！钟雄在心里激动地叫道，但他口中只冷冷地说了三个字："不知道。"——钟雄其实晓得，程伯伯的书架上就有一本。

"噢，不知道就算了。对不起，耽误你散步了。"曲璐歉意地说罢，转身欲走。

"等等。"钟雄此时突然低沉地开了口，"你进展很顺利吧？"他自己也没料到会说出这句话。

"什么进展？"她那两道还算好看的眉毛诧异地弯了起来。

装得倒像！

"祝你成功！"钟雄又冷冷地说了一句，便转身走了。

曲璐愣愣地站在那儿。

水渠在这儿转了一个不大也不小的弯，那镀了一线橘黄夕照的清清渠水，也被扭成了极好看的一个弧形。

钟雄为了快一点赶上程伯伯，没有再顺那弯曲的渠埂走，而是从菜地里直插过去，抄近踏上前边那重又变直了的渠埂。

但慢慢地，他又自动放慢了脚步。

他突然意识到，他现在还没有想好如何同程伯伯说起那件事。

直接说明请他推荐自己那篇论文评奖？不，不行！钟雄在心里否定道。

他记起了程伯伯那个威严的方形下巴，也许自己的话刚说完，他那下巴就要猛地一晃。他很怕看见程伯伯那下巴猛地一晃，他曾亲眼看到过程伯伯的下巴猛地晃了两次，那两次都在他脑海里留下了极深的印象——

35

一次是上个学期的一天晚上,他去伯伯家里请教一个问题时,三队的一个学员也来到了伯伯家里。那个学员先向程伯伯报告说:"在您指导下写的那篇论文,编辑部已来通知要用了。"程伯伯听后十分高兴,快活地同他说笑着,但当那个学员喜眉笑眼地说道:"署名时我把您的名字也写上了,是放在前边"时,程伯伯那方形的下巴猛地一晃,脸上的笑意倏然全失,随即就听他声音冷似冰块地说道:"立刻写信通知编辑部,去掉我的名字!同时告诉你,以后我不欢迎你再来这里!"那学员意外而委屈地站起身,默默退出了屋子……

另一次是前不久的一个星期天,他去还程伯伯的一本书时,见军事心理学教研室的一名青年教员正与程伯伯交谈,开始时两人不时发出笑声,谈得像是十分投机。但当那教员说了句"其实以程主任您的水平,当学校学术委员会主任和全军心理学会主席都是可以的"时,程伯伯那方形的下巴猛地一晃,脸上随即变了色,只听他冷厉地说道:"小小年纪,从哪里学来这些东西?以后再听到你说这类奉承话,小心我赶你出门!"结果,闹得那个青年教员面红耳赤地告辞出了门……

不,此去不能直说来意!

要装作是来这里散步,无意间碰上伯伯、伯母的,然后在闲谈中,巧妙地转到那个话题上,做一点暗示。

就这样办!

前边,已经可以清楚地看见,程伯伯和伯母站在水渠尽头那个蓄水的方形水塘边上。

夕阳又沉下了一点,钟雄那投在渠旁菜地里的身影又拉长了些。那影子在急速地向前移动。

两只蜻蜓在水渠上方沿着水流缓缓地飞着,不知是在寻觅什么,还是在借清澈的水面观察着自己的优美身姿。

渠水在这里注入水塘。

这是一个石砌的边长三四十米的方形蓄水塘。

水塘的四个边上各安放着一架手摇水车,平时塘里蓄满了水后,就用这些水车再把水提上来浇灌四周的菜地。

此刻,塘里的水还不多,清澈的渠水正顺着安放在水塘东北角的一个木槽向塘中注着。因为有了落差的缘故,静默了一路的渠水此刻放开喉咙欢快地叫了起来:"哗哗哗……"

程伯伯和程伯母这时正站在那木槽的旁边,欣赏着渠水脱离木槽扑向塘中时所形成的那个小小的瀑布。

"程伯伯,伯母,你们也在散步?"钟雄先打了招呼。

"哦,小雄,你也来了?"程伯母闻声转过身来。

程伯伯也跟着回首笑道:"你也知道这是个散心的好地方?"

"我傍晚常来这儿。"钟雄装作很随便地说。

"小雄,你看,由于渠水注入时的震动,这塘中的水纹一纹连一纹,多美。"程伯伯这时蛮有兴致地指着那略有些浑浊的塘水含笑说着。

钟雄闻言灵机一动:既然一开始还不能提到那个问题,何不先就这塘水随便扯上一会儿? 于是,便开口说道:"伯伯,我记得这水塘的塘底是用水泥抹的,四壁又是用石头砌的并且高出地面,怎么那样清的渠水一注到塘中会显得浑浊了呢?"

"一切过程都不可能是单一和单纯的,"程伯伯笑道,"清水也会带来微量泥沙。"……

钟雄和程伯伯就这样围绕着塘水漫无边际地闲聊着,最后,程伯伯转了话题问道:"小雄,最近课余时间还研究点心理学方面的东西吗?"

"还在看这方面的书。"钟雄答完这句话后心里一动:对,按这个话题发展下去,就可以很自然地转到那个问题上了。于是又开口说道:"我正在收集现代心理战方面的资料,想就心理战的手段问题写篇东西,不知能否写成。"

"嗯,这个想法挺好。"程伯伯点燃一支香烟,深吸了一口,"应该把精力放在锻炼自己分析、研究、解决新问题的能力上。"

"是的。"钟雄点头,"不过,写论文我还没有完全入门。伯伯,你看我去年写的那篇《简论现代战争中的双向担忧》存在些什么毛病?"

"存在的毛病我不是跟你说过一次吗?"程伯伯从口中拔下香烟望着钟雄,脸上的笑纹似乎减少了一些。

钟雄听到这话陡然一惊,这才记起自己那篇论文发表后曾给程伯伯送去一份刊物,并听他谈了一次他的看法。该死!刚才只顾把话题往那儿引,竟忘了这个事实。好在这时程伯母蔼然开口问道:"小雄,最近你们学员食堂的伙食咋样?"

"还说得过去。"他很庆幸伯母这时岔开了话题。

"伙食不好的时候你就去家里吃!可不要不好意思,你忘了你小时候常拿碗来向我要吃的了?"伯母脸上漾着慈爱。

钟雄笑了笑。险关过去了,但话题又远了。钟雄心里有些着急,便又马上扭转话头:"程伯伯,最近工作忙吗?"

"忙,可忙了。"伯母先接了口,"天天看论文,晚上还要熬夜,说是学校要搞什么评奖活动。"

钟雄闻言禁不住心中一喜,好,这话头正是我所需要的,于是急忙说道:"是啊,伯伯这些天的工作量肯定要增大。伯伯,估计评奖结果啥时候能出来?"

"还得个五六天吧。"程伯伯深深吸了一口烟,眼睛望着面前的塘水。

"听说心理学方面的一等奖只评一篇,是吗?"钟雄的语气像是随口问起的。

"嗯。"程伯伯注意地看了一眼钟雄。

钟雄高兴地刚要开口进行最重要的暗示,不料身后这时突然响起一个女子的声音:"嗬,你们在这儿!"

钟雄和程伯伯、程伯母闻声同时扭过脸去。

身后站着气喘吁吁的曲璐。

她来干什么?!

钟雄始而一怔,继而在心中懊恼地叫道:"这个可恶的女人!"他望着她那瘦小的身子,蓦然想起了队里同学平时说的那些玩笑话:"像曲璐这样娇小的女人,男人抱起来亲吻着方便。"方便!把她抱起来扔开也方便!

"真该把她扔开!"钟雄在心中气恨而无奈地想。

曲璐撩了一下被汗水浸湿的鬓发,略有些急迫地说道:"程主任,我刚才去家里找你,家里人说你来水渠上散步,所以我就找来了。"说完,向钟雄和程伯母含笑点了一下头。她那原本显得有些苍白的脸,此刻大概因为急走的关系充盈着红晕。

钟雄扭开了脸。说谎!她一定是看到我先来找程伯伯,怕打破她要得一等奖的好梦,又迫不及待地赶来了。

"找我有事?"程伯伯含了笑问。

"有件急事!"曲璐说着,又掏出手绢抹了一下额头上的汗。

钟雄此时心里突然有些后悔:刚才不应该兜那么多圈子,

39

应该早把话向伯伯说明,伯伯曾经那样爱过我,他不会不帮忙的。而现在,本来很好的机会失去了。他这时很想听听曲璐说些什么,但又不得不出于礼貌说道:"程伯伯,你们谈,我去塘那边走走。"

"不用,不用。"曲璐闻言急忙说道,"你不用走开,我又不是讲什么保密的事。"

本来就不愿离开的钟雄,听了这种挽留,站下了。

"程主任,我前些日子收到一封信,"曲璐轻声说道,"是关于我发表的那篇《战士战场心理失重的表现、原因和防治》论文的读者来信。"

一听这话,钟雄立时在心中叫道:"好一个聪明的女人,要借用读者的话为自己的论文贴金了!"他一下子想起了好友闵灵在未婚妻背叛后伤心地说出的那句话:"在玩弄心计方面,有时一个女人能顶三个男人!"

这话有理!

"哦。"程伯伯淡淡应了一声。

钟雄注意到,程伯伯那方形的下巴在"哦"的同时轻微地动了一下。他此时真希望看到伯伯那下巴猛地一晃,然后像以前他见过的那两次一样,把这个女人赶走。

"信是我丈夫生前所在连队的一些干部战士集体写的。"曲璐又开了口,"信中指出了我那篇论文中一处严重错误。"

钟雄的眼睛倏然睁大。

"哦?"程伯伯的声调有些改变。

"你看过我那篇论文吗,程主任?"

"没有。不过,我就要看到的。"程伯伯边说边深深吸了一口烟。

"我那篇文章中,有一处提到因失利而引起的失常的恼怒,也可导致心理失重,且这种失重克服的难度很大,并用了一个步兵连队在去年还击越军入侵战斗中的一个例子来加以证明,这个连队就是我丈夫生前所在的连队。"曲璐脸上的红晕此刻已经褪尽,又露出了惯常的那种苍白,"这次,这个连队的一些干部战士来信指出,我的那个观点是错误的,使用那个论据来证明那一观点是不恰当的,他们认为应该把'激情失控'与'心理失重'做一点区分,尽管二者有相似之处。"

钟雄的两道眉毛惊异地扬起,他万没料到曲璐会说这些。

"那么你的看法呢?"程伯伯额头上的皱纹加深了。

"我这几天看了一些书,明白了他们的意见正确,我是错的。"曲璐的声音低了,"我把夹有这种错误观点的东西拿出去发表,造成谬论流传,是十分不应该的,我感到很痛心。"

一丝高兴霎时从钟雄的心底涌出,但不知为什么,那丝高兴又在不由自主地慢慢消失。

"这倒不必,"程伯伯缓缓摇了摇头,"失误的事在学术研究中经常发生。"

"不,"曲璐固执地摇了摇头,"我痛心的不是论文中有错误的观点,而是这种错误观点本来可以避免,而我却没有去避免。"

"哦?!"程伯伯再一次吃惊了。

钟雄更是意外地看着曲璐。

"当初那篇论文写出后,我自己也曾对那个观点的正确与否发生过怀疑,我本来完全可以通过进一步的研究来弄清楚,但我却匆促地寄出去发表了。我之所以这样做,是因为我内心里希望那个观点正确,它符合我的心愿,它能在理论上为我的丈夫削去耻辱!"

钟雄、程伯伯和程伯母几乎同时把震惊的目光投到曲璐

41

那突然间又涨得绯红的脸上。

"我丈夫是在一场进攻战斗中牺牲的。"曲璐的声音已经低得几乎要被渠水注入塘中所发出的哗哗声压住了,"军人战死沙场本来是光荣的,但他的死带来的却是耻辱。他当时是连队的指导员,战斗的那天,他随连队的一排行动。这个排在战斗的前一天,曾突遭敌一支特工队的袭击,排长和另外七名战士猝然被敌人打死。一股强烈的愤怒蓄积在战士们心中,但我丈夫没有敏锐地注意到战士们的这种心理变化并加以引导,致使第二天战斗发起前,当前一天袭击一排的敌人那支特工队出现在我阵地前时,排里几个战士忘记了严格的战斗纪律,突然向敌开火并开始追击。这样一来,全排也只好提前行动,从而打乱了连队的战斗部署,使进攻受了挫。虽然我丈夫在战斗中中弹牺牲,但因他对一排战士违纪事件负有领导责任,组织上没有给他记功,并把这作为政工干部失职事件通报了部队。战后,我作为阵亡烈士家属去部队时,领来的不是丈夫的立功证章和荣誉称号证书,而是一份耻辱。这件事深深地印进了我的脑子……

"入校以后,我由于爱好而钻研起军事心理学,当我开始研究战士战场心理失重问题时,我得出的结论之一是:'因失利而引起的失常的恼怒也可导致心理失重,且这种失重很难克服。'几乎在这个结论得出的同时,我就意识到,如果这个观点成立的话,我丈夫在那场战斗中的责任是可以重新做出评价的。于是,我极力寻找论据来证明这个观点正确。所以,尽管论文写出后自己也曾对这一观点发生过怀疑,但我却并不想去做进一步的探讨,而是很快把它投寄了出去。现在你可以明白,如果我在向头脑里注入知识时不夹杂私人感情,这个错误本来是可以避免的。"曲璐说到这里,深深地垂下了头。

钟雄愕然地望着曲璐那沐在夕照下瘦小的身子，目光的焦点在慢慢地散失。

"我本来并不打算把这件事告诉别人的，"曲璐又低低地开了口，"我缺乏勇气，我害怕这会影响自己今后论文的发表，我想悄悄地再写一篇文章来弥补这个错误。但是就在刚才吃了晚饭后不久，也就是我见了钟雄同学回到校院之后，"她望了钟雄一眼，"一位好心的同志对我说，学校论文评奖中有人要推荐我那篇获奖，这一下我慌了，我已经玷污了一个学术研究工作者的称号，我不能再玷污……"

程伯伯那方形的下巴猛地一晃，然而他口中却没有发出声音，他只是慢慢走到曲璐跟前，无言地抬手在曲璐的肩上轻轻拍着，许久许久之后，才听他低而微颤地说道："你，是一个做学问的人……"

程伯伯下边说的是什么，钟雄听不到了，他只是觉得双腿软得厉害，在渠埂上蹲下了身子……

渠水依旧欢叫着向塘中扑去，塘水，在缓慢而不停地增加。

夕阳沉下去了。

几声归宿的鸟儿的鸣叫和着哗哗的水声，响在这暮霭流动的郊野里。

钟雄依旧蹲在那儿，双眼一动不动地望着那越来越深的塘水。

程伯伯、程伯母和曲璐刚才唤他往回走时，他说他想在这儿再玩一会儿。此刻，这空旷的菜田里，除了远处一个还在忙活的菜农之外,就只剩他了。

他那几乎凝定了的双眸,依旧直直地盯着那波纹迭起的、略显浑浊的塘水。

哗哗哗……水声似乎大了……

在打字室里

王主任在我负责起草的一份首长讲话材料上写完"请打印"几个字后,我抬腕看了看表,见马上就到下午下班的时间了,便急忙拿起桌上的电话话筒,拨起了文印室的电话号码:

"是文印室吗?"

"是的。"耳机里传来一个透着稚气的姑娘的声音。

"哦,是小惠。你们班长在吗?"

"不在。他前天探家了。"

"林燕呢?"

"也不在,她的右手刚才被油印机碰伤,到卫生所包扎去了。"

"糟糕!"一股焦躁即刻从我心底升起,使我禁不住对着话筒吐出了这两个字。要知道,这份讲话材料明天上午八点钟开会时就要用,可眼下文印室的三个人有两个不在,只剩下一个学打字不到半年的新战士惠卉在家,我怎能不急?

"你有急件吗,陈干事?"惠卉大概听出了我的声音,轻声问。

"嗯——有一份材料明天上午八点要用,需要连夜打印。"看来我只能告诉她了。

"我来打印可以吗?"惠卉声音里露着胆怯。

"那——好吧。"我无可奈何地说。

放下电话,我有些迟疑地拿起那份材料向文印室走去,边走边在心里思忖着:"她能完成任务吗?"慢慢地,三个月前第一次让惠卉打印材料的情景又在脑海里浮现出来——

那是我刚调来军机关不久的一个下午,到了下班时间时,我负责起草的一份工作意见被政治部党委通过了。主任告诉我今晚要打印出来,第二天上午好交军党委常委讨论。我到文印室推门一看,见室内只有一个个子不高、扎着两条短辫的女战士坐在打字机前打字。我因怕耽误自己吃晚饭,没有详细问明情况,只是把材料向她面前一放说:"今晚加班打出来,明晨我来校对,上午要发给常委讨论。"说完,没等她回话,我就走了。

第二天早晨一起床,我就跑到文印室校对,进门见那个女战士仍坐在打字机前,便问:"我送的那份材料打完了吗?"

"还有一个字。"她边答边按了一下手柄,随后高兴地说道:"完了。"

我接过她递来的一沓蜡纸,急忙坐下来校对。校着校着,我的眉头不由得皱了起来。天哪!这是怎么打的?几乎每句话都有掉字,每行字都排列得参差不齐,每张蜡纸上都有用铁笔刻上去的歪歪扭扭的替代字,材料中间,竟有两个关键段落给漏掉了。校对到这里,我忍不住气恼地向桌上擂了一拳,粗声叫道:"怎么搞的?"

"咋了?"女战士闻声急忙走到我跟前小心地问。

"你看看你打的什么鬼材料!"我因气恼忘记了控制感情,竟把几张画满校对符号的蜡纸扔到了她身上。

蜡纸滑到了地上,她默默地弯腰拾起,然后颤声说:"我——再返工,行吗?"

"返工?哪有返工的时间?常委马上就要开会讨论了。"我的口气不但严厉而且带有些微的讥讽。

"那——咋——办?"她喃喃地说,声音颤抖得厉害,短短的一句话中竟画了两个破折号。我刚要再甩出一句硬邦邦的气话,但猛地发现,她那充满孩子气的面孔已因羞愧变得通红,眼泪在眼眶里旋转欲滴。我的心一震,突然意识到自己刚才的举动太过分,这不是她——一个看样子还不到十八岁年龄的姑娘所能接受得了的。像她这样的年龄在家里,说不定会同自己的二妹一样,还常在爸妈面前撒娇呢。想到这里,我用尽量和缓的口气说:"不要紧,待会儿常委讨论时让一个人念大家听就是了。"

没想到她听了这句话后竟"扑通"一声扑到桌上哭了。身子一起一伏,哭得那样痛切伤心。

也巧,另一个打字员林燕此时走进门来。我一到机关就风闻这是个厉害的姑娘。果然,她看了看伏案痛哭的女战士,又拿起乱扔在桌上的蜡纸看了看,便把两只杏眼瞪圆了望着我:"你干吗惹惠卉哭?你不知道她是新兵?你晓得她学打字还不到一个月吧?你打材料为什么不来找我们老兵?你厉害什么?当个小干事有啥了不起?"

在她一连串的责问下,我愣住了。嘴巴张了张想分辩几句,但不知怎么搞的,声带却终究没有发出声来。

47

看看到了文印室门口,我把思绪从往事的回忆中拉回来,抬手敲了敲门。

门开了,惠卉出现在门口。几个月的时间,她的相貌有了不小的改变:原来的苹果形的脸庞稍稍变长,显得有些瘦了;两条辫子蓬松着,几缕散发被汗水浸湿,紧贴在鬓边;一双原本蓄满天真稚气的眼睛,现在变得有些深沉含蓄;衣服也有些旧了,上边沾着点点油墨。我把材料递给她,她轻声问:"印多少份?"

"九十五。"

"那你去吃晚饭吧。"她说。

"这份材料万把字,你一个人连打带印行吗?"我有点不大放心地问。说实在话,我真害怕她再像上次那样。

她的脸霎时变得绯红,显然,她也记起了上次的事情。她低下了头,轻而清楚地说:"你早上三点钟来校对吧!"

我走出了文印室,但心里总觉得有点不踏实……

盛暑七月的晚上,气温和白天差不到哪里,加上今晚又不刮一丝风,天热得实在烦人,刚躺到床上,身下的凉席就被汗水浸湿了。我用凉水洗了几次,总算入了梦乡。

待我醒来睁开眼时,天已经大亮了。夏天的觉总是睡不够,我刚想按照老习惯躺下去再享几分钟睡福,脑子里忽然闪出要校对材料的事。我心里一惊,禁不住捶了一下自己的脑袋:"毁了!马上就要吃早饭,材料还没有校对,上午的会又要耽误了。"我一骨碌跳下床,边穿衬衣边向文印室跑去。

推开文印室的门,屋里静悄悄的,没见惠卉,我不由得焦急地大声喊道:"惠卉——"

我的喊声被文印室的四壁碰回来,震得自己的耳朵都有点难受,但却没有听到惠卉的回答。我不由得气恼地自语着:

"这个兵太不像话,任务没完成,人跑得没影了。"我边说边向惠卉的打字机走去。打字机滚筒上已没有蜡纸,看来,她是打完了,我转身用目光搜索整个文印室,想赶快找出那沓蜡纸来校对。蓦地,我的目光在放置油印机的大桌子下停住了。哎呀,这不是惠卉吗?她怎么躺在地板上?哎,怎么把油印机滚筒放到身上,那不把衣服弄脏了?瞧她的脸上,怎么抹了那么多黑油墨?我急步走到她跟前,轻声喊:"惠卉,快,起来!累了吧!?"

没有应声。

我提高了呼唤的音量,但她仍是双目紧闭,没有回答。我的心微微有些发慌,急忙用手拍了拍她的肩膀,呀!她的衬衣像是刚从水里捞出来似的。

她仍然没有动一动。

不好!一种不祥的感觉攫住了我的心。我慌忙拿起了桌上的电话:"卫生所……"

几个军医、护士就在文印室的一张桌子上对惠卉进行急救。林燕也来了,我和她不安地在旁边走来走去。突然,我发现刚才惠卉躺着的地方有张染血的白纸,禁不住惊叫道:"血,她受了外伤。"

林燕早已看到了。这时,她正跟护士一起,用纱布缠起惠卉额角上的伤口。那大概是她晕倒时撞在机器上了。林燕轻轻地对我说:"她前天晚上加班干了一个通宵,昨天也没补觉,昨晚你送材料来我也不知道。又让她一个人干了一夜,加上天又热,常人也受不了,别说她……"

惠卉终于呼出了一口气,醒转来了。我俯身桌前望着她那苍白的面孔,正想向她说句什么安慰的话,不料她先开了口:"陈干事……全部印完了……我自己校对的……原稿第

49

七页……第一行那个白勺'的'……我把它改成了……土也'地',因它的后边是动词……油印机上还有几张印好的……没取下来……我……又没……完成……任务……"

那一刻,我很想说句什么,却什么也没有说出来……

208 号房间

结束了三四个月的外出学习,一进师招待所,真有一种游子到家的亲切感。我和刘铮排长被领进 2 楼 208 号房间睡下了。不知过了多久,我在蒙眬中恍惚觉得有人敲门,一阵又一阵。执拗的敲门声终于把我们的睡意赶走了。

"谁?"刘排长声音里带着一股火气。

"是我,招待员严顺。"门外传来一个小伙子的声音。

"我们已经睡下了。"我高声说。

"请开下门,有一件急事想和你们商量。"

没办法,我们只好拉灯起床,开了门。

一个小个子战士出现在门口。借着灯光,见他胖乎乎的圆脸上带着歉意的笑。"耽误你们休息了,想请你们二位搬出这个房间,到楼下 107 号大房间里去住。"

"为啥?"一听说半夜让搬家,我俩几乎是同时张嘴问。

"有一个老大爷带着个孩子要住所,别的单间都让开会的首长住了,只好请你们腾出这间。"

人们常说,旧事的忆起往往发生在类似情景出现的时候,看来这是真的。当招待员一说出让腾房子的话,我倏地双眼一亮,失声叫道:"啊,是你?!"

招待员惶惑地望着我。

"怎么?你们认识?"刘排长有些诧异。

"只是打过交道,"我说,"去年春天的一个晚上,也是他半夜喊我腾房子。"

一听我这几句话,严顺的脸立时红了。

"是吗?"刘排长很是惊奇。

大概是在一种报复心理的作用下,我当着严顺的面,立刻就向刘排长讲起了去年的那件事——

"那天,我和我家属洁芳抱着冰冰来师医院看病,晚上正好也是住在这个单间里。半夜时分,我们突然被叫醒,开门一看,正是这位严顺同志站在门口。他要求我和洁芳立即分搬到楼下男、女大客房去,把单间腾出来让一个首长住。和洁芳分住一晚,在我不是不行的事,只是病中的冰冰,夜里还要吃两次药。于是,我先是向严顺同志解释,继是恳求,再是哀告。但都无济于事,他脸上那副冷漠的神态丝毫没变。没法子,我们只好搬出。不料,第二天早晨一打听,才知道那位'首长'原来是管理员的哥哥……"

"哈哈——"刘排长笑了。他尖刻地说:"那据我判断,今晚这位老大爷也不会是个普通人了?!"

"不不,这位老大爷……"严顺急忙摆手想解释。

"不用再说了。"刘排长打断了他的话,"这件事大家都明白,你当招待员,当然应该让亲友优先住所,应该!应该!!"

"你们……"严顺显然是又气又急,但看着我们走出门去,一句话也没说出来。嘿!反正我们搬走就是,还有什么可生气的呢!

第二天早晨,要取回寄存的东西,我们去找严顺。推开他的宿舍门一看,屋里只有一位老大爷坐在床前吸烟。

"严顺不在吗?"我们站在门外问。

"他出去给住所的一位同志买车票了,早饭后才能回来,有事可以跟我说,我是他爹。"老人站起身来说。

听了这话,我和刘排长相视一笑——果然不出所料!

"大伯昨晚睡得还可以吧?"刘排长话中有话地问。

"可以可以。我爷俩睡这张床并不挤。"他说着抬手指了指屋里的那张单人床。

"什么?昨晚你睡在这里?"我有点意外。

"对对。我本来住在楼下107号大房间里,昨晚快半夜时小顺子接来了一老一少,缺一个床位,让我搬到这里睡了。后来听说住在楼上208号房间的两位干部,主动下到107号住,让那一老一少住了单间,真是,军官的觉悟就是高。"

听了这话,我和刘排长半天没说出话来。

出了严顺的宿舍,刘排长扯了扯我的衣襟低声说:"我估计,住在208号房间的那一老一少,肯定是所里哪个干部的亲友!"

"八成是,走,咱干脆借口找东西上去看看。"我说着,拉了刘排长的胳膊就向二楼跑。

我们敲响了208号房间的门。

门开了,我呆住了。天呀,这会是真的吗?站在面前的竟会是我的父亲和十二岁的弟弟。

"是天娃!快进来。"我还没有开口,父亲已高兴地喊起了我的乳名。

"爹,你怎么到这里来了?"我实在是惊奇。

"我和你弟弟前天从家里动身,想来部队给他看看病。昨晚在火车站下车时天已很晚了。我本想在车站等到天亮再坐车去你们部队驻地,后来车站上一个好心的女服务员给这个部队的招待所打了电话,过不久,一个小个子战士就把我们接来了。"

"他姓什么?"

"姓严。你一会儿可要去替我好好谢谢人家,昨晚一到这里,人家先是拿来饼干让我们吃,接着又端来热水让我们洗脸洗脚……"

父亲下边的话我没听清,一阵难言的激动和羞愧突然攫住了我的心,我禁不住使劲地扬拳捶了捶自己的脑袋……

正在这时,严顺来了。我爹一见他,忙说:"严同志,不用麻烦你了,俺家天娃来接俺们了!"

"天娃?他来了?"严顺高兴地问。

"这不,就是他。"爹回转身子指了指我。

严顺的目光落在了我身上,脸上的高兴神色迅即被惊异所代替。接着,又垂下眼帘,显得十分尴尬。

我两步跨到他面前,紧紧地握住了他的手,刚要说一句表示歉意的话,不料严顺却先红着脸开了腔:"原谅我,去年那次我错了……"

体　验

　　为了赶上列车进站的时间去接来队探亲的妈妈，他急于把车上装的这一车面粉和蔬菜拉回营部，车速不由自主地快起来。他心里告诫自己不能开得太快，但踩油门的那只脚却不听使唤，直想往下踩。公路两边的树木在窗外飞快地向后倒去；风仿佛忽然间变大，呼呼有声；沥青路面像传送带一样迅速在车底下退走。妈妈，车上挤吗？您的寒腿还疼吗？弟弟和小妹身子都好？今年的花生收成怎样？

　　一大串热切的问话提前涌到了嗓子眼，与此同时妈妈那张满布皱纹慈祥蔼然的脸开始在眼前晃，晃得他甚至没有看清路边竖着的那块写有"危险地段，慢行"的标志牌。车在弧形的路上箭一般地飞着。前边的路边突然出现一个黑点，并且很快向路中间移。小孩！他骤然一惊，急忙去踩制动闸，车像奔马一样暴躁而又不耐烦地颠了几下蹄子，却仍然在向前跳,车与小孩间的距离在飞快地缩短。这时候他听见路边响起一个女人的叫声,他没有听清她喊的什么,他的目光只惊骇地望着那越来越近的小孩,恐惧开始从他的眼中爬出来。当那孩子的身影淹没在汽车保险杠前时,他绝望地闭上了眼。汽车终于带着尖厉的啸声停住了,但他却怎么也迈不动脚走下车门,浑身的力气仿佛蓦然间被气泵抽走,骨头酥软成一摊。一大片鲜红的东西在眼前爆开,他死死地捂住了眼。但处于黑暗中的眸子还是在掌心里看见了列成长长一行的东西:手铐、军事法庭、监狱、劳改场……

他听见车门咣的一声被打开,听见一个女人凄厉的哭声,听见无数双脚从路边的村里跑来,听见人们在叫:"把他拉下来!"他感觉到有拳头落在胸前和后背。自己完了,前途完了,幸福完了,一生完了。就在他彻底绝望想永久地化入身下的泥土之中时,他的耳朵忽然听到了一个稚嫩的喊声:"妈妈!妈妈!车轮压住我的衣服了!"这喊声一下子制止住了身边的哭声和嘈杂,人们一齐睁眼扭头向车下看,看见了,看见了,那个脸蛋红扑扑的男孩,正半躺在车下挥着双手叫,衣襟被压在了车轮下。

"天哪!我的宝宝呀!"一个女人带着意外至极的笑容向车下扑去。而他,却没动,只任大股的泪水流下。一霎之后,他下车扑倒在地,脸紧紧贴住泥土,呜咽着叫:"妈妈!妈妈呀!"

泉 涸

南阳盆地的盆底南沿,有一镇,曰:柳林。出镇街南口,沿公路前行约三百米,可见路右有一块地,面积不大,五亩许。由北而来的小龙河分汊两股,将地缠绕成桑叶状,而后又在南端合流,潇潇洒洒地继续走。地中间,凸石一块,形若鹅,石上,有一隙,溢清水,量不大,然终年不断,且水温与井水相同,可浇田,被名之为地乳泉。乳泉一侧,坐一半塌砖屋,发黑的门楣上端,还可依稀辨出一些字:土地庙、乾隆三年、周家阖族等。这块地,就是我家如今的责任田,早先的祖产:桑叶田。

我哥哥就落草在这块田里。

二十六年前。秋。一日午后,蝉鸣热烈,日头旺极,只有三片小小的碎云在半空中晃,天闷得很,风小得只勉强能摇动庄稼叶子,我娘不顾我爹"你还要不要命"的警告,为多挣几个工分,挎上我家那个用柳条编成的圆筐,挺着高隆的肚子走进了桑叶田里的绿豆秧中。绿豆叶被太阳晒得发烫,一簇簇黑色的绿豆角在细微的热风中呻吟,盼望着我娘快把它们摘进筐里的阴影中凉快。我娘卷起她那宽大的黑粗布裤脚,小心地蹲在两垄豆秧中间的地上,一边缓缓地向前挪着脚步,一边用两手麻利地摘着豆角。发烫的豆叶摩擦着我娘那赤裸的脚脖,当她起身弯腰想把已盛了一半豆角的筐子向前再挪几步时,一阵剧疼突然抓住了她,我娘只来得及把手中的豆角撒到地上,便仰身倒下了。她的头在一蓬绿豆秧上不停地摆动,那些尚未成熟的青色豆角被她的头压断碾碎,迸出绿色的汁液;地上拳头大小的土块,被她因为疼痛而不停扭动的身体轧成了粉末。她的口中发出了骇人的叫声,那叫声在午后空旷的地里并不能传出很远,但还是把也在不远处摘绿豆的三奶奶惊了一跳,她扔下手中的豆角,扭动着两只被包成拳头大小的金莲,向我娘奔了过来。

　　你们可不知道,当三奶奶跑到跟前时,土埂那小子已经钻了出来,他还不会哭,可脑门上已经沾了一片绿豆叶子,屁股沟里也夹进了不少土,那一大片绿豆秧子都被土埂娘的血染成了红的。三奶奶手上一时也没带剪刀,咋去把脐带弄断?急得三奶奶团团转,后来只好用牙咬,三奶奶就是用她右边的那四颗牙把脐带咬断的。后来七秃子被三奶奶喊了来,让他抱了土埂娘往回走,没走几步,土埂娘就醒了过来,她看了一眼三奶奶手中的土埂,轻轻开了口,你们猜她说些啥?她说:"三婶,麻烦您老把我摘的绿豆角拿到队里称称,我估摸着能挣一个半工分……"

　　我哥长到六岁的那年夏天,有一日傍晚,他光屁股跑到三奶奶家门前玩,三奶奶扯了一下他的小鸡鸡,张开她那只剩右边当初咬过脐带的四颗牙的嘴,说:土埂,晓得吧?你小子就是在桑叶田里生出的,刚生下来屁股沟里就塞满了土!门前的几个大人听后哈哈大笑,我哥的那张小脸顿时就有些红了,他飞快地跑回家扯了娘的手问:孩子是不是都生在地里?不是。娘有些奇怪,摇了摇头说:在家里。那三奶奶为啥说我生在桑叶田里?娘笑笑:你就是生在桑叶田里,哥照娘的腿上就是一拳,委屈至极地哭着叫道:为啥不把我生在家里,让他们说我屁股里都是土?娘被问得无言以对。

我哥九岁那年,一日,我和他一起去桑叶田的田埂上割草,恰好碰到了七秃子。七秃子当时边往地上撒尿边对我哥笑着说:土埂,你小子长得真快呀!知道吧?你当初就是在这个地方生出的。他说着用手指了一下脚旁边的一小片苞谷地。那年这儿种的是绿豆,你生下来就沾了一身土!他的话音未落,只见我哥猛地扑上前,抡起镰刀就朝七秃子的腿上砍去。七秃子提着裤子呀了一声,急忙弯腰,紫红的血已经顺着他的手指缝流了出来。妈的,凭啥动手?七秃子吃惊地叫。俺不是在地里生的!不是的!哥嚼着眼泪吼。

大团的浓烟腾跃、翻卷,火,伸出它蓝色的舌尖,轻巧地舔着地面上的东西,把树、草、棚,统统吞进了肚里。

人们在四散奔逃、哭叫。

好多好多年前,黄河中游曾发生过一场大火。就是那场大火,造成了一直栖居在黄河岸边的部分人群的迁徙。关于那场大火的缘由,据我们周家祖传下来的说法,是因为一头野牛的发怒——

那头野牛个大、毛黑、腿粗,平日总围着我们周姓部落的营地转悠,而且不时地还要昂着头高叫:哞——!常把女人们惊得一跳。于是，男人们经一番计议，决定将它杀掉。就在那个太阳极毒的下午，几十个男子手握棍棒，围了它，一顿乱打，要了它的命，而后将它抬回营地。按惯例，猎物抬回，要用石刀砍成块分给众人烧烤吃掉，但那次，大家一致说要吃烤全牛。于是女人们便开始架柴生火。当火生好，十几个女人晃动着被太阳晒得发黑的双乳，一齐嗨哟着把那野牛抬放到火堆上时，那牛竟突发一声怪叫，陡地翻身站起，跳出火堆，先在营地里跑一圈，用身上带的火将所有的窝棚一一点着，这才向旁边易燃的桦树林里跑。在冲进树林前，它又把一个手提尖底水瓶的姑娘撞倒，它撞她撞得很轻，仅仅使她昏倒，还特意低头看她一眼，而后高叫一声，才又向树林里跑。人们先是被野牛的死而复生惊呆，后看到四处浓烟滚滚，才意识到应该逃跑。一个胸前飘着浓密黑毛的汉子，因为听到了野牛最后的那声高叫，看到了那个昏倒在地的提水姑娘，便在逃走前跑去抱起了她。他虽然只耽误了这一点点时间，但火和烟已把他和跑走的人完全隔开，他不得不抱了姑娘慌不择路地向西南方逃。

他抱了姑娘在前边跑，火头夹了浓烟在后边追，一直把他追到嵩山口上。

火头虽已在嵩山南麓停住，可他和那已渐渐苏醒的姑娘耳边仍响着大火那令人恐怖的噼啪声，于是两人拉了手，继续没命地逃。

翻过伏牛山，爬过白河岸，当他们趔趔趄趄、踉踉跄跄跑到被一条小河缠成桑叶状的黑土地上时，疲劳把他们的最后一点气力夺走，他们一齐晕倒了……

我哥哥十岁那年开始上学。是在一年级的下学期，春天。

有一日，学校可能是要搞什么活动，老师让学生们带一顿午饭到学校里吃。哥回来说了这事之后，娘就去土瓮里舀了一瓢用最大、最白的红薯干碾成的面，又泡了一把晒干了的红薯叶，剁碎，切了半棵葱，然后又擀了一匙炒熟的芝麻对上，给他包了四个红薯面菜包。我那时已经能用鼻子准确地分辨出食物的好坏，我闻出那包子比平日娘让我吃的红薯面饼子好吃，于是就哭着伸手朝娘要。娘就不高兴地瞪我一眼，说：你哥是去读书，吃点好的；你小五在家玩，还贪嘴？我当时并不同娘理论，只是不依，只哭着问：我比哥小，凭啥不让我吃？后来娘把包子递给我哥时，我就又去扯了哥的衣襟哭。哥没说话，便伸手摸出一个包子递我，我抓过就吃，我哥还没迈出院门的榆木门槛，我已把那个包子完全吞进了肚里。那时我就想，我大了也要去读书，好让娘给我做这种红薯面包子吃！

那天傍晚，哥放学回来的时候，我急忙迎了上去，我怀着一个模糊的期望：哥最好能剩下一个包子。可我没敢开口问，我看出哥的脸色不好，且左鼻孔里还挂着一截鼻涕，我跟在哥的身后进了屋，只见哥重重地把书包朝娘的怀里扔去。娘吃了一惊，问：咋了？咋了？！哥暴怒地反问：你说，七星和杨文为啥吃白馍？娘赔着小心答：人家吃卡片粮，咱是种田的……咱为啥要种田？哥截断了娘的话问。娘很是一怔，嗫嚅着答：咱咋能不种，祖辈都种田，那桑叶田还是祖上传下来的。哥跺了一下脚，转身跑出了屋，我看见他眼中含着泪。

娘不放心地叫我：小五，去看看你哥。我于是就追了出去。半路上，碰到同哥一班上学的四木，四木拉住我，很郑重地说：小五，你哥今儿个把七星、杨文打了。为啥？嗨，今晌午吃干粮时，你哥把包子拿出来，刚要吃，七星和杨文手攥着白馍走过去，指了你哥手上的包子说：看，像狗屎，黑狗屎！连说

61

两句,我听得清清的。你哥那会儿脸一红,抓起包子就朝他俩脸上砸去,七星脸上挨一个,杨文挨两个,杨文的鼻子被砸出血,血一直流到下巴上,七星的眼让包子馅迷住,叫同学吹了半晌,后来老师把你哥叫去,熊了一顿。

我撇下四木去追哥,直追到桑叶田边,我看见他直直地站在田埂上,默望着田里的豌豆。那年桑叶田里种的全是豌豆,豌豆秧已开始爬蔓,绿色的叶片在晚风中摇动得厉害,几朵早开的豌豆花在风中飘落着不大的花瓣。

当那汉子和那姑娘从昏迷中相继醒过来时,第一个共同的感觉就是饿。然而这地方是平地,只有遍地荒草,并无长野果的树,野果自然吃不到。剩下的办法就是猎兽,可惜他们既无猎兽的工具,也无猎兽的力气。怎么办?求生的强烈愿望,逼迫他们在那黑色的黏土地上耐心地爬着找。但是,没有可吃的东西,在他们就要彻底陷入绝望时,忽然,两人一齐发现,在他们的头前不远处的草丛里,有一只黑鹅在蹒跚着走。猎获过动物的汉子一喜:只要抓住那只黑鹅,就可立时充饥,于是便拼力起身去追。汉子在前、姑娘在后,跟跟跄跄、跌跌撞撞,两人紧赶慢赶,到底缩短了与鹅的距离,追到一丛藤叶间时,两人猛地朝黑鹅扑去,但抱在怀中的却是一块似鹅的石头,石上有隙,溢着清水,两人呆住,半晌,沮丧地刚要回头,却蓦地发现石头四周有一大片叶呈伞形的藤蔓植物,那植物的藤蔓紧爬在地,蔓上结着一个个状如拳头的东西。汉子小心地摘下一个,用手捏开,看见内中有红色的浆液和白色的籽流出落地,伸出舌尖一舔,味甜而微酸。他们互相看看,不知道这种土里长出的东西是否可吃,但饥饿给了那汉子最后的勇气,他先开口吃,一个接一个地吃下去,却并无意外发生,女的见了,便也吃,一顿饱吃之后,都觉得身上又有了力气,于是便笑,便喜。这片黑土地上长着的这种东西,迟滞了他们继续漫无目的远走的脚步,他们不知道离开这块土地后,还能不能找到这种充饥的东西,于是就在这里停了下来。渴了,就喝泉水;饿了,就吃那圆圆的东西;不渴不饿时,两人就在草丛中嬉戏,做些人类本性要他们做的事情。但随着时日的延长,被他们起名为"菜瓜"的那种圆东西日渐减少,一种要挨饿的恐慌,使他们想到了要再次迁徙。可惜这时,一个新的情况出现:那姑娘腹部已经隆起,走路已变得十分艰难。那汉子在苦恼时无意中发现,在他们最初吃瓜掉籽的地方,又长出了新的瓜秧,瓜秧上又结出了拳头般的瓜来。这个发现使他一愣,但转瞬之后,他便从这个发现中得到了启示,只见他很快地将手中刚摘到的几个菜瓜捏开,把那些白色的种子全撒向了那黑色的土地。

当初冬的第一场冷风刮过来时,那汉子从新长出的瓜秧上摘下了瓜,一堆。

我们遇上了一块救命的宝地!那汉子欢喜地扶起他那腹部高隆的女人,向着那黑色的土地,虔诚地跪了下去。

额头触地!

那汉子和那女人,就是我们周家的先辈。

我哥读到高一时,大姐、二姐就已相继出嫁了。爹的喘病厉害,平日家里的活路,原是靠两个姐姐干的,她们一走,这空缺自然要哥哥来填。于是,娘就对哥说:埂儿,学咱上不了了,识字终究也当不了饭吃,回来干活吧,要不,分给咱种的桑叶田就要荒了。哥听了这话,一声不吭,不过,两天后的黄昏,哥从学校背回了他的铺盖,悄无声息地把书包塞到了床底。第二日,哥开始干活。也就是从这天起,哥说话愈加少了。

一日,是星期天,我没上学,便帮哥去桑叶田锄麦。那日云淡,天怪蓝,几只叫天子在半空里窜,把叫声撒得到处都是。青麦苗顶着露珠,在地上排得甚是齐整。一开始,哥的情绪还好,还破例地开口问了我几句学习的情况,嘱我要好好学。我俩边说边锄,速度还挺快。不久,忽见镇上的七星和杨文,各骑了一辆崭新的自行车,从桑叶田边的公路上过,蹬车的样子极是悠闲、潇洒,而且边走还边唱:"记住我的情,记住我的爱,今生今世咱们不分开……"哥闻声,直起身,拄了锄柄,双眼直盯着他们看,待他们的身影完全消失时,哥忽然扭过身,挥锄在地上猛砍起来,不管是草是麦苗,一律砍掉。我惊得目瞪口呆,哥直把三垄麦苗砍掉丈把远,才一下子扔掉锄,双手捂脸蹲了下去。我知道哥的脾气不好,不敢开口说什么,只默站在那里。半晌,哥起身,发红的眼看了一下那些连根锄掉的麦苗,又蹒跚着向地乳泉边走,他从泉边提桶水来,开始一窝一窝重栽那些麦苗,栽得极是小心、仔细,栽完,他又一窝一窝地浇了二遍水,才又开始抡锄,一言不发地和我一起锄地。

那日回家,我也没把这事告诉娘。晚饭后,照娘原来的安排,我又和哥一起用平板车向地里拉粪。哥架车把拉,我在一旁推,那晚有月,路看得清,我们连拉了三车,到第四车时,哥的呼吸如娘拉风箱做饭一样,哧啦哧啦,而且很急,我便对哥说:我来拉,你推。哥不应,照样在前边弓了腰拉着车走。好容易拉到地边,两人站那里喘,喘息稍定,哥忽然扭过头,朝我低沉地喝道:闪开!我刚从车边闪开身,只见他猛地把车往小龙河边推,轰隆一声,把粪全倒在了小河沟里。我惊住:咋了,哥?哥默然一霎,咬牙答了三个字:饿死它!声狠而低。

他划了火,点着烟,蹲那里吸。不远处的地乳泉水,依旧在流,淙淙、汩汩,不紧不慢的。

当我的第六十三代祖爷在桑叶田的菜瓜滋养下来到世上时,柳林这地场从北方迁来的人已经不少。人们学着我祖上的样儿,纷纷在桑叶田四周空旷的田野里划定一块地,种起了菜瓜。"始种瓜,继种薯,此地人于是日多。"我们的族志上这样写。

桑叶田用它在数万年间积聚起来的地力,默然养育着我们周家的人。但它也有不高兴的时候,就在我六十三代祖爷执掌家政的第二年,不知何故,桑叶田里种的红薯只长出百十个,其余皆为空秧。族人大惊。六十三代祖爷慌忙请来巫师,巫师沿桑叶田边徐行一周,而后在地乳泉边站定,默然良久,开口:汝等在田里只取不供,土地爷何能不怒?六十三代祖爷闻言,当即跪地,恳询用何供品方能令土地爷息怒。巫师只答三字:吃、穿、住!

于是,祖爷即令族人在地乳泉边,盖窝棚一座,棚内垒一台,台上插牌,牌上画一人,为土地老爷。而后选十五有月之夜,在祖爷的带领下,族人手捧瓜、薯、布、帛,齐来窝棚前,跪下,叩头三个,献上供品,接着,便由巫师领着唱:

　　土是爹,地是娘,
　　有了爹娘有儿郎,
　　儿郎应该敬爹娘,
　　敬上瓜,敬上薯,
　　敬上布,敬上帛,
　　敬上庙屋整一座,
　　从此不缺你吃喝。
　　盼你不记儿郎过,

65

瓜长大,薯长多,

不让儿郎肚饿着……

祭歌唱完,祖爷就令族人在庙门前挖坑,把祭品全部埋了,交给土地老爷。

此祭礼行过,似真有效,翌年,桑叶田所种瓜薯,皆获丰收。族人传,那年,"瓜大者,七斤;薯多者,窝五"。

至今,每年的正月十五和八月十五之夜,我的爹娘总还要带上馍,端上菜,拿上几尺白布,悄悄地到那座半塌的砖砌土地庙前,挖了坑将东西埋下,而且埋前不仅叩头,还要嘎哑着嗓子低声唱:

土是爹,地是娘,

有了爹娘有儿郎……

我哥有一根暗红色的竹笛,说是学校的一个同学送他的。那笛儿不长,声音却挺亮,哥闲时吹起来,悠悠扬扬的,煞是好听。冬天,桑叶田里的活干完之后,他常在肋下夹了那竹笛,去镇上的茶馆里,掏一毛钱泡盅茶,坐那里喝。喝一阵后,茶客中有相熟的,若说一句:土埂,吹个调儿。我哥便慢慢地从那笛袋中抽出笛,用舌头舔一下笛膜,就开始吹。吹的多是一些徐缓轻柔的调子,颇合那些茶客们品听音乐的心境。有一次我去喊他吃饭,瞥见几个姑娘也站在茶馆前看哥哥吹笛,内中竟有镇政府文书的那个漂亮闺女青儿,而且听得极认真,当时心里就很为哥哥生了几分骄傲。后来,我又渐渐发现,那青儿常找机会同我哥哥说话,并且说话时,黑眼珠儿一闪一闪,腮上还显出几分红来,我当时隐约觉得,可能要发生点什么事儿。果然,不久之后,那青儿就常跟在哥的身后来我家串门。每逢她来时,娘就欢喜得合不拢嘴,端水让枣的,哥也把整日罩在脸上的那层冷淡扔开,露出高兴的笑来。

有一晚,我放学回来迟了,忽听镇外的水塘边响起了哥哥的笛声,便抬腿走了过去,近时才发现,那青儿也坐在哥的身边,且把头靠在哥的肩上。我没敢过去打搅,只站在暗处看,片刻之后,一曲终了,猛见青儿身子软软地倒在了哥的怀里,哥的身子一动,仿佛是吃了一惊,但随即便把她抱紧了,而且两人的嘴,在往一起凑,我看得脸热心跳,急忙转身走了。那之后,青儿来找我哥的次数就越加多,娘也笑得更勤,爹的喘病似乎也有些轻了,一种极欢乐的气氛罩了全家。

有一天的黄昏,一家人正吃晚饭,突听院门处响起一声喊:土埂,你出来!语气挺横,全家人往外一看,是乡政府的文书、青儿的爸。爹和娘当时就急忙起身带了笑去迎,但那文书又只喊:土埂,你出来!我哥放下饭碗,走出去。那文书只把凶凶的眼对准我哥,待我哥刚一走近,竟猛地挥掌朝我哥脸上打来,啪!声音极响。我哥一个趔趄,站稳后,立时有血从嘴角渗出。我爹和娘被吓呆。这当儿,只听那文书骂:狗小子!竟敢勾引我的女儿!你也不撒泡尿照照你那副模样,一个种田的,一身土腥味,一头高粱花子,也敢妄想!再看见你同我的女儿在一起,腿给你打断!骂罢,转身就走,身子一摇一晃,迈步极是气派。娘含了泪去拉我哥,他甩开娘的手,不说一句话,只定定站在原地,许久之后,才挪步向院门外走。娘见状,示意我跟在哥的身后。

哥出了门,径直往桑叶田里去,进了田,就见他呼地扑在地上,挥起拳,朝那刚犁起的松软的黑土上捶、噗、噗、噗,直捶得土粒乱飞,好一阵,才停下。我不敢上前劝,只站在那里默看,那晚无月,夜很快把哥的身子吞了,映入我眼中的只有那座半塌的土地庙的黑影。天,无风,四周静极,只有地乳泉的响声:汩汩、淙淙。

贵公子谦,现在我处,知尔思子心切,特告。倘想领其回家,极易,只需将桑叶田地契交来人即可。当然,若欲留地契,也罢,只是明日晨,恭请至槐树林观谦之尸。谨致大安。大牙顿首。

我的九十七代祖爷手捧着这张黄色信纸,腿在不停地抖。

其时,已是傍晚,阖族人围在祖爷身边,听他拿主意。

一阵晚风带着极浓的凉意,从院子里吹过,让每个人身上都打了一个寒噤。

前一天的下午,我九十七代祖爷的大儿——十二岁的周尚谦,在出门玩耍时失踪。全族人随之出外寻找,均不见,现在方知下落:他被土匪卢大牙绑走作为人质,来换取桑叶田的地契。

祖爷心中明白,以打家劫舍、四方流窜为生的卢大牙,并不是真要这块地,这其实是镇上景五的主意。景五早就看中了桑叶田,几次托人来游说,要买走这块风水宝地做他家的陵园。但祖爷一直拒绝。定是景五同卢大牙串通,想以此法转手从卢大牙那里弄走桑叶田。

祖爷的双腿依然在抖。他晓得卢大牙心狠手黑,说话算数。一头是长子的性命,一头是祖传的桑叶田产,要哪个,舍哪头?

快拿主意!卢大牙的黑衣信使不耐烦地催促。

祖爷牙一咬,眉一蹙,停了双腿的抖动,转对黑衣信使开口:请转告卢大人,桑叶田乃祖产,实不敢相赠,吾子贱体,听凭大人处置!

黑衣信使一怔。族人震惊。我的九十七代祖奶立时放了悲声:儿呀……

祖爷待那信使走远,就转对族人叫:备棺材!

次日晨,祖爷率族人抬棺前往镇外槐树林,果见长子周尚谦被悬吊在一棵槐树上。树干上写:念尔舍子保地,今还一具整尸!

正午,周尚谦下葬桑叶田边,坟土堆好,我的九十七代祖爷慢慢地在坟前跪下,呜咽着与长子告别:尚谦儿,非是为父心狠,实因这桑叶田乃我家世代粟蔬之仓廪,不敢拿来换尔性命,乞求宽恕……

族志上载:……九十七代祖爷,舍长子谦以保田……

事情来得颇为意外。那日,哥去桑叶田掰苞谷,半路,遇镇上的瘸子江宝,见他拎一鼓鼓囊囊的提兜儿,很欢喜地往镇上走,就顺口问,提的啥?纽扣。江宝含笑答。纽扣?哥带几分好奇地停步。买这么多纽扣干啥?嗨,我去温州我姑家,他们那里家家做纽扣,价钱比咱这里便宜好多,我就买些回来送人,这总共才花几块钱,你看!江宝说着,打开提兜儿,拿出一包一包的扣子。这是大衣扣,这是褂子扣,这是衬衫扣,这是裙子扣,这是圆形扣,这是菱形扣,这是棍形扣,这是枣形扣,这是黑色扣,这是白色扣,这是青色扣,这是红色扣……哥的眼睛直直地盯着那些扣,直到江宝走远,他还立在原处。

那日下午,他掰苞谷时一直心不在焉,收工时,娘在他掰过的那几垄苞谷秆上,竟找出二十几穗未掰的苞谷,娘心疼地骂:土埂,你的眼珠叫鸡啄了?

第三日早饭时,哥对爹和娘说,我要去趟温州!温州?温州在哪儿?去干啥?娘惊问。看看。哥淡淡地答。地里活多忙,你瞎跑啥?哥不再开口,只顺手提一个麻袋,上了路。六天之后,哥扛回了半麻袋各种各样的纽扣。爹和娘看见,惊呼:你疯了?!买这么多扣子干啥?哥不开口,只默默抱一块门板放在街边,把那些扣子摆上,卖。赶集人看见,就拥上来。哥就难得地含了笑叫:机制纽扣,品种齐全,质量第一,价廉物美,买百送七。于是人们就挑、就买,实际价钱,比在温州贵一倍半。

从此,每隔二十天,哥就跑一趟温州。他一边摆摊自卖,一边把进回来的扣子批发给那些乡间货郎担。几月之后,他便用赚得的一千二百元钱买了一间临街的铺面。从此,我和小妹买学习用具时再不用犯难,家里买化肥农药时再不用借钱,爹可以很气派地出入诊所去治他的气喘病,娘炒菜时可以大胆地向锅里边倒油。农忙,哥还可雇几个街上的青年,去桑叶田里帮忙干。

桑叶田里的活路,哥基本上不再插手,只是偶尔地去田里走走。哥一心在纽扣上,他还想大干。一日,我听见他向镇上的信贷员恳求:贷我几千块钱,我想买两台做纽扣的车床。

那信贷员神气活现地吐着烟圈,嘴角轻轻地一撇:我去哪里弄钱?

我的一百零八代祖爷得肺痨死去,终年三十一岁。他装棺时一直双目圆睁,任怎么揉搓也不合上眼皮,因为他放心不下我的祖奶和那一群儿女。

我的一百零八代祖奶名叫芦花,那年二十七岁。芦花奶当时是这柳林镇上很秀气的媳妇。她在埋葬了我的祖爷之后,接管了桑叶田。她鞋尖上白色的孝布尚未除下,就挎起筐子,去桑叶田里摘棉,她想凭借自己的力量,把那群孩子养大。

她没有发现,有一双精明的眼睛,一直在跟着她的身影移动;更没有想到,有一个针对她的密谋正在进行。

镇上的富户窦凤龙,早就看中了桑叶田这块旱涝保收的宝地,只是欲夺不能,现在来了良机。他想出一个精妙的主意:让他的儿子想法接近我的芦花奶,先把她的心夺来!

窦凤龙之子长得颇为俊气,而且通一点文墨,穿长衫,会背月移花影动,疑是玉人来,是风月场中的老手,懂得怎样去勾引女人。

他巧妙地制造着各种各样接近我芦花奶的机会。尽管我芦花奶懂得三从四德,晓得守贞守节,知道非礼勿动,很是端庄、庄重,但她毕竟是一个二十七岁失了丈夫的少妇,几经他的有意招惹,春心就也渐渐摇动。终于,在一个月黑星稀之夜,我的芦花奶在安顿了几个孩子睡下之后,两腿哆嗦着走近了后院的小门,在那里犹豫动摇了许久,最后战战兢兢地伸手拉开了门闩,放进了那个守候在外的黑影。

在最宜于提出要求的那个时刻,姓窦的声音极甜地开口:嫁给我吧,我俩永不分手!芦花奶在幸福的眩晕中柔柔答道:可是,还有孩子……孩子怕啥?带去,我养活他们!真的?那还有假!当然,为防我老父嫌人口太多,我们得想一个办法。啥法?我想想,对了,你只要把桑叶田带过去,我想我老父就不会再说啥。能行?当然!……

当这里的密谋正在进行的时候,另一番密谋也已开始。

我的第一百零八代祖爷的弟弟,也就是我芦花奶的小叔子,一直在暗暗监视着他的嫂嫂。任何一个寡妇的生活,不可能不受族人的监视,这点恰被我的芦花奶忘掉。

三天之后的半夜时分,当姓窦的刚刚上了我芦花奶的床,门就突然被四五个族人撞开。不敢分辩,也根本用不着分辩,姓窦的只有跪下求饶,我的芦花奶这时却还想着救她的情人,呜咽着恳求:这事不怨他,你们处置我!

说!你爹当初是怎样教你的?几根粗大的棍棒放在姓窦的头上,芦花奶的小叔子阴沉地发出命令。我说……我爹让我得了桑叶田后……就休了芦花……姓窦的未说完,我的芦花奶已被惊呆。

灌酒!又一道命令发出。一个时辰之后,窦凤龙那被灌醉了的儿子,被两个黑影抬至镇街口的井边,扔了下去,井水发出咕咚一声,随后便归于寂静。

第二日,晨起,一则消息在镇上传开:窦家长子酒醉落井,丢命。

我们周家的族谱上,在第一百零八代这一页上,一反惯例,没有奶奶的姓氏。

那晚,半片月亮正升,忽见一块黑云移来,一碗饭未吃完,那黑云竟迅速膨大,遮了天。片刻之后,第一排雨点就开始把地上的浮土砸得乱飞。原以为这是阵雨,一会儿就停,未料雨点竟愈密、愈响、愈急。我爹这时就咳喘了一阵,说:该把桑叶田的水沟弄通,免得遍地流水冲走肥土。娘听见,就喊哥:土埂,去地里看看!

我得到铺子里看漏不漏雨!哥一边答,一边啪一声打开他的自动折叠伞,走了。

我自己去,自己去!爹咳喘着披好蓑衣,拿起铁锹,挤进门外的风雨里。娘朝我肩上搭一块塑料布,说:去,跟你爹做个伴!我就拿了电筒,跟出去。

雨点在苞谷、红薯、绿豆的叶面上敲出啪啪的声响,闪电不时制造着更深的黑暗,我紧张地捏紧手电,让爹借了那光亮疏通田间的水沟。几条水沟疏通后,挺凉的雨水已从塑料布缝里把我的衣服湿透,我便催爹快回。爹喘了一阵,说:中!我就拉了他的手往回走。快走出地边时,爹忽然停步,说:什么东西挂住了我的蓑衣?我把手电回过来朝他身后一照,立时惊恐地叫:妈呀!一急向爹怀里扑。爹一边惊问:咋?一边夺了手电去照,随即便听他说:别怕,一只鹅!我这才又敢扭脸去看,果然是一只浑身透湿的黑鹅,用嘴紧咬着爹的蓑衣不放。这鹅八成是回家晚了,让雨弄迷了路!爹对我说罢,就又扭头对鹅说:走,先跟我们回家!

到家,娘和小妹听说我们从地里领回一只鹅,便都披了衣来看。灯光下,只见那鹅身个挺大,一身沾了水珠的羽毛漆黑铮亮,它不吭不哼,只抬了头直看着爹,双眼里仿佛含着不安。爹说,都去睡吧,它八成是被这猛雨吓蒙了,歇一夜就会好。

第二天起床后,我和妹妹首先想起黑鹅,急忙去找,只见它静卧在爹的床腿边,两眼并无睡意,仍如昨夜一样,眸中仿佛露一丝不安。爹从口中拔了烟袋,喘一阵,说:小五,去,拿点东西,让它吃饱了走。我便起身进厨房,倒了半碗剩饭,还将一块馍泡进去,端到它的面前,它吃了几口,就又扭过头,直看着爹。爹见状,说:你们把它抱到院门外,让它回自己的家吧。我于是便把它抱到门外,放到了地上。它抬起颈,环顾了一眼四周,而后抖了一下羽毛,竟又移脚要向我们院里走。我和小妹见了,忙拦在门口,叫:走吧,回你家去!黑鹅站那里望着我们,良久,才摇摇晃晃向一旁的柴堆走去,无声地卧在柴堆旁边。哥回来吃早饭时,那鹅看见,竟忽然惊叫着飞快地跑进堂屋爹的身后,身子在抖。爹觉得奇怪,就说:别怕,你既是不识回家的路,就先在我们这儿住了,等你的主人来找吧。

哥看一眼那鹅,笑笑,说:这鹅!

几天时间过去,并未见人来寻这鹅回去,我们也就习惯了它的存在。娘和小妹喂鸡时，总也要给它放上点吃食。它似乎跟爹的感情最好，平日总跟在爹的身后，爹若去桑叶田干活，它便也默默地跟了爹去地里，收工时，它又默默地跟回，而且夜里，不管我们怎么干涉，它总要卧在爹的床头。大约是见哥的次数少，它每次看见哥回来，总要惶惶地向爹身后躲，哥见了，就笑：这鹅胆量小！

　　桑叶田一分为三，一人一份，如何？二爷眼瞪着大爷，商议着，而那语气，却分明带了几分威胁。可是桑叶田传给长子，这是祖宗先例，怕不好违吧？大爷也答得绵里藏针。慢慢商量，慢慢商量，三爷在一旁打着圆场。

　　我们周家传到一百二十六代，老祖奶奶先后生出三个爷来。按惯例，桑叶田传给长子，其余的田产分给二子、三子。可我那二爷是牌场里混出来的人，知道种桑叶田需要花的气力最少，有桑叶田就有饭吃，这宝地若全让大哥占去，实在有些于心不甘，所以便提出：把桑叶田一分为三。大爷当然不同意。三爷虽也极想要桑叶田，但他是精明人，知道在这事上出面争执会遭人讥笑，便只暗中撺掇二哥，本人却并不出头。

　　大爷不松口，二爷不罢休，事情闹得就有些僵。最后二爷便决定来硬的，去老婆的娘家叫来了几个弟兄，不由分说地到桑叶田里强行用锹掘出两条沟，把田分成了三块，并在其中的一块地头插了木牌，写上了自己的名字。大爷见状，自然是咽不下这口气，何况他还占着祖宗有训这条理，于是便也去老婆的娘家叫来了一帮人，要将老二掘出的那两条沟平了。一方挖了，一方要平，形势就到了剑拔弩张的程度，两班人马在桑叶田里横眉冷对，这时三爷出面调停。他把大哥拉到一边，说：二哥有违祖训，你也真该教训教训他了！再把二哥叫到一边,讲:其实要论打,大哥能是你的敌手?如此一调停,两下的火气自然不会变小,僵持到黄昏,两班人马到底开始动手了,武器主要是铁锹、棍棒,你来我往,只打得尘土飞扬、鲜血遍地、肉渣乱飞。镇上人皆围在桑叶田四周看,却都不敢上前劝止,械斗时谁劝谁倒霉,打红了眼的人乱抡武器,碰着谁是谁。械斗颇和今日战场肉搏有些相近,一旦开始,便只有置对方于死地方能罢手。大战到子夜时方歇,双方参战的人员几乎全部倒在桑叶田里,可谓势均力敌。大爷的铁锹戳进了二爷的胸口,把二爷的半瓣心脏剜出,二爷的锹尖戳进大爷的肚子,把肠子搅得乱七八糟,弟兄俩同归于尽,两人暗红色的血汇在一处,一起向桑叶田那黑色的土粒里渗。

三爷这时悲痛欲绝地出面,含泪掩埋了两位哥哥,并在坟前呜咽着告慰兄长:你们放心去吧,小弟一定撑好这个家。接着,他便名正言顺地把桑叶田录在了自己名下。

三爷经历了这场械斗,临死时特意留下遗嘱重申:桑叶田归长子所有!后代若无子,则归招夫入赘的长女所有。他人若有心图谋,族人当共诛。

那日下午,哥从铺子里回来,很郑重地向娘交代,晚上有几个客人要来家吃饭,并给了娘四十块钱让她上街买菜买肉。自从哥做生意之后,请客吃饭在家已是常事。由于爹有病,哥这时实际上已成了一家之主,他的话,娘一般都默默照着去办。傍黑时分,娘刚把八个凉盘做出,哥已领着几个客人向院门前走来,娘见状急忙招呼爹:快把桌子摆好!娘的话音刚落,就听门外突然响起了黑鹅的叫声,叫声惊惶、急迫,一声比一声凄厉,仿佛有什么东西在抓它。爹停了摆桌子的手,急喊我:小五,出去看看黑鹅!我奔出院门,看见并无什么人蓄意伤害黑鹅,它只是抬颈看着哥和他领来的那几个客人,一边向后倒退着脚步一边惶惶地叫。我上前喝止它,它竟叫得更急。几个客人看见黑鹅这种叫法,都觉好笑,说着玩话:是不是不欢迎呀?哥颇有些生气,沉声对我说:小五,把它赶远点!我便拿个小棍去赶,它却怪,不向远处走,只执拗地绕着柴垛转,而且边转边叫。一直到客人们开始喝酒的时候,它仍然在叫。那时天已渐渐黑定,它的叫声让我听了,不知怎的竟无端地生出一丝恐惧来。后来爹听见它总叫,便咳喘着走了出来,黑鹅看见爹,边叫边快步跑过去,用羽毛蹭着他的腿,仿佛是乞求保护的样子。爹看看四周,弯腰安慰地摸摸鹅的颈说:别怕,没东西敢来害你,有我哪!黑鹅这才将叫声一点一点减小,直到完全停下。爹把它抱进屋,放在自己的床腿旁,它才不甚安心地卧了。那阵儿,堂屋当间的酒桌上,哥正在殷勤地让酒:王主任,您海量,这三杯酒还在话下?喝!喝个样让刘厂长他们看看!……爹默默坐在黑鹅身旁吸烟,静听着酒桌上的动静。每回哥请客,爹总是帮娘把东西收拾好,便默坐在他的床头,并不出去应酬。他大约是觉着家事既已交给我哥执掌,就该放手由他去干。

几个客人到很晚才散,一个个喝得摇摇晃晃,临出门时,相继地拍着我哥的肩说:放心,土埂!那晚哥特别高兴,客人们走后,我破天荒地听他哼起了歌子,娘小声地猜测着对我说:是不是又能卖出一批扣子?

乞土地老爷宽恕,天明,桑叶田契将送去农业社里,这非孩儿不愿侍奉,实是潮流所致,盼您明鉴……

一九五五年那个有一钩新月的夏夜,周家的一百二十八代家长——也就是我的爷爷,领着我那有一双小脚的奶奶和二十一岁身强力壮的我爹,以及刚过门不久、穿一件黑斜纹大襟褂子的我娘,还有两个姑姑,一齐跪倒在桑叶田中地乳泉旁那个半塌的土地庙前,低低地述说着。土地庙内的祭台上,摆着用头遍麦面蒸的像碗一样大的供馍;堆着煮熟的最大的十穗苞谷和蒸熟的十个大红薯;还放着两只大碗,大碗里分盛着绿豆、芝麻,绿豆、芝麻中间插着长长的棒香,棒香把袅袅的烟雾,一缕一缕洒向那地气氤氲、月色迷蒙的夜空。四周,蟋蟀、雨狗等虫儿们把自己的叫声掺进我爷爷那不安而愧疚的申述中。一两只萤虫划过来,照出了我爷爷奶奶那虔诚的跪姿。地乳泉安详而自在地流着,淙淙、汩汩。当我爷爷的申述快要结束的时候,只听背后的地里嘎地响了一声,全家人的身子都禁不住一抖,我奶奶悄悄向爷爷俯过身去,低低地说:像是鹅叫。去!爷爷用跪着的右脚尖朝奶奶的屁股上悄悄踢了一下,低而严厉地说:哪来的鹅?爷爷又带领家人向祭台磕了三个头,这才缓缓起身。我那个最小的姑姑站起身时嘟囔了一句:我的膝盖疼了。话音未落,黑暗中我的爷爷已伸过手朝她的胳膊上狠狠拧了一下。我小姑疼得嘴角咧了咧,可没敢哭。

这之后,我爷爷领着全家,绕着桑叶田的地边缓步走了一圈,绕行中,在正北、正南、正东、正西、东北、东南、西北、西南八个方向上,爷又依次带着家人面朝田中的土地庙方向各磕了一个头。这番礼节行完,爷才带着全家蹒跚着向家里走。

第二天早上,我爷爷手哆嗦着从一个黑漆木匣里掏出桑叶田的地契,在瘦骨嶙峋的胸口上贴了贴,慢慢地向门外走去。在门口的那棵榆树上,他解下三头黑牛的缰绳,拉着向镇中的农业社院子里走。我爹手中拿根木棍,在后边赶着牛,不时敲着牛的胯骨。我爷爷刚走进农业社院子,社长就欢喜地站起来,笑着说:看!老中农到底觉悟了!当我爷爷手抖颤着把桑叶田的地契交到社长手上时，社长从桌上拿过来一朵巨大的纸做的红花，亲自佩戴在我爷爷的缀着布扣的粗布衬衣上。我爷爷立时掉了两串黄黄的眼泪，泪珠子把大红花的花心砸湿了一片。社长握着爷爷那被锄头磨出了厚茧的手说：你激动，我也激动……

我哥请客后的第三天中午，娘正在案上擀绿豆面条，爹坐在灶前一边咳喘一边添柴，哥兴冲冲地走进门，顺手在正择菜的小妹头上敲了一下，欢喜地说：成了！

啥成了？一家人一齐住手，一齐把目光对住哥问。哥并不急着回答，从口袋里抽出烟，递一支给爹，爹接过从灶下抽出一截秫秸抖抖地去点，这边哥早用气体打火机点上吸了一口，一口烟喷出，才又接着说：镇上的纸箱厂建新厂房，要买地皮，上边规定，买的地若是村民的责任田，买方除了向国家付地皮钱之外，还要向村民每亩付八百元的补偿费，村民的责任田被征之后，镇上将优先发给经商营业许可证，但所征的必须是已不宜于耕种的地。我现在正想买两台做纽扣的车床，急需用钱，要能让纸箱厂把桑叶田征去，就……

你……?！爹的咳喘倏然间停止，双眼震惊地瞪大，眸子上浸出一层浑黄。

因此，前天晚上，我把纸箱厂的领导和镇政府征地审批办公室的人请了来。现在，事情已经办妥。纸箱厂很愿意买咱的桑叶田，他们特别喜欢我们桑叶田中间的地乳泉，他们打算将来把泉圈在厂办公室院子中间。征地审批办公室的人也已同意批准，还特意写明：桑叶田已不宜于耕种。事情……

杂种！爹声音嘶哑地吼道，但只吼出这两个字，就爆发了一阵剧烈的咳嗽。

你还没有把地种够？哥冷冷地反问。一年到头,忙忙碌碌,犁、耙、种、浇、锄、收,不就是夏季得三四千斤麦,秋季收五千来斤苞谷红薯,这值多少钱？麦两毛来钱一斤,苞谷一毛多钱一斤,两季加起来,不就是两千来块钱？再扣去化肥、农药、农具的钱,能落多少？我们周家为什么非种田不可？

你?！爹张开嘴,一时仿佛找不着词句,只任喉结在那里急剧地抖动。

眼下我这小本生意,一月的盈利也在四五百块,倘若能再买两台车床,连做带售加批发,两月下来,就能顶你在桑叶田干上一年！而且……

杂种!! 爹到底又吼出了一句。

不卖当然可以！哥冷笑着站起身子。不过我要说明:从今往后,我生意忙,无时间再去干田里的事,弟、妹上学,娘得去我铺子里帮忙,地里的活你自己干吧！而且今后,买化肥农药的钱,我可是拿不出了！哥说罢,猛地转身,昂首出门。

土埂——娘慌慌地喊。

杂种!! 你生了个杂种!! 爹猛地朝娘脸上打了个耳光。

嘎——院里,仿佛是黑鹅叫了一声……

一堆白色的纸球在队长的掌心中攥着。

我爹的双眼直盯着队长的那只手。

抓阄！

听说要分责任田,队上每户人家都找过老队长要求:把桑叶田分给俺家吧！

谁都知道,桑叶田旱涝保收。

老队长最后想出这个主意:抓阄。谁抓住写有桑叶田三字的纸球,地就分给谁。

我爹最初听到这个消息时,曾愣了好久。但随后,就见他拿一捆火纸,在院子里点上,先跪下连磕三个头,喃喃地说:桑叶田是我家祖产,愿祖宗、神灵保佑我能抓到那个纸球!而后,就把右手伸到那火纸燃起的烟火上烤,边烤边翻动着手掌祈祷:有灵有气你就附上来!附上来!附上来!以后我断不了你们的香火,断不了!断不了!附上来!……

队长把那些纸球放在了桌上。

我爹的眼珠已有些发红,塞在棉袄袖筒里的右手抖得厉害。能行吗?能行吗?能行吗?他觉着心脏跳得太重,撞得胸口的肉都在疼。

抓吧!队长的话音刚落,几十个人呼的一下站起来,挤向桌子。我爹本想第一个站起来跑过去,但因为太激动,脚绊住了别人坐的椅子,扑通一声摔倒在地,在倒地的一刹那,他绝望地喊了一声:我要先抓!人们此刻都已抓球在手,正小心翼翼、聚精会神地展看,没有人顾到我爹的喊。

桌上只剩下了两个纸球,老队长一齐拿起向我爹走来,说:剩下的这两个,一个归你,一个归我,你挑一个。不,不,不!应该重抓,重抓!我要先抓!先抓!我爹很快地摇着头,摆着手,但队长执意地把那两个纸球伸到他的面前,他不得不绝望地伸出手捏住了其中一个,随即就不抱任何希望地一边叫着应该重抓!重抓!一边展开了那纸球,在纸球展开的那一瞬间,爹口中的叫声陡然停止,眼珠一下子涨大,跟着就听他狂呼了一声:我抓到了!抓到了!话音未落,倏的一声,他手攥着那纸片又向地上倒去。

凉水拥挤着顺着爹额上的皱纹往下跑。老队长把三碗凉水向我爹的额头上泼完之后,爹的身子才动了一下,他挣扎着坐起来说的第一句话是:我抓住了!……

爹在床上整整躺了三个月。

爹与哥争执后的第二天,他的喘病就加重了,有时,就到了不得不请医生坐在床头的地步。那些天,我们只顾操心爹的病,谁也没再想到黑鹅,待到爹的病稍稍好转问到黑鹅时,我们才注意到:黑鹅不见了。反正不是咱家的,它走就走吧。娘对我和小妹说。

由于爹卧病在床,家里的一切由哥执掌,所以哥那原来的计划,就也照常进行了。爹卧床一月后,当我们把能收的秋庄稼勉强收完时,就开始有汽车向桑叶田里拉石灰、钢筋和砖头。一个半月之后,两台做纽扣的小型车床和电动机,运到了哥的铺子里。

娘照哥的安排,在铺子里零售纽扣,身上穿着哥给她买的城里老太太常穿的那种咖啡色衣裤。一个名叫陆茵的高中毕业的镇上姑娘,自愿上门受雇,和哥各包一台车床制作有机玻璃纽扣。每天傍晚,我和小妹放学回来,总要先到铺子里,看一阵哥和陆茵姐在车床上的灵巧操作,而后替娘照顾柜台,让娘回家做饭。

三个月之后,当爹从哥给他买的各类药物和营养品中重新获得了下床的力气时,便蹒跚着拄杖出门,径直向桑叶田里走,我看见,忙跟了上去。桑叶田已经完全变样。绕着地边,砌起了一人来高的红砖院墙,朝公路的地方,开了一个大门,门边挂一木牌,上写:纸箱厂基建工地。走进院门,只见遍地是木材、水泥预制件和砖头,早先松软的黑土,现已印满了汽车、拖拉机的轮胎印子,变成了坚硬的场地;原来的那些田埂、水沟多已被毁,只能偶尔地看到一截半截;旧有的那个土地庙,已被拆除,只能在原址依稀辨出祭台的位置。唯一没变的,是那石隙中流出的地乳泉,泉水依旧汨汨响着,爹双手拄杖立在泉边,双眼呆望着泉水,渐渐地,就有两滴老泪从他的眼角缓缓滴下。我移目泉水,大约是夕阳的作用,我觉得那泉水似乎有些发红。泉边,已搭起了两间工棚,有几个建筑工人在棚子里听录音机,录音机里的一个男声在叫:占领、占领,不要留情!占领、占领,不要宽容!占领、占领,不要心疼……

回吧。我见爹立着的双腿已开始哆嗦,慌忙上前扶住。他摇摇晃晃地跟着我走,临出桑叶田时,他吃力地弯腰,抓起一把土,紧紧攥住,许久,才又松开手,任土粒顺指缝下流。出了围墙,到岔路口,他说要去哥的铺子,我劝止不住,只好随他走,我知道,一去就又要爆发一场争吵。

爹进铺子的时候,娘看见,忙过来扶他,但他甩开娘的手,径直向铺后的小车间里走,推开车间门,他的嘴猛地张开,仿佛要吼出什么,可良久并无声音出来,他似乎一下子被那两台车床的响声惊住。他睁大眼睛看着车床,看着哥的两手在车床上灵巧地飞动,看着一粒粒圆形的白色纽扣,从车床上流下。他的嘴慢慢合上,正忙着的哥只是抬头对爹一笑,便又低头去忙他的了。许久之后,爹慢慢向前移步,弯腰从车床下满盛纽扣的塑料筐里,抓起一把,惊奇地看着……

半月之后的一个夜里,一场罕见的大暴雨袭击了柳林镇。我们一家再不需要担心田里的水沟不通,都安心地躺在床上,静听着屋外的风雨声。忽然娘喊:你们听,黑鹅叫!全家人一齐抬头侧起耳朵,果然,从风雨声中,辨出了我们听熟了的黑鹅的叫声:嘎——嘎——嘎——,但那声音里已没有惊慌,倒像是透出了几分痛快。

我后来就在风雨声中恍恍惚惚入睡,没有去听爹和娘关于那鹅怎么又会迷路的议论。可那晚我的睡眠很不安宁,老做梦,总是梦见自己手捧一块大烧饼,急急往家走,而黑暗中老有一只黑手伸过来,一会儿把那饼掰走一块,一会儿掰走一块,急得我几次从梦中醒来。

第二日,晨起,雨已住,哥从铺子里回来,说:昨夜,桑叶田地乳泉旁的两间工棚在暴风雨中塌了,十几个建筑工人被砸伤。据一个未伤的工人讲,雨下大时,他忽然记起有一条裤子还晾在棚外,便顶了件雨布出去收,出门后,在风雨中,他猛地瞥见平日缓缓流淌的地乳泉,那刻正呼呼涌出几米高的水柱,那凶猛的泉水和着地上的雨水猛烈地冲击着工棚的后墙,他还没来得及喊一声,那工棚就一下子塌了。工棚刚塌,那泉水忽又小了,到了今天早晨,泉已完全干掉,滴水不流。

真的?爹、娘、小妹和我,一齐惊住。

暮 霭

我有一个姑姑。

那时候我们还是富户。

爷爷在宛城开了一家染坊,日染二十来匹白布,生意也算兴隆。据说每隔三天,我爷爷就能用他那双被蓝靛染得看不出眉目的手,从钱箱里数出一沓票子。因此我姑姑十五岁时,就能很气派地提着花布书包,走进当时宛城唯一的一所师范学校,坐在木桌前读一本本很厚的书。

我姑姑读到十七岁时,据说已经变得十分漂亮,惹得不少男子常去我家染坊。漂亮的程度我说不大清,因为我见到姑姑时,她已满脸皱纹纵横,不过我能从两个表姐的身上模糊地想象出姑姑当年的姿色。

十七岁的姑娘本就容易引人注目。何况我姑姑还那么漂亮,所以不论她走到哪里,都总有些目光抓在身上。对此,她开始自然是有些得意,故意地把胸挺得很高,目不斜视地在人群里走,而后猛地放眼一转,看究竟有多少男人在朝自己望。在好多望她的目光中,有两束最强,这就是驻在学校附近那个"国军"团部的刘参谋。刘参谋脸黑,但身材魁梧,黄军装一穿,腰间再把手枪一佩,就有一副标准的军人派头。刘参谋年纪不大,那时也就是二十七八,唇留半月式短胡,黑黑的面孔上肌肉饱满,下颌如铲,是个易让女人感兴趣的角色。他平日若从烟花街过,上前拉他的女人得用十数,但他从来都是把眼一瞪,兀自往前走。

刘参谋一开始是常站在校门外看我姑姑进出,用目光把我姑姑送来送去;后来就借故到学校里来,有时说是找老师借书,有时说是看个朋友,门房并不敢拦阻,只哈腰点头让他进去,他进去就站在教室门口,把坐那里读书的我姑姑仔仔细细看个够。再后来就是送花,每日晨起,把一束花送交门房,让门房给我姑姑,我姑姑那时正是傲的时候,当然看不起粗鲁的武夫,花自然不要,而且有时,还扔花在地,笑着用脚踩。

有一次我姑姑正踩那花时,刘参谋走过来,当时老师和同学们都担着心,怕闹出事,但刘参谋没火,他只是低了头,默看那地上的花,待我姑姑抬起脚走后,他慢慢地弯腰,将地上的残花拾起,凑到鼻前,闻了很久。

这以后,刘参谋再没到学校来。

我姑姑当时拒绝刘参谋的示爱,除了看不起武夫之外,还有一个原因,就是她那时心里已爱上了另一人。那人是姑姑的同班同学,叫梁炯,比姑姑大三岁。那梁炯生得眉清目秀,浑身透着一股英气,而且写得一手好字,学校礼堂里挂的那些条幅,多是出自他的笔。当刘参谋送花时,姑姑和梁炯的关系已进到了交颈接吻的地步。这种情况下,姑姑自然无心再理什么参谋。

  一日夜,有雾,弦月迷蒙,姑姑和那梁炯在宛河边幽会。河边草丛里的微微虫唱伴着两人的柔声絮语,一阵长吻之后,梁炯贴着我姑姑的耳朵说,我吻得真有些醉。我姑姑就柔笑着拍了一下他的背,嗔道:醉了你就跳水!梁炯就说:好!于是便往河边去,姑姑见状,就又笑着扯了他的手,向他的怀里扑。当两人终于觉得应该分手时,梁炯说:别让人看见,你先走!姑姑于是就说:明晚见!说罢,便先回了家。

  第二日,晨起,忽听街上传来一阵哭声,姑姑就诧异地跑上街去,远远看见那哭着的竟是梁炯的父母,愈惊奇,待一问,方知昨晚梁炯淹死在宛河里。姑姑听罢这消息,一阵晕,手抓住墙缝,才算没倒下去。

  姑姑一连两天没吃饭,卧床不起,第三日发起高烧,高烧时不断说着胡话:跳水……跳水……醉了……你就去跳水……

  姑姑不久就师范毕业,进了宛城女中,教授国文。

  女中里也有男教师。内中有个叫尤涛的,长得也是一表人才,纤纤长长的身个,方方正正的面孔,戴一副玳瑁眼镜,而且会打羽毛球,举止十分潇洒。尤涛和姑姑一样,也教国文,两人在一个组里办公,免不了常讨论问题,话说得多了,友谊就渐渐产生,友谊发展下去,愈深愈浓,就有点接近爱情,何况两人又正当这种年纪。慢慢地,二人就一起去剧院看戏。那时宛城剧院请不来常香玉的豫剧团,都是一些本城剧社演的《秦香莲》,戏虽不好,但姑姑和尤涛却觉得非常有趣,二人常为演员的演出鼓掌,笑。后来两人就拉了手,后来就又不去看戏,坐在屋里,亲。据说是在一个星期六,傍晚,姑姑上罢课没回染坊家里,而是留在尤涛的宿舍,两人一块儿吃了饭,饭后,又一起坐在床沿,搂一起,吻。一阵令两人身子抖动的长吻之后,尤涛附在姑姑的耳边说:我这身上像着了火,不信你摸摸!姑姑就笑着说:着火了就烧死你!尤涛听罢,叫:你既是这么狠心,我就烧死自己!说罢,就伸手去摸火柴,姑姑就又柔笑着啪一下打了他的手,片刻之后,两人的唇,便又胶在一起。姑姑那晚回家时已是八九点钟。她带着甜蜜的笑意进入梦乡。午夜时分,她忽然被人们的喊叫声惊醒,抬头一看,只见窗纸被火映红,街上全是人们的脚步声和救火的喊叫声。姑姑披衣服趿鞋走到门外,一看失火的地方,好像就起在女中院内,就一阵心慌,跌跌撞撞地向学校跑,待进了校门一看,火烧的竟就是尤涛的宿舍房。她没命地喊着尤涛向火前扑,被救火的人们扯住,火灭后,尤涛的遗体被找出,早已经面目全非,姑姑只看一眼,就晕了过去。

姑姑又大病一场,整整三个月,没去学校教课。几乎每天晚上,爷爷奶奶都要被姑姑梦中的叫声惊醒,她叫得含混不清,只能模糊地听出两个字:火……我……我……火……

姑姑的病好以后,又开始教书。她这时的身子,经过这两场折磨,自然显出了些纤瘦,但同时,却又平添了一种病态的美。眼,越显得大,且含了忧;脸,愈显得白,且带了愁;腰,更显得细,见出柔。男人们的目光,照例地常往她身上扫,但却再无人敢同她套近乎,有时甚至同她说话,也带了几分惊恐,就那么三言两语,赶快走。那两个和姑姑相爱的男人的暴死,使小城里的男人都知道,我姑姑是一个不祥之物。

一日,我姑姑讲完课,往家走,经过林四奶的相面铺时,拐了进去。林四奶看见我姑姑,手一拍,叫:嚄,你可是稀客!你们当先生的,屈尊来到俺的小铺,可是俺的荣幸!四奶,求你给我看看。姑姑软了声说。四奶听罢,就肃起脸,正了眼,闭了嘴,两嘴角放平,双掌在膝上摩挲一阵,而后双腿一弯,坐在蒲团上,向姑姑看。姑姑感觉到两束光在面孔上晃,那光又冷又热又冰人又烫人,而且还带了刺,刺得她只想把面颊揉几下,止住疼和痒,但她没敢动,她期望得到一个答案。半晌之后,四奶缓缓舒出一口气,缓声问:姑娘,你是想听真话还是想听假话?姑姑当时一愣:怎么讲?

是这样,姑娘。四奶奶平和地笑笑:有些人来相面,是想图个吉利,只愿听吉利话,有一句不吉利的话出口,他便显出不高兴。对这样的人,我有时就只能给他说点假话,让他欢喜。姑姑听罢,就急忙申明:我愿听真话,你不论看出了什么,都只管给我说!

好!四奶奶又微笑:有这句话我就不避讳了。你虽生就了一双樱桃小嘴,但这小嘴两边,可都各带了一点回纹。你不必摸,你摸不出,对了镜你也看不到。这回纹藏金,所以你出语虽轻,可音中夹重,直捣人心,尤其男人,常经不了你几句轻言!所以,姑娘,日后说话当留心!

姑姑当时身子一震,蓦然记起当初对梁炯和尤涛说的那些话,禁不住心往下沉。

你眉心上凹下斜,凹里窝凶,这凶需灭,凶不灭家不宁,可要灭这凶,不但一般女人不行,就是文弱男子也不中,非武人不可!

武人?姑姑一惊。

对!武人身上带有杀、煞二气,正可克凶……

姑姑听罢,既胆战心惊又将信将疑,蹒蹒跚跚回到家中。是年,她已二十岁。

在那时的宛城,未嫁女中她已是高龄。我爷奶就有些慌,四处去找媒婆,想尽早嫁她出门心净。

就在这时,国军团部的刘参谋,同媒婆靳七妈一起前来求婚。

那是一个星期日,天阴,且有风,姑姑本来就无心绪,这种天气更不出去,便在自己的闺房中坐了,拉过那个椭圆形水银镜,默看镜中的自己。一两颗清泪慢慢就从眼角滚出,往衣襟上坠。

染坊里的大锅,咕嘟嘟响,传进闺房,便越令姑姑心烦、神伤,一两缕蒸汽带一股靛味,从门缝里挤进,使她突然起了一念:何不跳进那染布大锅里,从此永得安宁?就在这念头刚萌时,姑姑忽然听见,我爷爷在染坊外大声叫道:刘参谋、靳七妈,你们来了?快屋里坐。

刘参谋?姑娘的心一颤,记起了两三年前那个常送花给自己的军官,而几乎在这同时,她想起了四奶奶的话:非武人不可!姑姑叹口气,长长的。

看来这真是命!

"……这位刘参谋,你们也看见了,长得多英武,而且月俸高,绝不会让姑娘吃苦的……"媒婆靳七妈的话,在外间旋……

当我奶奶欢喜地走进里间,征求姑姑的意见时,姑姑擦干脸上的泪,把头点了点。

不久,就举行了订婚仪式。

一月之后一个春阳和暖的上午,一辆贴有喜字的美式军用吉普停在了我爷爷的染坊门前,自然有鞭炮,有喜乐,鞭炮喜乐声中,我那打扮一新的姑姑,由两个伴娘陪着,坐进了吉普。

吉普驶进了军营。

当晚,当所有的宾客走出新房之后,刘参谋,也就是我的姑夫,将门插好,转过身,倒一杯威士忌,仰头一饮,而后掷杯在地,发一声长笑:哈哈哈……笑毕,向床边走去。我那羞脸低垂的姑姑,被这声长笑惊呆,任凭他粗鲁地扯去衣服。

第二日清晨,当我姑姑红着脸去换那染了血的褥单时,姑父轻攥了她的手,无言地抚摸着,双眼仿佛有些意外地盯着那褥单上的血迹。

姑父对姑姑很体贴。蜜月过后,奶奶去看姑姑,见姑姑身子胖了不少,双颊上,分明地增了红润,两眼中,明显地含着笑意。

奶奶很欢喜。

姑姑只当了四个月的军官太太。四个月之后,解放大军攻克了郑州、洛阳,挥兵南下,宛城成了又一个进攻目标。守城的中央军人心惶惶,做着逃跑的准备。姑姑也收拾着东西,手忙脚乱地打着包裹。那些天,姑夫总吸烟,而且一边吸烟一边看着姑姑,姑姑那时的身子愈加丰满,不论怎么看,都入眼,后来,一个风雨之夜,门前就驶来一辆帆篷卡车,姑夫哑声对姑姑说:你坐这车先走,在送到的地方安心住下,我随后就到。姑姑点头,上了车,汽车把她送进一个很远的山村,在那村里,有两间瓦房,送她的人把她和东西安顿到屋里,而后找两个老太婆陪伴她。

十几天之后的一个晚上,浑身是血的姑夫步行着来到了瓦屋,姑姑又喜又惊又心疼。姑父抖着手从胸口掏出一张纸片,郑重地交给姑姑,嘶声说:保存好,这就是我的命!姑姑一看,那是一张起义投诚证明,证明上盖着中国人民解放军中原军区政治部的印章。

不久,宛城和它属下的十三个县全部解放。

姑姑和姑父就在这小村住了下来。他们买了一块地,跟村里的人学着种。第二年,我的大表哥就诞生了。姑夫种田,姑姑刺绣,表哥坐在摇篮里玩。晚上,棉油灯一点,灯光摇曳,一家三口围在一起,笑了说,说了笑,十分幸福。只是常常地,姑夫会陡然止了笑,怔怔地望着姑姑。

后来开始"镇反"、"肃反"、"文革",姑夫因为有了那证明,倒也平安。这期间,我的大表姐、二表姐、二表哥相继地诞生,姑姑忙着操心儿女,再也不去翻自己从城里带来的那些书籍。

她完全变成了一个农村家庭主妇。

因为孩子多,经济拮据,油盐酱醋柴事事要操心,姑姑的脾气慢慢开始变坏。常常地,她会无端发火,发起火来就骂姑夫,而且借口是随时的:挨刀的,你就挑这点水?狗东西,你把劈柴就放这里?遭瘟的,衣裳就这样扔地上?!……

对于姑姑的骂,姑父从来不回嘴,而且从来都是低眉顺眼地听。为这事,村里好多妇女都羡慕:嘿,看人家那丈夫!

日子在缓缓地流,姑姑年岁也在慢慢地增。偶尔有一天,姑姑坐在镜前看,不禁一怔,鬓边竟已发白!她又仔细地看了一眼嘴角和眉心,依旧看不见嘴角上的回纹,那回纹里还藏金?眉心里还有些凹,那凹里还窝着凶?她正坐在镜前发呆,姑夫踱过去,手抚姑姑的头,一下一下地揉,姑姑感觉出,姑夫的手在抖。

再后来,表哥、表姐就大了,娶儿媳、嫁闺女,姑姑整天忙,忙得头发顾不上梳,就用手指理。两个儿媳娶进、两个闺女嫁出后,姑姑的头发就全变白了,面颊也无了血色。

这个时候,姑夫又得了病,肺气肿。

姑姑开始忙得团团转,要安排地里活,要看护姑夫,还要照管怀了孕的儿媳妇。她变成了一个地道的农村老太婆,春、夏、秋三季,她早已无了穿袜子的习惯,总是赤脚套一双鞋,到处走,脚脖上沾着灰,黑黑的。夏天,她会像村里的其他老太婆一样,赤了上身,在人群里过,任凭两个松弛的奶子,在胸前晃。有时门前的菜园里若丢了菜,姑姑就手拿一把蒲扇,一边扑打着四周的蚊子,一边站那里叉了腰骂:偷菜的咃,你用心听!老子日你个八辈老祖宗……

姑夫的病拖了三年整。

三年里,姑姑始终和他睡一起,给他捶背,给他揉胸,给他喂饭,给他掏痰。每当姑姑为他忙活一阵后,他总要抬手揉一下眼。

到底到了那个时限。那是一个傍晚,暮霭在屋檐低垂,一直昏睡在床的姑夫,突然喊起了姑姑,姑姑闻声快步走到床前,以为姑夫是要什么东西,不想姑夫抓了她的手,只管抖,而且喉结在不停地晃,许久,才含混断续地发出声:"……有……件……事……我要……告诉……你……"

"慢慢说。"姑姑想让他平静,宽慰着。

"……梁……炯……尤……涛……"

"谁呀?"姑姑一时记不起这两个名字是谁。

"梁……炯……尤……涛……"

姑姑的身子一悸,从脑中一个遥远的地方,找出了那两个恋人的面影。

"现在提他们做啥?"姑姑的心突然莫名其妙地缩紧。

"……他……们……我……"话说到这里,姑夫突然爆发了一阵剧烈的咳嗽,伴着一声声长咳,一股又一股血从姑夫口中喷出来,当那咳声终于停止、鲜血不喷时,姑夫断了气。

姑姑当时没哭,只双眼瞪着姑夫,连声叫:"说、说呀!你为什么现在提起他们?为什么?为什么呀?!"

姑父双眼紧闭,神色似乎不安,但在嘴角,却又留一缕笑意。

暮霭已飘进屋里……

白门槛

村边果然有棵老桑树。
离桑树不远真有口井。
井旁是立着间独立屋。
这么说,是已经到了。到了!
方生哥,我找到了你的村子!找到了!
他久久地站在邹家村头,定定地望着这个瓦房、茅屋杂陈的不大的村子。

……幸春,妈的,人生一世,红黑总有一死,咱们既来了,就要准备死得像条汉子,你说呢?
当然!
我俩是南阳老乡,倘若都战死,那就作罢,只要留得一个,就要照顾好亡友的家人,如何?

还用说？

……

从西向东数，第五家。

土坯垒的院，柳条子编的门。这家就是了！

院中，一个男孩正扶着一块石板蹒跚学步，口中在欢乐地叫着："呀呀，呀……"一位五六十岁的大娘正一边用菜刀在男孩的两腿间向地上剁着，一边神情庄重地念道："剁剁，剁断绳，俺宁儿，腿上轻，能上镇，能进城，能过河，能越岭……"他的脚步声惊动了老人。她停了声扭过头来望着他，"你找谁？"

"娘！"他沙哑着嗓子喊。

"你是……？"那老人被这声极简单又极亲热的称呼弄得有些发愣，她身旁的男孩也瞪大了一双墨黑的眸子，目光中似也含了不少的惊异。

"我叫甄幸春，是方生的战友，唐河县的。"

"哦，哦！"老人边应边极快地扭头，看了一眼挂在堂屋当间墙上那幅加了黑框的儿子的照片，眼圈立时就有些红，"他叔叔，快进屋坐！"

他的目光在触到墙上方生的那张照片时，身子分明地哆嗦了一下。方生哥，我来了！

"宁儿妈，快，唐河县他甄叔叔来了。"大娘把头扭向厨房喊，那声音，明显地已有些发颤。

一个围着围裙的少妇走出厨房，一边撩起围裙擦着湿手，一边朝他柔柔地一笑："他叔叔，快屋里坐。"

"中，中。"他进屋放下提包，禁不住又抬头看了墙上的方生一眼。

"你们都回来了,可俺方生……"大娘突然地开始了呜咽。"娘……"宁儿妈摇了一下婆婆的胳膊,那用意显然是想劝老人不哭,然而,她自己,却也已有两滴晶莹的泪渗出了眼角。"来来……"吐字不清的宁儿大约是看见奶奶哭了,就急急地抱住了奶奶的腿叫。

"娘、嫂子……"他颤了声喊。

……幸春,这两天我总后悔。

悔啥?当初不该结婚,像你这样单身多好!

咋?嫂子不好?

不是!你嫂子的相貌和心肠都没得说!我是觉着,有个老娘,已够我挂心,再有这妻子、儿子,一旦"光荣",娘哭妻叫儿喊的,叫人死也死不痛快!

少瞎想……

看那炊烟,袅袅地升起来,多像冷炮爆炸后的硝烟。四周好静,除了几声狗吠鸡鸣,真像激战后的阵地。

"吃菜,他叔叔。"宁儿妈声音柔柔地让道。"吃!"大娘夹了一筷子炒鸡蛋放到了他的碗里。"起才!"宁儿扶了饭桌,学了奶奶、妈妈的样子朝他喊。

他微微笑着吃了一口饭,就在他抬头咀嚼时,他又看到了墙上的方生。

他脸上的笑容倏然凝固。

你吃得倒挺舒服!

……幸春,排长让你去三排阵地上要一点子弹来,咱排的子弹快光了!

方生,我、我的脚脖……

伤了?

刚才从山上下来时,扭了。

噢,那你歇歇,我替你去!

小心敌人的狙击步枪,方生!

没事!

小心!

哒哒哒……

方生……

"呀,呀,呀,呀……"宁儿又在扶着桌沿学步。

"剁、剁、剁断绳,俺宁儿,腿上轻,能上镇,能进城,能过河,能越岭……"大娘依旧如刚才那样地低声念着、剁着。

他坐在椅上望着这祖孙俩,双眼中全是惊异。

"呀,呀,呀,呀……"

"剁、剁,剁断绳……"

"娘,"他到底没能把心中的疑问压下去,"你这是干什么?宁儿腿上没有绳要剁呀?"

老人蔼然地一笑:"这是俺邓州这地方的老规矩,娃儿初学走路的时候,当妈当奶的要用刀砍断娃儿两腿上缠的绳。祖辈人都说,送子娘娘在给人们送娃娃时,怕娃娃们嫌这家、挑那家,哭闹踢腾,就在每个娃娃的两腿上捆一根凡人看不见的绳,大人替娃儿把这绳砍断了,娃儿学走路才能学得快,日后走路才能走得稳、不摔倒。"

"哦?!"他的惊异加了倍。

"咋,你们唐河那儿不兴这规矩?"老人含了笑问。

"记不得了,"他含混地摇头,"我懂事时就随一个叔叔去了河北。"

"噢,"老人漫应了一声,便又低头为蹒跚学步的孙儿剁起绳来,"剁、剁、剁断绳,俺宁儿,腿上轻……"

在老人那低低的声音中,他情不自禁地向自己的腿上看了看。

"呀,呀,呀,呀……"

"剁、剁、剁断绳……"

……幸春,老哥考考你,你知道娃儿们多大会走路?

说不清楚。

哈哈,这方面你比咱可是差一截子,告诉你,壮十一,瘦十二,弱十三,特弱的要到一岁半。

懂这有啥了不得的?

哈、哈,做人不懂这个可不行!人一生都在走路,啥时候起头走的咱应该弄清楚;再说,你晚点要是当了爹不知孩子何时能走路,咋能提前教他?

你想得倒挺远!

那是!我琢磨着,待咱们回撤以后,我的宝贝宁儿差不多可以学走路了……

树影子向东斜得挺长,该是干活的时候了。

"娘,后晌干啥活?"他掐灭了手中的烟头。

"你嫂子用拉车往地里送点粪。"

"我去送。"他扭身就往外走。

"不用,不用,你刚来,是客人,快坐下歇歇!"老人急忙扯了他的胳膊。

"他叔叔,你快坐下吸烟,"宁儿妈也慌忙拦在门口,"几车粪,一会儿我就拉完了,不用你动手!"

"我去!"他执意挣开胳膊,拉起了粪车。

"地在哪?"粪车装满,他扭脸向宁儿妈问。

"唉,你真是,大老远地跑来帮俺拉粪。"女人无可奈何地叹口气,抬手向村南指了指,而后,麻利地在车帮上拴了根绳,搭在肩上帮着拉。

粪车由大路拐进了田里。胶皮车轮滚在土坷垃地中,使重量陡然增添了十倍。

他听到了宁儿妈那粗重的喘息。为了拉车,她的腰佝得那样低。

……幸春,你他妈的别看不起乡下姑娘!别的咱不说,就说你嫂子,不是吹的,要让她穿上那种熨斗烫过的衣服和裙子,抹上那种香喷喷的东西,要真比不过你看过的那些城里姑娘,老子头朝下走路。咋,你伸啥舌头?……

"他叔叔,你就睡这屋。这床还是方生在家做的。"宁儿奶指着墙角的一张床说。

"好,好,娘,你也去歇吧。"

"夜里天凉,半夜要是起来解手,就别去外边茅房了,我在床下给你放了个罐。"

"不用,不用。"他慌慌地摆手,脸有些红了。

"他叔叔,平日里宁儿妈怕我伤心,一直不给我说方生在战场上是咋死的,留没留个囫囵尸首,我这心里老放不下,今夜里就咱娘俩,你给大娘说说,让大娘心里知个底,你放心,大娘不伤心。"

他的身子蓦的一个哆嗦。

"他叔叔,给我说说吧。"

"娘。"他的声音在抖,"那一天……排里的子弹快打完了……排长让他去三排取子弹……敌人开了枪……"

"噢,噢,这样说,不是炮炸的,留的是个囫囵尸首。"老人点着头,眼角果然没有泪,"和他爹是一样的,也是枪伤,他爹是在朝鲜伤的,没伤着要紧地方,回来了……"

"娘,我……"

"你别担心,我不哭、不哭,战场上的事,大娘懂得,哪有不死个把人哩。他叔,你歇吧。"老人的声音也在抖,蹒跚着走出了屋。

你竟这样说?!

……幸春,排长让你去三排阵地上要一点子弹来,咱排的子弹快光了!

方生,我、我的脚脖……

老牛卧在树下,缓缓地倒着嚼。

黑狗趴在墙角,沉沉地打着盹。

他把刚挑回的两大捆棉秆柴在院门外的柴垛上垛好,这才掏出手绢,慢慢地擦着脸上的汗。院中,又传来了宁儿和他奶奶的声音:"呀、呀、呀、呀……""剁、剁、剁断绳……"

他默默地倾听着那声音,良久没动。

"他叔,看,出了这么多的汗,快回屋把汗湿的衣裳换了。"宁儿妈那轻柔关切的话音,把他从凝神状态中惊醒。

"没啥,嫂子,出一点汗。"他淡淡一笑,拿了扁担,向院中走去。

"他叔,回来了?快坐下歇歇。"大娘忙地给他搬过一把椅子,"他叔,你已经来七八天了,天天这样干,叫俺们心里过不去。眼下正是忙的季节,你老家里也要人干活,你就别留在这儿给俺干了。你歇两天,叫宁儿妈给你把衣裳洗洗,你就回去,待晚点农闲了你再来住,行吧?大娘可不是嫌你住长了,俺是庄稼人,知道你是有心要帮帮俺们,可你老家也要人做活呀!"

"娘,"他的嗓子似乎哑得越发厉害,"你和嫂子要是不嫌弃添我这张嘴的话,就让我在这儿长住下去,帮你们干活!"

老人和宁儿妈的脸上几乎同时闪过了几分意外。"可你家老人……"

"我来时已经给家里说好了,我家劳力多。"他低低地打断了老人的话。

"那……"老人看着他那张满是恳求的脸和身边的儿媳,眼中突然闪过一丝近似欣慰的东西。"那你就住下吧。"她终于这样说。

"娘!"他哑了声喊。

……幸春……我怕是……不行了……
不!不会的!方生!
我……死后……家里……
别瞎说!你会被治好的,顶多残废一条腿,我会帮你照顾家里,我一定!
……

院里的一切都已看不分明,夜色,是十分浓了。老人在厨房里忙着刷碗,宁儿妈在院里喂猪,他抱着宁儿坐在当间的煤油灯下玩。

"数数,数数。"宁儿连声地叫他,伸出白嫩的小手去揉他的鼻子。"宁儿,宁儿,"他呵呵地笑着,心上就同时流过一股极柔和的东西。"走,走。"宁儿在他的怀里闹腾了一阵之后,踢着腿要下地。他放宁儿在地上,宁儿便立时蹒跚着扶了他的膝走。

"宁儿,来,让叔叔歇歇。"在院里喂完了猪的宁儿妈走进屋,向儿子拍了拍手,宁儿立时扑进了妈妈的怀里。

"他叔,俺看你带的烟吸完了,后响七哥上街,俺让他捎了三盒。"宁儿妈说着,一手抱了宁儿,一手去针线筐里拿出了三盒"白河桥"香烟递过来。

"嫂子。"他心中一热。

"已经会了,就吸吧。只是少吸点,听说烟吸多了对身子不好。"她柔柔地说。

他慢慢地动手撕开烟盒点了一支。

"好吸吗?"宁儿妈含了几分担心地问,"俺不懂哪种牌子的烟好吸。"

"好吸,好吸。"他觉得心里比吸了云烟还要舒服。

这当儿,刷完了碗的大娘从院里收回了晒干的衣服:"他叔,你嫂子给你洗的这些衣服干了。""娘,嫂子,衣服还是让我自己洗。"他慌忙起身去接。

"娘,把他叔叔那件灰衬衣给我,上边有个地方绽了线,我给缝缝。"宁儿妈把宁儿放在怀里,让孩子自在地噙上奶头,自己从婆婆手里接过一件灰衬衣,便动手去针线筐里找针线。

"算了吧,那衬衣终究是穿不久了。"他知道宁儿妈家里地里忙了一天,实在不想再去麻烦她。

"缝缝,要不的话,会烂得更快。"宁儿妈双手灵巧地穿针引线,很快,屋里就响起针线穿布时所发出的轻微哧啦声。

煤油灯火苗颤颤地摇着。

老人拿过一个簸箕,用手从新晒干的玉米穗上抠着玉米粒,预备着碾成糁吃。他挪过椅子,和大娘一起抠了起来,玉米粒在簸箕中轻轻地跳着。

豫西南乡间的夜,好静谧……

……幸春,给老子说实话,回撤以后,你打算干啥?争取转志愿兵?复员到城里?妈的,都想进城!老子偏不!回撤后,咱就要求复员,回家安安稳稳地过咱农家生活,三间房子一个院,老婆孩子在一块儿,多美!

美晕你了!

当然。晚饭吃罢,油灯一点,娘纺线妻缝衣,我逗儿子玩,你说能不美晕……

正午的阳光还真有些暖。他抹了一下额上的汗,走进牛棚,向牛槽里添草加料。老母牛刚下了犊,喂草必须十分及时,他拿起拌草棍在牛槽里轻轻地拌着,力求使自己的动作像宁儿妈那样利索、好看。

蓦地,他听到牛棚外大娘十分惊慌地喊了一声:"他叔叔……"

他闻声几步奔出棚外,眼前的景象令他一惊,宁儿妈脸色煞白地歪斜在棚前一堆刚背回来的牛草上。

"他叔叔,快,快把她抱回屋里。她刚收工回来又去割了一背篓牛草,累的。"抱着宁儿的大娘急急地对他说。

他快步跑到宁儿妈面前,喊了一声"嫂子",便急急地弯腰去抱,这时他猛地发现,宁儿妈的裤子上浸了好多血,顿时

103

骇然地叫道:"娘,嫂子伤着了,看,血!"

"不是伤,快抱她进屋!"老人摇着头,"按说她这几天是不能干重活的,天呀!"

他觉着自己的脸有些燥热,忙弯腰抱起了她。

她微微地睁眼看了一下,就又疲乏至极地掩上了双眸。

她那丰满的身子软软躺在他的怀里,他先是感到了一种莫名的激动,但随即,当他看到她那被汗水浸湿了的衣服前襟,一股巨大的痛惜霎时涌上心头:嫂子,苦了你了,我原来不能代替方生哥! 不能啊……

……幸春,排长让你去三排阵地上要一点子弹来,咱排的子弹快光了!

方生,我、我的脚脖……

他站在院门外,默望着灿烂的星空。一颗流星划过头顶,向辽远的天边落去。该睡了,他转身走进屋,见宁儿妈正弯腰给他铺床,忙说:"嫂子,我来。"

"已经铺完了。"宁儿妈把被子抻好,扭头含羞地一笑,"娘说她腰有些疼,让我给你铺铺。"

他心里又流过一股暖暖的东西:"往后我自己铺就是,你们都忙了一天。"

"铺个床又累不着。"她温婉地说罢,转身走了出去。片刻之后,又替他把尿罐拎了进来。

"嫂子。"他有些尴尬地伸手去接,脸孔有些红了。

宁儿妈挡了他的手,把罐给他放到床底下,而后直了身柔声地说:"这罐以后俺和娘给你拎就是,在俺们这儿,男的拎它会遭人笑话的。"

"哦?"他呆呆地看她出了屋。他脱了鞋刚坐到床上,宁儿妈又端了一盆温水进来:"他叔叔,洗洗脚吧,你累了一天,洗洗好睡觉。"

他还没有来得及说句客气话,她已放下水盆走了。

方生哥,你找了一个多么好的女人!

……你他妈的别看不起乡下姑娘!别的咱不说,就说你嫂子……

他默默地坐在那里抽烟。一天的劳动之后,他常常这样让疲劳随着烟雾,悄悄地从鼻孔里消散。

"他叔叔,"大娘走进了屋,"有个事想和你打个商量,你心上咋想的,就咋说,中吗?"老人脸上是一种反常的肃穆和庄重。

他的心头莫名地一紧:莫非大娘知道了什么?

"按说这话我做老的是不当说的,可是想来想去,还是觉着不找外人咱自己商量着好。"大娘语调缓缓地说着,"宁儿妈一个人撑持这个家太累太苦了,我过去给她说让她再找一个人成家,她舍不得我和宁儿,说啥也不答应。其实宁儿妈今年比你还小一岁,不能因了俺祖孙俩,让她苦一辈子。昨日个我和她闲扯时,顺便问她一句:让幸春和你再成个家咋样?她没像往日我劝她再成家时那样摇头,只是红了脸不吭声。我琢磨着,她是心里愿意,说不出口。这会儿想问问你愿意不愿意,你要是愿意,我就张罗着给你俩把事情办了。反正我这把老骨头也活不了几年了,几年以后我咽了气,有你们在这儿住着,俺这一家总算没有绝后。你要是不愿意,就算了,你给大娘说句话就中。"

他意外地瞪大了眼。他实在是没有料到,老人会说出这番话。在最初的一阵惊诧过后,一股欣喜突然涌上了心头,但还没容这股欣喜在心中膨胀,一阵强烈的自责又开始刺疼他的心:好一个东西!你是干什么的?你配和宁儿妈结婚吗?配吗?配吗?……

"他叔叔,你心上咋想的,就咋说。"

"我……"他垂下了头,他不知该说什么,不知说什么好,说什么?

老人把他的这种吞吐理解成了心上同意但不好意思说,于是,就蔼然地一笑,起身走了。

他抬起头,呆呆地望着老人的背影……

……幸春,排长让你去三排的阵地上要点子弹来,咱排的子弹快光了!

方生,我、我的脚脖……

雨点,砸到屋瓦上,噼里啪啦的,响声就如滇南的雨点砸到芭蕉叶上那样乱。因了这雨,外边的活干不成,他于是就坐在床沿,眼睛怔怔地望着房檐那一下连一下的滴水。

"呀,呀,呀,呀……"

"剁、剁、剁断绳,俺宁儿,腿上轻……"

厨房里,隐约地传来宁儿和他奶奶的声音。他侧了耳去听,他很想听老人所念的那些颇带韵律的句子。就在这时,门帘轻轻一掀,宁儿妈进来了。

"嫂子。"他慌忙站起。自那日大娘提了那事之后,他见了她,都会抑制不住地感到一阵慌乱。

"他叔叔。"宁儿妈的动作中,分明地也无了往日那份大方自然,显出了羞赧。

"有事,嫂子?"

"没、没啥事,是娘、叫、叫来的。"说话一向流利的宁儿妈竟也吞吞吐吐起来,而且脸全红了。

他觉到自己的双颊一热,顿时明白了她的来意,于是,急忙把头低了下去。

"娘……给你说了吧?"她的声音低得几乎要被屋外的雨声压住,"俺不能离开方生家,俺要把他的宁儿养大,要给宁儿奶送终,可俺一个人实在是忙不过来……俺没有大本事,可只要你愿意跟俺过一家人,俺给你洗衣做饭……"

"嫂子!"他冲动地压低了声音喊,"我愿意帮你一块抚养宁儿,一块侍奉老人,可我……"

宁儿妈红红的脸孔抬起来,漆亮的星眸里含着一种紧张的期待。

"……我不能……按娘说的……那样做……"

宁儿妈的身子像是摇晃了一下。

"我……我不……我不是一个……不配!"

她一听到他最后说出的那两个字,脸孔霎时变得煞白,只听她双唇哆嗦着说:"俺是不配……你没结过婚……俺不是姑娘身……"

"不、不,我不是说、不是说……"

"呜呜……"她突然用双手捂住脸,压抑着已经出口的呜咽,奔出了他的屋。

"嘀!"他猛地挥拳朝自己头上捶了一下,身子摇摇晃晃地向床上扑去……

"呀,呀,呀,呀……"

"剁、剁、剁断绳,俺宁儿,腿上轻……"

老　辙

　　那个狗们乱咬、炸梨鸟乱叫的早晨,费丙成在自己那个红砖砌就绿瓦盖顶威武漂亮的门楼前,最初听到房地产经纪侯四说到姚盛芳要卖房子时,并没把话放进心里。因为那一刻他正在斥责自家面粉厂拉粮的"手扶"司机,那辆"手扶"熄火停在了当街。只一眼,费丙成就看出了车熄火的原因:车轮没顺老辙走!这条街未铺石板,土路上留着两道年代久远的挺深的辙,那"手扶"的车轮碾上了辙外的虚土。"笨货,顺辙好走!"他又叫了一句。司机再次怯怯地笑笑,发动了车,小心地把车轮放入老辙,"突突"地将车开走了。费丙成又瞥一眼那光滑的车辙,这才扭脸望定侯四,方记起侯四刚才似乎说到过姚盛芳,一想到姚盛芳这个名字,那位凸胸丰臀腰身柔韧的漂亮女人就仿佛瞪着两只傲然的眼睛站在了面前。他的身子微微一震,不由自主地开口问:"你刚刚说姚盛芳什么来着?"

"卖房。她要把她家临街的两间房子卖了。"

"是吗?"费丙成尽量不让自己的声音露出快活,但还是隐约露出了一些。你什么时候才能学会沉住气?!他用手掐了一下自己的大腿。

"你不知道吗?早些日子他男人去西峡贩绿豆,租的汽车翻到了沟里,车毁人伤,欠了一屁股债。"

"哦,哦,是这样。"费丙成努力使自己的声音显出淡漠。姚盛芳,你到底落到了这一步!

"那女人急等钱还债,托我经手,不知你愿不愿买,你要是买的话,我就……呵呵呵。"侯四挤眼笑了。

费丙成的眉心一耸,但随即又极缓地摇头:"我嘛,算了。"干吗再与这个女人打交道?

"你要是不买,我今头响就挂牌拍了它!"

"拍就拍吧。"费丙成朝对方扔去一根烟,又叼一根在嘴,"噗"地揿亮打火机……

早饭费丙成吃得有些心不在焉,粥碗里不时晃出姚盛芳的那张俏脸,晃得他心里有些乱。扔下碗,他原本想去酒馆听听坠子书的,但两条腿却鬼使神差地把他拖到了姚盛芳家所在的南街。也罢,就去看看她那房子能拍出什么价钱。

"费东家,吃了?""早哪,费东家!"街两边不断有人极亲热地招呼,费丙成也就不停地左右点头。"东家"这称呼,是柳镇人过去对店主、地主一类有钱人的尊称,近年又开始恢复使用,费丙成记不清人们在什么时候对他也用了这称呼,听上去确也真有几分被尊重的舒服。

姚盛芳,你不会想到这一步吧?

想当初,你要是听了我的话,你要是不撕我交给你的那张纸条,你要是跟了我,你怎会落到卖房还债的地步?！还记得那天傍黑吧?我在寨河外的那道土埂旁拦住你,我满脸通红两手哆嗦地把那个纸条交给你,那纸条上只写着一句话:盛芳,跟了我吧,我一定让你吃饱穿好住瓦屋!那纸条是我琢磨十几天才写成的,可你竟只看一眼就"刺啦"一声撕了!你撕得多干脆多气派!撕完之后你随手就把那些纸屑扔了,你没看见我急忙伸手去接你扔下的纸屑,你只顾双眼望天用冷极了的声音说:你不要再来缠我,实话给你说,你太矮太胖,我不喜欢!我已和冯青太订了婚!你说完之后脸也没扭就迈步走了,你走得又快又急又舒心又傲气,你根本不管我那时已跟跄扑倒在地,你更没想到我那晚在你扔纸屑的地方趴了半夜才起来。你……

"好你个野种!你给我站住!"一声男人的喊叫惊得费丙成猛然止步,身子一个激灵。

一个半大的孩子手攥两个石榴,箭也似的从他面前跑过,身后追出一个三十来岁的汉子。

"站住,你这个野种!"那汉子仍在怒喊。

费丙成不由自主地打个寒噤,他急忙抬手扶额,他又感到了那种习惯性的晕眩。几乎在这阵晕眩过去的同时,他的脸孔歪扭得十分难看,喑哑低沉地朝那汉子吼了一句:"混蛋!"

那追偷儿的汉子闻声一怔,正想发怒,待看清吼叫的是全镇有名的富户费丙成,这才委屈地辩解:"费东家,我是在骂那个偷石榴的小子。"

"对谁也不能乱骂!"费丙成恨恨地瞪他一眼,面色变得铁青。那汉子做梦也没想到,他骂偷儿的那句话恰恰触犯了费丙成的大忌。不管什么时候,费丙成只要听到"你这个野种"几个字,他的身子就会条件反射地打起寒噤,就会起一阵晕眩,就会让他记起他一直压在心底的过去。

"你这个野种!"在那个遥远的过去里爹经常这样骂他。他记得他第一次记住这句骂是在一个傍晚,他吃晚饭时不小心打碎了一个碗,爹冲过来就扭着他的耳朵叫:"你这个野种!"边骂边用脚踢他的屁股,他吓哭了,他不知爹为啥独对他这样狠,独对他这样骂,平日里哥哥姐姐弟弟妹妹打碎饭碗之后,爹既不这样打也不这样骂。他那时虽小,但也慢慢看出来,爹对哥哥姐姐弟弟妹妹都亲,独不亲他,他不知为啥,却知道做事更加小心不去惹爹生气,但就这也不行,爹每天总能找一个借口瞪眼骂他:"你这个野种!"有一次爹骂完他"野种"之后,他委屈地扑到娘怀里哭问:"娘,啥叫野种?"娘一句话没说,只紧紧地把他搂到怀里。他感觉出娘的身子在抖,娘的眼泪把他头发弄得透湿。他停了哭不敢问,他不想让娘伤心。从那时起,他就对这句话有了仇恨。

你不该这样失态!走出十几步之后,他又掐了一下自己的大腿。他不放心地扭头看了一眼那汉子:那家伙总不会去胡乱猜疑吧?

费丙成放慢步子,尽力在脸上恢复早先的平静……

离着老远,费丙成就看清了那张白纸上写的黑字:出售临街房屋两间。他走近人群时,侯四正扯着喉咙叫:"好!柳北州出到了五千五,还有哪位愿开新价?实话说吧,这房子正处当街,可是开铺子做生意的好地方。盛芳家要不是急缺钱用,这房子绝不会出手!过了这个村可没有这个店,手上有钱的可早拿主意快开新价,要不,这房子可要归柳北州了……"

"我出五千七!"人群中忽又响起一个粗壮的声音。"好!陈全桂开了新价五千七!"侯四立刻接口,"还有哪位愿来比试?"

　　费丙成默站在人群外,没去听侯四的喊叫,双眼直盯着站在房门口的姚盛芳。她还是那样白,没有显出老来,胸脯子仍是那样暄,屁股照旧那样圆,可她的眼圈发青发红,她没睡好!她哭过!是该叫你流流眼泪了!要不然你不会知道该怎样选择男人!你找上冯青太当男人真是瞎了眼睛!你以为他身材高脸不黑眉毛好看会拉二胡就一定能叫你过上舒心日子?尿!就凭他那两下子,你们能变成柳镇的富户?冯青太如今瘫在床上,你不仅要替他还钱还要侍候。想当初你要是做了我的老婆,我现在叫你吃香的喝辣的穿缎的!每天丁点活都不让你干!你会成为柳镇最享福最有钱的女人!如今是该让你流点眼泪了……

　　"我出五千九!"身旁一个老头突然高叫。这叫声使得费丙成身子一动。

　　"好!秦老六出到五千九了,还有哪位愿开新价?"侯四挥着干瘦的手,他这时才发现费丙成的到来,先是一怔后是飞过一个笑来,"五千九!"

　　费丙成觉得心脏猛跳了一下,原本窝在心底的那个愿望突然膨大:买下这座房子!不为别的,只为叫姚盛芳看看老子的本领和富有!

　　"我出六千五!"费丙成淡淡漠漠平平静静地说出一句。

　　这话使围在前边吵嚷议论的人唰一下扭过头,蓦然噤了声。他注意到姚盛芳也向自己看了一眼。

　　"好!费大东家出六千五!还有哪位愿再开价?"侯四大声叫。

　　人群一片静寂,且这静寂一直持续。没有人敢和费丙成比高低,镇上生意方面的事,凡听说费东家插手的,其他人便

113

自动却步。谁都知道费丙成拥有一个面粉厂、一个豆腐坊和一个烟酒铺子,家产几十万。

"既是无人再开价,这房子可就归费东家了!"侯四高声说罢,便朝费丙成招手,"请东家进屋捺个指印。"

人群开始散去,在契约上捺完指印之后,连侯四也接过佣金走了,两间临街的空屋里只剩下了费丙成和姚盛芳两人。"我一会儿回去就让人把钱给你送来!"费丙成吐一个烟圈,在屋里踱着闲适的步子。

"谢谢费东家。"姚盛芳声音微弱,一双浸着凄楚的眼在这熟悉的屋里慢慢移着,两个眼圈又在渐渐变红,鼻翼在微微地翕动。

你心疼吗?难受啦?你的房子已经变成了我的!你是该尝尝眼泪的咸味了!不过你现在可别大哭,大哭会使你的脸变得难看,我最喜欢看女人双眼噙泪,就像带露梨花一样动人。你是不显老,你看你那小腹,一点也不高,哪像我屋里的那女人,肚子像山一样,女人老都是先老肚子……

整整一天,费丙成都沉浸在一种莫名的兴奋里。上午从姚盛芳家出来,到家吩咐人把钱送去,他就进了酒馆,在那里边喝黄酒边听坠子,直到日头西斜才回家,仰进他平日闭目养神的躺椅里。

变凉了的微风溜进院子,慢摇着几株盛开的月季,于是一缕缕清香就往四下里溢,不断地钻进费丙成的鼻孔,使他越觉惬意。

刚买的那两间空屋又移来眼前,他开始盘算怎样利用这两间临街的屋子。做山货收购处?小酒馆?书铺?茶叶店?一定要把房子用好!要让姚盛芳知道,这房子在他男人手上落到了卖的地步,在我的手里却会变成一棵摇钱树!我要让她在心里掂掂两个男人的分量！

厨房里当啷响了一声，仿佛是什么瓷器落地，但费丙成没睁眼睛，仍继续着刚才的琢磨，不想厨房门口此时陡然响起了妻子的高叫："嗨呀我的细瓷面盆呀！打死你这个野种！你这个野种……"

费丙成倏地睁开了眼睛，眼珠在瞬间凝定，一团金星飞来眼前，他又感到了那种习惯性的晕眩。妻子的话无意间又触到了他最敏感的神经。"你这个贱货，叫什么？！"晕眩过后他拍着躺椅扶手吼。

"我、我赶那个偷嘴的野猫。"胖至臃肿的妻子被丈夫的盛怒吓了一跳，"那野种把厨房……"

"滚，贱货！"费丙成愤然跺脚。妻子的话再次让他记起了当年爹骂他的声音：你这个野种！这声音当年整日响在他的耳边，他记得很清，十二岁那年秋天，也是一个傍晚，他拾柴回来刚进院门，爹一见他背上的柴捆不大就开口骂道：才拾这么一点，你这个野种！他那时已从镇上男人们的口中知道了"野种"二字的含义，他当时气得脸孔通红，胸口憋胀，浑身乱抖，他猛地开口顶撞：谁是野种？你说说我怎么是野种？爹当时被顶愣在那里，张口结舌直喘粗气。那天半夜他忽然被娘抑低的哭声惊醒，他仰躺在床上默听着娘带了哭音的恳求：……他爹……孩子大了……求你别那样骂他……接下来是爹那气哑了的声音：老子偏要骂！你做的好事！你这个女人！跟着是娘的抽泣：……那怨我吗？我要不是为了你，为了孩子——他猛地捂上了耳朵，不敢再听下去……

"你凶什么凶？我赶猫也惹着你了？！"无缘无故挨了丈夫一顿骂的妻子哭着叫开了，"你以为我不晓得，你嫌我胖！你过去为啥不嫌？你当初为啥抱住我直叫宝贝？你现在有钱

115

了,能去找别的漂亮女人了!呜呜……"

望着妻子那被眼泪鼻涕弄丑的脸和那身一抖一颤的肥肉,费丙成的眼前忽然莫名其妙地闪过了姚盛芳漂亮的身影。他猛摇一下头,把姚盛芳的秀影赶走,而后闷声朝妻子叫:"行了,你!"

"行啥子行?俺是猪?俺是狗?你想骂就骂?你在外找女人,回来还这样厉害,还叫不叫俺活了?"妻子并不想马上罢休。

一团烦躁在费丙成的心中滚动,他很想再吼骂一阵,但两个上学的孩子就在这时走进了院里,他只得把那团烦躁强按下去,迈脚出了院门。他快步向不远处的酒馆走去,那时候天已黑透,他走得太急,又没看脚下,他突然感到脚下一低,随即便重重地摔倒在地,扭头一看,才知是自己刚才一脚踏进了街上的车辙。妈的!他恨骂一句,慢慢地爬起……

仅仅两天时间,姚盛芳卖出的两间房就变了样子:门窗漆成了绿的,墙壁刷成了白的,一条玻璃柜台把房间分成了两半,一排崭新的货架立在了柜台后边。

费丙成最后决定:在这里办个时新成衣店。他雇人用最快的速度把房子装饰起来。

傍晚时分,费丙成来店里察看,当他在室内巡视一圈走到后窗口时,无意之中瞥见姚盛芳正端一碗冒了热气的饭从低矮的厨房走出,进了后屋。他注意地看了一眼,那两间后屋檐头太低,墙有一半是土坯垒的,远不如这两间前房。如今她家只剩下那两间后屋和那个矮小的厨房,她和她男人、一儿一女、婆婆是怎么住的?一种掺了快意的好奇,使他缓缓拉开了店房的后门,悠然朝后屋走去。

他敲了敲门。随着姚盛芳的应答,门开了。一股药味裹着一股卧床病人特有的异味扑鼻而来,他强忍住没让自己皱起眉头。"我们以后就是邻居了,今天特来拜访"。他进屋之后朗声说道。屋子太小,虽然收拾得干净,但那拥挤却是一眼就看出了的。费丙成用一种居高临下的目光打量着屋里的破旧陈设,将一缕讪笑沉进眼底。

"请坐,费东家!"姚盛芳低声让着,脸上依旧浸了凄楚。

哈哈,姓姚的女人,做了冯青太的老婆原来过的是这种日子!你自己不觉得寒酸?

"费丙成!"里间突然传出一声微弱却不友好的喊叫。

他微微一愣,自从他成了镇上的首富之后,人们一般都尊称他"东家",很少有人敢直呼其名,他听出这是躺在病床上的冯青太在喊,于是应了一声:"青太,叫我?"

"你进来!"里间的声音依旧很冷。

妈的!你如今还在老子面前硬什么?你敢这样同老子说话!费丙成不甚情愿地走了进去。

"听着!"躺在床上身子瘦削面色蜡黄的冯青太颤颤地抬起上身,声音微弱但清晰:"我那两间前房你只准使用不准乱改,我晚点一定要再买回来,你要胆敢毁坏,看我将来同你算账!"

"那是自然!"费丙成宽容、怜悯地点头。妈的,现在你还嘴硬!就凭你这本领,你还能再把房子买回去?认输认穷吧!告诉你,那房子老子买了就是我的,我愿怎么动就怎么动!

"费东家,你别在意,他卧床长了,脾气不好。"姚盛芳送他出门时小声道歉。

"没什么!"费丙成摇一下头,大步进了自己的店屋。

"给我的前墙再开个窗户!"一进门他就大声对装修店铺

117

的短工下令。

"开窗户干啥?"短工们诧异。

"我要安放录音机的音箱,招引顾客!"冯青太,老子偏要在墙上再开个窗户!姚盛芳,我要让你知道,你男人说的话屁也不值!

两个短工于是开始在前墙打洞。

费丙成噙着烟在室内闲踱。一个工人正从屋梁上吊下两个圆形的绳环,预备把那块写有"各式服装齐全,欢迎进店挑选"的长方形广告牌挂上。费丙成饶有兴味地看着那个工人的动作,待那工人从梯上下来去拿那个广告牌时,吊在梁上的两个圆形绳环便兀自晃荡。费丙成起初还望着那绳环微笑,但转眼之间他面孔一变而成惨白,一缕惊恐从他的眼中闪过,二十一年前那幕相似的情景倏然浮现眼前:那天晚上,爹娘睡屋的梁上也悬挂着两个这样的绳环,娘和爹就是把脖子伸进这样两个绳环离开了人间。那晚上的事他记得太清:娘刚把晚饭做好,一伙臂缠红袖章的学生撞进了院门,先在院里高呼一阵揪出地主柳老七的姘头!然后冲进厨房,把吓呆在灶门口的娘架起来就走!爹和哥和姐和他扑上去夺娘,却都一一被红卫兵推倒。娘最后被架在镇中十字街口的高台上,两个一百瓦的灯泡照着娘胸前那个黑色的纸牌,纸牌上写着四个大字:地主姘头!台下围满了臂戴袖章的人,他只能站在远处用泪眼望着身子瑟瑟发抖的娘。在红卫兵们一阵老实坦白的呼喊之后,他听到了娘那泣不成声的坦白:……那年,俺孩他爹得了伤寒……家里没下锅的东西……我没法……去柳老七家帮工……给他家做饭……有天傍黑……柳东家猛从背后……抱住我……我踢他咬他……他不松手……他捂住我的嘴……说……要不从……就扣你这月的工钱……叫你滚……我不能没钱……费丙成没再听下去,他猛地咬牙转身,没命地向镇外柳老七家的坟地里跑去,发疯似的用双手去扒柳老七坟头上那黑色的土粒,直到双手出血累瘫在那里。他是半夜时分才拖着双腿挪回家的,回家时哥哥姐姐都已睡下,娘双眼痴呆面色青白地躺在屋里,爹正在他们睡屋的梁上绑着两个圆形绳环,爹看见他回来,先是一愣,随即像解释又像自语地说了一句:绑个套挂点东西。他当时只看了一眼那两个微微晃动的圆形绳环就进了自己的睡屋。他没想别的,他只想赶快进入混沌的梦里,好把晚上看到听到的事全部忘记。天亮时分,他被姐姐的一声惊叫弄醒,当他闻声跑进爹娘的睡屋时,看见爹和娘的脖子就套在那个圆形绳环里……

"解下!给我解下!"费丙成面色煞白地指着梁上的绳环叫。

"为啥?"抱来广告牌的工人愕然站住。

"不挂了,笨货!"他歇斯底里地吼……

五天之后,"费记时新成衣店"已经全部布置完毕,货架上、柜台上、空中横拉的铁丝上,到处挂满了各式各色的新成衣。费丙成决定第二天开业。那日后响,他进店做最后一次巡视,这店铺他已定下由他的一个外甥具体负责经营,但他不太放心,他从货物摆放到进货账目又仔细地审看一遍,才满意地舒一口气。就在这当儿,忽然有人敲门,外甥把门拉开时,只见素衣打扮的姚盛芳站在门口。"哦,是你,快进来坐!"费丙成很高兴她此时来看他的店铺。

姚盛芳走了进来,这熟悉家屋的变化显然让她吃惊和意外,她的双手不自主地捏搓着衣角,眼睛怯怯地四顾。费丙成看着她的拘谨惶悚样子,不禁又想起了当年她撕他那张求爱纸条时的高傲神态。哈哈,你这个女人,今日为何不傲了?

"找我有事?"他把得意留在眼里。

"嗯。"姚盛芳在轻轻答出这声后,脸唰地变得通红,"俺想问问,你这店铺开业后,要不要帮忙的人?"

噢,原来如此!你到底求到我的面前了!"帮忙的人嘛,当然需要!"他让自己的声音稍稍拉长。

"要是需要的话,能不能让俺来?"姚盛芳抬起头,眼露恳求之色,"不怕你笑话,上次卖房子的钱,连欠债都不够还,如今还欠人家两千多块,眼下青太卧床,孩子们上学,都要钱,我上哪儿去弄?地里种的那点庄稼,只能糊住口,我真是没了办法。你这店里要是能让我来帮忙打杂,每月给我开几个工钱,也算帮了我的大忙……"

费丙成并没去听姚盛芳的低声诉说,他的眼一直盯着她那颤动的胸脯,一股含混复杂的情绪在他心里翻滚。当年,她的胸脯还没这么高,却已经引发了他多少奇想。那时我每夜做梦,几乎都梦见自己在一颗一颗解你胸衣的纽扣,差不多每当最后一颗扣子要解开时,梦就醒了。我原以为这梦早晚要成现实,却不料你竟看上了冯青太那个杂种!你心甘情愿地让他去解你胸衣上的扣子,心甘情愿地让他去摸你的身子!妈的,冯青太,你知道吧?你的女人现在来求我了!老子不仅有权改造你的房子,老子还有权支配你的女人!想到此,他的心急跳了一下,一股隐秘的欲望在胸中一闪:她的奶子究竟是什么模样?

"费东家,你说行吗?"姚盛芳眼里的恳求在增加。

"行,当然行!"费丙成急忙点头,"我原来就打算这个店由三人经营,我一个外甥一个侄女再另找一个女工。你愿来,我就不再雇另外的女工了。工资嘛,他们两人多少,我也给你多少,决不会亏你!要是青太那边有事,你还随时可以回去照顾,夜间也不需要你来看门!"

"谢谢了!"姚盛芳因为感动,眼眶有些发红。

"客气什么?又不是外人!"费丙成目送着她转身出屋,目光紧黏着她那浑圆的臀部,一团火苗在他眼中一蹿,又倏然隐伏。

他那天傍晚回家时心情极好。在街上,他看到一个六七岁的男孩在滚一个铁圈玩,竟破例地上前,耐心告诉那孩子:沿着街上的车辙滚铁圈,一次能滚出好远,并热心地上前示范,接过那孩子手上的铁圈,在光滑的车辙里连滚几次,使得那孩子高兴得直拍双手。直到那孩子的爹来喊吃饭时,他的心情才突然遭到破坏,原来那孩子的爹竟是地主柳老七的小儿子。看见对方,他厌恶地猛然站住,扔下铁圈转身就走,这么些年,他从不和柳老七家的人搭话。

走出几步之后,他又警惕地环顾了一下四周,还好,没人。倘使让人看到自己耐心地同柳老七的小孙子玩乐,也许会生出什么猜疑……

"费记时新成衣店"开业的头一天,生意就十分兴隆。鞭炮声中,一批又一批顾客拥进店门,姚盛芳和费丙成的外甥、侄女三人在柜台里忙不迭地介绍、收款、取衣。姚盛芳显然也为这种顾客盈门的景象激动,平日显得忧郁凄楚的面孔此时也漾着笑容。她那日穿一件蓝底碎花旧衬衣,在这满店簇新艳丽的时装面前,是显出了几分寒碜,但她天然姣好的面容和优美的身段,仍然吸引了不少顾客的眼光,默坐柜台一头的费丙成注意到,大部分进店的中年男顾客,目光都要在她身上停一霎,而后再看货、问价。费丙成抹一下脸,将一丝含义莫名的笑纹轻轻抹走。

一天下来,一算,营业额多达两千八百多元,纯利润近三百,费丙成故意大声宣布这个结果,待看到姚盛芳脸上闪过一缕惊羡之后,便摸出六张十元的钱,给姚盛芳和外甥侄女各递了两张,说:"这叫喜庆钱!如果每天都这样干下去,每人月工资二百!"

当姚盛芳面露感激地转身出门时,费丙成的上牙轻轻咬住了下唇,双手不明缘由地突然攥在了一起。

大约是半月之后的一天傍黑,费丙成来到店里,对住店看护的外甥说:"我今儿黑在这里看看账目,顺便值班,你回去睡吧!"外甥刚走,他便拉开后门,对正在院里抱柴的姚盛芳高叫:"小姚,待会儿有空,请来帮我摆点货物!"待对方答应后,他便拉上所有的窗帘,仰靠在外甥平日睡的床上,随意地点燃了香烟。

时间在静寂中不知过了多久,后门被敲响,费丙成麻利地起身开门。"对不起,来晚了,我刚把青太、婆婆和孩子们安顿睡下。"姚盛芳进屋先道歉。

"没啥,没啥。"费丙成一边插门一边摇头。

"摆什么货物?我干吧!"她边说边卷着衣袖。

"一点活,刚才见你没来,我把它干了。坐下,我顺便给你说个事儿!"他指了指床帮,手竟有些哆嗦。

"是这样,我一个姑家表妹,听说我办了个成衣店,非要来当营业员不可,我再三说人已够了,她还是要来,没法,只好请你……"他说得十分缓慢。

"哦?"姚盛芳意外地站起身来,双颊迅速充血,声音急急地,"费东家,你是知道的,俺家的日子,没有我挣这几个钱,真没法过,明儿青太又要抓药,小二要向学校交杂费,我正发愁能不能跟你借点,要是我也在家闲着,那可……"

"不要着急,"费丙成也缓缓站起身子,走近姚盛芳,宽慰似的抬手扶在她肩上轻轻拍着,"你要确实困难,我也不能不管,"说着,另一只手就也抚上了她的肩,"坐下,别急,有我哪。"当慌急中的姚盛芳重又在床帮上坐下时,费丙成在她双肩上的两只手,就开始慢慢下移,沉浸在焦虑中的姚盛芳,还没有感到那两只手的移动,只是担心地看着费丙成的眼睛,等待着他的回答,待她感觉到那双手在隔着衣服轻轻拨弄她的乳头时,她身子才猛一激灵,原本满是和顺恳求的双眼顿时立睽起来,只见她呼地站起,猛把费丙成向后推个趔趄,恼怒地低叫:"你想干啥?"

"不干啥。"费丙成尴尬地笑着。妈的,假装正经!你应该明白!

"你……"姚盛芳的双牙磕碰,泪水在眼眶里慢慢渗出,"以为我人穷好欺负?告诉你!你今后胆敢再这样,小心我去告你!"说罢,扭身就走。

"贱货!"费丙成的脸色阴沉起来,"明天,请不必再来上班,这些天的工钱,我会让人送去!"声音缓慢阴厉。

"老子不要你的钱!"姚盛芳恨恨扔下一句,拉开门跑了。

费丙成呆站在原处,眼直盯着立在柜台边的一个穿着时髦蝙蝠衫的塑料女模特,妈的,你制服女人的本领还是不行!贱货,你等着!我会把你的傲气彻底打掉。

他一步一步走到女模特面前,刺啦一声扯下她的蝙蝠衫,在她的胸前恨恨捣一拳。

一连几日,姚盛芳都到附近公家和私人的厂子、店铺去找事做,有两家开始答应收她,但隔半天却又婉言拒绝。她做梦

123

也没想到,费丙成的那双眼睛一直在跟着她,只要她去了哪家厂子、店铺,费丙成随后就也要去拜访那家的主人,而且在闲谈中总要顺口说一句:我那成衣铺的邻居女人,手脚不甚干净,在我店里干了几天,拿走我不少东西,最后只好把她辞退。

没人愿雇这样的女人!

接下来,费丙成又开始打听姚盛芳的债主名字,弄清之后,便一一登门,在一番生意上的闲聊之后,总要顺便告诉:听说冯青太家最近弄到一笔钱,准备和别人合伙开店。于是几天之后,债主们就相继找姚盛芳催要债款,隔着后门的门缝,费丙成能听到姚盛芳对债主们的恳求。

他于是微微一笑:贱货!你可傲呀!

大约是两月之后的一个晚上,费丙成又来店里和外甥商量进货的事,刚坐下不久,门忽然被推开,费丙成扭头一看,进来的竟是姚盛芳,他顿时一怔,正琢磨对方的来意,却听姚盛芳平静地说道:"费东家,我有点事想单独同你说说。""哦。"费丙成朝外甥挥手:"你回去吧。"待门重又关上之后,姚盛芳走近费丙成两步,用极平稳的声调说:"告诉你,我现在愿意了!"

"愿意什么?"费丙成在最初那一刹那还没反应过来,眼就意外地瞪着。

姚盛芳平静地抬手,解开了上衣的第一颗扣子。

费丙成感觉到太阳穴那里猛跳了几下,小腹陡然滚过一阵极热的东西。哈哈,贱货,你到底被我制服了!他端起桌上的茶杯,慢腾腾地喝了一口。

"我想问一下,一次你给多少?"她的一双眼睛望定他,像问一件极平常的事情。

"钱嘛,好说!"他啪一声拉开桌子抽屉,从中摸出一沓厚厚的十元票子,扔在桌上,微微一笑,"你现在就可以把这装上!"贱货!你如今晓得我的力量了?

"那我,现在就脱?"她盯着他的眼睛。

一股红晕蓦地罩上了他的脸,他慌乱地捯换了一下脚,甚至不知所措地回头看了一下床。但几乎在同时,他又在心里喊:你怕什么?东街开旅店的陈九龙不是早就姘上了一个寡妇?北街办碱厂的林老三不是暗暗娶了二房?你那么多钱放那里干啥?带进坟墓?冯青太,你不是不服输吗?你看我不仅改造了你的房子,老子还睡了你的女人!

"脱吧!"他听见这两个字从唇间蹦了出来。他原本想起身,像他当年无数次在梦中做的那样,去一颗一颗解她的衣扣,但最后他止住自己,让她自己动手!我看得出,你还想忠于你的男人,你是被逼得没了办法才来,我一定要让你亲手把自己的傲气撕碎!

她缓缓地木然地动手去解上衣纽扣,目无所视地望定近处的柜台。

他不由自主地抓紧茶杯,睁大眼睛。他觉出自己的心跳加快,神经开始拉紧,双颊迅速变热,太阳穴开始嘣嘣乱跳。

她把上衣全部脱了。

他屏住了呼吸,双手几乎把茶杯攥碎。当姚盛芳那雪白的肌体袒露在他的眼前时,他抑制不住地笑了:哦,我到底见到你了!你这个用衣服包裹起来让我想了多少年的东西!

她一步一步地向床边走。

他冲动地站起身,双手依旧紧紧攥着那个茶杯。

"我不能怀孩子!"她冷冷扔来一句。

"噢,"他笑了,这话进一步刺激了他那兴奋极了的神经,他感觉出心跳得更加厉害,太阳穴上血管的搏动声都能听见,

"怀一个好！你要真为我生一个孩子,我给你两万块！"

她倏地扭脸望住他的眼,从唇间突然迸出一句:"我不想养一个野种！野种！"

"砰！"一直紧攥在费丙成手中的茶杯轰然落地。

他的双眼蓦然无限地瞪大,爹和娘的面孔和两个圆形绳环一下跳到眼前,你这个野种……你这个野种！……地主姘头……野种！……柳老七……我不能没钱……野种！……一大片声音顿时在他的耳边轰鸣滚动,一大团金星扑到眼前旋转飘荡,一阵剧烈的哆嗦从脚跟升起蔓延,他清楚地听见体内的什么地方咔的一响。

满脸惊异的姚盛芳看见费丙成的双手先是向上抓了一下,随即整个身子便重重地向地上倒去……

费丙成一病不起。

三个月之后,当人们再次看见费丙成时,他已经瘦得十分吓人,原本黑亮的短发,竟大半白了。

没人再见他去过成衣店。

成衣店由他外甥经营,姚盛芳是那店里的女工。他开始拄着拐杖走路。一日,几个孩子看见他拄杖出门过街,在迈过街中间的老车辙时,拐杖被绊,身子一个趔趄,人重重摔倒。他坐在车辙里喘息了半天,才又颤颤站起……

启明星

　　床,放在屋子的这个位置,夜里只要一抬眼,就可以看到那块宝蓝色的天。二翠带着泪痕的眼,直盯着窗外的夜空,升起来了,启明星,又到了那个该它闪亮的时辰。快天亮了,不能再等!她的牙轻轻一咬,慢慢把奶头从胖胖口中拔出,拉过被子把儿子盖好,起身掩好衣襟,低低嘘一口气,啪一声拉亮电灯,麻利地去墙角抱出那个原本打算扔掉的破旧木箱——那是丈夫生前常背着去炸石头炸鱼的物件,掀开了长了霉斑的箱盖。好!上天有眼,箱里还剩有一包炸药、三截引火捻和两个生了绿锈的雷管。

　　她望着箱中的东西,昨天那屈辱的一幕又在眼前一闪。干!

　　她哆嗦着手把引火捻连上雷管,又把雷管塞进那黑色的药里。她曾看过丈夫炸石头炸鱼,她懂得这套连接方法。

她把连接好的炸药装进衣袋,当她的手隔着衣袋捏摸那炸药时,一个狰狞可怖的笑纹,从她那沾了泪珠的漂亮眼角荡出,消失在黑发遮盖的鬓角里。

靳玉兰,我让你造纸!我让你赚钱!我让你发贱!

她开门闪身走出来,街上空旷寂静,月色淡淡。她那轻轻落地的双脚,在石板铺成的街路上发出嚓嚓的响声。她抬头看了一眼天,见一片彤云已将启明星裹住,使它隐约难辨。要不了多久就可以到!她在心里宽慰自己,加快步子向靳玉兰设在东街口外的造纸厂走。蓦地,一声狗吠从南街传来,惊得她打个寒战,她猛地停步,慌慌地环顾一下四周,什么也没有!她又快步向前走。靳玉兰,老子来了!

二翠把身子隐在用来造纸的麦草垛旁,不能再往前了!月光在这里造出一片阴影,阴影不大,挨着向蒸煮锅供水的水池,再往前,又是一地月色。靳玉兰的造纸车间就在二十多米外,车间是一个巨大的用石棉瓦搭成的棚子,蹲在这里可以看得很清,巨大的挂浆网笼正在灯下嗡嗡旋转,几个工人正坐在各自的岗位上值班,空气中掺和着一股浓浓的麦草浸水的气味。值班的会有打瞌睡的时候,到那会儿再动手,只要把炸药点着塞到那个烘缸下,靳玉兰的这台造纸机就算完了!

一切都起因于这个东西!

要是没有这台造纸机,靳玉兰能赚那么多钱?能盖得起二层小楼?能有那么多漂亮家具?能送秦六那么多东西?能把秦六夺走?

一想到秦六,她的心就又疼得发抖。自从胖胖他爹去世之后,这世上秦六就成了她最宝贵的东西!她现在还记得那个西天横一抹紫霞的傍晚,那时胖胖他爹已经去世将近一年,这近一年的日子,又要忙地里,又要忙家里,让她觉得又孤独又乏味又心烦,但没法子,总还要活下去。那天傍晚时她去后院劈柴,不料要劈的那截木头纹理扭曲得厉害,十几斧头下去,并无一条裂缝出来,无奈,她就只得喊隔壁的邻居秦六帮忙。那秦六在镇上中学食堂烧火,人长得膀大腰圆有模有样,只是因为他爹娘死前常年吃药,拉下了一屁股债,所以至今未说上媳妇,仍单身一人过日子。喊这样一个单身男子过来帮忙,一般守寡的女人不敢,但二翠不怕,老子走得正行得端!那秦六也是勤快人,听到她的喊声,迈过篱笆,拎起斧头就干。她当时在渐暗的暮色里站在一旁细看这个邻居汉子,先看他胳膊上的肉团怎样随着那斧头的起落不断鼓起滑动;后看他那阔大的身架如何随着不同的劈姿前倾、左弯、右斜;最后,不由自主鬼使神差地,她把目光对准了他那隐秘的在衣服下不停晃动的部位。她开始只觉得心跳血流加快,渐渐开始脸热筋涨浑身燥得难受,随后就听到体内啪的一声,一扇原被她紧闭着的大门打开,一股一股的欲望直蹿了出来,在她的周身乱抓乱扯乱咬乱烤,折磨得她浑身簌簌乱颤。当夜色彻底垂下,秦六把柴劈完扔了斧头时,强烈的欲望已如烈火把她要为丈夫守孝两年的决心全部烧掉,她借向他递擦汗毛巾的机会,假装绊着了一块劈柴,身子踉跄着向他的怀里倒去。她只让他发出了一声惊呼:"嫂子,你怎么了?"便把舌尖填进了他的嘴里,随即她就以过来人的经验,引领着他的身体,就在柴垛旁边那摊晒干了的茅草和红薯秧上,她尝到了自丈夫去世后的第一次飘入仙境的快乐……

自那以后,那个西天横一抹紫霞的傍晚就印在了她的心里。从此,她想要他的时候,只需在夜深人静时捡一块小石头朝他住屋的后窗台上一扔,他就会无声地拉开后门,闪身走进后院,轻捷地迈过篱笆,疾走到柴垛旁把她轻巧地抱起。

守寡生活就这样平静而有滋有味地过着,二翠已开始琢磨着什么时候公开提出结婚,要不是靳玉兰这个女人买了造纸机,生活就会像二翠心中设计的那样发展,偏偏靳玉兰买了这机器!

呼啦!身后的麦草似响了一下,有人?二翠惊慌地扭过头去,没有!身后只有月光和月光与草垛造出的阴影。启明星钻出了云团,时候不早了,要抓紧!她又转过身去。

"小郑,瞌睡吗?"一个清脆的女声从车间那边传来。二翠瞪眼望去,是她!靳玉兰,你这个贱货!

"靳厂长,起这么早?"那个小郑从浆池上站起,同靳玉兰打着招呼。

"值班时可不要打瞌睡,你掌管料门,小心浆流得不匀,毁了纸的质量!"靳玉兰含笑拍着小郑的肩膀。

骚货!见了男人就媚笑!二翠将牙咬起,看一眼手中的炸药。待一会儿我看你还怎么笑!

二翠很早就讨厌靳玉兰脸上漾着的那种笑纹。

大约是在那个快乐的柴垛之夜过后不久,二翠就发现,住在秦六那边的靳玉兰,常常也在自己的后院没话找话地同秦六搭讪,而且边说边就翘起两片薄嘴唇笑,笑得又艳又甜。二翠凭自己的体验和经验,一眼就辨出靳玉兰那笑里有勾引成分。靳玉兰原本已经嫁到了丰镇,几个月前又离婚回到了娘家柳镇西街,带一个两岁的女儿,和娘家妈三个,听说是她男人做生意发了财,姘上了另外的女人。如今她就住在秦六的隔壁,才离婚几天,就又熬不住了!呸!二翠每看见那笑,就要往地上唾。

虽然看出了靳玉兰的用心,但二翠当时却无半点慌意。

她坚信靳玉兰夺不走秦六。她曾在镜前把自己和靳玉兰反复做比:俺的头发又黑又密,你的头发又黄又稀;你是一线眉和单眼皮,俺是双眼皮和柳叶眉;俺的脸又圆又红,你的脸又瘦又青;你胸脯子瘪塌塌的,俺的奶子又大又暄,至少高你两寸!滚远点吧,秦六能看上你?!

有一段日子,二翠注意到靳玉兰不仅不再找秦六故意搭讪,甚至在街上也不见了她的影子,于是就愈加欢喜,就暗在心里笑:这女人还算明白!直到有一天,两辆大卡车满载着一些机器驶到了靳玉兰门前,二翠才听说,那些天靳玉兰托关系去了城里的造纸厂学习,学完后贷款买了一套787单缸单网造纸机,在东街头租了地搭了棚,要开造纸厂,造一种做纸箱的瓦楞纸和茶板纸,原料就是四乡里都出的麦秸草。二翠听罢,心中竟有些怜悯靳玉兰了:这女人也是,丈夫不要她,找别的男人又没遂心,一定是苦闷极了才想出这胡乱折腾的主意,唉,造纸,折腾啥哩!

一日夜里,她把秦六招来幽会,秦六在一阵大喘过后,曾轻声开口告诉她:靳玉兰的造纸机已经造出纸了。她当时听后一笑,搂紧了他的身子说:她造她的纸,咱们过咱们的日子,操她的心干啥!她根本没想到靳玉兰的造纸机还会和自己的生活发生关系!

渐渐地,柳镇人就风传说如今纸张奇缺,靳玉兰的纸厂办得太是时候,外地的采购员不断拥来,她可是赚了大钱!而且不久,果真就见靳玉兰家的旧草屋被扒掉,盖起一座上三间下四室的漂亮小楼。对此楼,二翠有时也不免生点羡慕,但心里很快就又归于平静。二翠很知足,一个女人有一个儿子可以防老,有一个男人可以相守,有两间屋子可以安身,再加不饿肚子不就行了?

一直到了那个黄昏,二翠才意识到事情有些不对。那日黄昏,二翠手拿两个煮熟的鸡蛋,趁着暮色翻过篱笆去秦六的屋里——儿子胖胖那天过生日,她给儿子煮鸡蛋时专门给秦六多煮了两个。她平日一直心疼着秦六,只要做一点好吃的东西,都要给秦六送去一半。门推开时,见秦六正手拿着一个五颜六色的纸盒在手中端详,而且口中还咀嚼着什么,二翠当时并未在意,只是含了笑说:"六,猜!我给你带来了什么?"秦六慌慌地站起,慌慌地哦了一声,正是他这种慌慌的模样引起了二翠的注意,她把眼转向他手中的纸盒问:"那是什么?""嗯,糖。"秦六依旧有些慌张。"什么糖?"二翠还未见过包装这么漂亮的糖。"酒心巧克力,四块钱一盒,你尝尝!"秦六向她递过来一块,径直填到了她的嘴里。"你买的?"她边嚼着那又甜又辣的东西边紧钉着问,她晓得秦六不是乱花钱的人,顿时生了怀疑。"不,不是,别人给的!"秦六的脸红了。"谁?"二翠本能地感到心中一紧。"是玉兰,刚才从她门前过,她硬塞给我的,说这东西很快就能转成力气,让我尝尝。"扑通!二翠听到自己的心猛响一声:好一个女人,又来勾引了!送起了酒心巧克力,是想显摆你有造纸机,赚多了钱?……

"来,弟兄们,每人一个面包!"一个熟悉的声音使得二翠身子一颤,是他,秦六!你这个负心的东西!她瞪眼望去,灯光下可见,秦六身穿一套笔挺的蓝色西服,含笑捧着几个纸包进了车间。"大家吃一点垫垫,再有个把小时就到换班时间!"秦六发完面包,潇洒地抬腕看表。

狗东西,你也学会了摆谱!二翠痛苦而伤心地望定他。他穿的还是靳玉兰送他的那套西服!一瞥见他那身西服,那个让她惊慌的夜晚就又回到了眼前。

那天晚上,她把胖胖哄睡,欢喜地拿上亲手给秦六做的一个褂子去了他屋里,为买做褂子的布,她卖掉了两只老母鸡。那褂子让秦六穿上一试,正合身。秦六当时高兴地说:"嗬,翠的手艺真好!""是吗?"她故意仰了脸娇笑,头便向他的胸口靠,秦六顺手就把她抱离了地,就在那当儿,前门外忽然响起了靳玉兰的叫:"秦六,吃过了没?"二翠闻声,慌忙下地整理头发和衣裳。秦六拉开门时,二翠先开口招呼:"哟,是玉兰,你也吃了?我来向秦六借点钱。"那靳玉兰当时朗声一笑,并不问别的,只开口说:"今夜厂里检修机器,闲了,想玩几把牌,已经找了对面的宽子和二魁,不知你们二位能不能过去赏光?"秦六听了,立刻就点头说:"中!"二翠原不想去,后担心让秦六单人独去,靳玉兰说不定又要使什么引诱的法子,就也点头说:行。

二翠还是第一次走进靳玉兰新盖的小楼,一进了楼下那间客厅,双眼就新奇而意外地瞪起:四面墙壁在日光灯下白得耀眼,水泥地坪干净得能照见人影,沙发上罩着纱巾,茶几上摆着果盘,屋角的柜上放着彩电,里边正有一个女人唱豫剧。这屋里的摆设让二翠一下子记起自己那两间破旧的瓦屋,那抹了黄泥的土墙,那凹凹的地坪,那几把歪三扭四的木椅,这巨大的反差让她顿觉胸口堵了一股气:靳玉兰靠造纸机抖起来了,娘的!这时,先来的街邻宽子和二魁已开始在茶几上洗牌,靳玉兰趁这当儿进了里屋,出来时已换上一件带蓝底花绣有金线的连衣裙,而且身上带了一股极好闻的香味,那连衣裙做得恰到好处,把靳玉兰原本不太鼓凸的胸臀都有模有样地显了出来。二翠只看一眼就觉得自己身上原本不错的蓝衣黑裤异常难看。她注意到秦六盯了靳玉兰很长时间,心上立时一酸:靳玉兰,你成心发贱,故意穿出来给男人看!

牌打了三把以后，门外有人喊靳玉兰出去说话，二翠和秦六他们几个便起身四下走动，在卧房门口，秦六轻扯一下二翠的手说：看！只见里边摆了一张罩了粉红罩子的大床，床头摆着小柜，小柜上放着台灯。秦六走进去，往那床上一坐，床无声地陷了下去。"嗬，这床好！"秦六低声说道，语气中分明露了羡慕。二翠心里当下咯噔一声，记起自己和秦六常睡的那张木床，稍一动就吱呀乱响，几乎在想起那床的同时，忽然生了一点担心失去秦六的慌张。

重又开始起牌时，靳玉兰像是顺口说出的一样，讲："秦六、宽子，我厂里想招两个人，一个管财务伙食，一个跑跑供销，你们愿不愿干？愿干，明天就可去上班，月工资一百，以后干好了还可以再添，外加一套西服！干不干？"宽子先开口，说他已筹了一笔钱，想开杂货店，不去了。接下来靳玉兰就把双眼转向了秦六。二翠当时心中一紧，连呼吸也屏住了，她多愿秦六立刻张口回绝："我不去！"她知道让秦六整日待在靳玉兰身边可不是一件好事，但料不到秦六竟极爽快地开口应道："我干！"二翠顿觉一股冷风袭来后脑，嘴张了张却无话出来。那靳玉兰此时则大声笑叫："好，秦六痛快！来，我也立刻兑现我的条件！"说着，扔下牌，转身进屋，抱出三个漂亮的长方形纸盒子来！"这是三个型号的西服，你挑一套！"靳玉兰把衣服放在了秦六面前。至此为止，二翠方看出，靳玉兰今晚叫秦六打牌，是预先就有安排的！"试试！"宽子和二魁立时撺掇，上前三下五去二脱了秦六的旧外衣，把西服给他穿上了。"不错！不错！"几个人一齐拍手叫。二翠脸上虽一副冷色，但也不得不在心里惊叹：秦六那副身架穿上这西服更帅。"照照镜子！"靳玉兰推秦六到了穿衣镜前，二翠随即就痛心地发现：镜中的秦六一脸欢喜！

那晚上回家时二翠一句话没说,身穿西服的秦六感到了二翠的不快,到家就把西服脱了,穿上二翠给他缝的那件褂子,而且破例地在二翠床上睡到五更。那夜二翠心中虽然不快,但也尽力去满足秦六的所有要求,她晓得,她只有用女人的温顺和柔情去拴秦六的心了!

秦六,你这个负心货!你在那儿看什么?你真要死心塌地帮她干活?看老子把这造纸机炸了,你还帮她干什么?

二翠蹲在这里看得很清,秦六在车间正弯腰仔细地翻检着新出的一堆纸。"怎么样,六子,质量没问题吗?"随着这声亲昵的问话,身披一件风衣的靳玉兰又走进了车间。

"嗯,这班出的纸厚度较匀!"秦六直起身,朝靳玉兰咧嘴一笑。

"那你再去睡一会儿吧,天亮你不是还要进城办事?"靳玉兰又甜甜一笑,伸手拉了一下他的胳膊。

骚货!二翠的牙咯嘣一响,喷火的眸子随了他们的身影移着。靳玉兰和秦六出了车间,缓缓向那边的宿舍走,厂院里空无一人,地上的月光又变得迷蒙不清,二翠仰起头看,见一团泡沫似的白云又绕住了弯月和启明星,看不清了,只见一团模糊的人影,莫不是两人又在亲嘴?一想到这里,二翠耳畔就又响起了"吱"的一声。

她痛苦地闭上了眼睛:"骚货!妖精!"

几天来,就是这声音搅得二翠日夜不宁,双眼红肿,心脏绞疼!

自从秦六进了靳玉兰的造纸厂,二翠心里就一直在扑腾,每日都仔细地观察着秦六,看他身上起没起什么变化。还好,开始一两个月没有什么异常,他还是照样应自己的招呼过来相会,有时还带来香皂、毛巾一类的礼物,但慢慢地,变化出现了。二翠最先感觉到的变化,是他讲究穿衣打扮了。过去,秦六在夏末秋初,总是一条裤衩一件背心,不汗湿不换,现在变了,白衬衫、直筒裤、黑皮鞋、丝手绢;过去,秦六从中学食堂烧火回来,总是到后院河边噗噗一洗就行,如今每天下班,总要拎一桶清水,用香皂洗上半天,洗完了总还要在头发上抹一种什么油。他身上的那股香味儿是比过去的汗味好闻,可二翠每把脸颊贴在他那散发着淡淡香气的胸口上,舒服之余却又总要生一阵莫名的不安。另一个变化,就是他在亲热时的挑剔,他不愿再在柴垛旁那厚厚的柴草上躺,说那里太脏,可二翠却总觉得躺在那里最痛快;他不愿再在天快亮时相会,说书上讲,那会损伤身体;他说她身上有股汗味,有一次,当她兴奋地扑到他的怀里时,他竟低声叫她先用温水把身子擦洗擦洗,羞得她几乎流泪。最重要的变化是:他与她相会的次数见少了,有时,她把小石块向他窗上扔了三个,他才懒洋洋地来到篱笆边说:今日上班太累,晚点再说吧。这使她火热的心顿时如浸水里。而且,她还恐惧地感觉到,亲热时他的身子不再那么勇猛迫切,再也不快活地呢喃低唤,仿佛是应付差事一样。对这变化,二翠不知该怎么解释,只在心里琢磨:可能是因了他在纸厂上班太累。

直到三天前的那个中午,她才觉得自己找到了真正原因!

那日午后,趁人们都歇晌的时候,二翠几步迈过篱笆,进了秦六的后院,她所以大着胆子在白天去找秦六,是因为有件急事要同秦六商量。就在前晌,南街二奶又一次上门提亲,要把二翠说给光棍桩子,二翠今天就是想借告诉这事的机会,向秦六要求正式结婚。她越来越感到,再拖下去说不定会出意外。她知道秦六的后门白天不插,上前径直推门,在门开的那一瞬间,她的双眼震惊地瞪大:靳玉兰正紧抱了秦六,踮着脚尖亲他的脸和唇,而且还有吱吱的声响出来。

一股强烈的气恼和屈辱,使得二翠口张开,却又无话出来。靳玉兰倒平平静静,松开一脸尴尬的秦六,朝她得意地笑笑。

"你们……"二翠低喊出这两个字后,又突然噤口,意识到自己并无责备他们的权利,她只能无奈地看着靳玉兰拉开门走出,听凭泪水在脸上滚动,她只能在心里叫:"靳玉兰,你这个骚货!你明明猜得出秦六和我的关系,你仗着你有造纸机,仗着你有钱,硬要来欺负我,你不得好死哇……"

呼啦!身后的麦草似乎响了一下,二翠紧张地回头:依旧什么也没有!也许是老鼠。她仰脸看天,月亮缓缓向西移动,启明星依旧悬在那里,一缕线也似的絮云晃过去,在它身上慢慢缠绕,使它的光亮又暗了许多。天快亮了,得赶紧动手!她摸摸炸药上的引火捻,心跳开始加剧:靳玉兰,这次老子要让你知道我的厉害!你敢唆使秦六打我,老子就敢炸你的造纸机!一想到昨天秦六打来的那重重一掌,一忆起那个屈辱的场面,二翠的牙就又恨得咯咯作响。

昨天中午,做饭前,二翠瞥见靳玉兰拉着女儿走进她家的后院鸡圈里,捡出了十几个鸡蛋,边捡边笑着对站在后院的秦六说:"看,还是我买的这品种鸡好,下的蛋又大又多!"二翠听罢,立时气上心头:又在炫耀!她眼珠一动,当即回屋,抓几把苞谷往一个破碗里一放,而后摸出农药往那苞谷上一撒一抖,趁靳玉兰和秦六都回自己屋里的当儿,她麻利地过到秦六后院,隔着篱笆,把那一碗苞谷哗啦全泼到了靳玉兰的鸡圈里。靳玉兰那十来只鸡一见苞谷,立时扑上来抢啄,噗噗噗,看谁啄得更快。二翠回到自己屋后,把破碗往柴垛里一塞,坐

137

在椅上,静听着靳玉兰的那些鸡们鸣咽着扑棱翅膀。一刻之后,靳玉兰大概是听到了鸡的悲鸣和扑棱,又走下小楼来到后院。不出二翠所料,靳玉兰果然心疼至极地叫了一声:"天啊,这鸡是怎么了?"听到这声心疼的呻吟,二翠心里舒服了:骚货!你不是有钱吗?你不是富吗?你也难受了?!大概是靳玉兰闻到了那股农药味,也可能是鸡圈里还有鸡没吃完的苞谷,反正二翠看见,靳玉兰横眉立目地站起身子,竟翻过篱笆低头向秦六和自己的后院寻来。二翠这时才注意到,自己刚才去撒时不小心,路上零散地掉了一些苞谷粒,靳玉兰据此寻了来。糟糕!二翠当时心有些慌,但脸上依旧是一副平静的神色。靳玉兰一直寻到她的院心里,怒声问:"凭什么毒死我的鸡?"二翠当时心一横:娘的脚,干脆跟你这个富人闹一场,看你能把我怎么着!就见她呼一下起身,怒冲冲逼上前喝道:"谁毒死你的鸡了?你抓住我的手脖了?再敢诬赖人,看我不撕你嘴!"边说边就把手伸到靳玉兰脸前,她晓得靳玉兰上学上到高中,从小干活少,身子没有自己壮实有劲。而那靳玉兰好像也并不怕二翠,竟伸手猛拨开二翠的手说:"你应该去学点别的本领!"这下二翠完全恼了,边喊着:"老子用不着你指教!"边挥拳朝靳玉兰的胸口狠捣了一下,靳玉兰哎哟一声,后退一步,二翠并不罢休,一面在口中叫着,"老子叫你发财!老子叫你有钱!"一面又连连出拳。"住手!你咋能这样干?"耳边忽然响起一声男人的怒吼,二翠扭头一看,是秦六。好哇,我就是要打这个骚货让你看!我看你敢当了我的面护她!二翠料定秦六只能持中立态度,就又向靳玉兰的奶子上捣去,万没想到,她的手刚触到靳玉兰的奶头,秦六竟猛地跳过来,挥手朝她的臀上就是一巴掌:啪!这一掌打得又重又响,把二翠打得一怔、一愣、一惊,她根本未料到秦六敢对自己动手,气愤和屈辱使她哇一声哭开了:"好哇,你们合伙欺负我,你们不怕丧良心呀……"

哭,并不能泄出心中全部的气和恨。下午和晚上,她都浸在气恨里,直到半夜时分,她才慢慢平静下来,才琢磨出,自己所以能落到今天这个地步,全因为靳玉兰有了那台造纸机!一切都由那台造纸机引起!倘若没有它,靳玉兰哪会赚钱发财?没有钱,她就盖不起小楼,就不能在楼里摆那些吸引秦六的东西,就不能送给秦六贵重的西服,就雇不起秦六,就夺不走秦六的心!那样,秦六就还是我的!

该死的造纸机!

毁了你!!

看料门的那个小子头已垂下,管裁切的那个瘦子在台上,看卷筒的那个家伙去了茅房,可以干了!只要脚步放轻就行!

二翠把手中的炸药轻轻放到脚前,慢慢摸出了火柴。靳玉兰,我叫你有钱!二翠抖着手把一根火柴划着,火光一闪,引火捻点燃,立时,一股淡淡的硝味钻进了鼻孔。二翠急忙起身,猫腰轻步走到那轰轰作响的造纸机旁,麻利地把炸药塞到了造纸机的烘缸下,而后转身就走。还好,没有被人发现!她迅速地在麦草垛旁隐了身子,双手捂在耳上,静等那一声剧烈的爆炸。

长长的一个时辰在她咚咚的心跳中过去。

那爆炸声竟然没来!

二翠意外地转身向车间望去,只见那个去茅房的工人已经回来,正同另外两个打盹的工人说笑着什么,造纸机依然在轰轰转动。她的双眼死死盯着烘缸,那里,竟无一个火星!哑火?!引火捻断了?炸药受潮?雷管失效?天哪!……

二翠猛地扑到垛上,两手狠狠抓紧那些干燥麦草,牙紧咬着在心里叫:靳玉兰,这次便宜了你!你发财吧!你发不了几天的!

大串的眼泪涌了出来。

原本缠在启明星上的那缕絮云又已飘走,它显得更加清幽明亮,月光开始暗淡,最早的一抹晨光已降到垛顶,淡淡的晨雾在远处的树梢弥漫,镇上的狗叫起来了,一声连一声的鸡啼四面响起,大地,就要亮了……

怪 火

我们柳镇常出些稀奇古怪的失火事件。

同治二年正月初三,傍晚,全镇三百七十二间瓦房突然同时起火,火光冲天,十几里外可见,镇人拼力扑救,无效。待火熄后,人们惊奇地发现,镇上所有极易着火的茅屋全未累及,众皆以为奇。自此,镇上盖瓦屋者绝少。

民国十九年四月初七,上午,几百名镇人在环绕镇子的寨河里清淤,一老者嗜烟,瘾发,站于河底打火点烟,不想火星迸出的同时,一股蓝色火苗突然从他脚下的湿泥里蹿起,骇得他大叫,奔上河堤。人们围来看,见火苗仍在原地跳,总不灭。族长听说,慌慌来叩头三个,仍不灭,遂命人在寨河里放水。

一九五一年七月十八,正午,镇上当过土匪的陈良家失火,一溜五间面南房子,东两间和西两间全部烧毁,陈良和妻子和老父老母均丧命火中,独有其半岁儿子睡篮所在的中间那屋,完好无损,救火的镇人冲进屋时,只见那白胖小子正酣然大睡。

"文革"第三年的腊月初六,半夜,丈夫被红卫兵斗死的漂亮寡妇慧妹,突然双手捂胸身着短裤冲出屋门大叫:救火呀!邻人闻声,都提水桶冲进她屋,进去的人皆倒吸冷气一口,连连后退,只见慧妹的床有一半被烧毁,火已熄,烧毁的那半边床上躺一个几被烧焦的裸体男人,众人定睛细看,竟是镇革委会主任。慧妹嘤嘤哭诉:他来与俺那个,那个后俺就睡着了,后来俺被热醒,扭头一看,他睡的那半边床着了火……

诸如此类的事件还有许多。

究其原因,众说纷纭:有说柳镇是雷区,阴电阳电相撞极易着火;有说这里早先是森林,地下有可燃的油和气;有说柳镇历代为战地,地下尸骨成堆亡魂麇集,不可能不出来闹点什么,而且断言以后还会有!

过去我对这些不过是听听、笑笑罢了,万没想到,前不久,我家竟也来了一场怪火!

事后想想,那场火来前还真有点征兆!

我是那日前响到家的。部队让我出差河南,我便拐了个弯回家看看。到家后我就高兴得直绕我家的院子转——我根本没想到我家竟有这么一个气派威武的大院:正面一栋二层楼上四室下五间,右面一栋二层楼上三室下四间,左边一排四间平房是仓库,中间的院子宽得可以安上球架赛篮球!几年未回,家里的变化真使我吃惊。前响就这样在惊喜快活和激动中过去;后响,我才得以平静下来和娘坐屋里拉拉家常。就在我同娘拉家常时,忽感身上一阵燥热,热得我不得不把棉衣、绒衣、衬衣的扣子全部解了,以致娘连连制止我:"老二,你是想感冒吗?"其实我未做任何运动,且天冷得厉害,东北风在砖砌的院墙上抓挠得很响,院中那个准备放养金鱼的池子里水全冻成了冰坨,人坐屋里呼出的气也呈白色。可我就是觉得热!那阵奇热持续了十来分钟,我才重又有了冷的感觉。

我当时并没去想什么。

我记得那阵燥热过去之后,我有些奇怪地看着爹。爹那会儿穿着他的黑袄黑裤,正噙着长杆烟袋,围着院子左侧离平房仓库不远的柴垛踱步,不时地拿眼去垛根瞅。院中那样冷,爹这是干什么?丢了东西要找?想到此,我就起身出门,走到爹的身边问:"是找东西吗?"爹闻声止步,朝我极慢地摇头:"不,随便走走。"爹摇头时,我猛然发现,他的双眼上罩着一层浓浓的水雾,眼角挂有泪珠,我的心顿时一抖:爹在难受?但转瞬我就又把这个猜测推翻。爹怎会难受?如今正该是他高兴的时候!我们这样一个早先愁吃愁穿的穷家小户,靠爹的双手打烧饼,渐渐攒起钱开了烟酒铺子;由烟酒铺子的发展,又赚来了买大卡车的款;如今,家里已拥有四辆卡车,雇有七八个工人,成了柳镇上有名的富户,连我一回来都高兴得直笑,爹还去难受什么?

可能是被风吹酸了眼!

我这样想着,就又劝:"爹,外边冷,屋里坐吧!""人老了,喜欢走动走动,光坐屋里不行,你快回屋暖和!"爹朝我挥下手,又依旧沿着那个柴垛缓缓地踱,不时地拿眼往垛根瞅。

晚饭是在右楼底层一个房间里开的,分成两桌:一桌给雇工们吃,家里雇有四个司机,两个照看铺子的男工和两个做家务兼给哥哥看孩子的女工;一桌是我们家里人吃。大约因为我的回来,桌上都摆了酒,雇工们桌上摆的是"宛城白干",我们桌上摆的是"卧龙玉液"。全家坐下后,穿一身呢料中山服的哥先端杯开口说:"来,老二,干!咱们家的人如今都过上了好日子,独有你在外边受苦!"我笑着端杯说:"好,今天就补补!"说罢,一饮而尽。在我们喝酒的当儿,佣工四婶和小莲还在做菜,大约是我们喝到第四杯的时候,忽听门外砰的一声瓷器落地,随之就听那端菜的小莲一声惊慌的低叫:"噢,天哪!"嫂子闻声快步走出去,片刻之后,走廊上就响起了啪啪的耳光声。我起身出门,见嫂子正抡掌打那小莲的脸,地上是一堆盘子的碎片和辣椒炒鸡块,那小莲不敢哭也不敢躲闪,只低了头任嫂子打,一些血珠已在小莲的嘴角晃悠。我见状就上前劝:"算了,嫂子!"嫂子气哼哼地住了手骂:"穷丫头!做什么都毛手毛脚,不教训你就不行!"那小莲双手捂脸抽抽噎噎地哭了。"哭什么?"哥此时也走出沉了脸叫,"再给我出岔,小心叫你滚!"我刚想开口劝那小莲,却见娘已默默走出,上前把小莲揽在怀里,拿袖子去揩她的脸。小莲此刻哭得越发伤心,边哭边诉:"是一只猫,猛从我脚前跑过,我一惊,就……""没啥,闺女,不就是一盘菜嘛!"娘低声劝着,扶了小莲向厨房走。我转身进屋时,见爹仍坐原处,默望着小莲的背影,之后便抓过酒壶,连倒三杯喝了。我知道爹有咳嗽的毛病,不宜多喝,就小声劝:"爹,别喝得太猛。"爹没理我,又仰头猛喝一杯。

一瓶酒将完时,四婶又端一盘蘑菇肉片上来,哥只尝了一口,忽然生气地啪一下往桌上扔了筷子,叫:"四婶,这菜是怎么炒的?放这么多酱油,你看看这颜色!"四婶见状,惶惶弯腰:"他大哥,怨我,人老了,记性不好。"哥又冷冷开口:"以后再见你炒成这样,我可不饶你!"说着,挥一下手,让四婶走开。我伸筷尝了一下那蘑菇肉片,小声说:"哥,味道不错嘛!""不错什么?"哥朝我宽容地一笑,"你是不知道,如今咱这里可不是过去,把粉条豆腐胡乱炒一盆子就吃,现在也讲究个色香味,弄得不成样子,让人看见笑话,我早晚得找一个像样的厨子把四婶换掉!"哥说话那阵儿,爹正点烟,我看见爹点烟时手抖得厉害,烟点着后,只见他把尚未燃尽的火柴凑近了酒杯,杯里的酒液呼一下着了,蓝色的火苗在杯里一跳一跳,四岁的侄儿见状立刻在桌边大叫:"失火了!"全家人立时乐了,爹也放声大笑,直笑得眼泪都在睫毛上跳。

晚饭吃罢,我先去给我安排的睡屋里,在娘的帮助下把床铺收拾好,跟着就向弟弟的屋里走去,想到他那里坐坐聊聊。就在我向弟弟住屋走去时,我身上又觉到了一阵难耐的燥热,我不得不解开领扣,任寒风向胸前灌去。我当时以为,这是我喝的那几杯酒在起作用,依旧没想别的。

弟弟住一套间,两间房的灯都开着,因他未结婚,进他屋时也就随便,我没敲门便猛推一下走了进去,我听到一句女人的低声惊呼:"哟!"我第一眼看到的那个场面使我惊停在门口:弟弟仰身在沙发上,双脚伸进一个盛着热水的脸盆,一个挺漂亮的姑娘,正蹲在那里为他洗脚。那姑娘满脸通红地望着我,两手还呆呆地攥着弟弟的脚脖,显然是我的冒失行为让她受了惊吓。我尴尬地停在门口,不知该进该走。倒是弟弟毫不在意地向我招手:"二哥,进来!"接着伸手拍拍那漂亮姑娘的肩膀,说:"羞啥?这是我二哥。快给我擦擦!"那姑娘红着脸飞快地为弟弟把脚擦干,而后急忙端起脸盆进了里屋。在里屋的门关上之后,我才向沙发前走去。从那姑娘为弟弟洗脚的亲昵动作和进里屋时的熟悉样子,我想她就是弟弟的未婚妻了,于是就低声含了笑说:"我原想来问你婚事定没,

145

你只管摇头,怎么还向我保密?"弟弟立刻摆手:"不骗你,二哥,婚事真没定!""那刚才这位……"我向里间努嘴。"只是候选人之一!"弟弟打个漂亮的响指。"哦?""明给二哥说,如今想给我当老婆的姑娘不少,我得仔细挑挑,有些还要试试,譬如刚才这位,我想看看她伺候我时是不是十分——听话!"他的声音挺高,显然是想叫坐在里屋的姑娘听见。我看着弟弟那张踌躇满志的脸,突然无端地想起好多年前的一个后晌,我领着弟弟去地里割草,每人割一背篓,回来走至半路,弟弟喘着粗气叫:二哥,我饿得很,背不动了。我说天快黑了,再忍一忍就会到家,他却抹着眼泪说:我忍不住了。没法,我只好大着胆子去地里偷扒了两块红薯。弟弟当时边啃着红薯边说:二哥,人一辈子有红薯吃也就知足了……

"二哥,二嫂对你怎样?"弟弟忽然笑问。"不错。"我不知他何以问起这个。"不错倒还罢了!我听说她当初嫌弃我们家是农业户口,要是她如今敢再嫌弃,就把她蹬了,另娶大姑娘!""嗨,胡说些啥,我们都是老夫老妻了,过去的事……"我话未说完,忽听娘在门外喊:"老三,你出来一下。"

弟弟向门外走时,我也跟了出去。娘站在门外,见弟弟出门,压低声音对他说:"天不早了,该叫人家姑娘回去了!"娘的话音刚落,弟弟就猛把烟头摔到了地,气哼哼地叫:"谁要你操这份闲心了?!"说罢,扭头摔门进屋。几乎在这同时,柴垛那边蓦地发出一响:"乓!"我的身子被惊得一抖,定睛看时,才知是爹在扔一个破盆。爹那阵儿正在清扫柴垛与仓库之间的过道,那条过道两米多宽,因为风刮羊扯猪拉,那过道上也铺了一层厚厚的柴草,爹正摸着黑扫走那层柴草。我看见后走过去说:"爹,黑天了,明日再收拾吧!"爹头也没抬,只答道:"人老了,睡不着,找点活做,你先去睡吧!"我知道爹一辈子勤苦惯了,有他的一些执拗习惯,说也没用,就也不再理会,回了自己的睡屋。

从弟弟屋里出来时,大哥在右楼上喊我,说有件事要同我商量。我过去后,哥拿出一张房子的图纸,说:"刚才二坤来过,讲他们队有块宝地想卖,我想你当兵终不是一辈子的事,早晚有回来的一天,干脆趁早把那块宝地买了,给你也盖座楼,你回来前先租出去赚钱,回来后你住,反正眼下房地产一天一涨,盖了也值,你看看这种样式行不?"我听后一阵激动,哥考虑得终比我远,正想开口说话,忽见家里雇的一个司机突然慌慌地推门进屋,带着哭腔对哥说:"老、老大,糟、糟了!"大哥的双眉一竖,眼一瞪:"出了啥事?""刚才……刚才……"那司机汗泪俱下:"我开车去镇供销社装货,想今晚把车装好,明早就去南阳,谁知车出大门拐弯时,把南街的一个瘸子撞了。""混蛋!"哥听罢猛起身揪住了那司机的衣领,怒声吼道,"你又给我闯了祸!""那人被撞得怎样?"我急忙插嘴问。"当时……就死了……"司机嗫嚅着答。"天哪……"我惊呼一声。"大惊小怪什么?"哥瞪我一眼,猛把那司机搡得后退了几步,骂:"妈的,算老子眼瞎,雇了你这个破财的杂种!"说罢转向嫂子:"去,给他拿钱,老数目,让他去把事情结了!"嫂子慢慢起身,走进里屋,片刻后出来,把厚厚一沓钱放到了那司机手上,同时用眼剜他一下:"去吧,我们雇你可是没赚!"那司机感激涕零地向门外走。我见状有些吃惊,忙说:"哥,光拿这些钱就完了?""那不完还有什么?"哥重重坐到椅上,"被撞死的人家只有承认晦气要笔钱作罢,他们一般不告状,告状后司机顶多坐半年一年牢,可他们就一分钱也得不到了!""你不去看看死者家属?""不必了。"哥摇着头,"咱家几

147

个司机在外跑车,出事故可不是这一桩!要都让我去看望家属还不把我累死?再说,这瘸子也算是有幸让咱家的车撞了,给他八千块;要是撞上公家车,能给他家六千元就算不错了!好了,不说这个!"哥又拿起那张图纸向我递来,"你看看这样式行吗?"我去接图纸时,借院中的路灯瞥见爹从厨房里拎了四个空水桶出来,齐齐地摆在了厨房门口,爹这是要干什么?这么晚了摆弄空水桶做啥?我没再想下去,把注意力集中到了图纸上。就在我看图纸的当儿,又骤然觉到了一阵奇热,那热状如火烤,使我不得不再次把衣扣解开,我当时估计,自己八成是要病了,于是转身对哥说想把图纸带回屋细看,就匆匆走了出来。

那会儿已经是夜间十点,几颗冰块一样的星吊在空中,天冷得比白日更甚,我急步朝自己的睡屋走,想赶紧去睡。推睡屋门时,隔壁爹娘的睡房里突然传出一个女人抑得很低的哭声,我以为是娘,一愣,待细听,不是。我估计八成是被车撞死的那人的亲属来家了。一种要去安慰安慰的冲动使我走去推开了爹娘睡屋的门。进屋后看见,爹还是老习惯,不坐椅子和沙发,仍蹲在墙根,嘴里依旧噙着他那根长杆烟袋,烟锅里的火一明一灭。奇怪的是他当时正连续划着火柴,宛如在做着什么游戏,嚓嚓嚓,一根接一根,这根灭了,那根又划着。人老了,常有些返童现象。我当时这样想着,就去看娘怀里揽着的那个陌生姑娘。那姑娘面庞清瘦,正低声啜泣,娘的眼角也沾有泪珠,娘那阵儿正低声劝说:"孩子,别伤心,我会替你出气!我一定要教训他!"我当时以为这姑娘大约就是那死者的女儿,就轻声安慰:"姑娘,事已经出了,你要节哀!""你胡说些啥?"娘瞪我一眼,随即又附了那姑娘耳朵说:"孩子,你要想开点,自己可不能乱来,大出血可是要出人命的!"娘边说边轻抚了一下那姑娘的腹部,我这才注意到,那姑娘的腹部有些隆起,孕妇!我此刻方明白弄错了。这时只听娘又说:"这几天你就去城里医院,央求个熟人让他悄悄给你做了,做后你保养保养身子!"娘说着掏出一沓钱,硬往那姑娘的口袋里塞,那姑娘哽咽着执拗地不要,娘执意把钱塞进了她的口袋,扶她出了门。娘重回到屋里后,一触到我那疑问的目光,立刻撩起衣襟去揩眼泪:"都是你弟弟那个东西作的孽呀!让人家怀上了,又不要人家,这是要遭天打五雷轰的啊!……"原来如此!我默站在那里,一时不知该怎么去安慰娘。"睡吧!"一直蹲在墙根的爹这时突然抬头开口,与此同时又猛划了一根火柴。

我看了爹娘一眼,心绪不宁地回了自己的睡屋。刚躺床上时,杂七杂八的事还在脑中翻腾,但疲劳最后把那一切全都赶走,让我沉入一片混沌的雾里。

我后来被一阵惊慌的喊叫声惊醒。在我似醒非醒眼睛还未睁开的那一瞬,一股强烈的烟味钻进了鼻子,就是这股烟味把缠住我的最后一缕睡意赶走,才使我辨清那惊慌的喊声出自我的家人,才看到火光已透过玻璃窗把屋里映得通红。失火了!我在做出这个判断的同时飞快地穿上衣服跑出了屋子。出门后方看清,着火的是那个离平房仓库两米的柴垛。在看到柴垛上火苗的那一瞬间,我忽然想起爹在晚饭后清扫柴垛和仓库相隔的过道上柴草的事,幸亏爹那样做了,要不然,火很快就会蔓延到平房的屋檐。我出来时火头还未蹿上垛顶,不高的火苗正贪婪地舔着漆黑的夜空。"救火呀——失火了——救火呀——"娘和哥、嫂嫂、弟弟一边向火上泼着水一边扯开了喉咙叫,叫声尖厉刺耳钻心瘆人。我一边在厨房门口顺手抓个水桶往院门外的井边跑,一边也加入了这呼叫的行列。这柴垛上的火要是救不下就会危及那四间平房仓库,那就糟了!我看见在我们的喊声中,全镇的电灯都亮了,我心里一热,我想只要镇上人都提了水桶端了脸盆跑来,要不了片刻这火就可扑灭,烧不了平房只烧一垛柴算不了什么。但十多分钟过去,竟只有三四个邻居拎了水桶奔来,仅凭我们这几个人提水灭火显然不行,柴垛上的火头终于爬上垛顶并肆无忌惮地抓住了平房的屋檐,几丈高的火苗顿时向上蹿起,就在那火苗蹿高的瞬间,我朝四下一望,看见远远近近的墙头屋角都站着人群,那些人只伸头向这边看却并不跑来。"救火呀——"我愤怒而绝望地喊。怎能见火不救?你们这些混蛋!这之后好像又跑过来四五个人,但此时的火已经没法救了!火头像大蟒一样把平房上所有没着的地方全爬了一遍,房顶已经洞开,几桶水泼上去根本起不了什么作用!所幸的是,这四间平房仓库与两栋楼房都隔有一定距离,还威胁不到两栋楼房。"用不着救了!"大哥木然地对还在提水泼水的我和弟弟说。那一刻,我已累得上气不接下气。是的,不用救了!火已经把四间房上能烧的东西差不多全都烧净。一家人和来救火的那些邻居,都默看着那正渐渐低下去的火苗。

"仓库里放着刚进的两千斤白糖和五百斤茶叶呀!"大哥痛楚地喃喃自语。

"这火是怎么着的?谁先看见的?"弟弟瞪眼转了一圈,问。

"我最先醒!"嫂子接口,"我看见火是从柴垛中间着开的!"

"那就怪了!"大哥叫道,"柴垛在院里,院墙那么高,院门又插着,就是有人隔墙放火,火也不会从垛腰着起!"

"天火!八成是天火呀!"娘呻吟着说。

我的身子一抖,我蓦然记起了镇上那些关于怪火的传说。

"什么天火?"弟弟瞪了娘一眼,随即猛上前抓了四婶和小莲的领口叫,"说!是不是你们抱柴时在垛根留下了火种?"

"冤枉呀!"四婶慌慌地叫,"我和小莲今儿黑抱柴你爹在旁边看着的!不信问问你爹!"

"是的,放开他们!"身后突然传来爹嘎哑粗重的声音。我扭头,见爹一手提那根长杆烟袋,一手拎一个瓦盆,正倚在一棵树干上。

弟弟恨恨地松开四婶和小莲,绝望地叫:"这火着得可真怪了!"

"怪是有些怪!"爹极慢地开口说,"不过,一开始也不过是烧了柴垛,要是镇上来救火的人多,平房是绝不会毁的。可惜,只来了九个!"

我听后抬头去看,一数,果然,来救火的乡亲只有九人。爹看得真清!

"就这已经不少了!"爹的声音一下子变得十分空旷,"民国三十五年春上,镇上的地主郝大牙逼死了你们的奶奶,你们的爷爷一恨之下,把他的堂屋点了,我当时站在远处看,那晚上去救火的镇上人只有四个!"

烧毁的平房上最后一股火苗摇了几下,熄了。

爹的嘴又噙住了烟袋,院里沉入死一般的静寂。

一股夜风陡然旋来,浑身汗湿了的我,禁不住打了个寒战……

第二天,爹就病了,一月后方能起床。爹在病中和病好后,有一个奇怪的变化是:再也见不得火柴!只要一见火柴,他就牙关紧咬眼露惊恐面孔发白。没有法子,娘只好藏了屋里所有的火柴。

他自己也只好把烟戒掉,整日拎一个空烟袋……

无疾而终

瞎爷并不是全瞎，瞎爷的右眼还凛凛睁着，放出箭一样的光。

瞎爷的左眼瞎在他九岁那年。一场高烧之后，瞎爷忽然向他爹娘报告：我的左眼看不见了！两位老人一惊，忙过来用手在他左眼前晃，那只左眼果然像坏了的钟摆一样一动不动。他爹娘顿时就抹开了眼泪：一个独养儿子，瞎了只眼可咋办？未料爹娘哭得正伤心时，他慢慢腾腾开了腔，说："爹、娘，哭啥？应该笑才对！这场病不是才弄坏了我一只眼？总比两只眼都弄坏了要好吧？我比世上那些双眼全瞎的人不是要强多了吗？"这番话先是把两位老人惊住，后想想也在理，遂止住了眼泪。

瞎爷于是继续向高处长。

瞎爷的家境不好，爹娘无力供他读书，但又想让他识些字,便求了相邻的一家富户,让他每日去那家的私塾馆里旁听私塾先生讲课。可只听了一年,那家便不让他再去,理由是他记性太好,和那富户的孩子相比,很显出那家孩子的笨来。爹娘于是就叹息自家的穷,娘抚了他的头流着泪说:"孩子,都怨我们没本事啊,无钱送你去读书……"他听罢将头摇摇说:"娘,你甭伤心,你们已经想法送我去读了一年书,我如今也已经识了些字,总比那些一天书没念、一个字不识的孩子强吧?"爹娘听了,觉得也是,便不再自怨自艾,心情恢复如初。

  瞎爷长到娶亲的年纪,因为瞎了一只眼,媒婆们就很少上门,这很让他的爹娘着急。一日,邻居七娘来,说从鲁山那儿逃荒到北庄的一家人,想嫁女儿,而且提的条件很低,只要男方家里有吃的就行,只是那姑娘嘴唇有些毛病,先天豁,问瞎爷的爹娘愿不愿意。他爹娘犹豫了许久,答应吧,有些为儿子遗憾;不答应吧,又怕失去这个机会再无别的姑娘愿嫁进门。老两口思虑再三,最后还是下了决心:娶!姑娘娶进门后,俩老人一见她的双唇豁得那样难看,上牙都露了出来,又有些后悔,更担心儿子心里难受,于是连连叹息和摇头。瞎爷看见后,反来劝爹娘,说:"能娶到这样一个媳妇就不错了,和世上那么多光棍汉比比,咱还不是好到了天上?好歹咱还会有个后代,那些光棍汉死了连个扛扬魂幡的也没有!"爹娘一听儿子这话,觉得也真有道理,遂放下了那份后悔歉疚,高高兴兴地做起公公婆婆来。

  那媳妇倒也勤快,家里活地里活都抢着干,而且有劲,担水挑粪,都可以和瞎爷比试。只是有一个毛病,不温柔、不驯顺,动不动就要陈述自己的意见,敢和公公婆婆尤其是婆婆顶撞。婆婆说今日晌午吃面条,她进了灶屋偏偏给你做一锅红薯稀饭,而且还要用不太清楚的口齿给婆婆讲一番为啥要做稀饭的道理；婆婆说你去撕块黑布给你男人做条裤子，她拿了钱上街，撕回来的却是一块蓝布。类似的事情一件连一件，就把婆婆气得心口疼。当娘的于是便对儿子哭诉："我早晚要让你的媳妇气死！……"儿子听罢娘的哭诉，慢声说道："娘，你这个儿媳妇是有些不大称你的心，可你想想，天底下比她还差的媳妇多得是，村东老万家的媳妇，好吃懒做爱骂人，把所有洗涮缝补的家务活全推给了她婆婆，自家吃饺子让婆婆喝稀粥，三天两头还要找碴儿骂婆婆一顿，你要摊上那样的咋办？你的儿媳妇不是还挺勤快、不骂人吗？……"一席话说得做娘的消了气，耸起的眉心渐渐舒展了开来，嘴角也爬上了两条笑纹纹。

瞎爷和豁唇媳妇的感情很好，婚后六年就生了五个孩子。遗憾的是五个孩子全是闺女。第五个闺女落草之后，做妻子的也有些歉疚，很觉得对不起瞎爷的恩爱，就掉了泪对丈夫说道："全怨俺没能耐，给你生一色的赔钱货，俺这心里真是愧得慌……"瞎爷听罢笑道："这有啥愧？我觉得你还是个挺有能耐的女人哩！世上有好多结了婚的女人，压根儿就不会生孩子，甭说五个女儿，她们连一个女儿也生不出来。咱们有这五个女儿，她们长大了就会有五个女婿，日后待咱们老了，逢年过节五个女儿五个女婿一齐提了酒拎了肉回来，多热闹！"这番话说得做妻子的破涕为笑，抱住瞎爷的脖子就在他脸上猛亲起来，直把鼻涕眼泪抹满了瞎爷的双腮。

孩子多了，又没钱多买土地，瞎爷的家境就慢慢地窘了起来。先是没力量翻修房子，住屋开始漏雨；继是没余钱给孩子们做新衣服，几个女儿身上的衣服都是补丁摞补丁；最后是饭食越来越差，一月难得吃上一回馍。因公公婆婆已经亡故，女主人的担子早落到了豁唇奶身上，豁唇奶这时就有些着急，几次想办法扭转家境未奏效之后,竟生了绝望之念,沉声对瞎爷说:"这穷日子我是过不下去了,还不如咱们一家熬点巴豆毒药喝喝算了!"瞎爷听罢,默然半响之后说道:"你只跟那些住三进大院家有万贯顿顿喝酒吃肉的人家比,你越比就越觉得咱这日子没法过,可你只要看看那些拖儿带女四处讨饭的人家,白日饥一顿饱一顿,夜里就睡在别人的房檐底下,弄不好还会遭狗咬上一口,你就会觉着咱这日子还真是不孬。咱虽没馍吃,可总还有稀饭喝;咱虽买不起新衣服,可总还有旧衣裳穿;咱这房子虽然漏雨,可总算还住在屋里边。和讨饭的人们比比,咱这日子还算在天堂里……"豁唇奶被这番话开导得连连点头,可不是嘛,比上不足比下有余!她的心遂安定下来,努了力把一个穷家支撑着,再不提熬巴豆喝毒药的事了。

　　瞎爷的几个女儿虽然落生下来就没吃过什么好东西,可到底也慢慢地长大了,而且一个个也都长得水灵灵漂亮亮的。豁唇奶常常望着她那一群身子丰满健壮的女儿在心上诧异:这群孩子们身上的养分都是从啥子地方吸来的?是从那些野菜、红薯和照得见人影的稀粥里吗?

　　有女百家求,媒婆们开始上门了。瞎爷噙着旱烟袋,很是自豪地坐那儿听媒婆们介绍着一个个求娶的人家,最后为大女儿娥娥选定了一个做木工活的小伙。瞎爷跟大女儿说:"不论到啥年代,木匠总有活路做,谁家不起房盖屋?谁家不做桌椅床凳?有活儿做就能挣到吃的,你跟这小伙子过一家,包你这辈子再饿不了肚子!"

　　瞎爷的料事还真没错,那木匠小伙手艺好又勤快,四乡里不断有人请他去做活儿,活儿做完,人家总要送上一袋半袋苞谷抵工钱。这样一年下来,家里总要积攒不少粮食,做了媳妇的娥娥从此便再也不用过那种吃糠咽菜的日子了。不过,有一点瞎爷没有料到,就是木匠小伙的脾气特暴躁,动不动就打骂老婆,常常为一点小事就动手动脚,直把娥娥打得鼻青脸肿跑回娘家来。有一回,就为娥娥把饭做晚了一点,那木匠就没轻没重地朝老婆的肚子上踢,可怜娥娥这时已怀了孕,一脚踹下去,血就流出来了,她挣扎着勉强爬回了娘家,险些丧了命。娥娥身子恢复过来后,向瞎爷哭诉着说她就是死也不去木匠家了。豁唇奶也站在女儿一边,支持女儿和那木匠分手,说没见过这种没人性的男人!瞎爷一边吧嗒着烟锅一边听娘俩诉说,待那娘俩哭罢诉罢之后,瞎爷对娥娥说:"依我看哪,你的命还算好哩!木匠小伙比起那些识文断字知道心疼老婆的女婿,是差了一些,不过,天底下比他还差的女婿可多的是。就说东庄韭花她女婿吧,整日喝酒逛窑子,家里有一点钱,他要么拿去换酒喝,要么就送进了窑子里,韭花倘是开口稍拦一下,他拿刀就要砍她。韭花常常是吃了上顿没下顿,人饿得黄皮寡瘦。你和韭花相比,总是比她好多了吧?你总是顿顿能吃饱饭吧?你总不用天天去酒馆里背喝醉了的男人吧?你总不用在早晨去花柳街口去扶男人回家吧?再说南庄水枝她女婿吧,那人天天去赌场里赌,有时把棉袄都赌输了,光着上身回到家里,水枝敢说他一句,他就把她打个半死。有一回,他赌红眼了,连水枝也押上了,结果赢家非要拉走水枝不可。水枝眼下穷得连五尺土布都买不起,春夏秋冬穿不上件囫囵衣裳,你和水枝相比,有棉衣有单衣,又不用担心被男人赌出去,不是好多了?世上事样样都好的没有……"一席话说得娥娥低下了头,原先的那股怨气和怒气就像房坡上的雪一样慢慢化掉了。是呀,咱总还没摊上那种爱喝爱嫖爱赌的女婿,咱的女婿虽然不很可心,可总比韭花、水枝的男人强呀!第二天,娥娥就收拾了一下,又回了婆家。此后,那木匠虽然依旧常把娥娥打得这儿出血那儿带伤,但她再没回娘家哭诉过,平心静气地跟那木匠过日子,而且为木匠生下了一群儿女。

日子不知不觉过去了一堆又一堆,瞎爷也显出老了。人老了就要想到死,和大多数老人一样,瞎爷也想在自己活着的时候,就把"老屋"——棺材做好,而后安安心心地走。豁唇奶小丈夫几岁,这时便替瞎爷张罗。可是宅子上没有大树,家里也无多余的钱去买好的木材,豁唇奶只好买来一堆槐木。槐木这东西不大适宜做棺材,不禁沤,可是便宜。豁唇奶把木头买来,让大女婿来做。大女婿量了一下那堆木头后说:"太少了,只能做'二二三'。""二二三"是棺材的底、墙、盖的厚度,属于最薄最不气派的一种。豁唇奶叹了一口气,说:"真对不起老头子,可家里再也拿不出更多的钱了。"

大女婿砰砰啪啪地又砍又锯,忙了几天,总算把棺材做起来了。可这棺材实在说不上排场漂亮,邻居的老人们看后都摇头,豁唇奶也愧疚得很。不料瞎爷看后却很满意,他拍着豁唇奶的肩头说:"这棺材比起富豪大家们的上等柏木棺是差些,可比起那些穷得根本买不起棺材、尸体用草席卷的人,不是要好得很吗?我日后睡到里边总也可以少了日晒水浸吧?好,好!"

豁唇奶的心里被这番话说得轻松多了。

瞎爷活到七十二岁。瞎爷是在七十二岁的那年冬天去世的。瞎爷的死属于正常的老死,死前没有发现什么病。瞎爷临死前,听到老伴在床头哀哀哭,还用极微弱的声音劝道:"哭啥?我已经活了七十二了,比起那些活八十九十的人,我不算高寿,可比起那些活四十五十就死的人,我不是好多了吗?……"

瞎爷死时面孔安详,两个眼角还有笑容留着……

登基前夜

　　白昼的亮光像懂事的狗一样,蹑起足一步一步退出了客厅,四下里除了桌上那架自鸣钟轻微的嘀嗒声之外,便只剩下了袁世凯自己的呼吸声了。他仰躺在沙发里一动不动,两眼的目光也全收回到了眶里,任凭夜暗把自己完全裹住。

　　明天,我就真的要当皇帝了?

　　我们袁家的人真有这个福分?

　　祖上积的大德真要成就我了?

　　他侧了耳去听隐约从前院传过来的喧闹声,他知道那是在为明天的登基大典做最后的准备。如果不出意外,十几个钟点以后,我就真的要登基成为洪宪皇帝了。

　　能出什么意外?

　　谁还能阻挡住这件事的进程?

　　那就放心吧。

一个侍卫轻步走进来要去开灯,他咳了一声表示"不必",他喜欢在这种夜暗里想问题,黑暗能使他的思路不至于中断,能把事情想得彻底。

可这心里为什么总有点不安？

是不是事情还有纰漏？

南方那帮人的反对难道真能……

"报告,客人来了！"

突兀而起的报告声令他打了个激灵,他坐正身子,应了声：请他进来,灯不必开了。

片刻之后,借着一点微弱天光可见,一个瘦小男子的身影出现在了客厅门口。来人似乎对客厅里不开灯并不意外,径自摸索着走到他对面在沙发上坐下,而后慢腾腾地开口：这个时候能见到你很高兴。

知道我为啥现在叫你来吗？

想听听真话。你的身边很少有人敢向你说真话。

那你就说吧。

说哪方面的？关于明天的事？

对。

你知道我一向说话直来直去,如果我说得不合你的心意,你可不要生气。

说吧,我俩之间还用讲这个？

总统,以敝人之见,明天的事还是以不做为好。我过去曾向你暗示过这一点,今晚我特别想向你明确说一次。

为什么？

以我对世事的一点了解,觉得眼下的潮流是给自由于个人,散权力于平民。各国兴立议会,废君主选总统或行君主立宪,都是这股潮流涌动的结果。如果此时逆流而行,恐会困难多多,弄不好还会有灭顶之灾。

我明日之举,是顺应朝野呼声,怎能说成是逆流而行?

我想总统比我明白,那些呼声是怎么发出来的,发出那些呼声的人数究竟有多少!

你这是什么意思?难道我……

我是说,不管有多少人要你这样做,你都不必这样做;很多人要你这样做,不是出于对你本人的体恤,而是他们自己另有所图。

可现在已是箭在弦上,不得不发了。

仍然可以不发,把弦慢慢放松,让箭落地就行了。

可我不愿松弦。

为何?你现在已经是总统,什么都拥有了,为什么非要再去当那个皇帝不可?

这你就不懂了,当总统和当皇帝并不是一回事情。说一个最明显的例子,当总统最多可以私下娶几个小妾,就这还有可能遭到舆论的谴责;而当了皇帝,三宫六院七十二妃完全是正当的。这是小事,重要的是,当总统要受议会两院的掣肘,你想干的事情,两院不同意,你就很难干成。而当了皇帝,出语即是圣旨,有谁敢违抗,立马斩首。我研究过外国的总统制度,也当了这些天孙文传给我的总统,我知道总统掌握的是相对的受制约的权力,只有皇帝掌握的才是最高的绝对权力。我一定要尝尝掌握绝对权力的滋味!

这对你很重要吗?

当然!你知道我在仕途上走了一辈子,我最后一定要走到极顶,要体验一下完全掌握别人命运和这个国家命运的那种味道,要不然,我这一生就会留下遗憾。我想要圆满!

每个人的一生都不可能圆满,没有一个人能实现自己的所有愿望。

可我能！你不信吗？过了今天晚上，我就要登基，我就要实现自己的最后一个愿望，当上皇帝！

这个我信，可你想过没有，要是灾难在你当了皇帝之后接踵而来怎么办？

是什么样的灾难？你能说得准确一点吗？

我不可能预测得很准确，我只是凭直觉感到，会有很多人对你的行动表示反对，国内可能要起兵。如果这反对的浪头过于巨大，就有可能把你的愿望打烂甚至冲走。

你是指现在南方那些人的反对吧？我不怕！我早晚会把他们压下去的。我既然能从一个平民一步一步走到总统的位置上，我就一定能迈好最后一步！

既是总统这样自信，我就不必再说什么了，我告辞了。

等一等！我刚才给你说的是我的决心，并不是说我心里就没有担忧。我明白我此举是冒着不小的风险的。我想请你帮我分析一下，究竟可能会出现哪几种结局。

第一种结局，你遇到了反对和反抗，主要是舆论的和少部分军人的反对和反抗，但你最终将其平息了，你如愿以偿，平安地做起了皇帝。你个人和国家都未受大的损伤。文人们也可能会给你一些赞颂，赞颂你力挽狂澜，恢复了帝制，史书大约也会为你留下一个较重要的位置。这是最好的一种结局。

第二种结局，你遇到了有组织的武装反抗，你动用了你全部的力量进行压制，但却无力将其完全平息，于是国家便处于长期的内乱之中。你虽然成了皇帝，却无法使自己的权力达于全国。你将长期地为平息内乱耗费精力，你会活得很不痛快，国家和平民也将为此蒙受巨大损失。

第三种结局，你遇到了强大的舆论反对和武装反抗，你尽了一切努力却没能平息下去,最后大军压城,你不得不在威逼下宣布从刚刚登上的皇位上退下来,重新恢复总统制。不过这时国人绝不会再允许你当总统,你在下野后会失去一切权力和被尊敬的地位,将重新去过默默无闻的平民生活。

第四种结局,你在强大的军事压力下坚持不妥协,坚守京城,最后城破被俘,从此失去人身自由。你可能会在国家的监狱里度过余生。今后的史书也将不会给你同情,你会落下笑柄和骂名。当然,你也可以避免被俘,不过那就需要你下决心和这个世界告别,采用……

住口!你这样信口开河,不怕我治你罪吗?

我一开始就……

好了,我答应过你不生气的,原谅我没能控制住自己。

我该告辞了。

再坐一刻。这么说,依你的判断,如果我明天照原计划行事,出现后两种结局的可能性就很大了?

我想是这样的。

你除了要我终止明天的计划之外,还想给我别的什么建议?

我只想重提刚才的那个建议:停止施行明天的计划。

我说过,我不想停止。我不想停止的原因,除了刚才讲的那些之外,还有一条忘了告诉你,那就是如果我万一成功,我讲的是万一成功,那我的皇位就可以传下去,儿子、孙子,一代一代地传下去,这权力就不会落到别人手里。倘是当总统,届一满,就要交出去了。我觉得,为了子孙后代,我值得一赌!人生就是赌博,我已下决心要赌了。所以,我只想听你说出另外的建议。

好吧,既是这样,你第一条要做的,就是在登基之前,也就是在今晚,迅速地把有可能在今后领头反对你的人,秘密监控或是处死,可以寻找各种理由,务必不能手软。

处死?

对。第二条,命令你所属的军队,连夜向各军事要塞运动、展开并做好一切迎战准备,尤其要守好长江防线。未来可能置你于死地的军事力量,极可能就是由江南过来的。

哦?

第三条,准备一部分金银细软,连夜密藏于京西山中,以备日后困难时所需。

还需要这个?

第四条,做好撤离京城的一切准备,登基大典之后就可以秘密和某一外国驻京使馆联系,佯说出访,实则为出国避难铺平道路。

嗬?!

第五条,把眼下劝进最积极的那几个人掌控好,以便日后在不得已时将他们杀掉以平国人情绪。

你说得可真有点吓人了。

这也是从最坏处考虑。

如果从好处考虑,出现了第一种局面,你说我应该怎么办?

恐怕……

我说的是如果。

你应该励精图治,像过去那些有作为的皇帝那样,把你的臣民带到一个富裕之境里去。你肯定也已经看到,如今的国内,由于长期战乱,民生凋敝,哪个村子都没有几间好房子,到处都有饿死者的尸体,许多人衣衫褴褛,面带菜色;乡村里田地荒芜,城镇中厂坊倒闭。长此下去,真要国将不国了。倘是你能扭转这种局面,国人也许会原谅你的恢复帝制之举,渐渐把一份尊敬给你。

能不能说具体一点,我将怎样治理才能很快扭转眼下的局面?

我没想那么细,但起码有这么几点应该做到:一个是息兵,给百姓们一个平安从事做工和耕作的环境,不要动不动就起兵征伐;凡能用谈判平息的争端,用和平手段解决的事情,就决不要用武力。一个是减轻徭役赋税,给百姓们一个休养生息的机会,宁可官员们暂时苦一点,宁可国库里库存暂时少一点,也不要再给百姓们增加负担。再一个是整顿吏治,决不应再允许贪污和贿赂之风盛行,可严厉处置一批贪污受贿之高官,对其行绞首抄家之罚,以震慑下层官员。回望历史,不管哪一朝代之衰败,皆从吏治腐败始。据我的观察,一旦贪污受贿之风开始盛行,必先使百姓对皇室生出离心,再渐渐生出恨意,发展下去,顺理成章的是揭竿而起造反,使他们生出砸烂旧朝建立新朝之意愿。如果到那时再去挽救,就晚了。另一个是和边地那些人数不多的部族亲善往来,不要强使其进贡朝拜,以免他们因不满而滋扰内地或投靠他国。最后一点,是你个人……

我个人应注意什么事情?

这头一条是……

说吧,不论你说什么我都不会生气,我答应过你的。

先不选妃。虽然皇帝选妃是正常的,但在你登基初期,这件事不宜先做。有一种社会心理不知你注意到没有,这就是天下的男人在内心里对皇帝可以随意拥有很多美女是忌妒、反感、不满的,这种心理平时并不对皇权构成威胁,但在一些特殊的社会不稳定期,比如在你刚刚登基、社会尚未完全接受你的这段日子里,则可能诱发集体的破坏性反抗举动。

我明白。

如果你看中了哪个女人,可以不事声张悄悄把她接进宫中。

好吧。还有什么?

先不给家族中人分封官职。虽然皇室成员做官合乎惯例,但人们内心里是反对一人得道鸡犬升天的,为了避免引起反感,此事可缓一步再做。

说得对。还有吗?

做出亲民举动。

亲民?

亲自察看对民生有大意义的事情,比如治水之工程,比如赈灾之进展,比如学校之建设等等,必要时甚至可以微服私访,以了解真实情况,做出处置,从而让百姓知道你是一个关心他们疾苦的明君。这一点做到了,你就真有可能坐稳龙椅了。

说得好!还有吗?

对各家报刊的主笔施以恩惠。

主笔?

这些人手中的笔可以把你捧上天将你称颂得满身生辉,也可以把你踩在地将你骂得臭不可闻。过去的不少帝王对这些人多是进行打和压,想使他们害怕恐惧从而缄口停笔,我以为这不是上策。最好的办法是怀柔,不时地召见他们,在节日里向他们馈赠礼品,甚至可以赐御宴款待,必要时可以给他们加封有名无实的官职,据我所知,这些人对做官也都存一份向往。

好。

再就是慎言。

慎言？

你一登基,按照过去的说法,就是真龙天子即位,天子不说话则已,说则是金口玉言,就要落实照办。若未加考虑就对某一事发言,办下来说不定就成了笑柄。

当然。

还有一点,就是凡办理有可能给你的形象带来坏影响的事情,切不要留下文字记录;不得已必须留下字迹时,也要在事后立即销毁。最好请人为你设计一个箱子,这箱子里的有关文字记载,只有你一个人才能打开箱子来看,任何别的人都打不开;如果别人于你身后用强力打开,则箱子在打开的同时会立时起火,将其中的纸张全部焚毁。

妙!

还要建立一个秘密监视系统,这个系统只对你一个人报告监视结果。这个系统的要务,是监视你手下直接处理国事的大臣们,看他们做事是否尽心,看他们是否有贪污受贿行为,看他们是否有结党之举,看他们是否有背叛之心。这个系统必须行事机密,不能让被监视者知道自己被监视,否则可能促发事变。

明白。

也可和佛、道两界中人建立联系。可以不定期地到寺庙、道观里去走走看看,顺便送点香火钱。获得这两界中人的好感之后,他们会在法会上为你的平安祈祷。这种祈祷固然帮不上你实际的忙,却也可以为你的治国安邦提供心理和舆论帮助。

有道理。

最后一点,你要经常请一些国学大师一些西学研究权威为你讲课,把国学中一些对治国最重要的东西和西学中对治国有帮助的东西记到脑子里,你毕竟是一个东方大国的君主,你必须拿得出真正有远见的治国方略才行。这就需要你不停地学习东西。

很好!

我要说的就这些了,但愿它们对你有用。

都很有用,真是听君一席话,胜读十年书啊!

但愿上天能给你使用它们的时间。

你是到最后也不相信我会成功呀。

我是很愿相信的,只是理智告诉我……

那就不要说了,给我一次祝福吧。

我祝福你。历史有时会特别关照一个人,甚至会为了这个人宁愿去拐一个弯。但愿这次它为了你,也会格外开恩。

谢谢了。

我想请总统允许我告辞。

好吧。我希望我俩今晚说的这些,会像过去那些谈话一样,成为永远的秘密。

自然。

我还希望你能答应在明天的大典举行之后,留在我身边一段时间,以备我随时请教,职位和俸禄嘛,我会给……

这恐怕不行,先生知道我早就发誓终生不仕,要再谈到钱的事,那就更……

好吧,我尊重你的选择。来人,送客。他站了起来,那人也起身施了一礼,而后像来时一样,快步走出了满是夜色的客厅。

他重又在沙发上坐下,默然望着粘满黑暗的客厅屋顶,许久之后才咳了一声,随之,一个侍从出现在了客厅门口。

他已经出院门了吧？

是的，走的后门。

秘密监视他的行踪！

明白！

一旦发现他和其他官界中人有接触，立刻就……

明白！

点灯吧。

那侍从一挥手，几个人立刻进屋点亮了所有的灯。顷刻之间，满堂明亮，袁世凯也一变为满脸生辉。

告诉她们，我今晚不见任何女人。

明白！

他起身向长长的书案走去，在书案前俯下身，把目光投向了那份摊开的"登基大典程序说明"。

明天，一切就看明天了！……

金色的麦田

一

据说天夫的脐带被产婆剪断的那一刻,一股小麦新熟的香味在全村弥漫开来,除了鼻子有病的七爷之外,满村人都闻到了那股麦香。当时正是寒冬腊月,离麦熟的夏季还隔着一段日子。这件事让全村人惊奇了许久,人们都说齐家人世代种麦,与麦子打交道,弄得连胎儿身上也带了麦子味,保不准又是一个种麦高手来了。

天夫头一回跟他爹学种麦是在他过罢六岁生日不久。他记得是一个阴云重重的早晨,他正费力地在一碗清汤稀饭里捞一块不大的红薯,他爹走过来扯了扯剃头匠在他头顶留下的那撮头发说:今儿个跟我去学种麦!他当时多少有点意外,因为饭前娘交代给他的任务是头晌割草,而且他自己也还另有点安排——去邻居家看昨日刚得的一只狗崽。他怯怯地说完他的打算,他爹就瞪了他一眼:看你娘那个屁狗,看狗能顶饭吃?咱种庄稼的要紧的是早学种庄稼的手艺!他自然不敢再犟,紧忙把碗里的稀饭吸溜进肚里,出门跟爹向地里走……

多年后天夫告诉我,他头一回跟他爹下地学的是种麦的头一道工序:整地。他爹让他站在地头,看如何用耙把犁好的地耙得平坦如镜,再看怎样用镢头把稍大的土块砸碎,后看如何把土肥均匀地撒进土里。他爹让他记住六个字:地平、土细、肥足。

天夫说,他接下来学的是牵牛拉耧,牵牛讲究脚走一条线,这样才能麦垄不打弯;牵牛人要走得不紧不慢像新郎去见岳丈,被牵的牛要走得不慌不忙像新娘去入洞房。

天夫说,待他把选种、摇耧播种、查苗补缺、苗期施肥、锄草松土、浇水保墒、防倒伏、估产量、确定收割日期这全套的种麦手艺学会,已经整整十二岁,蛋包子上都长了小毛毛了。

天夫说,学种麦最关键的是先学会敬土地爷,土地爷是所有神灵中脾气最古怪的一个,你要稍有不敬,他就会给你点颜色瞧瞧,弄不好就会叫你颗粒无收。天夫说他曾亲自给村北的土地庙庙门里外各贴过一副对联:庙小神通大,威灵震四方;土能生万物,地可发千祥。天夫说最好的敬法是每年种麦前在自家地头摆点香火,让他老人家知道你要动耧下种了,请他从种子落地时就开始关照。

到我能记事的时候,天夫已经是闻名四乡的种麦好手了。每到种麦时节,天夫很难闲下来,不是这家请就是那家叫,这时的天夫,常常扛起他家那个种麦的耧,跟着邀请的人得意洋洋地向田野里走。他倘是碰巧看见我站在俺家的门前,就会高喊一声:嗨,跟我吃肉包子去!我知道肉包子的香味,有时会跟上他跑出一段不短的距离,但最后总是被娘或姐姐喊回来。有一些傍晚,如果我没有早睡,天夫帮人种罢麦从俺门前过时,常能真的塞几个肉包子到我手里,且低声交代:记住让你姐也尝尝!可我很少照他的叮嘱办事,总是三下五去二就把几个包子全塞进嘴里,之后才跑到姐姐面前解释:天夫给的包子太小!姐姐这时常要咯咯一笑,用指头弹一下我的肚子叫:馋猫!

　　天夫那时闲下来常怂恿我要学会种麦这门手艺,一再对我说:你娃子这辈子只要有了种麦的本领,你保准就能吃香的喝辣的,永远不会饿肚子。他还常教我背一些种麦的谚语,比如:肥田种稀,薄田种密。比如:寒露到霜降,种麦莫慌张,霜降到立冬,种麦莫放松。比如:麦子浇五水,馍馍送到嘴;芒种夏至麦穗黄,快收快打快进仓。天夫教得非常认真,但我却学得心不在焉。一句谚语有时背一天还背不下来。天夫这时就有些生气,就屈起指头敲我的头说:你太不成器,你的脑子比你姐差远了!逢这时我也会生气,会朝他突然吼起来:我姐脑子好使你找她教去,缠住我干啥?!他见我发了火,又会带了笑说:好,好,不训你了,没想到你个小狗娃,脾气还挺大哩。

　　天夫的种麦技艺到他爹下世时已趋炉火纯青,凡经他手种、管、收的麦子,总能比别人种、管、收的麦子在产量上高出二到三成。不过我爹对天夫并不服气,我爹认为自己的种麦本领并不比天夫这个晚辈低,倘不是那一年我爹被驴踢断了一条腿,我们家和天夫在种麦上就不会发生联系。

　　我爹被驴踢伤时已近霜降,别人家都在忙着整地种麦,我们家则忙着给爹找接骨大夫,待大夫把爹的骨头碴对齐打好石膏时,别人家的麦子都快种完了。爹忍住疼叫住他的长女也就是我的姐姐说:小米,今年这麦子我是种不成了,你赶紧去找天夫,一定请他来帮忙,帮工费咱出最高的!姐姐小米于是拉上我去找天夫。

那是一个正午,天夫和他妈还有两个妹妹正在他家的灶屋里吃着午饭,饭是面条,天夫吞面条时发出的响声有点惊天动地。姐和我站在门口时,天夫正在全心吃饭,姐有些惊奇地注视着天夫吃饭的样子,直到眼睛有些毛病的天夫娘问了一声:谁?天夫兄妹几个吸溜面条的声音才戛然而止,天夫才意外而惊喜地站起来叫:小米,是你?!

姐说了来意后,天夫立刻放下碗应允。行,后响我就去帮你家种,反正俺家的地已经种过了,只是谁帮我牵牛?

牵牛?姐诧异了,姐对种麦一窍不通。

播种的耧是要用牛来拉的,牛套上耧后,需要一个人在旁边牵了它走。牵牛的人必须保证牛笔直匀步向前走,这样才能使播出的麦垄直溜漂亮不缺苗断垄。天夫比画着说明。

那,我来牵吧!姐说。我们家在齐村是外姓人,没有别的亲戚,爹躺倒之后,就只有娘和姐两个劳力了。

那天后响,天夫扛着他家的耧,拉着他家的牛和姐姐一起向俺家的地里走,姐姐胳膊上挎着麦种,我则跟在后边用一根柳枝不时去打牛的屁股。

到地头之后,天夫先把麦种倒进耧里,然后从怀里掏出四个鸡蛋外加一把敬神的香点燃了插进地头的土中,跟着就跪下去面朝着麦地磕了个头。我有些惊奇,问:磕头干啥?姐急忙用手捂住我的嘴,俯耳告诉我说:这是在求告土地爷,让他老人家保佑播下去的麦种都能出苗!

接下来天夫开始套牛,他把牛往耧上套好之后,笑着对姐说:我得摸一下你的额头。姐吃了一惊,后退了一步问:干啥?

天夫说:你没有牵牛的本领,在一侧牵着它的缰绳走还不如你在前边领着它走,这样才能保证垄不打弯;可要想让牛顺从你领路,得让它先闻闻你的汗味,让它和你熟络起来。姐有点半信半疑,但为了种麦,她最后还是把脸朝天夫伸去,天夫在姐的额头上慢腾腾抹了一把,临撒开手前还碰了碰姐的两个脸蛋,使得姐的脸红了个透。然后他把手伸到牛鼻子前停了一霎,这才开始让姐在前边走,他吆牛拉耧跟在后边种了。

　　天夫的话似乎不假,那牛果然老老实实地跟在姐姐身后走,种出的麦垄笔直笔直。我站在地头看守着麦种,有两个外乡男人这时从地头过,看见地里的耧印后赞叹道:这小两口种麦的本领还行。我听了也很高兴,待姐引领着牛从地那头走过来时,我兴奋地向她报告了那两个人的夸赞,我说:姐,他们在夸你和天夫哥哩,说你们小两口种麦的本领还行!天夫听见,快活得眉毛都飞走了,他一边看着姐姐一边扶着耧问我:他们是咋说的?我刚想重复那句话,姐就红了脸朝我叫:小豆,你个傻东西,不能胡说!

　　那天晚上照雇人种麦的规矩,也包了肉包子要招待天夫,但天夫执意不来吃饭,天夫说:把肉包子给小豆吃吧!其实娘只舍得包了五个包子,我两顿就把五个包子吃完了。麦种完那天,姐舀了五升绿豆给天夫家送去算是帮工费,但姐姐送去后又被天夫原样提了回来。天夫对姐说:绿豆俺家有的是,你要真想谢我,就麻烦给我纳一双鞋底,俺妈眼不好,纳鞋底太吃力。姐听了笑笑说:行。姐当下就找来一块黑布,让天夫在布上踩了个脚印。几天后的一个黄昏,姐让我把一双黑帮布鞋给天夫送去。天夫接了鞋笑道:我说是要双鞋底,怎么做了一双鞋来?好,好,我也得谢谢你姐和你。说完走进里间屋,摸出一块花布和几块冰糖送到我手里交代:冰糖你吃,花布给你姐,只是别叫你娘和你爹看见。我当然答应,这点事我能办成,我先把那块花布塞进俺家门前的柴堆,待吃罢晚饭爹娘在睡屋里说话的当儿,我轻步走进姐的睡屋把花布交给了她。她又意外又高兴,把花布披到身上比试来比试去,还在我脸上亲了一口。我那天没有告诉她天夫哥给我冰糖的事,我想我得到的东西其实比她的好。

天夫帮俺们种的这季麦,出苗很好。到春天麦苗长高锄草的时候,从地头走过的人都夸俺家的麦子长得齐整。那时俺爹腿上的骨头虽然已经长牢,但因接得不很到位,只能走路,不能干活,一干活用力,就疼得龇牙咧嘴。所以麦地里的活只有靠娘和姐去干,娘还要做家务,地里的活便主要靠姐去做。把五亩地里的草锄一遍可不是个简单的事,姐从早到晚在地里抡着锄头。那些天,总是姐锄地,我和妹妹在麦垄间寻找着野菜。看着姐姐满头大汗的样子,我真想上前帮帮她的忙,只可惜我抡不动锄头。有天后晌,我忽然看见天夫拎把锄头过来了,进到我家的地里就弯腰锄起来。姐看见后说:天夫哥,锄地我行,你快歇着去。我真怕天夫哥听了这话会走,可天夫哥没理会姐的话,只管低了头唰唰地锄地,到天快黑的时候,他锄了快有一亩。说真的,我那天对天夫心里充满了感激,收工后,我拉住他要让他到俺家吃饭,他不,他说:小豆,等日后你长大了也来帮我锄地不就行了。姐那天没有再对天夫客气,只是在天夫拎了锄头走时,她直盯住他的后背看,好像是看他走路的样子,眼睛眨也不眨,一直看到他走进村子。我喊了一声:姐,咱们也回吧。姐这才回过神来把头点点。

那年的麦子长得很高,扬花时节我走进麦垄里,麦穗子都高出我的头了。有一天姐姐请天夫到地里看看要不要再浇一遍水,麦穗子都齐住他们的腰了。我那天站在地头看他们往地里边走,看着看着,忽然不见他们的影了。我担心他们是碰到蛇了——麦垄里有时有蛇,姐对蛇可是特别害怕。我于是就也钻进麦垄去找他们。在麦地里找人可是真难找,麦秆太密,根本看不出多远去。我找了半天也找不到他们,要不是后来听见一种类似牙疼病人的吸溜声,我真要急坏了。我听到那种声音后急忙喊:姐,你在哪儿?是叫蛇咬了吗?我这样一喊,那声音停了,过了一阵,天夫满头大汗地走过来抱住了我问:小豆,你没看见啥东西吧?我说:我能看见啥?麦秆这样密,又有风刮得麦秆乱晃,啥也看不清。这当儿姐也满脸是汗过来说:小豆,我在这儿。我看了看姐的两个脚脖,果然没见伤口,这才放下心。

所有的人都在断言这是一个丰收年景,家家都认为今年的收成会好于往年,爹甚至在忧虑家里的老麦囤盛不下今年打下来的新麦。谁也没想到老天爷会在这时来作梗,会突然决定在我们村子附近下场冰雹。冰雹到来是个正午,当时我正在天夫家门前同几个伙伴玩玻璃球,太阳倏忽间被黑云遮住,一阵冷风狗一样叫着围过来,我打了个冷噤,我刚想再打个喷嚏,一阵噼里啪啦的响声已到了耳边。我以为是暴雨来了,但那雨点打在头上却意外地疼,我定睛一看,原来那不是雨点,而是些比玻璃球大不少的冰蛋蛋。我和几个伙伴急忙躲进天夫家的门楼底下,正端碗吃饭的天夫这时从屋里奔出来,先是嗷地叫了一声,随即便扔下碗抓过一块薄木板顶在头上向地里跑去。我呆望着天夫的身影消失在白茫茫的冰雹里。几分钟之后,冰雹像它刚才来时那样,又突然间停了。这时村里的各家人都开门向村外的田里奔,我看见姐正慌不择路地向俺家的麦田里跑,便也跟了上去。路过天夫家的麦地时,我听到了呜呜的哭声,只见天夫抱头蹲在他家的麦地里,冰雹刚才从他家的南半截麦地经过,那半截地里的麦子全被冰雹砸断在地上,麦穗和麦秆都成了碎片。我和姐奔到自家地里,顿时也傻了眼,只见从麦地的南头到中间将近一半的麦子被冰雹砸了个七零八落,姐也当即哭开了。我那时不知道心疼麦子,流不出眼泪,只是有些惊奇地望着满地的麦子尸体在心里嘀咕:冰雹原来是这样厉害的东西!不知过了多长时间,天夫来了,他走过去劝姐姐别哭,说老天爷总还有点良心,还给咱们留下了一半口粮,要想开点。我抓住这机会问天夫为啥冰雹没砸了那另一半麦子,天夫吸了吸鼻子说:冰雹不像雨,雨下一大片,雹走一条线。可能是它作起恶来太厉害,所以老天爷没有全放开它的手脚……

这场冰雹把村里大人们的笑声一下子砸得无影无踪,日子变得沉重起来。就在这种沉重的气氛里,麦收开始了。由于每家人所剩的麦子都不多,所以今年的麦收没有显出紧张,各家人都是不慌不忙地磨着镰刀。

开镰割麦后,天夫收拾完自家的麦子,又来俺家帮忙。爹瘸着腿和娘在麦场上忙活,姐和天夫负责把割下的麦向场里挑。那天晚上,眼见天已经黑定,去地里挑麦的姐姐和天夫还没回来,娘就叫我去看看,说别是谁挑担子扭了脚。我走到地头时,月牙子还没升上来,四周净是黑。我有点害怕,喊了一声:姐——姐在两捆竖立起来的麦子那边应了一声。我刚要跑过去,却又听姐说:小豆,你快由站的地方往南走一百步,把我的扁担拿来!我照姐的嘱咐往南数着走了一百步,可哪儿有扁担?我回头高声朝姐姐报告:没见扁担!姐说:没有你就过来,我在这边找找。待我走到姐姐身边时,她已经和天夫都把扁担插进麦捆担在肩上了。往回走的时候,天夫问我:小豆,你刚才看见啥了没有?我说:没有,天黑乎乎的,能看见

177

啥?他说:那就好!我有些不明白,问他啥就好,他又不吭声了。

这年收罢麦不久,住在县城里卖蒸馍的表姑按照惯例,来俺村里买麦子。她到了俺家和随行的伙计喝罢一碗柳叶泡的开水后,就高腔大嗓地宣布:我这次来,除了买麦之外,还想给小米说个婆家。她这一说,姐立刻脸红了,姐说:我这辈子不找婆家。娘听见姐这话,就瞪她一眼说:哪有不嫁的闺女?快听你表姑说下去!表姑这时便眉开眼笑地介绍:我说的这人,可是个有头有脸的人物——县立中学的校长,姓耿,人长得气气派派,一月的薪俸够买一石麦子。

那校长多大年纪?娘先开口问。

三十七,前妻死了,没留下孩子,说要续娶一个,但不找寡妇,这样,我就想到了咱小米。那可是个福窝子,小米只要去了就会享福!你想,一月的钱够买一石麦子,不管旱涝风雹都是一石麦子,比在乡下种地可是美气。要紧的是,咱小米从此可以到城里过日子,再不用到庄稼地里受风刮雨淋日头晒……

姐要找婆家的事,我觉着是个大事,而且在我的心里,总觉着和天夫也有些关系,于是就在傍晚去天夫家院门前玩时给天夫说了,天夫听罢很吃惊,拉住我的胳膊一连声地问:可是当真?我点点头说:俺爹娘都已经答应了,过几天就送姐去城里让人家相看。天夫的脸阴沉下来,跟着就见他进屋扛了一袋麦子出来,径往俺家走。我问他扛麦子干啥,他不答,只一个劲儿地走,双脚在地上跺得很重,像在和谁赌气。他进了俺家院子,嗵一下把麦袋子靠在俺家堂屋门前,爹和娘闻声迎出来问他这是干啥。他说:送给你们的!送麦干啥?爹有些意外。天夫好半天没有出声,最后才脸脖子通红地说了一句:

我想娶小米！爹和娘都被他这话惊住，半晌说不出话。天夫这当儿又说：我会种麦，我能养活你们全家！爹这时回过神来，慢腾腾地开口道：天夫，你是个勤快孩子，你有娶小米的心并且想养活俺们，我和小米他娘都很高兴，只是你该知道，小米有弟弟、妹妹在吃闲饭，我的腿又干不了啥活；你也有几个小妹妹在等着你养活，你娘的身子又不好，咱两家的田地合起来不到十亩，单靠你一个人来种庄稼，怕是很难让这么多人吃饱肚子。我知道你种麦的本领不错，可种麦不是光凭本领的事，还得老天爷点头，老天爷要下场冰雹，你种的麦子再好，也吃不到嘴里，咱今年这季麦子，不是被砸了一半？你是个聪明孩子，你该替小米和俺们家想想，现如今她表姑给她说了一门好亲事，男的是城里的一个校长，一月的薪俸能买一石麦子，你说俺们该不该答应？

天夫被说呆在那里。

一直在里间屋听着的表姑这时出来冲天夫说：我说你这个小伙，鸟往高枝落，人往高处站，俺表侄女她好不容易有了个进城过日子的机会，你可不能耽误了她！表姑的话还没落音，天夫就扭头跑出了门去。这当儿，一直坐在里间床沿听着的姐姐，便哇一声哭开了。

当天晚上，爹拐着脚把天夫扛到家的那袋麦子又送了回去。

姐姐是一个来月之后出嫁的。出嫁的前一天晚上，姐姐趁爹娘不注意，将一个钉死了盖的小木头盒子塞给我，让我偷偷交给天夫哥，可天夫那天晚上不在家，我只好将那个小盒子交给他的一个妹妹。

第二天姐姐上了城里派来迎娶的马车出村之后，我去找天夫问他见到那木盒没有，我估摸那里边装有贵重东西，姐要

179

留给天夫作纪念。他娘看见我,指了指村外地里他家的祖坟说:一大早他就去坟上砍树枝了。我犹犹豫豫地向他家祖坟走,那坟上长有松树、柏树和一些杂树棵子,我有点害怕,离着坟地还有老远我就喊他的名字,躺在坟地青草丛里的天夫闻声抬了抬上身,我这才敢向他身边跑去。干啥?他看着跑近了的我问。木头盒子你见着了没有?我气喘喘地问。见着了。天夫并没有显出高兴,边说边从身边的草丛里摸出那个木盒子——里边啥也没有,只有一颗用几层纸包着的麦粒。我要麦粒干啥?他瞪住我问。我也有些意外,真只装了一颗麦粒?我拿过那个盒子打开了看,内里只有一个纸包,揭开几层纸后,果然只见一颗麦粒。我想看出那颗麦粒和别的麦粒的不同,但到了也没看出什么异样来。姐姐这是干啥?我有点愣住了。

你姐八成是提醒我要继续帮你们家种麦。天夫懒洋洋地说罢,又仰身躺了下去。回去吧小豆,到了种麦的时候我自然会去,我们齐家人也只配帮工种麦啊……

姐姐婚后第三天回门来家,趁姐夫和爹娘在堂屋说话的当儿,她把我拉到厢房里问我把那个木盒子交给天夫没有,我说交了。她又问天夫看罢木盒里的东西都说了些啥,我就把天夫在他家祖坟上说的那些话对姐姐复述了一遍,没想到姐姐听了这话怒火满腔,气汹汹地叫了一声:猪脑子!并无端地朝站在她身边的狗踹了一脚,使得那只家养的黑狗委委屈屈地叫了好半天。

我不明白姐姐这是气从何来,就说:其实以后要想叫天夫来帮咱家种麦,我去喊他就是,你何必再给他留一颗麦粒……

姐姐闻言急忙捂了我的嘴,姐姐眼瞪住我压低了声音说:小豆,从今以后绝不准再提这事,再提我会撕你的嘴……

二

　　姐姐嫁到城里的第二年,解放军开过来了,同来的还有土改工作队。一些土地多的人家作为地主被看管起来,我们这些土地少的农户被告知获得了解放,可以从地主们那里再分回一些土地。天夫家分回了二亩,我们家分到了三亩。

　　这是一个让人高兴的年头。

　　天夫继续种麦,而我照爹的吩咐,开始割草、放羊和拾柴。

　　由于天夫有种麦的手艺,他在互助组和初级社里都受到欢迎,并成了村上的劳动模范。有一年他所在的社里小麦亩产破了纪录,社里还让他披上红花到乡里出席了一次模范会议。也就在他开罢这次模范会不久,说媒的三爷走进了他家的院门,把一个名叫雨的邻村姑娘说给了他。

　　天夫那些天显得非常高兴,每逢看见我都要忍不住地重复:小豆,你等着瞧,我一定要让麦子的亩产再增高一些,说不定会增二百斤!我那时已经会开玩笑,我说:天夫哥,你这劲头是不是因为有了"雨"?他笑笑,说:你个小毛孩懂得啥子?!

　　我在去城里姐家做客时,顺口把天夫要娶亲的消息说了出来,不想我的话音刚落地,姐姐手中正洗的一个白瓷碗砰一声掉到地上摔得粉碎,我说:姐,你咋了?姐说:这个碗上有油,太滑了……

　　天夫举行婚礼的那天,姐姐突然拉着她的长子——我的外甥长穗回来了。姐说:邻居结婚是喜事,我也该回来送点贺礼。她带回来的是一个红花被面,我替她送给天夫家记礼单的人,让他在礼单上写清:小米,送红花被面一个。

181

新娘雨是坐着披了红绸的牛车进村的,车在天夫家门前停下那阵,姐抱了长穗也挤到人群里去看新娘。新娘雨拉住天夫的手在人们的欢声笑语和唢呐声里下车向院门走,经过姐面前时,没想到被姐抱在怀里的长穗会突然扬起小手把麦粒撒向了新郎,那些麦粒全都落到了天夫的头上。众人先是一愣,随后便都哄地笑了,有个小伙还朝天夫叫:这是在提醒你,以后别忘了种麦……

那天回家我拉着外甥长穗问他:你从哪里弄到的麦粒向人家天夫身上撒?他指了指他的褂子口袋:俺妈给俺装的。姐这时在一旁接口:那是图个吉利,麦从天上掉,人在地上笑,是祝愿新郎今后的日子过得更美……

天夫婚后的日子果然过得不错,每次看见他,都见他脸上挤满着笑意。我有时忍不住问他:人结了婚是不是特别舒坦?他笑笑用手指弹了一下我的额头:等你日后娶了老婆你就知道了!

谁也没有想到,天夫的这场婚姻没有持续多久就宣告了结束。姐也没有料到这个结局,那一阵我每次去姐家,姐总要问:你天夫家嫂子生孩子了没有?我常常回答:没有,没见她的肚子大起来。姐听了我的回答总是自言自语地在那里诧异:应该怀上了呀?!

天夫的这场婚姻毁于因种麦而引发的一场批斗——这已经是另外一个秋天了。这时候全国都在"大跃进",农民们当然也要跃进,上级命令齐家村的麦地要实行密植,每亩地下种不能少于一百斤,以保证亩产达到十万斤。对于这个命令人们都默默照办,独有天夫站出来反对。他站在地头高声发着牢骚:咱种了这么多年麦子,还从来没听说麦种能下到百斤的。种子下得太多,苗出来就会密不透风,每棵苗就只能长一个蝇头小穗,到最后,五百斤的产量也难达到!他的话当然惹恼了上级,他于是便成了反对"大跃进"的典型。他先是让人押着在四周的村庄和田园游走示众,脖子上还挂了一个纸牌,纸牌上写着他的两条罪状:反对科学种麦,反对农业跃进。后来被关进了乡政府里反省。

　　姐是从进城办事的村人嘴里知道天夫被关的消息的,她于一个傍晚骑自行车回来,车后架上带了不少吃的东西。她进屋就把那些吃食交给我,要我第二天一定送到关进乡政府里的天夫手上。姐那晚还让我和她一起去了天夫的家,去看了天夫的妻子雨,雨看见我们就流了泪,雨说:日子没法过了,以后咋还有脸往人前站?姐说:人啥日子都能遇上,要能挺过去!姐那天临走时还给雨手里塞了二十块钱。

　　可雨最后没能挺过这段日子。在天夫被关的那段时间,县上来的"大跃进"工作队陈队长经常找雨训话,要她同天夫划清界限,坚定地站在三面红旗一边。雨是一个颇有姿色的女人,经常低眉顺眼地站在陈队长面前接受教育,竟让陈队长起了邪心。于是在此后的训话进行时,陈队长便使用了另外一套词语,并最终在一个晚上把雨抱到了他的床上。渐渐地,村里人包括我都风闻到了那个晚上的情景——

　　那天晚上下着小雨,雨走进陈队长的宿舍时衬衣被淋得有点湿,陈队长拿过他的一件衬衣放到雨手上说:先换一换,你穿着湿衣裳我心疼。雨说:不用。陈队长说:你要不好意思了我就扭过脸去。雨说:不。后来,陈队长就拿过一张纸说:县种子站为了保证实现农业种子上的跃进,最近决定从农村招一些有实践经验的青年农民进城到种子站工作,当国家正式工作人员,我想推荐你去,你愿意吗?雨有些意外和惊喜,问:真的?那队长将手中的表格递给她:当然,你看看!我够格吗？雨有些不放心。我了解过了,你懂种麦,又有点文化,而且你手巧,你看看你这指头,让人一看就知道啥都会干……那队长边说边拿起雨的一只手摩挲,由手指摩挲到手背,由手背摩挲到小臂,又由小臂摩挲到胸口,最后把雨摩挲到了他的怀里……

人们都恨那个队长,我心里也替天夫抱不平,我决心等天夫反省出来后把雨背着他干的事告诉他——我那时还不懂这种事对一个男人的打击有多大,不懂这种事的处理办法。

当天夫在反省期间被押回大队里接受批斗时,我常默默站在远处观看,我在同情之余总觉得他太傻:你为啥要多嘴多舌?叫你密植你就密植呗,为啥要逞能去公开反对?反正是上级让干的,减产了又不让你负责!而且就是丰产了,分到你手上的麦子能有多少?

天夫后来是在一个飘着雪花的后晌被释放回家的。他走到村口时我看见了他,急忙披一个蓑衣去接他,就在村口,我告诉了他雨和那队长的事,我原以为天夫听了我的报告后会满脸感激,没想到他会恶狠狠地瞪住我叫:你胡说!

我急忙解释:这事千真万确,我要说一句瞎话,天打五雷轰。

他一把抓住我衣领子叫:你为啥要告诉我这个?

我愣住:这还用问为啥吗?

你这个混蛋!他骂了我一句,搡开我,踉踉跄跄地向家里走。

那天晚上,天夫家传出了吵闹声,我有些担心地凑近去听,却主要是雨在叫:你这个反对"大跃进"的坏蛋还有资格来吓唬我!告诉你,老娘已经决定跟你离婚,老娘要进城去当工作人员,再不跟你种地受罪了……

雨是三天之后离村进城的。那个工作队长没有骗她，果然把她安置在县种子站，那种子站离我姐家并不远。

十几年之后的一个星期天，也已进县城工作的我办事经过县种子站，在种子站的大门前，我看见一个穿着讲究的中年妇女正朗声向一群购买麦种的农民介绍小麦新品种"南达二四"的优点，我定睛一看，是雨。她也认出了我，走过来同我说话，我望着年龄、风度、气质都已大变的她心里充满感慨，尤其是当她的一双城里打扮的儿女跑过来拉她回家吃饭时，我忽然想：雨当初的选择也许是正确的！

雨走之后，天夫常常一个人枯坐在门前的石头上，再不就是到村四周的田地里转悠。他有时会在傍晚，一动不动地蹲在麦地头，直到天黑透。有天傍黑，我看见他又走到西坡的麦地头蹲下，就走了过去，我原想劝劝他想开点，别为挨批斗和雨走的事伤心，不料他看见我说的第一句话竟是：小豆，快准备准备吧，要有灾难了！我当时一惊，忙问他啥灾。他说：我这些天每夜一合上眼睛，就看见我爷爷抱着一些人骨头过来，让我帮他埋埋，过去我从没有做过这样的梦，这不会是一个好兆头。我当时以为他这是因为生气说的胡话，就没往心里去。几天后的一个傍晚，我收工走到村边，天夫忽然喊住我说：小豆，你快来看！我以为有啥好景致，就快步走到他身边。他指着村边的庄稼地说：看见了吧？那么多人在地里找东西。我打眼一看，地里哪有人？人们早收工回村了。我笑道：你的眼睛是不是出了毛病？地里哪有一个人？他说：你看仔细点，明明有那么多人在地里找东西！我估计他因为心情不好精神有了点毛病，就没再同他多说，只劝他：快回家吃饭吧。

这之后，我就见他在刷洗他家的一些坛坛罐罐，而且还到我家借了两个不用的空坛，我问他干啥用，他不细说，只叹口气道:有点用处。有一次,他让我去另一户与俺家关系不错的邻居那里为他借两个空坛,我因为认定他是精神不正常在瞎折腾,就干脆拒绝了他。直到那个可怕的春天过去之后,我才算知道了那些坛子的用处。

这期间,天夫还催我去城里告诉我姐,说灾难就要来了,让她做点准备。我自然没把他的话放在心上,更没去城里给姐说什么。

我为我的愚蠢终生后悔!

三

我和许多人一样,都以为那是一个寻常的春天,以为它和过去的春天没有两样,只会带来草木旺发和百花绽放,带来温暖的阳光与和风,根本没有料到它会一改往年的温柔面目,狰狞可怖地把饥饿这个厉鬼悄然释放了出来。

那厉鬼起初只在远处啸叫,因为村里有大食堂做依靠,人们并没有太紧张,到食堂宣布已经无粮做饭,各家须自想办法寻吃食的时候,人们才真正慌了。村里人一齐拥向地里,起初是去寻找去年秋季遗留在地里的早已冻坏的红薯和刚刚发出嫩芽的野菜;后来是寻找刚刚从寒冬里缓过劲来的可吃的动物:兔子、老鼠、蛇;接下来开始剥树皮、捋树叶、找无毒可吃的野草。望着满地里低头寻找可吃之物的人们,我忽然想起许多天之前天夫给我说过的话,他说他看见好多人低头在地里寻找什么,我的心一颤:莫非那时就是一个预告?想到天夫,我才注意到这些天一直没有看见天夫的影子,他好像并没有到地里寻找吃食。我这时已无精力去想天夫的事,饿鬼已经闯进我的家里,我们全家每天都被饥饿折磨着,找什么东西吃成为全家唯一忙碌的事情。我去城里找姐姐求救,不想他们家也几乎断顿,姐只能给我五斤红薯干让我带回来。这之后,我们把榆树皮捣碎成粉,做成类似粥的东西吃下去;把陈年积下的旧棉籽放在锅里炒,而后捣碎去壳吃籽仁;把不知什么年头剥下的一块牛皮放在锅里蒸煮,然后去毛把煮涨了的牛皮一小块一小块地吃下去;把往年剥去了籽粒的玉米棒芯,粉碎后蒸着吃。到最后,所有可吃的东西全吃完了,再也没有啥东西可供全家吃了,家里能够进肚的东西只剩清水了。在喝了一天清水之后,娘流着眼泪断断续续对我和弟弟妹妹们说:娘实在没有办法给你们找吃的了,你们各自出去想法寻个活路吧。这时我和弟弟、妹妹的身子都已浮肿,走路已经很困难,哪里有力气出去找吃的?娘摇晃着身子刚走到院门口,就扑通一声倒下了,我拄着木棍走过去,拼力将娘扶起来,娘只看了我一眼,就咽了气。我和弟弟妹妹们都已无力再哭,只用苇席将娘卷了,勉力在院墙外十几步处挖了个坑,将娘埋了。村里这时已相继开始死人,能听得见这儿那儿有断续无力的哭声响起。除了这几缕哭声,村子里再没有其他声息,没有鸡鸣狗吠——所有可吃的动物早进了人们的肚子;没有人说话的声音——村里人已没有力气把话送出口,交流都只靠眼神了。我已经绝望,我估计自己和弟弟妹妹也将在一两天内饿死,我根本没想到,奇迹会在娘死的这个晚上突然出现——

这天晚上我们都睡着后——其实是处于半睡半醒昏昏沉沉的状态,肚里难忍的饥饿不可能让人睡得很沉,我忽然闻到了一股麦子的香味,这时我的嗅觉已变得十分灵敏,任何一点可吃的东西所发出的气味都能被我的鼻子发现。但我对鼻子闻到的这股香味不敢相信,这个时候哪还有麦子存在?我没有让自己睁开眼睛,我在心里断定这是鼻子所犯的一次错误,但那股香味却持续不断地往我的鼻孔里钻,那味道之好之浓之有魅力,最终迫使我睁开眼下床去寻找那股麦香的出处,我拄着木棍循着那香味找去,最后发现那香味来自屋外窗台上的一个布包。我有些惊奇:这个布包是哪里来的?我记得很清,这窗台上从来没有放过布包!莫非真是神仙来搭救我们给我们送来了麦子?我踉跄着上前抓住了那布包,哦,天哪,真是麦子!是一包麦粒!我急忙去掐自己的胳膊,我害怕这又是一个梦——这些天的几乎每个夜晚,我都梦见自己找到了美味的吃食,有多少次,当我迫不及待地要把那些美味往嘴里送时,梦醒了。手指掐胳膊所引起的疼痛使我吸了口气,我明白这不是梦,我高兴得心都要蹦到窗台上了。我抓紧那布包抱到怀里,唯恐它再一下子飞走。啊,一定是神仙可怜我们,给我们送来了麦子!我几步走进屋里,高兴地对处在昏沉状态的弟弟妹妹们低了声叫:我们有吃的了,是麦子!他们几个都醒了,我点亮了灯,把布包里的麦子拿出来让他们看,他们的脸上立刻放出光来,弟弟甚至抓了一撮麦粒就要往嘴里送,我急忙攥住他的手说:等等,不能吃生的,我这就去煮!

  我去灶屋给锅里舀上水,而后抓了一小把麦粒放进去,我说:咱们不能一顿吃很多,咱们必须细水长流,争取靠这点粮食熬到公社发来救济粮;再说咱们饿了这么久,乍一吃多也会撑坏了肚子。弟弟妹妹们都点头,默站在那里看我向灶膛里添柴。

  锅里的水终于开了,正在变熟的麦粒所发出的香味变得更加浓郁诱人,弟弟妹妹们的眼睛都一眨不眨地盯着锅盖。我告诉他们要耐心再等一会儿,煮麦粒比煮面条需要更长时间。我边说口中也边流着口水,我感觉到肚里的肠胃因为这即将变熟的麦粒翻腾得更加厉害。

麦粒终于煮熟了,一个个饱胀得如吹足了气。我拿来四个碗,每个碗里分十七颗麦粒,而后加满带了一点麦香的水,依次递给弟弟和两个妹妹。我要他们细细嚼慢慢咽,这样才能使麦粒完全被吸收,但弟弟并没管我这叮嘱,接过碗三下五去二就把十七颗麦粒全送进了肚子,而后便眼巴巴地看着我的碗,这时我才刚把碗端起,我没有办法,只好又把自己碗里的麦粒给了弟弟四粒。许多年后,我从一家粮库的门口过,看见门口的尘土里散落着许多麦粒,我当时想,如果在一九六〇年春天,这些尘土里的麦粒至少可以救活十个人的命。

我们兄妹四个,就靠这一包麦子坚持到了救济粮发下来,我们虽然都全身浮肿,但命总算保住了。事后我才知道,就在我们收到那包小麦的那个早上,全村每户人家也都收到了同样的一包小麦,人们都在为这包救命的小麦的来历惊奇。我最初只相信这是神仙的恩赐,后来细细审视那个包麦子的布包时才注意到,它是用一件旧衬衣改缝的,而且在上边发现了几个模模糊糊的钢笔字:大坏蛋。我立刻认出那三个字是我写的,是我当初同天夫开玩笑趁他在树下睡午觉时在他衬衣上写的。啊,老天,麦子原来是天夫送的!问他那包麦子是不是他送的。他不置可否地说:管他谁送的,你只说吃着香不香吧?我说:香,那是我此生吃过的最香的麦子!他说:知道香就行了,就该以后好好种麦子。我追问他那些麦子是从哪里来的,他起初死不开口,在我顽强的坚持下,他才在我保证不说出去之后说明了原委。原来,他早在几年前就看出饥荒会出现,开始用偷的办法悄悄收藏麦子,他把那些麦子装进坛坛罐罐深埋进院中的地下,在饥荒发生之后才一点一点往外取,他原本是只为自家一家人度饥荒做准备的,后见村里死开了人,才给每户分了一点……我想起当初他向我借坛的事,问他是不是就是为了藏麦,他说是的,他说如果你当初多为我借几个坛子,我就可以多藏一些麦子,说不定会多救活几个人……

我后悔得心都发疼了。

知道了这些之后,我也才明白天夫何以会有心绪和力量在这个饥饿的春天娶一个媳妇。那女人名叫清音,也很有几分姿色,要是正常年景,怕是难看上天夫这样的人。天夫娶这女人的经过十分简单,据天夫后来说,那是一个晚上,他刚用小锅煮了点麦粒预备给全家吃,忽听门外扑通响了一声,他一惊,以为是有干部来搜查,到门外一看,才发现是一对母女晕倒在他的门前,那当妈的二十几岁,怀里的孩子也就两岁的样子。他知道她们是饿的,先抱那娘俩进屋,喂她们喝了点煮麦粒的热水,待缓过气来,又喂她们吃了点熟麦粒。母女俩肚子里有了东西,这才有劲睁开眼睛,那当妈的当时就挣扎着给天夫跪下了,感谢这救命之恩,天夫慌忙把她扶起说:大妹子,快起来。那天晚上,看着那母女俩已无处可去,天夫和娘就在外间屋为她们铺了个地铺让她们睡下。半夜里,睡在西间的天夫正做着梦,忽觉着有人在掀他的被子,他迷迷瞪瞪地睁开眼就着月光一看,原来是那个少妇正想钻进他的被筒。他吓了一跳,慌忙坐起身抓了一件衣裳披上身说:大妹子,这、这可……那少妇就哽噎着说:大哥,俺看你是好心人,想求你救人救到底,把俺娘俩收留下来,给一口饭吃,让俺们能活个性命。反正俺娃他爹也已经饿死了,你要是不嫌弃,就让俺做了你的媳妇……天夫当时惊得半晌没吭声,倒是天夫他娘在东间接口说:天夫,就让她们娘俩跟咱们过日子吧。天夫这才哆哆嗦嗦地把手放在那女人的肩上……

多年之后,长大成人的我和天夫说起那个名叫清音的少妇,天夫以淡然的口气告诉我,他那天晚上虽然和她睡在了一起，但真正让她成为他的媳妇却是在将近一个月之后。天夫说他当了几年的单身汉，又一直有吃的在养着身子，见了女人当然有冲动，但当他摸着清音那筋骨毕现的身子，就涌起一股痛惜和心疼，他实在不忍心压向那个几乎承受不了任何压力的身子，他是把她抱在怀里抚慰她睡了一夜的。此后的那些日子，他只管每日煮了麦粒让清音母女吃，当然是逐渐增加数量以免撑了她们的胃。经过将近一个月的调养，清音母女的身子渐渐恢复了过来。清音先是身上有了肉，继是颊上有了红色，再是月经也恢复了正常。当那次久违了的月经过去之后，有了力气的清音主动把天夫拉上了自己的身子。那是一场慌乱而持久的忙碌，也就是在那些忙碌之后，他们的女儿冲冲才得以来到世上。在整个齐村，冲冲是一九六〇年那年唯一出生的孩子。其余的夫妇则都因为饥饿而停止了生育活动。

大饥荒过去之后，有了老婆、女儿的天夫干活更有精神，种麦也更加上心，只可惜那时是以生产队为单位种地，天夫麦子种得再好，分麦时也只能和别人一样，分回来一百二十斤口粮。但这并没有妨碍他种麦的热情，每次见我都劝我跟他学种麦，说要把种麦的手艺都传给我，但我对种麦没有兴趣，我一心想像姐姐那样当一个城里人，后来姐夫为我在化肥厂弄了一个招工指标，我得以进城当了工人。

我离家进城当工人的那天，天夫刚好在村边的麦地里锄草，他看见我从地头走过时喊住我说：要是在城里干活不顺心，你就还回咱村里种麦子，种麦子才是世上最要紧最值得做的事儿，天下哪个人不要吃麦子？人活世上，就该去干值得干的事儿。我听了虽然连连点头，心里却在笑他不懂事：我好不容易进了城，还能再回来种地去受风刮日头晒？

进了城见到姐姐,我把天夫劝我回村种麦的事给她学说一遍,我原以为姐听了也会笑的,未料姐听了呆了半晌叹口气说:他的话并没错,大家要都不把种麦当回事,咱们上哪里去吃白馍?

这之后我有几年没有回村,没有再见到天夫。有一天,我最小的妹妹来城里看望姐姐和我,在饭桌上顺口说到天夫,说天夫最近倒霉了,又开始天天挨斗,而且可能会被划成牛鬼蛇神——这时"文化大革命"已经开始。我和姐姐听了都一惊,姐姐立时停了筷子问:为啥?妹妹说:他犯傻,给队里种麦之前还要敬土地爷,又烧香又摆鸡蛋的,被人汇报了上去,大队的人就说这是搞封建迷信,是阶级斗争的新动向。姐姐听罢,要我立刻回村一趟,去找生产大队的革委会主任为天夫说说话,那革委会主任早先在城里上过学,是姐夫的学生。我于是就骑了自行车回去,到大队部见了那革委会主任,那主任还真给面子,当下就把关在大队部里的天夫给放了出来。我用自行车驮着天夫往村里走,他说:谢谢小豆来搭救,幸亏你还记得我。我抱怨他干啥这年头种麦还敬土地爷,惹来这些麻烦?他毫无愧意地说:"咱种地的不敬土地爷咋行?多少辈子的规矩咋敢破?你没见如今的小麦亩产越来越低,要再不敬敬土地爷,说不定又会有闹饥荒的一天!"我问他果真相信有一个土地爷存在?他说,当然。这世上这么多的土地,没有个神灵掌管哪行?我看他一脸虔诚的样子,也不好再说什么。

我那天把天夫送到家,他老婆也就是那个叫清音的女人非要留我吃饭不可,我谢绝她的挽留走到院门外时,天夫又追出来小声说:小豆老弟,麻烦你在城里帮我买点保胎的药。我问他给谁吃,他指了指院里的女人清音,低声说:给她,自打我挨批后,怀了孕的她因为担惊受怕,总说肚子不好受,我担心她流产。眼见我年岁大了,她要是流产了生不出个儿子来,我这种麦的手艺日后传给谁?我急忙点头应允。

几天后我就从城里给他捎回了药,可惜那一胎最后也没能保住,清音还是流产了。我劝天夫别伤心,让清音以后再怀。不料几年过去了,清音到底也没怀上。天夫有一次见到我很沮丧地说:八成是我老了,精水里没有东西了……

清音带来的那个女儿和天夫的女儿冲冲相继长大出嫁之后,天夫曾想把自己的种麦手艺传给两个女婿,但这时打工潮已经兴起,两个女婿都愿意到城市里打工挣钱见世面,根本不愿去学种麦。两个女儿也不赞同她们的丈夫在农村种地,天夫只好作罢,毕竟不是儿子。天夫不敢强迫两个女婿改变选择。

天夫老了,满头的头发都白了。我有次回家看见他一个人弯着原本就开始佝偻的腰在自家的麦地里锄草,喘息声惊天动地。我心疼地走过去劝他歇歇,他摇着头说:忙惯了,不干活心里也空得慌。我说:你两个女儿都孝顺,就是不种地她们也会养活你,你该享点福了。他叹了口气说:我看见麦地里有草,不锄掉心里总着急……

我没想到这竟是我和天夫的最后一次交谈。

天夫死在第二年的种麦时节,死讯是村里一个来城里卖菜的人到我姐家歇脚时说的,说是天夫在抱着麦种袋往耧里添麦种时,一头栽倒在地死了。他死那天,他家的麦地才种了一半。

姐和我听了这消息都呆了一阵,姐随后就对长穗和我说:咱们得回去一趟,给他送送终,人家过去帮过咱们。长穗如今在县政府机关上班,工作很忙,听了他妈的话后面有难色,说:妈,我们机关里这两天事挺多,天夫和咱家又只是邻居关系,

193

我就不回去了,你和舅舅回去到他坟上看看也算尽了礼数。没想到姐一听这话生了气,厉声说:再忙也得回去,啥事有比给死人送终要紧?长穗见他妈生了气,只得收拾东西准备动身。

我们三个人回到村里时,天夫的女儿、女婿们已把他埋葬完毕。我们赶到齐家的祖坟上,送葬的人那刻都已经走了,坟上只有白色的纸幡在风中摆动。也已显出老态的姐姐弯下腰点着了带来的大捆火纸,我放了一挂鞭炮,之后姐对站在一旁的长穗说:按村里的辈数,你该向天夫叫舅舅,你今天既是来到了他的坟上,就给他磕个头吧。长穗一怔,十分意外地看着他妈:你说让我给他……?晚辈给长辈磕个头有啥了不得的?姐姐顿了顿她的拐杖。长穗求助似的看了看我,我也觉得姐让长穗给邻居天夫行磕头这种大礼有点过分,但又不好当面再说什么。长穗见我没有说话,只得不甚情愿地在坟前跪下了双膝……

第二天早饭吃罢,姐让我和她一起去天夫家一趟,我猜姐可能是想去安慰安慰天夫的媳妇清音和他的两个女儿。不料到天夫家院门前一看,门上已落了锁。旁边的邻居说:天夫的两个女婿如今都已在城里做起了生意,清音已随两个女儿去城里了,一大早就动身走了……

我们那天返城经过天夫家的责任田地头时,看见天夫死前种下的麦子已出了芽芽,旁边尚未来得及种的那二亩多地里,草苗苗也已开始露了头。姐姐在地头停了步,长久地拄杖望着空无一人的麦地。长穗上前催她走时,姐叹了口气说:长穗,你该留下把这块地补种完的!

凭啥?长穗惊得几乎跳起来。

姐姐没再说什么,只是揉揉眼睛,拄着拐杖朝前走了。

我若有所思地看着姐姐那也已开始佝偻的后背,陷入长久的沉默之中……

哼个小曲你听听

我们老家那地方的人,大都有一个习惯,就是在下地干活、料理家务和出门走路时,爱哼个小曲。小曲的调儿很随意,怎么哼着好听就怎么哼,或是带一点豫剧、越调的韵味,或是带一点田园歌、山歌的野味,或是干脆就是自己觉着舒服的味儿;小曲的词除了少部分是老辈子就传下来的,大多是哼唱者自己随口编的,或是述自己的心境,或是描眼前的事物,或是抒自己正想着的东西。哼小曲的人中,男人居多。即使一字不识的人,有时也能哼出很婉转动听的调儿,能编出很有味的甚至识字人都难想出的词儿。哼小曲多是一种下意识的不由自主的举动,目的也是自娱;当然,有时人高兴了,哼唱的声音会高会大,会有意让人听见,让他人也跟着快活。对于这种哼小曲的习惯,有不少顺口溜做过描述,比如:

屋里有火浑身暖,

灶里有火要冒烟，
心中有事直想唱，
不由自主哼开腔。

又如：

哼曲不学自小会，
放到肚里不累赘，
走着哼来坐着唱，
睡醒还想来两嗓，
老婆听得心头恼，
一脚踹我床帮上，
床帮上，冰冰凉，
寻思寻思还想唱。

再如：

我的曲来也不多，
浑身牛毛比不过，
今日就是哼一夜，
才哼一只牛耳朵。

我们村哼小曲哼得最好的当属五爷。五爷不识字，但定调编词都是一流的，张口就能出来，而且有些词儿文文气气，分明是从书上来的。后来才晓得，五爷的好多曲词儿是从鼓书艺人那里学来的。

据老七奶奶讲，五爷落地时与别人就有些不同，别的孩子接生婆一拍屁股都是哇一声大哭，五爷不是，五爷是嗨嗨哟哟呵呵哎哎叫一声，拖腔很长，仿佛是唱。不过这话已无法证实，当初看过五爷出世的女人们都已过世。

五爷四岁开始显露他脑子的聪明和哼曲的本领。村中只要有人哼曲让他听到,他跟着就能哼唱一遍。金锁老爷说,他那天在碾盘上蹲着随口哼了老辈人传下来的那曲"笑一场",在碾盘下捏泥人玩的五爷跟着就哼唱开了:

人生就像杂烩汤,
贫贱富贵一锅装,
等闲是非别在心,
遇事咱先笑一场……

金锁老爷听了一怔,当时伸出拇指就夸:这小子脑瓜儿灵!

五爷六岁时开始放羊,是给村东头老秦家放的。羊一共七只,全是山羊,五大两小,五爷的任务是每天在河滩里把它们的肚子放饱,放一月可从老秦家得四升苞谷。山羊腿快,跑起来很疾,常累得五爷直喘气。放羊时中午不必回家,老奶常在五爷的小衣兜里塞两个蒸熟的凉红薯,外加一根葱。中午羊在暖阳下吃草时,五爷便惬意地从兜里掏出红薯,就着葱大口吃着,吃罢,去河沟趴下喝一阵河水,而后抹一下嘴,甩几响羊鞭,便站在河堤上哼开了:

细面条,半尺长,
东风晃,西风凉,
宝宝吃了去放羊,
放羊放到沟沿上,
坐在沟沿晒太阳,
晒得心里暖又痒……

五爷放一天羊再累,回家从不向老奶诉苦,每天到家总是笑着说:妈,俺回来了,羊肚子吃得可饱啦!

从十岁开始,五爷放下羊鞭开始收破烂。靠放羊挣的四升苞谷已远不够家里的开销!那时五爷用一根小扁担挑两个竹篮,篮子里放一点预先买来的针和线,整日在附近的村子里串着收破物烂件,什么旧裣子、烂套子、破麻袋、胶皮底、胶皮带,穿不成的烂胶鞋;什么头发、猪鬃、马尾,使不成的铜锣底;什么烂玻璃、空酒瓶、碎骨头、烂麻绳,他统统都要。收上这些旧东西,付给人家一点针和线。每当他收上一担,喜滋滋挑上去柳镇废旧物资回收站卖时,总要边走边哼道:

  十二个月,是一年,
  姜太公手持钓鱼竿,
  三寸金钩五尺线,
  一钓周朝八百年。
  一个月,是三十天,
  我老五挑担收破烂,
  收了破烂去卖钱,
  收它三载或五年,
  置它三万五千元,
  娘有衣来爹有烟……

  五爷十二岁那年秋天,老奶奶和老爷爷相继得病去世,五爷失去了依靠!哥哥嫂嫂们不久主持分家,他只得了一间草棚和一口破锅,邻居们看见他那点可怜的家当,都连连摇头叹息,替他以后的日子发愁,担心他过不下去。孰料分家的当晚,他自己用锅煮了两碗半生不熟的红薯面汤喝了,边刷锅就边唱开了:

  十二老五本姓穷,
  家住邓州周家营,

居家只有人一口，
四处去干小营生。
前晌挑担收破烂，
后晌卖瓜打烧饼，
夜晚闲来无事干，
顶着月亮补补丁。
谁知人穷运偏消，
挑担遇见顶头风，
洗衣直碰连阴雨，
补衣光见大窟窿。
有心出门躲一躲，
谁知步步不离穷，
跑得慢了穷撵上，
跑得快了撵上穷，
不紧不慢走几步，
一跤绊进穷字坑，
脚蹬一个穷蝎子，
手按一个穷马蜂……

邻居们听见这哼唱声，都松了一口气，说：这孩子既然还能哼出小曲，就有活下去的心劲。

邻人们的判断没错，五爷虽是饥一顿饱一顿地孤单生活，却照样长成了一个壮实小伙，十七岁那年他就身高五尺八，能扛得起二百斤的麻袋。那时村里几个热心人开始为他张罗婚事，那些准备做岳父岳母的男人女人先看见五爷的身坯貌相，都点头说：好！待一瞧五爷的那份家当，就又急忙摆手说：罢了！一不成二不行，转眼就把五爷耽误到了二十四岁。那年头二十四岁已算过了婚龄，村人都摇头为五爷惋惜，五爷却满

不在乎从不叹气,照样畅畅快快过他的日子,干活走路照样哼他的曲儿,只是这时他哼的小曲的词儿变得有些意味深长,或是:

> 冉家门前一棵瓜,
> 扯扯捞捞到赵家;
> 不图赵家田和地,
> 只图赵家有好花。

或是:

> 楼上吃瓜楼下看,
> 瓜子掉在楼下边,
> 今日和你眼对眼,
> 不知何时面贴面……

村人谁也没想到,正是由于五爷的那份不忧不愁爱笑爱哼唱的脾性,让他最后结成了一段美满姻缘。

那阵子村西头的范老大为田地同人打官司败了,整日在家生闷气,眼见得人一天天黄瘦下来,不能吃、不能睡,范老大的女人和女儿便忙着给他抓药治疗。五爷那天外出给人打工经过范家门口时,进去找火吸烟,见范老大那双眉紧蹙气郁在心的模样,就笑着说:范大叔,看这副样子,你眼下缺的是快活,这样,听我给你哼个曲,把你心里的气解解,也免得去喝那苦汤药。说毕,不待允许便清了清嗓子,顾自哼唱开了:

> 莫要气,莫要恼,
> 气恼容易使人老。
> 万事都能成过去,
> 何学痴人愁不了?

任你田地有万顷,
年年处处埋荒草。
放着快活不会享,
何苦自己寻烦恼。

莫要气,莫要恼,
明日阴晴实难保。
一家大小要和好,
粗布淡菜茶饭饱,
这个快活哪里讨……

　　不知是因为五爷那份不等应允张口就哼的滑稽,还是因为五爷唱曲那副满腔嬉笑手舞足蹈的模样,还是因为那曲子韵律的别致,反正范老大听完破天荒地扑哧一声笑了。这一笑不打紧,已经两天吃不下饭的他竟一口气喝下女儿端来的一碗面条。五爷当时点着烟也就走了,没想到当晚他正在烧火做饭时,范老大的女儿紫燕跑来羞羞地喊:五哥,俺妈让来请你去俺家一趟,再给俺爹解解气闷,好让他早些病好。五爷一听,说:好!当下就熄了灶火去了范家,坐下就又是说笑又是哼曲地把范老大逗得眉开眼笑。自此,五爷每天晚饭后都要去范家坐一个时辰,用自编的小曲硬是把范老大的那股闷气扫了,使他能吃能睡能下地干活。在这个过程中,五爷便也同紫燕熟了,两个人先还是相互很拘谨地叫五哥、紫燕妹,后来便把这称呼省略成了哥和燕妹,再后来紫燕见五爷去,便什么也不叫,只趁爹妈不注意时把预先留下来的一把花生或一个鸡蛋飞快地塞到五爷手里,五爷也就嘿嘿一笑,不推不让地收了。当两位老人在一个傍晚无意中撞见五爷和紫燕的舌尖尖搅到一起时,不但没生气,反而把忐忑不安的一男一女叫进屋里说:你们要是愿意,就择个日子早把婚事办了! 这一来喜煞了五爷,那晚他是连跳带哼跑进自己家的。其实范家两位老人早对他有了好感,早有了招他为婿的心意:紫燕跟了他,这辈子起码不会愁死!

与紫燕婚后那段日子是五爷此生最灿烂的岁月,他原来做梦也没想到能娶上像紫燕那样漂亮的媳妇,他真真是心花怒放了! 那阵子村里人在村中、井台上、庄稼地里,到处都能听到五爷的笑声和高腔哼唱,他那阵哼唱的词儿连村里的年轻人听了都禁不住要脸红。比如,他在田里给人家帮工歇息时,会亮着嗓子哼唱:

人在外,心在家,
家里有盆牡丹花。
有心回家把花看,
可惜掌柜不准假。
人在地,心在床,
床上躺个小娇娘。
姣娘揣着俩白馍,
盼俺回家亲口尝……

有时他在村边河滩上为东家割草,看见紫燕在家门口洗晾衣裳,他便会提着镰刀嬉笑着哼唱:

妻是水,夫是船,
船儿和水最有缘;
水亲船儿船亲水,
日日夜夜永相连。
夫是船,妻是帆,
帆儿挂在船上边,

> 风吹浪打不分离,
> 同生死来共患难。
> 夫是风,妻是帆,
> 风吹帆儿帆催船,
> 帆儿想风风想帆,
> 生生死死永不散……

他的歌声没完,便把紫燕羞臊得扭身进屋了。

中午收工后,他挑着空桶去井上担水,一边悠闲地晃着水桶,一边就顺口哼着:

> 碧纱窗外静无人,
> 跪在床前忙要亲,
> 骂了个负心回转身,
> 一半儿推辞一半肯,
> 先亲她的俩脸蛋,
> 再亲她的双嘴唇,
> 亲罢她的白胸口,
> 再亲她的嫩双鬓……

同去井上打水的媳妇们听见他那小曲,先是相互挤眉弄眼地疯笑,接下来就红着脸骂:死老五,你敢把和紫燕在屋里的事也哼唱出来,不怕烂了嘴!小心回去紫燕打你的耳光!五爷听罢就眯了眼哼唱道:

> 打是亲,骂是爱,
> 不打不骂热不来,
> 要打你就打胸口,
> 我顺势抓住你的手。
> 接着把你拉进怀,

就势便往床上歪……

那些媳妇们听了,便笑着抓了土坷垃来打他,把他撵得满井台转。

五爷在笑闹中根本没料到,一场灾正在向他身边潜来。他那时心中对未来日子的筹划是:让紫燕生下一儿一女;他在外替人做工挣钱,紫燕在家料理家务抚养孩子;慢慢地争取买一头牛,置二亩地;地里夏季种麦,秋季种薯;收麦收薯时,他在地里干,紫燕领着孩子来送饭,一家人快快活活地在田里笑。但生活没有也不会照着五爷想的那样发展,当他在心中筹划的时候,灾难的阴影已经抵近了他家那间草屋的屋檐。

紫燕是在同五爷结婚第二年怀孕的,怀孕三月后流产了,邻居的几个嫂子问紫燕流产的原因,紫燕红了脸不答,五爷带几分愧意地笑着说:怨我不小心!几个嫂子就用指头刮着脸羞他:没出息!第三年,紫燕又怀上,这次五爷连触摸她都十分谨慎,临产的前一天,为了让腆着大肚子的紫燕高兴,五爷还站在床前哼唱:

> 是儿是女听端详,
> 不要踢,不要蹬,
> 省得你娘疼得慌!
> 里边黑,外边亮,
> 早出娘胎早亮堂,
> 早上学,早读书,
> 早日学会做文章!
> 口儿诵,心儿想,
> 口诵心想入考场,
> 考完出场登金榜,

>请台大戏门前唱,
>
>又排场,又风光……

可第二天请来接生婆,接生婆一摸紫燕的肚子,就沉着脸说:糟糕,横位,要难产!她的话音刚落,紫燕这边已经嘶喊一声发作了,眼见得鲜血一股一股往上涌,孩子却总也不出来,接生婆一着急,就连手连膊伸进去,生生把孩子扯出来,这一扯不打紧,孩子虽然得救了,紫燕却来了个大出血。鲜红鲜红的血大水一样漫了地,五爷心疼得乱跺脚。没有半个时辰,脸色煞白的紫燕就微叹一声断了气,五爷扑上前只摇了一下紫燕的胳膊,就也扑通一声仰身倒下去。

五爷一下子病倒了,村里人络绎不绝来看他,人们看到五爷一下子变得黄皮寡瘦眼窝深陷,就都在心里说,老五从今往后是不会再哼再唱再笑了。再看看裹在小棉被里放在他身边哇哇直哭没满月的儿子,女人们就抹开了眼泪,出得门后就叹息着议论:这父子俩日后可怎么过活!老五怕是哭都哭不及哟……

后来人们吃惊地看到,五爷在床上只躺了十几天,就挣扎着拄一根棍子出了门,去四爷家抱回四奶替他喂养的儿子金金。从此,他白天抱着金金去那些有孩子的人家求人家女人给孩子喂奶,晚上便烧一个红薯,一点一点地往儿子嘴里喂,边喂边轻轻地哼着:

>天上下雨地下浸,
>
>人留儿孙草留根,
>
>人留儿孙防备老,
>
>草留青根等来春。
>
>吃呀吃,小金金,

吃饱肚子才长身，

长壮身手能干活，

干活才能养父亲……

此后，白天，人们看见五爷用一根宽布带把儿子绑在后背上，到富人家的田里去做活，孩子哭了，便停下手中的工具，松开布带把金金抱在胸前，或是从衣袋里摸出一根烤熟的苞谷穗，掰下十几粒嚼碎了喂；或是变着法儿哄一阵，直到他不哭了，五爷就一笑，又绑背好了继续干。到了晚上，五爷便低低地哼着曲儿给金金催眠，那曲儿从门缝里飘出来，一点也显不出愁苦：

一拍拍，二揉揉，

爹给乖乖当枕头，

乖也睡，爹也睡，

一睡睡到梦中游，

梦里有个小花狗，

小花狗，跑大路，

大路上有个金葫芦，

金葫芦，红飘带，

你是爹的小乖乖。

乖乖合眼仰身睡，

不哭不闹不蹬被……

大约是小金金长到六岁时，我们这地方解放了，五爷分了两间房子三亩地，小金金也被送进了村中刚成立的小学堂，日子一下变了样，五爷脸上的笑纹更多了。夏天的正午，五爷领着金金去河里洗澡，爷儿俩互相搓着身上的灰，搓到腰眼就笑开了，这一粗一细一老一嫩两股笑声搅在一起，荡得满河都是,村里其他洗澡的人听了,就都感叹着:要是老五不是快活人,当初被哀愁压垮,现如今这世上就没有这爷儿俩了。

小金金这孩子从小吃苦,知道爹供他上学不易,晓得用功,学习成绩一直在班里排在前头,经常受到表扬。每到期中、期末考试,五爷也总要亲自去学校探问儿子的成绩,问罢成绩之后,五爷总是高兴地拉着小金金的手,哼着曲儿往家走:

> 进了门,抬头望,
> 凤凰落在屋梁上。
> 头朝东来尾朝西,
> 俺家要出状元郎。
> 状元郎,别骄狂,
> 前边沟坎有泥浆,
> 要是不看脚下路,
> 说不定还要摔一场……

小金金考学出奇地顺,初小毕业考上高小,高小毕业考上初中,初中毕业考上高中,高中毕业考上师院,一步没停。金金从师范学院毕业时已是一个壮实的小伙子,五爷望着这个壮实机灵有了大学文凭的儿子,笑得眼都没了,那阵子他下地干活、在家歇响、出门赶集,都要哼唱:

> 一房门帘一房天,
> 二房门里挂八仙,
> 上八仙,下八仙,
> 三八二十四神仙。
> 此处本是神仙位,
> 还上哪里访神仙,

家有宝贵读书子，

谁说还不是神仙？……

金金后来分配到县城一中教学，一年后，和邻村的姑娘秀花结婚了。自此，五爷结束了自己动手洗衣做饭连衣补鞋的历史，家里的一切都有儿媳妇操持，他只管去生产队里干活挣工分。每到星期六，儿子金金骑个自行车从县城回来，差不多总要给他带点东西：或是两包大舞台香烟，或是一双棉鞋，或是一双手套，或是一包茶叶，东西不多，但五爷心里舒服，儿子孝顺哪！儿媳秀花也是贤惠人，平日面条做好，总是先用筷子给公公捞上一碗；哪天鸡下蛋多了，秀花还会在饭锅里卧个荷包蛋，悄悄盛在公公的饭碗里；有卖白酒的来，秀花总要给五爷打半斤端到面前；五爷冬天穿的棉袄夏天穿的布衫，秀花总是拆洗叠放整齐，随用随拿。虽说日子还在增加，但五爷脸上的皱纹却不再添了，这是他一生中的第二段辉煌岁月。那阵子，村里人常听他哼唱：

又爽快，又安泰，

无忧无虑无挂碍，

父耕田，子教书，

知勤本分好自在。

吃淡饭，穿粗衣，

不去妄求有何害。

不攀缘，不借债，

心中宁静无祸灾。

你礼来，我礼往，

彼此清凉彼此快……

秀花婚后第二年，就生了一个胖小子，起名叫埂埂，埂埂有奶吃,长得快,三个月就长到了二十斤,又白又胖喜煞人。那天中午天气暖和,五爷下地回来,见儿媳在做饭,自己便把孙孙抱起来,又逗又亲忙一阵,末后他看着孙儿那一对眼,就笑了说:埂埂,爷爷老了,爷爷这辈子把该干的事都干了,爷爷想享福了,你快点长大,和你爹一块操持家,让爷爷好好歇歇!那埂埂嗯嗯啲啲似回答,五爷高兴得哈哈笑。笑声中他根本没听见,有一个声音在叫:老五,你笑得太早!他根本不知道,生活不仅不允许人做过细的筹划,连过于乐观的话也不许早说!

就在五爷说过那话不久,一件意外的祸事就猝然飞来了:县城一中的两派红卫兵发生武斗,金金为救一个他最喜欢的学生,被乱枪击中,死在了校园里。当邻居们把金金的尸体从县城抬回村里时,五爷只看一眼,就昏死了过去。五爷昏迷了一天一夜醒来后,号啕着叫:老天爷你不公平呀!我这辈子吃的苦还少吗?你手上攥的苦再多,也不能都扔给我一个人!为啥不平均给大家分?老天爷你心太偏哪,你是生生要逼我老五死,你日后休想让我敬,我天天要骂你不公平!……

五爷从此一病起不了床,村里人都知道这打击的沉重,都估计他年岁已大,无论如何是经不起这一击了,好心的老人们已在商量着为五爷做棺材的事。但是一个月过去后,五爷又扶着门框出门了,他在门口站了许久,执拗地用眼盯着天空,似乎在同天赌气!

不久,五爷又开始拖着虚弱的身子下地干活,贤惠的儿媳秀花流着眼泪阻拦:爹,你歇歇,有活我去干!但五爷坚决地摇头,而且说:秀花,爹是明白人,你年轻轻的,不能就这样守着过一辈子,有好的人家,你就走吧!把埂埂留给我就行!秀花哭着说:爹,我伺候你一辈子,我不能对不起埂埂他爸……

半年后,五爷到底还是托媒人给秀花说了一个好小伙,催她过去成了亲。秀花走后,家里又变成了一老一少两个人,和当年紫燕死时几乎一样,生活仿佛走了一圈后又回到了原来的那一段。那阵子红卫兵们常把伟人语录写在纸牌上教人念,那天,当红卫兵教村人读到了"历史常常有惊人的相似之处"这句话时,五爷瞪大了眼,长久地盯着那纸牌,似乎这句话是针对他个人的经历说的。

自此,他下地干活,背上重又背了一个孩子。埂埂的重量和当初的金金差不了多少,差得多的是五爷的力气,他过去背金金干活时,只要他不哭,他就可以一直干。现在不行了,背不了多久,他就要喘粗气出虚汗,就要在田埂上坐下歇一阵,就要咳一阵痰。但他从不叹息发脾气,总是默默地干活、做饭、洗衣、补鞋。偶尔,还能听到他哼唱的声音,只是那声音哑多了:

  双肩门,单扇开,
  人世温暖俺才来,
  原想会吃灵芝草,
  谁料尝的苦莲苔。
  莲苔苦,苦莲苔,
  各样尝尝也值得,
  要是还有别种苦,
  你就给我都扔来!
  我就不信顶不住!
  偏不愁来偏不怪,
  偏不后悔到人世来,
  偏要长寿活一百!……

日子在五爷的喘息中一天天走,小埂埂也在五爷的喘息中一天天长大。到了上学的年纪,五爷又拄着拐杖把他送进了学堂。埂埂既承继了他父亲的那份聪明,也承继了他父亲的那份毅力,功课一直很好!爷爷每次喘息着去学校给他送粮送钱时,他望着爷爷的苍老模样,心里就平添了一股一定要学好的决心。终于,他十六岁那年考进了清华大学。临走的那天,埂埂给爷爷跪下哭着说:我一毕业工作,就接你去我那里享福!

　　如今,埂埂已经毕业留在了北京一机部,而且还因为发明了一个什么仪器,受到了国家的奖励,也已经结了婚,女的还是一个工程师。那次埂埂和妻子回来接五爷去北京,五爷喘息了许久才说得出话:不行,人老了,经不起车上的颠腾,一动就上不来气,我还是就住在家里吧,你们在那里好好过日子就行!……

　　埂埂给爷爷留足了钱,又找来一个远房亲戚照料爷爷,然后和妻子回去上班了。五爷闲不住,掏钱买了七只山羊,天气好的时候便赶上羊去河滩里放,每当他赶起羊群向河滩里走,他都恍然想起小时候,哦,那时候也是放山羊,那时候也是在这河滩上,原来人生的两头竟一样!

　　五爷放羊时照旧爱哼唱,只是嗓子嘶哑得厉害,而且因为喘息,就变得时断时续:

　　　　人老了……人老了,
　　　　人老先打哪里老?
　　　　人老先打……头上老,
　　　　白发多,黑发少;
　　　　人老先……打耳朵老,
　　　　耳朵嗡嗡听见的少;

人老先打……眼上老,
双眼蒙蒙看见的少;
人老先打……嘴上老,
活活络络咬动的少;
人老先打……肩上老,
摇摇晃晃挑动的少;
人老先打……腰上老,
弯的多……直的少;
人老先打……腿上老,
软软沓沓跑动的少;
前头说的都不准,
人老先从心上老!
只要人心一老掉,
身上各处都变了,
只要人心不变老,
阎王勾命不提早,
身子轻易不会倒,
就敢同运气……再赌一遭!
……

玉器行

一

南阳出玉石,玉叫独山玉。

独山玉是以出自南阳城北九公里之独山而得名。独山由蚀变辉长岩体构成,玉矿成脉状分布在辉长岩体两侧挤压破碎带中。其矿物成分属斜长石类,含斜长石、黝帘石、铬云母、透辉石、钠长石、黑云母、绿帘石、阳起石等多种成分。由于矿物成分差异,玉石颜色亦不相同,色彩变幻达八十余种,可划分为白、绿、紫、黄、红、黑六种基本类型。

独山玉坚硬细腻,色彩鲜艳,具有很好的透明度和高洁净度,是玉雕的上好原料。

于是南阳便成玉雕之乡,出玉器。

早在东汉时代,张衡就在他的《南都赋》中记载过当时的玉雕盛况;宋元时代,民间艺人磨制的玉器,已开始向东南沿海商人出售并转卖海外;到明朝末年,玉雕事业发展最盛,艺人上千;清末至民国期间,玉雕已成一大行业。

历代,从事玉雕的人家多是后坊前店,自产自销,常在门前挂一木牌,上书"玉器行"。或是在"玉器行"三字前再冠上主人的名字,如:一勋玉器行。

本文所记之一勋玉器行,在柳镇!

二

进得柳镇打听邱爷,无人不晓。

邱爷是"一勋玉器行"的老掌柜,是誉扬国内的玉雕大师,是闻名柳镇的大邱家的家长,谁能不知?

邱爷今晨正准备起床。天已经大亮,街上已有了早起者的脚步响,和他同睡一床的银雄——那只全身乌黑、腰长体壮的公猫,已经钻出被窝,蹲在他的枕边用头蹭他的耳朵。于是邱爷从被窝里伸出一只手,梆梆梆地敲三下床帮。这是他要起床的信号。敲声刚落,邱爷的老伴冯氏和邱爷花钱从山里雇来的保姆蕊儿,就已推开他的房门,径直走到床前,先扶他坐起,而后把衣服给他一件一件穿上,当双脚上的鞋子最后穿好后,蕊儿从床头旁拎过来一根紫藤手杖,递到了邱爷手里。邱爷在地上顿了一下,这才缓缓下床,慢腾腾一步一步地走出卧房外,在院中站定。

银雄照惯例跟在他的身后,也在院中悬起前爪昂首坐起,与邱爷只隔两步距离。

"咳!"邱爷在院中威严地咳了一声。他的咳声刚落,银雄就也喵地叫了一声。这声响过后一两分钟,在两侧厢房里住着的三个儿子三个儿媳和几个孙子孙女,就相继地开门推窗,揉着惺忪睡眼走到院里向邱爷问候:"爹早起来了?""爹睡得好?""爷爷早!"问候毕,便都默默向后院雕房里自己的刻台前走去。

这是邱爷定下的家规:全家人要天亮即起;起床见面小辈问候长辈;晨起要做一气刻活之后再洗漱吃早饭。这家规邱家大小十几口人很少有人敢违。

邱爷在家里有着无上的权威!这权威除了来自他家长的地位之外,还来自他的手艺。邱爷祖辈都开玉器行,艺高工绝,邱爷的爷爷雕出的观音人、罗汉人曾被印度的商人买去,至今还展示在新德里的博物馆里。当年袁世凯病重时,准备的香炉、化钱炉、元宝、龙钱等一应祭品和随葬品,都是由当时南阳的镇守使指定柳镇邱爷的爹爹雕制的。邱爷八岁跟父学艺,十四岁独自操刀,做出的玉器不计其数。五十年代,他雕制的多层转动花熏,曾被选送到香港展销,售价十五万美元。他的儿孙们既然都做玉活,都是玉雕艺人,自然不敢不听他的。

此外,邱爷在家所以有权威,还因为如今邱家的百万家业全是他领头挣来的且掌握在他手里。邱家的"一勋玉器行"解放初被关闭之后,邱爷一直在县上的玉雕厂上班,一九七九年退休后,回家恢复了"一勋玉器行"。一开始借钱买玉石买工具,一直发展到今天的规模,天天有玉活入柜,日日有玉器售出,这份家业是邱爷操心出力挣来的,便一直紧紧握在手中。他如今虽然因为视力模糊、手上无劲,基本不再拿雕刀做活,行里的一应事务都交由大儿子诚龙主持,但他仍把保险柜和玉器库房上的钥匙拴在自己腰里,什么时候动用存折、现金,什么日子售出重要玉器,都需经他知道同意。家财握他手里,儿孙们谁敢不听他的?

"爷爷早!"最后一个从他身边走过的是梳妆得整齐利落的三孙女峥峥。邱爷的鼻子里立时钻进了一股浓浓的护肤蜜香味。他皱了皱眉头,沉了声说:"不是讲过起床做一气晨活后再洗漱吗?""我不想披头散发睡眼迷糊地干活!"峥峥朝爷爷清脆地甩过一句,便走进了后院。

"喵呜!"银雄瞪着峥峥的背影凶狠地叫了一句。

邱爷没再说话,只是冷而低地哼了一声。

三

日头在艰难地爬升,光线到底横过了东厢房的屋顶。邱爷边听着从后院传来的砂轮打磨玉石声,边拄杖在院中踱步,直到看见阳光斜注西厢房的前坡时,才又慢慢踱回堂屋,在当间的一把高背椅上坐了,端起蕊儿送上的一碗加了荷包蛋的牛奶小口喝着。邱爷如今是特别注意饮食了,他近来明显地感到自己身子的虚弱,觉到了那一天的迫近。一想到有朝一日他创立的这个玉器行将不再属于他了,他的心就揪疼得厉害。

他喝着牛奶,面孔却不似平常那样矜持中带点安详,而是有些阴沉,他不时停下竹筷,把目光望定脚前的地面。

他在生气,惹他生气的是三孙女峥峥,他生峥峥的气主要并不是因为她今晨的先洗漱后干活的违犯家规,而是因为那件"牛郎浴湖惊仙女"的玉器说明书。那件玉器是峥峥自己设计的,邱爷当时一看设计图就坚决反对雕制,但她执意雕了出来,雕出来也就罢了,邱爷内心里也承认她雕得很好,可她竟敢跟着设计印制了那张说明书！邱爷也承认，那张说明书设计印制得很精致很引人，上边有四张玉器的彩色照片，四张照片从不同角度把玉器的精美绝伦处都显示了出来；照片旁边是中文和英文的说明文字，开头一句是：中国河南一勋玉器行最新独创产品。对这句邱爷没什么意见，这是为玉器行扬名，何况"一勋"是邱爷的名字。接下来的是玉器所反映的神话故事内容的介绍：牛郎在天上浴湖畔拿走洗浴的仙女衣服时仙女从水中惊起瞬间的情景等等等等。这些邱爷也基本上同意。惹邱爷生气的是后边那句话：该玉器是一勋玉器行青年玉雕艺人峥峥小姐历经半年独自创作的。还有旁边的那张照片：峥峥的一幅面带自豪笑意的彩色半身照。这两点和过去所有的大型玉器说明书都不同。过去，所有的大型玉器的说明书上，最后都写明：该玉器是在著名玉雕大师邱一勋指导下，由某某人完成，而且所附照片必定是一张双人照：邱爷和那位雕制者的合照。这次，破天荒地改了规矩！

尽管这是他孙女所为，他还是觉得生气。

这件事让他联想到了峥峥的另外一些表现：

先是那次峥峥为那些石膏塑像和画册画片同自己的争吵。那天，峥峥随他爹去南阳城送玉器，回来时买了一纸箱石膏塑像和画册画片，在后院的雕刻房里摆挂了一长溜，什么古希腊美弟奇的维纳斯、古印度逗弄鹦鹉的药叉女、敦煌彩塑194窟力士像、罗丹的《永恒的偶像》、巴特利思的《虔诚》、安格尔的《泉》等等等等。邱爷差不多记不住那些名字。邱爷看见那些东西的第一个反应是十分吃惊：谁敢把这些赤身裸体怪模怪样乌七八糟的东西弄来摆在雕刻房里？继之见十来个孙儿孙女都围着那些东西津津有味地观赏议论，就十分恼怒了！这不但会影响玉雕进度，还会扰乱儿孙们进行玉雕创作时的心绪。他记得他当时吼了一声:这是谁干的?都给我滚开!边吼边上前把那张画着有光屁股姑娘叫作《泉》的画撕了。他没想到峥峥当时会那样强硬地抗议:爷爷,你不能撕!我们这是在学习、借鉴!这家人还从来没人敢当面顶撞邱爷,邱爷当时气得哆嗦着骂道:胡扯!玉雕艺人学这些干什么?你只要把我教你的刀法练好,把我给你当范本的那些观音人、罗汉人、菩萨像记在脑里刻得一模一样就算行了!学这些乱七八糟的东西干什么?把它们给我扔了!儿孙们当时被他吓得无人敢再吭气,但当他离开工房时,他瞥见峥峥和另外几个孙子孙女在撇嘴挤眼,而且峥峥还小声嘟囔了一句:看看人家的立意构图有什么不好?工艺,工艺,光工不艺能行?这桩事让邱爷气了两天。

再是年初定产品种类时,峥峥对邱爷的那番不恭。玉雕产品一般分两类:一类是以技巧取胜的花活产品,如人物、花鸟、走兽、亭熏等;另一类是以色调显贵的素活产品,如玉戒、玉镯、玉章、鸡心、坠子、烟嘴等。往年定产品品种时,都是邱爷一人说,邱爷的大儿子诚龙用笔记下,而后指挥大家去做就行了,可今年,邱爷刚说完,峥峥竟开口反驳:我不同意爷爷要增加玉章、烟嘴两种产品数量的意见,眼下胶木印章风行且便宜,使用玉章的人在减少;低档次的卷烟在增加,农村中想装饰旱烟袋吸旱烟的人会渐少,这两样东西可不再做。如今讲健身讲装饰的热潮在兴起,可多生产点健身球和玉镯;而且雕人物不要老去雕观音人、罗汉人,可以在古典小说、神话故事、历史传奇里找点题材,比如"晴雯撕扇""莺莺听琴"什么的。她的话音刚落,竟引来了其他孙儿孙女们的一片喝彩声。这使邱爷十分不快。哪个玉器行不是令出一人?这样七嘴八舌成什么体统?再说,你们见过多少玉器?懂得多少东西?

还有,这次峥峥设计的"牛郎浴湖惊仙女",仙女们一个个全是裸体,邱爷表示反对时,她竟不理不睬,执意在业余时间把它刻了出来,而且私自印制了这张说明。

这一切都使邱爷觉得,峥峥在向他的权威挑战,在慢慢站向他的对立面。而且,那一群孙儿孙女们,都在向峥峥靠拢,并没有人站在他这一边。

必须制止!不能等闲视之!

邱爷看了一眼卧在脚前的银雄,银雄发现了邱爷的目光,警觉地竖了耳朵。

邱爷突然抬手朝放在窗台上的一盆金橘一指,做了个手势。他的手还没落下,那银雄已箭一般蹿上窗台,飞快地用爪子把那盆金橘推下了地,花盆"啪"的一声,在地上摔得粉碎。

"天哪,我的花盆!"老伴冯氏闻声从内屋跑出来心疼地叫。

"咋呼啥?"邱爷朝她挥了下手。银雄此时得意地跳下窗台,卧在了邱爷的脚边。邱爷扭身把尚未喝净的牛奶碗放在桌上,朝银雄招了一下,那银雄立时跳上去惬意地喝着……

四

吃过早饭上班时,邱爷叫住了大儿子诚龙,说:"龙儿,你来一下。"五十来岁的诚龙立刻恭恭敬敬地在父亲面前站定,问:"爹,你有事?"

邱爷嗯了一声,慢吞吞地问:"峥峥做的那件玉器说明书你看了?"

"看了。"诚龙慌忙答。

"好吗?"邱爷的眼皮未抬,慢吞吞呷了一口茶。

"挺好,很吸引人!"诚龙不懂父亲的话音。

"真的很好?!"邱爷把手中的茶杯蹾在了桌上,抬起了脸。

"真的……当然……要是……"诚龙这时才发现爹的脸上有一丝愠色,慌了起来,然而却又一时想不出那说明书有什么错,"爹,你看……"

"我看我还是早点死了的好!"邱爷的声音缓慢而低沉,"免得活着妨碍你们独创了什么的!"

"爹,你怎么能这样说?没有你,哪有咱这个玉器行!"诚龙一边说一边飞快地在脑中琢磨爹的话意,蓦地,他明白了。

"阎王爷为啥就不来收我走呢?早走了,也少给儿孙们添累赘?"邱爷在诅咒自己的同时,从口袋里摸出一张揉皱了的"牛郎浴湖惊仙女"的说明书,愤愤扔在了地上。

"爹,你别生气,峥峥这丫头不懂事,说明书写得有差池,我这就叫她改一改,另去城里印刷厂印印,不过是多花几个钱的事儿!"因为峥峥是自己的女儿,诚龙的声音满是歉疚。

邱爷哼一声,算是默许。

诚龙匆匆走到女儿的刻台前时,峥峥正全神贯注地伏台雕着又一件"牛郎浴湖惊仙女"。秀气的双眉因为用力而向两鬓斜起,漂亮的小嘴因为牙齿紧咬而闭成一条长长的细线,圆润的小臂因为手的动作而微微颤着。雕品已近尾声,她正边修边打磨上光,这件雕品和原来的那件在尺寸上稍小一点,但看上去仍是精美绝伦。通常一种雕品只雕一件,峥峥所以又偷偷照原样雕了一件,是因为她太喜欢自己独自创作的这个作品了,她知道原来的那件早晚要售出,再偷偷做一件就可以永久保留下来,双宝存一。峥峥甚至想,从今往后我每创出新作品时都要这样,一式两件,保存到老时我就可以开我的雕品展览会,到时候也印那种精美的展览会门票,门票上除了自己的头像外,还要印上一行文字:峥峥女士玉雕珍品展览。峥峥从小受家庭熏陶,早对玉雕艺术产生了兴趣,高中毕业没考上大学,她很快就把精力投到了对玉雕艺术的钻研之中。她自从跟爷爷、父亲、叔叔们学会了基本的技法之后,便决心创作一件与已有作品绝不雷同的新雕品,这雕品不仅仅因为它是宝贵玉器而让人喜爱,还要因为它是艺术精品而让人觉得它确实是一件可永久保存欣赏的瑰宝。"牛郎浴湖惊仙女"就是她要实现这个雄心的第一次尝试!

正精心上光的峥峥根本没有听到父亲的脚步,直到诚龙拍了下她的肩头她才回过头来。

"怎么,这件玉器不是已经雕好了吗?"诚龙并不知道女儿手中的"牛郎浴湖惊仙女"已是第二件,有些诧异。

"再修一下。"峥峥怕父亲说她浪费玉石和工夫,没有说出真相,只是调皮地笑笑。

"峥儿,你为这件玉器设计的说明书有毛病!"诚龙看定女儿说。他非常喜欢这个俊俏聪明的闺女,每次看到她,都要在自豪的同时对送子娘娘升起一丝感激,感激她让我和她那个相貌平庸的妈妈领到这样一个女儿!

"什么毛病?"峥峥乌嘟嘟的双眼一下瞪圆。

"嗯……"诚龙把从父亲那里捡来的那张揉皱的说明书展开放在女儿面前,"你看,这里,你的名字前头,该写上'在著名玉雕大师邱一勋的指导下……'"

"可爷爷对这件作品根本没有指导!"峥峥立刻将父亲的话打断,"你知道,他当初坚决反对我雕这件玉器,他说让仙女从水中站起不穿衣服太伤风化,说这是别出心裁,雕个观音像也比这强,怎么能说在他指导下?"

"这个……"诚龙被女儿顶得有点张口结舌。他心里知道女儿说的是实话,当初峥峥是默默顶住老人的苛责,在业余时间完成这件作品的,而且自己也曾阻拦过女儿。不过现在他承认,峥峥的这件作品确实独到,倘是出卖的话,会卖个很好的价钱。"不管怎么说,玉雕行业特别讲究手艺祖传什么的,在说明书上把你爷爷的名字写上,一来有利于玉器出售,可以卖大价钱,二来你爷爷看了心里也好受!"

峥峥不满地剜了父亲一眼,利嘴利舌地叫:"人家买主买的是玉器,玉器雕得好,人家就会要,雕得不好,你就是把爷爷的名字写三遍也不管用!再说,爷爷那么大年纪了,视力又不济,好好养身体算了,操这些心干啥?这两年多,他不再指点雕刻,咱玉器行不是照样赚钱?"

"憨女子!怎么能这样说?"诚龙见女儿说得出格,只得将脸上的笑意隐了,"去,去把这句话改了,再把照片换成你和爷爷的合照,重去印刷厂印一份说明书!"

"不干!"峥峥干脆地扭过头去,"我不做说假话的事儿!"说罢,扭头又上起光来。

诚龙尴尬地站在那儿,不知该怎么给女儿继续说,就在这时,大弟弟的儿子白磊从外边一蹦三跳地到峥峥身边叫:"峥姐,告诉你一个消息,日本和美国的两个旅游团来南阳参观汉画,听说明儿要来咱柳镇看玉器,到时你把你的这件玉器拿给他们看看如何?"

"好呀!"峥峥高兴地站起身来叫,"试试他们肯出什么价!"

正在为难的诚龙,原本在琢磨着要不要自己亲自跑一趟印刷厂去改说明书,这会儿听到这消息,心中也是一喜,也好,只要明天把玉器卖出去,这件事也就算了结了,于是便说:

"只要人家肯要,出的价又能保住买玉石的本钱,就卖了它。"

峥峥没有应声,已低下头全神贯注在"牛郎"身上,仔细地为他上光。

五

晚饭吃罢,邱爷在院中踱了一阵步,回房听了一段豫剧,烫完脚上了床后,便又像往日一样,唤来蕊儿给他按摩。让蕊儿按摩是邱爷每晚临睡前的习惯,当初邱爷花钱把蕊儿雇来做保姆不久,就又送她去附近的方家诊所学了按摩技术,以后每天临睡前邱爷脱衣躺下后,就都是让蕊儿按摩一阵,直到他蒙眬入睡时止。今晚,当蕊儿给他按摩一阵他惬意地闭上眼时,他才又猛然想起那张说明书的事。应该问问诚龙把说明书送去重印没有,今儿后晌他去"新都玉器行"同那里的两个老友品茶聊天一直到天黑,差不多把这件事忘了。不过诚龙这孩子会办好的,这孩子听话!总的看三个儿子都算听话,三个儿媳也还不错,对我的话从不说个不字,让人生气的就是峥峥他们一群孙儿孙女,动不动就闹别扭,都是供他们上学的缘故,上几天学识几个字会说几句艺术什么的,就觉着自己了不起,你们还早着哩!

邱爷摇了一下头,不想再顺这个思路想下去,再顺着想下去就会生气,一生气就很难睡着觉。他让自己去想往日的那些荒唐事情。他想起了他的青年时代,那时候他的身体多强壮结实,干一天玉雕活下来,背不疼腰不酸,晚上还总要趁爹娘不注意,从玉货柜里摸出个小镯子、小玉戒什么的,偷偷往镇西的烟花街里跑,跑进去随便找到一家,把镯子或玉戒往老鸨手里一塞,就钻进一个屋子往床上扑。因为他是长子,加上爹娘又都是软性子胆小的人,所以他很早就在家里说话算数。那时候每过一段日子,家里做的玉活多了,总要由他带上一批到远处去卖,最远处他往东跑到烟台、青岛、连云港,往南跑到广州、湛江。他见过各种各样的场面,遇到过各种各样的危险,当然也亲近过各种各样的女人。

　　人老得这么快呀！邱爷在心中感叹一句,他伸手摸了摸自己胸前皱起的皮肤,无意中触到了蕊儿那正按摩他肩胛的手,他于是伸掌握住了蕊儿的小臂,这皮肤多细多嫩哪！邱爷轻轻抚着蕊儿的胳膊,蕊儿顺从地一动不动,邱爷顺臂抚了上去,一股微小的激动又从邱爷的心中慢慢升起,那混浊的双眼里有了些光亮。蕊儿一声也没敢吭,只听着邱爷喃喃说道:"我老了,老了,没力量了……"随后手就松下掉在了被子上,与此同时他的两个眼窝就都滚出了一滴混浊的老泪。蕊儿默默把邱爷的两只手塞进被子里,然后又从衣兜里摸出一块手帕小心地把邱爷眼窝里的老泪揩去。

　　银雄一直卧在邱爷的床头,双眼一眨不眨地盯着蕊儿,仿佛是在监视蕊儿对邱爷是否忠诚,直到蕊儿为邱爷掖好被子往外走时,银雄才慢慢向被窝里钻去……

六

　　"一勋玉器行"临街的三间房子是出售玉器的房屋,第二天店门刚开,峥峥就站在店门口向街西边观望,一见那伙日本和美国游客向自家店堂走来,就跑进店把那份早已印好的"牛郎浴湖惊仙女"的说明书在柜台上摆好,游客们一进店,她便用银铃般的声音叫:"本店新创一件玉雕精品——'牛郎浴湖惊仙女',诸位外宾若有兴趣一观,请先看这份介绍,看完之后谁愿买了我们再拿玉宝!"游客们早已从柜台上拿起那份说明书,那设计印刷很具匠心的说明书吸引住了那些游客,都很仔细地读着。片刻之后,最先读完那段介绍文字的一个游客就用十分生硬的中国话叫:"我的要!给我实物看!"他的话音刚落,又有两个游客叫:"我愿要!""我要!"峥峥高兴地从柜台边小心翼翼地抱出了带有包装箱的那件玉雕,她故意慢腾腾地去解包装箱上的搭扣,以增加游客们要睹宝物的焦躁。

包装箱终于打开,峥峥伸手把玉雕稳稳地取出放在了玻璃柜台上,游客们的眼睛立时瞪大:青山、绿水、白云,牛郎拎仙女衣裳时那憨厚中带点胆怯的情态,仙女们从水中惊起玉体出水双手慌捂时的羞容,老牛在湖畔见牛郎得手后昂首长哞的欢乐之相,惟妙惟肖地展现在了游客们面前。尤其是仙女们的裸身,把独山玉的洁白、光润、细腻的优点全部显示了出来,仿佛那就是真的处女的肌肤。

峥峥听到了几声高兴的赞叹:OK!OK!妙!欢乐中峥峥根本没去留意在这赞叹声中还夹杂着一声轻轻的猫叫:喵呜……

那是银雄在叫。此刻,它正偎在邱爷的胸前。邱爷抱着银雄站在游客的后边,其实游客们进店不久,邱爷就来了,只是峥峥和游客们都没去注意他。他早看出了游客们手中拿着的那张玉器说明书根本没改,但他没动声色,只是眯了双眼默默地看着眼前的场面。平日,每有外国大型的旅游团来,他都要到店里看看,游客们都是围着他这个玉雕大师问这问那,争相和他合影留念,完全不像眼下这样被冷落一边。

"小姐,这玉宝是你雕的?"有两个游客在把峥峥同说明书上的相片对照之后问。

峥峥矜持地点了点头。

"了不起！了不起！"随着一阵赞叹声,几架照相机的闪光灯对着峥峥和那玉器咔咔地闪了起来。

"价钱是多少?"一个日本游客在闪光灯的闪光中最先开口。

"你说呢?"峥峥狡黠地眨了一下眼睛反问。她心里也确实拿不准该开价多少,要得多了,怕吓走这些顾客;要得少了,又怕便宜了他们。

"我出两万美元,相当于你们中国的七万人民币,可以吗?"那人试探地说。

峥峥心中一震:这么多？她本来比照过去其他玉器的售价,只准备要七千美元的。她一时没有开口,她担心立时开口会让心中的欢喜露出来,只是摇了摇头。

"我出三万！"一个大肚子的美国游客伸出手指。

"我出三万五！"刚才的那个日本游客有些慌张。

"四万！"另一个穿长裙的金发女客叫。

"好啦,好啦,我们不要再争了！"那先开口的日本游客笑着向其他游客拱手,"我出四万五,把宝卖我好了,这家还有别的玉器,请你们挑别的!"见游客中一时无人应声,那日本人就急忙拉开提袋去掏钱。就在这当儿,一件意外的事突然发生了,那只叫银雄的猫忽然蹿上玻璃柜台,两爪子用迅疾的动作把玉器推下了地,随着啪的一响,玉器在水泥地面上翻了两个跟头,刚才还活灵活现的牛郎和一群仙女们,顷刻间便腿断臂折。

"打死你这贱猫！"全屋最先对此事做出反应的是邱爷。只见他猛地抬脚向他身边跑来的银雄狠狠踢去,银雄被踢飞到空中,下落时头猛撞到了玻璃柜台的角上,只听银雄凄厉地叫了一声,跌下了地,它的脑袋已被撞烂,脑浆跟着便涌了出来。

"真糟糕！太对不起诸位了！"邱爷此时急忙向游客们拱手,"畜生不懂事,竟然毁了玉宝,本行将向你们表示深深的歉意,请诸位在柜上选购别的玉器以作补偿！峥峥,快把碎器收拾起来,晚点再刻新的,真是遗憾！"

峥峥从最初的惊呆中醒过来之后,便双眼圆睁,一眨不眨地盯着爷爷。

邱爷没去迎视峥峥的目光,只是热情地向游客们介绍柜上摆着的其他玉器。

刚才出价要买的那个日本人,极度惋惜地望着地上的碎玉,扭身要走。

"等等！"峥峥突然朝那游客叫,待那游客站住后,她说,"请等两分钟！"说罢,转身出了后店门向宿舍里跑。众游客不知何故,又都好奇地围了过来望着后店门,邱爷也惊疑地站在那里。

片刻之后,峥峥怀抱她悄悄做好原本准备保存的那件"牛郎浴湖惊仙女"出现在了后店门。众游客都意外而惊喜地叫了一声:哎哟！邱爷也惊骇地瞪大了眼睛。

"这是一式双宝,原本准备卖一存一,今日出了意外,你既识货,就卖给你了！"峥峥淡淡地对那日本游客说道。

那日本游客喜极地把玉器用双臂在柜台上围定欣赏,唯恐再出什么意外,一霎之后,便急忙付钱。

邱爷怔怔站在原处,一动不动……

七

当晚,一向健康的邱爷突然病倒了,一家老少围站在床前问候。他谁也不看,只含含混混地叫着两个字:"银……雄……银……雄……"

下午就出去了的峥峥,那一刻怀抱着一只通体金黄的小猫默默走进了爷爷的卧房,轻轻地把小猫放到了爷爷的枕旁。

"喵呜……"小猫轻柔地叫了一声,向邱爷的被头偎去……

养　子

最初知道他要来世上是在我们婚后的第五十七天。妻说她胃部不适,我便领她去看医生,那个头发向后拢得很讲究的庸医一本正经地给妻检查后,给了妻十八片胃舒平。我俩那时这方面的知识太少,而且因为采取过措施便没想别的。三天药服完,妻仍说胃部难受,总想呕,我就又领她去看中医,那位白须飘飘的老中医刚摸一下妻的脉,就笑捋长须,说:喜脉,回去吧,给孩子准备小衣服!

我和妻一愣,愣后便是欢喜!

于是开始去申请准生证。那个管计划生育的大嫂在看了我们的结婚证后很严肃地说:太早!而且把手中原准备签发的那张准生证塞进了抽屉。我俩一惊:嘀,一个人能不能来到世上,除了送子娘娘点头之外,还得经过这个大嫂批准?我便叫:大嫂,我这个孩子倘若是个能制止地震的大科学家,你让他夭折流掉,你想想你对国家、对人类犯的是什么罪?!那大嫂一听笑了:也是,在我不准生的那些孩子中,也许有不少是可以当省长市长的!妻这时便紧忙柔声颤声恳求:大姐,我反正是只要一胎,早生晚生还不一样?万一这次流产以后再怀不上咋办?求您高抬贵手,行吧?那大嫂同情地叹一口气,而后手一挥,很气派地说:也罢,让你们添一口!

当天晚上,我拿着那张粉红色的准生证,轻敲着妻的肚皮对那个小东西报告:已经批准你来了!

接下来我们开始猜测这个急着要来的小东西是男是女。妻说:看他这个着急劲儿,八成是男,是男最好,将来好有个儿媳妇使唤,而且可以继承你们周家的三间草房!我说:九成是女,女的通常沉不住气,不过是闺女也行,将来好把她嫁个上流人家,我们老两口也可以跟着轿车来轿车去地享福;再不,咱也学学人家,让她嫁个美国人,咱也去华盛顿瞧瞧!

妻呸我一口。

后来的事实证明,妻猜得对。

妻没高兴几天,便叫起苦来。她的怀孕反应特厉害,总呕,吃饭成了一个很大的难题,她怀到六个月时,肚子已经大得可怕,脚和手都开始肿,动不动就说这儿疼那儿疼。每当她面色难受地仰靠在被垛上时,被我从乡下请来预备当保姆的五十来岁的叶嫂,便开始给她讲诸如要忍耐、这一关迟早要过、哪个女人都逃不开一类的话。有时,叶嫂为宽慰妻的心,还会低低地哼起歌来,那歌儿很好听,我如今还记得那歌词:怀胎快三旬,俺也不知音,不晓得肚里已经扎下一条根;怀胎两月多,俺的脸皮薄,思来想去俺也不敢说;怀胎三月三,脸上起黑斑,饭也懒得吃,碗也懒得端;怀胎四月八,俺想回娘家,嘱咐爹和妈,多喂鸡和鸭;怀胎五月五,嘴里整日苦,衣也不想换,路也不想走;怀胎六月六,一心想吃肉,喊声郎哥哥,你快去买猪头;怀胎七月七,想吃木瓜梨,梨汁酸又甜,不停吞肚里;怀胎八月八,俺快拜菩萨,烧香磕头求一个胖娃娃;怀胎九月九,俺身子可真丑,好比推车汉,走路扭几扭;怀胎十月一,孩子落了地,叫声郎哥哥,你快马去报喜;交到冬月冬,俺的腹中空,锅里炖只鸡呀,给俺补补身;交到腊月腊,去孩外婆家,左手打洋伞呀,右手抱娃娃……

常常是叶嫂唱着唱着,满脸苦色的妻就笑了。

我那阵的任务主要是给妻和她腹中的小东西增加营养。听说孕妇多吃苹果生的孩子水灵,我就不惜本地成筐买;听说孕妇常喝牛奶生的孩子肤色白,我一天逼妻喝两磅牛奶;听说孕妇多吃海带对胎儿的身架发育好,海带就成捆地搬。凡是妻想吃的,我都尽量弄到。不过那时没想到,让腹中的小东西营养太好,会给她的妈妈带来麻烦。

妻是难产!

我没能看到那危险的一幕,当时我正在由部队返家的路上,据目睹了那场危险的妻的女伴们说,当时她们已认为要为妻准备后事了!大股的血直往外涌,可小东西就是赖着不出来,妻因为失血和呕吐,已沉入完全的昏迷,医生也已经拿起了刀,就在那阵,他大约是害怕了,自己开始往外爬。

护士把他洗完放上天平后宣布:八斤整!

尽管早已知道他要到来,但当我和妻第一次抱起裹在襁褓中的儿子时,还是觉到了一种新奇的战栗,我们竟然能创造一个全新的生命!我俩相视一笑,上帝让生命如此延续就是为了让人感到自豪?

我们决定让儿子吃母奶,这一来因为听说喂养母奶对儿子身体好,二来因为妻的奶水太多,一会儿不吃就会把衣服洇湿。许久之后我们才知道,这个决定不英明,原来妻子的奶水是俗称的"清水奶",多倒是多,但没有养分,儿子吃下不久就饿,就哭,就叫,就慢慢消瘦。我们不知这是饿的,以为这是病,就不停地看医买药,结果把他的胃吃坏了,使他身子越见瘦。到半岁时,他竟不断有病,被人们称为"三类苗"。

把一个漂亮的白白胖胖的孩子抱在怀里,本是女人们炫耀自己的一个资本。如今见自己的孩子得不到邻人的夸赞,妻便着恼。她先是为自己没有高营养的奶水歉疚,随后便同我吵:"都是你,整天在外边跑跑跑,不管孩子,把孩子养成这个样!"

我先是苦笑。我那时因对全家吃穿用度的操心原本也烦,妻的抱怨终于也让我失了耐心生了气,便顶她一句:别的女人都能把孩子养好,就你没本领!

这一句顶过,妻便哭了,哭过之后就赌气,不准我再在卧室里睡。看见我夹着被褥往门厅里走,儿子瞪大乌亮的双眸望定我,一边用双唇惬意地吮着手指头,一边在脸上浮一丝得意的笑,那模样似乎在向我说:怎么样,由于我的到来,你在这家庭中的地位已经改变了!

儿子终于长到了三岁。由于能吃各种饭食,他的身体也强壮起来,变得能笑、能叫、能闹、能跑。每次我离家外出,他只要一看见我提上皮箱,就跑过来要闹着跟我一块儿走,那次他母子送我上火车,他定要抱着我的脖子一起上,他妈硬把他扯开,结果车开动时,他在站台上滚着哭,弄得我的鼻子酸了许久。

每次出差结束往回走时,首先考虑的是给儿子带什么礼物,妻子常被排在之后。回家上楼,儿子一听见我的脚步声,便箭一般奔出门,一边喊着爸爸,一边朝我怀里扑来。把汗津津的儿子抱起,看着他一边摇着手上的礼物一边向妻和叶嫂叫:爸爸回来了!心里真觉十分舒服,在外的奔跑疲劳好似顷刻消掉。

但随着他的长大,我和他之间的冲突也开始发生。我喜欢安静,他偏偏要把屋里搞得热闹非常,把凳子推倒,在地板上哗啦啦地拖;把玩具汽车的发条上满,让车满屋里嘎嘎地转;把发火冲锋枪搂得乒乓响;把一伙小朋友叫到屋里咿咿呀呀地唱。弄得你书看不成,文章写不成,音乐听不成。我喜欢秩序,他偏偏要把东西搞乱,我把拖把挂上,他把拖把取下;我把书本摆齐,他把它们扔乱;我把被子叠好,他把它们扯开,搞得你一件事一天得干几次。我喜欢卫生,地板刚拖干净,他把痰盂踢倒,搞得满屋是水;我把新桌布换上,他立刻用粉笔在上边画满莫名其妙的符号;我把杯子刷过,他又往里边倒一匙稀饭。平常,这些我都能原谅,若遇到我心里有气,事情就有些麻烦。那天我在办公室挨了领导的批评,肚子里窝着一肚子气,回家时刚好看见他把我写字台上的一瓶墨汁弄倒,正用墨笔满桌子涂,把我正写的一篇稿子也洇黑了,而他竟边涂边笑,我见状脑子一轰,上前照他屁股上就是一掌,这一掌又狠又重,他先是被打得一愣,随即也恼了,竟抓起墨汁瓶向我扔来,可惜我刚买的白衬衫顿时被染上大小不等形状怪异的图案。这一来我胸中的气全涌了出来,我上前按住就打他的屁股,他又哭又叫又用沾满墨水的双手来抵抗,我已完全不讲轻重,直打下去,要不是妻赶来哭着把他抢走,那一时我或许会把他打出毛病。

当天下午,我心情已平静下来,意识到打他打得太重,孩子毕竟太小,傍晚回家,他看见我急忙把脸藏在妈妈怀里,后来妻告诉我,半后晌时他曾怯怯地问:妈妈,爸爸还要不要我?

我捶了自己一拳。

儿子进了幼儿园。我和妻都感到轻松许多,叶嫂的任务变成单纯做饭。

看见别人或是给孩子买钢琴,或是给孩子找书法教师,或是买画笔画板,妻也急了,郑重地问我:我们让孩子向哪方面发展?我于是也买了电子琴,但他只玩了两天,便再不去摸它;也买了画笔画板,但他只学会了画葵花就扔下不管;我们也请幼儿园阿姨让他进舞蹈队和武术队,但他都只干了几天就不愿再干。妻开始叹气:糟糕,这孩子怕是成不了气候!叹完气便去逼他练琴、作画,他不干,母子俩说到恼处,就吵,吵罢妻就转而对我抱怨:都是你们家的遗传基因差劲!

我张不得口,心中也有些着急。倒是叶嫂说:急什么?孩子太小,人就这几天好日子,如今不让他随心玩几天,长大要他玩他还没空玩哩!

儿子的玩功确实很好!一盒积木,他变着花样一个人坐那里垒,能不吭不哼垒一晌;一片硬纸,他能又叠飞机又叠船,最后用剪刀把它剪成好多圆,贴上胳膊贴上脸。

玩吧,既然你别的都不愿干。

叶嫂有时还怂恿孩子玩,常在哄他睡觉时轻声唱:一生两岁抱娘怀,三岁四岁地下踩,五岁六岁你快玩乐,七岁八岁就有绳拴来,不放牛来就捡柴,不捡柴来学手艺,不学艺要把书来买,反正你休想再自在……

妻对叶嫂这样唱很不满意,说这叫不重视幼儿期教育,是农村的落后习惯。但儿子却对叶嫂的放任极其满意,而且感情上也同叶嫂越发亲近起来,最后闹到晚上不同妻睡而非要同叶嫂睡不可。

他五岁的那年夏天,一个星期日,叶嫂领他外出,半晌时拉他回来,高兴地朝我和妻叫:你们的儿子办了件善事,这孩子将来会是好人!我和妻急问详情,方知:儿子刚才在街上要买冰糕吃,叶嫂给他一毛钱让他自己去买,走到卖冰糕的老奶奶身边时,看见一个断腿的乞丐在向另外两个买冰糕的大人讨钱买饭,那两个大人没理乞丐,儿子站一边默看一霎后,竟把自己手中的一毛钱朝那断腿人手上一扔就跑回了叶嫂身边。叶嫂讲罢又把儿子搂在怀里喃喃说:做人要紧的是心肠!

妻把嘴撇撇。我慢慢弯下身去摸摸儿子的脸,心想,叶嫂说的也许有道理,人,要紧的是先懂得爱!

经过找熟人托关系,儿子六岁半时到底进了重点小学。儿子背书包上学的那天,妻庄重地问他:"你长大想干啥?""造罐头!"儿子指着他最爱吃的橘子罐头说。我和妻同时摇头。"记住,长大要当科学家!"妻嘱咐,"从现在起,你就要好好学习,长大争取考上大学,然后争取到美国、日本留学!然后……"

"什么叫留学?"儿子眼中露出困惑。

"现在先不谈这个,要紧的先上好小学。"我用自行车驮他去了学校。

孩子在学校的表现还可以,得过几次三好学生奖状,学习成绩在班上不数第一但排在前列,第一批入的少先队,妻和我都还满意。不过有一个毛病比较突出:爱花钱!三年级上学期,他竟敢在学校私自"请客"。那次学校让交一种什么杂费,每个学生带十二元,我手边没零钱,便给了他两张十元的票子带上,嘱他把余钱带回。中午等他放学回来吃饭,直等到十二点半还不见人影,便有些着急,去问住在附近他的一个同班同学,那位同学说,看见他同另外三个同学一起进到学校旁边的小饭铺里,说是他要请那三个同学吃饭。我一听火了,好你个小东西,这个年纪就敢下饭店请客了!我骑上自行车就往小饭铺跑,进门一看,果然,他正在柜台前买吃的:一瓶汽水,八个小包子,四碗汤面条,而后四个人围着一张桌吃起来,我强忍着没有立时发作,站在饭铺一角看他,一待他们吃完,我就阴着脸上前,扯起他的胳膊就往外走,他见我脸色不好,忙把剩下的钱从兜里掏出递给我说:"爸,我花了两块四毛四分钱,这剩下的给你。"我没说话,抓过钱塞进袋里就带上他骑车回家,一进屋,啪啪啪就朝他屁股上打了几掌,妻也朝他怒喝:"跪下!"

他委屈地争辩:"为什么打我?"

"跪下再说!"我吼,同时打了他的两个腿弯,逼他跪了。他哭了,边哭边叫:"凭啥打我,我不就是请同学们吃顿饭?"妻气极地叫:"你好胆大,现在就敢不经同意乱花钱,将来长大还得了?"他竟然犟:"那你们平日为啥也请人吃饭?请客时为啥不经我同意?"我一个耳光过去:"老子请客有原因,还要你同意?""我也有原因,"他抹一下嘴角的血丝,叫:"王陶陶的爸妈出差,中午让她吃饼干喝开水,我让她到我们家吃午饭她不来,后来我想我有钱,领她到饭铺吃也行,她过去给过我烧饼吃,李星过去送过我巧克力,郑虹帮我找过红领巾,我请他们吃点饭有啥不好?""嗨,你还有理了?"妻也给了他一掌。"打吧,你们,等你们将来老了,我也不准你们请客!"他哭着说。

他整整在地上跪了四十分钟,至死不肯认错,妻气得下午没有上班,晚上没有吃饭。

儿子今年已经十岁。他的人生之路将会怎样延伸,我们都还不能说清。每晚,叶嫂会哼着歌子催他入睡:"……九月菊花黄,劝劝周家郎,倘要种庄稼,可别贪玩耍,误了田和地,冬春饿肚皮,倘要要笔杆,也须细掂量,笔杆虽不重,会变杀人枪;倘要去做官,断案可别偏,不图钱和物,只图无人冤;倘要去经商,别把良心丧,不坑也不骗,免人指脊梁……"每当我听着那低低的歌声,总要在心里泛出一丝莫名的不安:儿子,你将来会成为一个什么样的人?带给爸妈的会不会是欢乐?

乡村教师

我至今还记得那个西天布满瓦砾样云块的黄昏。当时我们班十几个人闲坐在教室外边的桐树下，高谈阔论着对自己人生的安排，那阵我们都是十七八岁的人，正心高气傲，有摩拳要当省长的，有擦掌要当数学家的，有挺身要当大使的，有张口要当将军的，七嘴八舌，好不热闹。独有天贺当时一言不发，只呆坐那里两手支腮默然望天，最后大伙注意到仅有他还没开口，便问：天贺，你将来干啥？他回过神来，将眼珠在眶中轮了几轮，淡了声说：当个大队会计，或者小学教师，就心满意足了。他的话音未落，大伙便哄然笑开，那笑里充满揶揄和轻蔑。

天贺的脸当时红得很彻底：他听出了那笑的含义。像是为了解释，为了挣出这被人瞧不起的境地，他哑声补充了一句：我姑家是地主！这话一出，大伙的笑声戛然而止。我们那会儿都知道,有这社会关系,他是不能有很高的选择了!

不久,我便应征入伍。四年后的那个初冬,我探家回到故乡才知道,天贺果然当了他所在的那个大队小学的民办老师。

我决定去看他。这一则是因为当初在校时我俩都爱玩篮球,彼此有点感情,在学校吃饭常蹲在一块儿,他买了白馍总要掰给我一半,我买了凉拌黄瓜必定拨给他半碟;二则我那阵刚提了排长,穿上了四个兜的衣服,很想夸耀一下,让更多的同学知道我的成功。

我骑车到他任教的那所大队小学时,已近晌午,破败的校园里很安静,学生们显然已经放学,我看见一个穿着旧棉袄的人正弯腰在钉一个凳子,估计他是校工,便上前问:同志,知道天贺老师住在……我的话未说完,他仰起脸来,我们都叫了一声:呀,是你!便抱到一块儿了。他长我三岁,个子比我高,在学校打篮球时就很有力气,这会儿的力气仿佛更大,搂得我喘不过气,"嚄!当上军官了!"他放开我时摸着我的衣服啧啧赞道。我很自豪,便问他:"你过得怎么样?"他笑笑说:"就在这里教书,队里记工分,每月还补给八块钱,日子不错!"我注意地望望他的陈旧衣着,估计他的日子好不到哪里去。他领我看他教书的教室,房子低矮得厉害,桌凳歪七扭八,但他却兴致勃勃地给我说他的教学计划,说他班里几个学生学习用功,说他教的三年级二班如何在学校里的一次考试中得了总分第一。我没心听,只在心里为他悲哀,看来,他恐怕是一辈子要在这个可怜的地方干下去了!

看一圈教室出来,他说:"走,到家里吃晌午饭去!顺便也见见你嫂子!"我听了一惊:"怎么?你结婚了?"他依旧笑笑说:"俺娘身子有病,想叫俺早结婚,好有个人帮她做饭照料弟弟、妹妹,我就答应了,反正,我这辈子也成不了什么大事,早结就早结吧。"我又笑笑问:"嫂子漂亮吗?"当初在学校时,他因为身个高,面孔也耐看,加上课余常打篮球,胳膊上、腿上、胸上的肉瓷实,浑身都透着一股壮健气,所以很惹女同学们注意,平日上理化实验课,班上几个女同学都找理由往他所在的试验台前凑。我估摸凭他这样的条件,在农村找对象,一定会找个漂亮的。他仍旧是笑模笑样地答:"凑合着吧,漂亮的咱也娶不起。"

从学校到他家所住的村子,有二里地,我们边走边谈,离村还有几百步时,他手朝村头一棵树下的一个紫衣女子一指:"喏,就是她,八成见我回来晚了,在等我吃饭。"又走近些,他便叫:"亚兰,快过来,这就是我给你说起过的达功,如今是大军官了!"我注意到那是一个相貌十分平常身个瘦小肤色微黑的姑娘,她羞羞地朝我点点头,招呼了一句,便闪到天贺那边,从他手里接过一摞学生的作业本子,默默地走。到了家,尽管我先声明了有什么饭就吃什么饭,不许再麻烦!但亚兰还是进厨房,忙乎了半天,最后端上来的是,一盘炒鸡蛋、一盘生拌萝卜丝和两碗白面条。我添第二碗饭时,发现在厨房的亚兰,吃的是和了薯面的杂面条,便知道,这两盘菜和白面条,是天贺家里所能拿出的最好的东西了!那天离开天贺家时,我的心很沉重,有点可怜他,便劝:"还是想个法子去干别的吧,甭再干这一月几块钱补助费的民办教师了!"未料他竟笑模笑样地拒绝:"我教这两年书,发现这行当倒适合我,已经喜欢上了;再说,我也没有别的才能,没有什么人际关系,干别的怕也不中。"

我叹口气,默然同他握别。

这以后,我一连五年没回家。

大约是在第四年的秋天吧,我收到过他一封信,信写得很简单,说他已经开始教五年级的语文并当班主任,让我帮他买一本教育出版社出的小学教师语文教学参考书。我接信后跑了市里的两个书店,没有见到,原想下个星期日再去另外几个书店找找,不料因杂事多,竟忘了,而且忘得彻底,连信也忘记给他复了。直到后来领着新婚的妻子探家坐到火车上,想着到家后该拜访的朋友,才又倏地想起天贺让我帮买参考书的事,后悔得直拍脑袋。因此到家后的第三天,我领妻子拜会的第一个朋友就是天贺。

不过五年的工夫,天贺的变化真大呀,脸上原先的那股圆润早已没有,额头、眉心和眼角都已满是皱纹,胡子是又浓又挺了,衣履更显得破旧,左裤腿的膝盖上有一个显然是仓促补上去的补丁,针脚大得厉害。我们见面是在他家的责任田地头,那天是星期六,我和妻是先到学校经校工指点才找到这里的。当时天贺正在地里翻薯秧,听见我喊,急步奔过来,在裤腿上蹭了一把手上的土就抓住我的手摇,接着望了我的妻笑问:"这就是弟妹吧?走,快到家里去!"我说:"不用了,就在这地头坐下说说话,你不是还要干活吗?"他急忙摆手:"不要紧,责任田里的这点活好干,我每天上午和下午放学后都可来干一阵,再说,还有星期日,整整一天时间,忙得过来!"我们只好随他往他家走,边走我边从侧面打量他,他已经像一个地道的农民了,只有那双眼睛里的秀气和聪明,还能依稀显出他是一个有知识者。

他的妻子的变化更叫我吃惊,那个黑黑的身材瘦小的姑娘已经不在,迎接我们的是一个丰满得近乎肥胖、敞怀喂奶的妇人,她的声音也已响亮得惊人,她大声地喊他四岁的儿子和三岁的女儿来见我们。"你们已经有三个孩子了?"我有些惊异,望着他们那四岁、三岁、一岁的儿女笑问。"嗨,都怨她和我娘。"天贺苦笑着指了一下亚兰,语气里多少有点抱怨。"多一个儿女老了多一份依靠!"亚兰的话里满是自豪。"那你们为啥不把孩子之间的间隔留大一些?"我的妻开口问亚兰。亚兰响亮地笑了:"妹子,你是城里人,不懂,我三个孩子连着生,要艰难就艰难几年,要麻烦就麻烦一次。倘是间隔着生,每个孩子都要麻烦几年,还不如这样!"我和妻都笑了,天贺也笑了,只是他的笑有点苦。我问天贺:"孩子这么多,影响不影响你教学?"他摇摇头:"问题不大,亚兰这点还懂,不让孩子们影响我备课上课!""那当然!"亚兰在一旁立刻接口,"他既是给人家当老师,我就不能让他误了人家孩子的学业,白吃公家的饭!我从不让他过问孩子们的事,至多是让他课余多干点责任田里的活!夜里,总是俺娘儿四个睡一个屋,让他另睡一个屋,好看书改作业!""哦。"我有些意外地望定亚兰,没想到这个女人在这方面还如此明白。"那不,去年天贺还在乡上得了奖哩!"亚兰用手指了一下墙壁,我这才注意到,那上边贴了一个奖给模范教师天贺的奖状。天贺笑着摆手说:"这还值得炫耀?"我这时想起那年参考书的事,急忙向天贺解释一遍,天贺听罢,笑笑说:"买不到罢了,反正就二十万字,我已经抄了一份!"说着,走进里屋,拿出厚厚的一摞装订好的十六开的白纸,我接过一看,上边全是密密麻麻的钢笔字。我的天!我的心猛然一沉,把二十万字全部重抄一遍,对于这位有着三个孩子的小学教师,将是怎样的一种重负!我胸中原有的那份歉疚越加重了。我当初只要再努努力,也许可以代他买上一本,从而免去他的这一额外劳动的呀!我翻着他手抄的那本书,心里已经明白,他额上、眉心和眼角的皱纹,并不全是因他的家庭负担,其中的一个缘由,怕是因为他对他的学生们学习的操虑。

我看着那手抄书的时候,天贺和亚兰已去厨房里做饭,妻在逗着他们的小儿子玩。我翻罢书踱到院里,却忽听院墙那边的邻居家有天贺抑低了的声音:"七嫂,借我八个鸡蛋,我三天后就可以还上。""说啥还哪,俺小四还不是因为你当班主任他才变好的……"

我的心又猛一坠。听见天贺的脚步向这边响,急忙走进屋里。我不能让天贺看出我知道他在借鸡蛋,那会使他难堪。

临走前,我趁天贺不注意,在他手抄的那本书里夹了一百块钱,我知道天贺看见会不高兴,但我还是这样做了,算是一点小小的帮助吧。

这之后我有十年没再回故乡,跟天贺自然断了来往。有一年老家里的一个堂兄到部队看我,我问起天贺,他说,如今已经调到乡办的初中里当老师了。我在心里默默地祝愿天贺能早日转成正式教师,使家里的境况得到改善。十年后的那个艳阳高照的秋天,我的生活中又出了一件大事——我被提升当了团长,衔至中校!这是我们家族史上从未有过的大喜!一种功成名就的自豪,使我决定立刻休假,回故乡走走,让家人同我一块儿高兴高兴!

我回到老家后,整日就在亲友们为我而设的家宴上喝酒庆贺,六七天之后,才想到应该去看看天贺,因知道他家的境况,我预先买了点酱牛肉、烧鸡和几瓶酒装到包里,准备见面时也喝几杯。

我按照朋友们的指点,径直找到天贺现在任教的那所乡办中学,这里离他家远了,有三十多里地,所以他也有了一间宿舍。我去时他正在宿舍里批改学生作业,看见我,仍旧是笑模笑样地跑出门抓住我的手摇。他的宿舍是平房,潮湿而又狭小,但收拾得颇整洁,墙上贴了课程表、教学图表和几张奖状,桌子上堆满了学生的作业本,墙角的一个旧木箱上放着锅碗瓢盆。"怎么样?日子过得好吗?"我望着他那白了几乎三分之一的头发,照例问。"还行。"他笑笑,"去年领导又给我加了钱,一月八十来元,加上家里种地的收入,比前几年好多了。""还没转成国家正式教师吗?"他摇摇头:"规定教龄够二十年的才转,我还差一点,再等等吧。"我们说话间,晌午放学的铃声响了,不大时辰,一个扎小辫的十二三岁的女孩背着书包走进来,先是脆脆地朝天贺喊了声爹,及至看见我坐在他爹身边,才猛地止住步,红了脸张皇地望着我。"汶儿,这是达功叔,快问叔好!""叔叔好!"汶儿向我鞠了一躬。"长这么高了!"我把给天贺的儿女买的几件衣服递到汶儿手上,"怕不一定合身,以为你们还低着哩。"汶儿怯怯地低下头,这孩子从天贺身上继承的东西挺多,眉眼很漂亮。"她哥今年考上了高中,她跟我在这儿读初中。"天贺慢声解释着,"我们爷俩自己做饭吃,不在学校食堂买饭,也可以省点钱;家里她弟弟在上小学,由她娘边干活边照应。"我看见汶儿放下书包懂事地提上篮子要去买菜,便急忙掏出带来的烧鸡、牛肉等往桌上摆了,拉他们父女在桌旁坐好,一边去拧酒瓶的盖子一边说:"今儿个我请客,我们来庆贺……""怎么,你也知道了?"天贺听我这样说,突然冲动地站起身,截住我的话,两眼放光地问我,我当时被他问愣了:知道什么?就在我愣住没有开口的当儿,天贺激动地说开了:"我也没想到,我的班里会有七个学生考上了中专,会有三十二名学生升了高中,升学比率达百分之九十一,你不知我有多高兴!知道这消息的那天晚上我一夜没睡,就在这屋门外边快活地走。我原来想,只要有两个人考上中专,有二十个人升上高中我就心满意足了,没想到大大超过!七个初中生一下子考上了中专,七个!你知道这意味着什么？意味着七个人已经要成为国家可用的人才了！这七个人考上的都是师范学校，出来就是老师！七个老师，又能教多少学生啊，又有多少农村孩子有了老师呀……"

我惊异地望着这个平日不愿多话此刻却滔滔不绝的人，他那张被皱纹侵蚀得不成样子的脸全被喜悦和自豪照亮，望着他，我的心里霎时升起一缕惶愧：他是在为他的学生高兴，而我是在为我的提升激动。"今天是应该庆贺庆贺！知我心者还是你达功老同学，来，咱们喝！"他高高地举起酒杯，我也急忙把杯举起说："来，为了你的那些成功了的学生，干！"天贺以为我那天原本就是专为庆贺他的教学成绩而来，我只字不再说我的提升，只陪了他喝。他那天破天荒地不再约束自己，第一次在我面前喝得酩酊大醉。我扶他在他那张可怜的木板床上躺下时，他还在说："达……功……我……高兴……呀……"

我那时方明白他对教学这个行当和他的那些学生热爱到怎样的程度……

这一回醉别之后，又是两年过去。

再见到天贺是在今年春天。因母亲有病，我又回到了故乡。天贺并不知道我已到家，他是来看望我母亲时见到我的。他下午放学后骑车赶来，到时夕阳已经落地，我在院中握住他的手那刻，发现他衰老得委实太快，离上次见面不过两年时间，他已经颇像五十岁的人了：腰佝偻了；颊开始陷；皮肤已经完全没有光泽；视力可能也下降得厉害，戴的近视镜与上次又有不同；举止中带了一点中年人不该有的迟缓；力气仿佛也都大部流失，他把为我母亲买的一小塑料桶蜂蜜往桌上放时，竟带了气喘。

他在我母亲的病床前问候了一阵后，便随我到厢房里坐下聊天。我记得他的教龄已经超过了二十年,便问他转没转成正式教师,他在自己大口吐出的旱烟烟雾中缓缓地摇了摇头,用低得我几乎听不清的声音说:"没有,有比例限制,得到下一次了。"我有些意外地哦了一声:"下一次?还要等下一次?""等吧,总有转的一天。"他叹了口气,脸色越发地阴郁起来。猛吸几口烟后,用一种掺杂着尴尬和不好意思的声音说:"达功,有件事,大哥想求你!""说吧,只要我能办到的。"和天贺相交这么多年,这还是他第一次张口求我,我估计,他是真遇到什么难题了。"是这样,"他让一口烟在嘴里憋了许久,才把它们放出来,"我的大孩子高中毕业了,没考上大学。公办老师的孩子,没考上学,会安排工作;别的民办老师的孩子,没考上学的,也能找一份临时工做;可我求了几个人,却没有办成。你嫂子埋怨我无能,她不让孩子做农活儿,她说责任田里的那点活她一个人能做得了,非让孩子出去做公事不可!她天天跟我闹,说跟了我这个窝囊废丢人,一辈子只会当民办老师,连后代的前途也耽误了。前些日子到学校哭闹时,还顺手抄起一个墨水瓶往我身上砸,弄得我满身满脸都是墨水,这不,这里都砸肿了。我没有办法,我又教着初中毕业班,总不能天天为了自己的孩子跑,耽误一个班学生的学习。恰好,招兵开始,我就想到了当兵这条路,可一问才知,当兵也要开后门才行,如果没有熟人,有时验上的兵也可能让别人顶替了。我正愁,今天见到你,你就帮帮忙让孩子当兵去吧,他的身体没有毛病,政治上你也晓得,一清二白,让他去吧,大哥实在没别的门路,大哥求你了……"

我望着他那双浸满了恳求的眸子和眼眶里晃着的水,心酸得眼中也浸上了水雾,我颤了声说:"你放心,我一定让孩子当兵去!我这一两天内就去县人武部找人交代。"

"大哥难为你了！"他双手紧紧地抱住了头。

"没有，"我抚慰地拍着他的瘦削的肩，"这桩事我办得了！……"

那晚，吃过夜饭已是八九点钟，我本要安排床铺让他住下的，但他执意要走，说原计划明天早自习时他要给学生们讲解两个疑难问题，住下就耽误了。我见他回校心切，不便留他，就送他上路。从我家到他任教的乡办中学，有二十五里路，摸黑骑够他骑近两个小时的。那晚又恰巧无月，在隐约的星光下看着他渐骑渐远的身影，听着他那辆旧自行车在土路上颠出的咯吱声响，我的心悬得很高：天贺，你可要小心，别摔跤伤了身子。

我在村边站了许久许久，直到夜把他的身影和车子的响动彻底掩起，直到银河里的星全部出齐，直到那颗流星划过幽蓝的天际……

猜测历史

母亲的面容在哥哥和我的眼里一直模模糊糊朦朦胧胧，她死那年哥哥三岁我两岁，我们不可能记得很清。我常常根据外婆的脸庞和哥哥的面孔对母亲的身影面容做些想象，母亲可能是中上等个，瓜子形脸，眼中时时漾着慈祥，她可能穿的是淡绿色旗袍、玄色皮鞋和白色丝袜，总之，看上去祥和、高贵、漂亮。外婆说，母亲死那年是二十二岁。如今，二十二岁的姑娘相当一部分还未成婚，还在舞场、影院里自在逍遥享受青春，但母亲那时已有了哥哥和我两个儿子要去操心。关于母亲英年早逝的原因，父亲一直说是"肺痨"。哥哥和我一直相信父亲的说法，一九四〇年那阵治肺痨的药物在中国还很少很少，那个年代被此病夺走性命十分正常。但外婆不信，外婆去世前多次在我和哥哥面前说过：肺痨死的？我不信，我的女儿不会得肺痨！得肺痨总要咳嗽吧？可我哪次见她都没听见她咳嗽,也从没听她说一声有病!对于外婆的怀疑哥哥和我只有苦笑。我们都认为这是外婆太爱她的独生女儿的缘故,她不相信肺痨竟然会夺走她女儿的性命,她因此对父亲的话生疑是一种为母的正常心理。一九八一年六月十四下午外婆临咽气的那刻,父亲、哥哥和我都站在她的床头,她当时望定父亲的眼,声音微弱而又清晰地说:我后悔!我不该把妍儿许给你!……

父亲那刻什么话也没说,只把被枪子擦出一条横疤的额头低了下去,因为低头,他后颈上被另一颗子弹咬出的伤痕也更清楚地显露在了苍白的灯光下面。哥和我那刻都没吭声,我们都不知此时此刻如何开口。我们只静听着窗外那一声紧一声的蝉鸣,静听那蝉鸣中夹杂着的斑鸠叫声,就在这蝉鸣和斑鸠的叫声中,外婆缓缓闭上了眼睛。随后,我们听到了父亲一声浊重深长的叹息。

我们当时都为父亲感到难受,受到一个将死之人的谴责,其分量比任何其他谴责都重!外婆的这句话也许会永远坠在父亲那颗苍老的心上,使他的退休生活平添一场不宁。

但仅仅半年之后,外婆的怀疑竟被证实:母亲不是死于肺痨!

父亲过去撒了天大的谎!

哥哥和我在事实面前被惊得目瞪口呆!

那个细雨漫洒凉风轻绕的深秋后晌,我和哥哥走进谢叔叔的家门,原本不是去调查妈妈的死因,我们也从没想到这事需要调查,我们一直深信父亲的说法!我拉哥哥去谢叔家是另有目的:父亲所在的干休所新盖了两排二层小楼,每套都是楼上楼下六间,外加前后小院,楼梯在室内。这两排房已分配在即,但据传出来的分配方案,没有我家的。我很着急,我所在单位的房子很挤,如果父亲能分到这批房中的一套,我就可以领着妻子、女儿回家来住,父亲和继母和小妹住楼下,我和妻和女儿住楼上,互不妨碍。因此,我便拉哥哥去找谢叔叔,谢叔叔当年是父亲的秘书,同父亲一块起义参加解放军的,由他出面代父亲要求分房比我们出面有理有力,而且父亲知道了也不会着恼怪罪——父亲一直说他眼下住的房子已经可以。

我们同谢叔叔为房子的谈话进行得很顺利,谢叔叔和父亲同住一个干休所,他说照级别按规定老首长应该搬进新楼,他答应第二天就去找干休所的领导要求。我很高兴,哥哥的心情也很轻松,接下来我们开始拉家常。许久之后我开始后悔,当房子问题谈完后我们不该不走,那样,那段残酷的历史我们或许就可以避开!

遗憾的是当时我们开始拉家常。我们由在客厅玩耍的他的外孙女说起,说那小姑娘的聪明和学业,由那小姑娘又说到他的女儿,由他的女儿又说到他的老伴的身体健康。谈话像屋外被轻风挟裹的雨丝一样,随便飘移拉长,说到他的老伴时他感叹一句:"嗨,幸亏有你们的妈妈介绍,要不然我还不会找到你们的婶婶,没有你们的婶婶,我这辈子可是要吃苦了!你们妈妈被打死的第二年春天,我们专程去她的坟上……"

谢叔叔突然停住不说了。

我瞥见一丝惊慌在他那昏黄的眸子间一闪。

我当时并没留意到那关键的一句,我只是诧异谢叔叔的突然住口。谢叔叔还算机灵,他没有立时去纠正——他大概知道纠正反而会引起听者的注意,他继续开口说:"我们专程去她的坟上……"

但是晚了。哥哥听见了那关键的一句,哥哥打断了谢叔叔的话,颤声问:"你刚才说我妈妈被打死,谁打死的?"

"是吗?我怎么会那样说?"谢叔叔笑望着我和他的外孙女,"你妈妈明明是患肺痨死的,我会说是打死的?难道我已经老糊涂了?"

"你刚才是那样说的!"哥哥站了起来,面色凝重。哥哥在市法院做审判员,职业训练了他抓住关键语句的本领。

"不会的!"谢叔叔坚执地摇头,"我虽然老了,但还不会老到大白天说胡话的地步!"

我当时努力去回想谢叔叔刚才是不是说过这一句,我觉得我想起了,他是说过。

"你是那样说的!"哥哥仍然站在那里望定谢叔叔。

"好,就算我老糊涂总行了吧?"谢叔叔面有愠色拍了一下沙发扶手。

我急忙拉哥哥出门,我担心真惹恼了谢叔叔影响到我的要房大计!

但哥哥并不罢休。哥哥说,一个人很快便坚决否认自己说过的话,只会有两种可能:一种是真说错了,另一种是无意中说出了真情又想掩盖——人有一种顺口说真话的习惯。

哥哥说,我们需要证明他是不是属于前者!哥哥要我立刻跟他去另一个干休所找陈叔叔,陈叔叔早年是父亲的护兵,后来是父亲的警卫干事,他一直跟在父亲身边。

我想起外婆对母亲死因的怀疑,身子不由自主地打个哆嗦。我默默地骑车跟在哥哥的身后向陈叔叔家走,细雨淅沥,车轮在马路上溅起一串串水滴。那时我开始有一种要听到什么消息的预感。

和陈叔叔寒暄之后,哥哥开口就问:"我妈妈被打死那年你就跟在我父亲身边？"

陈叔叔点头说："是的。"

他没有纠正哥哥的问话，他想不到纠正。我知道刑侦学上的这种询问方式叫猝不及防。陈叔的这种回答实际上已是一种证实。

"我妈妈被打死之后我们兄弟俩就被送给外婆了吗？"哥哥接着又问。

这一次陈叔叔警觉了，他的眼珠一跳，坐直身子问："谁告诉你们妈妈是被打死的？"

我刚要回答，哥哥已先我开口："我爸！"

陈叔叔眼睛倏地瞪大，似乎想从我们脸上看出这话是不是有假。

"爸爸说了，这事不必再瞒我们。"哥哥的眼睛眯得很细，不多的一点目光也已扭向墙角。

"嗨，他真昏！"陈叔叔突然拍了一下大腿，把脸扭向了窗户。

已经不需要问了，事情已经证实：妈妈是被打死的！哦，妈妈！我的心痛楚地缩紧。你二十二岁竟被人打死！现在需要弄清的就只是两个问题了：是什么人？为什么打死了妈妈？！

哥哥紧接着说："陈叔叔，我们想知道妈妈遇难的详细过程！"

陈叔叔把双眼闭起将头摇摇："我老了，过去的事都记不清了！"一阵长久的沉默之后才又说了一句，"你们的爸爸很爱你们的妈妈！"

这一点不用陈叔叔说我们也知道，外婆不止一次地给我们说过父亲向母亲求婚的过程。外婆说,母亲那时是邓州城里数得着的漂亮姑娘,论相貌论学识很少有人能与她相比。那时外公办了一个烟叶行和一个卷烟厂,收入相当可观,所以也有足够的钱让母亲去买脂粉买绸缎梳妆打扮。从母亲长到十四岁开始,媒婆们就开始上门热闹,外公外婆就开始仔细地挑选女婿,但一直到母亲十七岁上这事还没有最后定下。母亲十七岁的那年秋天,父亲出现了!父亲那时已是国民革命军五战区抗日游击队的少将副司令。父亲与母亲相识是在一家香粉店的门口。那是一个云轻天阔的秋日上午,母亲和一个女佣一起出门去离家不远的"优雅香粉店"买粉,买完粉听见嘚嘚的马蹄声和吆喝声在街道上疾响过来,便急出店门去看热闹,刚出门陡然听到一声清脆的马鞭响,母亲一惊,手中的粉盒蓦地落下,白色的香粉撒了一地,母亲惋惜地叫了一声,她的叫声刚落,那伙骑马的兵已勒住了马头,其中一个穿呢子军装的男子把目光射向了母亲,他看了好一阵没有说话,直看到母亲低下头去,那时候香粉的味儿已在街上漫开,那穿呢子的男子耸了耸鼻孔,慢了声说:"小姐,非常抱歉,我的鞭声惊了你,我要赔你的香粉!"说罢,用马鞭朝一个侍从一指,那侍从立时进了"优雅香粉店"买了十盒香粉出来。我母亲见状急忙羞红了脸摆手表示不要,而且立时拉了女佣低了头急往家走,那穿呢子的军官倒也没再说话,只是骑了马在母亲身后缓缓跟着。我母亲那阵越发慌乱,几乎是跑着进了院门扑到外婆怀里。外婆看见那么多骑马的兵站在门外,腿也有些发软,后听见那穿呢子的军官礼貌地说道:"老人家,我们刚才在街上惊吓了令爱,使她的粉盒碎了,我们是来赔粉的。"她才松了一口气,才说了几句客套话,及至发现那呢服军官紧粘在母亲身上的目光,才明白了他们尾随而来的真正目的。

外婆说,她当时一发现那目光就知道,日后肯定要有事情发生。果然,第二天上午,邓州的县长就带了两个护兵抬了两箱绸缎衣料上门保媒。这时她才知道,昨日登门的那个着呢服的军官是五战区抗日游击大队少将副司令魏卫中,今年二十九岁,现住襄阳南边山中的指挥部里。外婆说她当时虽觉意外,但心里着实高兴,自己的女儿被这样一个大人物看中不能不说是一种荣幸。何况那魏卫中长得也不错,虎虎实实的一副身架,红红润润的一张面孔。外公先上来有些犹豫,担心女儿嫁这样的大人物日后自己管束不了女婿,但后来一想这门亲事会保障他的生意兴隆,也就痛快同意。当时唯一表示异议的是我的母亲,我的母亲说,凡是这样的人物怕都已娶了几房夫人,她不愿!外婆那天不敢不收下对方的礼物却又不想违女儿的心愿,所以很为难,而且三天后,不知母亲从哪儿打听到了什么,决绝地说她不愿这门婚事。外婆说她见女儿如此执拗只好对保媒的县长小心地讲了一句:"俺姑娘是个倔脾气,一时很难说通。"那县长倒没生气,只说"亲事不成做朋友吧"。自此后魏卫中便几乎天天登门,登门即带礼物,进屋就找母亲搭讪,母亲不得不和他应酬,一来二去,两人开始熟络。深秋的一个晚上,外婆说她隔着门缝看见魏卫中跪在母亲跟前,仰脸向天说着什么,而且把腰里的手枪掏出来对着自己的脑袋比比画画。第二天,母亲就说她愿意这门婚事。不久,便举行了盛大的婚礼,魏卫中就做了我们的父亲。外婆说,结婚后父亲对母亲百依百顺,母亲想吃什么、穿什么、玩什么,只要她一张口,父亲总要千方百计为她弄到!外婆说她亲眼看见父亲早晨帮母亲穿衣服晚上帮母亲洗脚,她说她那时认为母亲真有福气,甚至对自己女儿的幸福生了妒忌!

哥哥和我站在父亲面前。"我们想知道母亲为什么被人打死？是被什么人打死的？！"哥哥平平静静地这样开口。我瞥见父亲那苍老的身体哆嗦一下，肌肉松弛老皮云集的双颊一阵抽搐，扶在沙发扶手上的青筋凸显的双手同时一抖。我估计父亲要坚持他的一贯说法：母亲死于肺痨。但是没有，父亲没有立刻开口，他朝我们指了指沙发，我在沙发上坐下，哥哥没坐，哥哥那催促快说的目光一直定在父亲脸上。

"唉！"父亲长叹了一口气。

云把天和地之间的空处几乎全部填满，夜，黑得完全而彻底，空气中饱含着一股发腥的水汽。就在这样的夜里，日本兵悄无声息地包围了父亲所在的五战区游击大队指挥部。母亲是前几天刚到这里的，正酣睡在父亲的臂弯里，隔壁的房间内，躺着哥哥、我和我们的奶妈。枪声是骤然响起的，尖厉揪心骇人，父亲一骨碌爬起身去抓他的勃朗宁，母亲穿着睡衣慌慌地扑向我和哥哥的睡房，那时哥哥和我的哭声已经响起，这哭声引来了密集的子弹。上马！妍妍！父亲那时已跨上马背，站在门口喊母亲。父亲的队伍已迅速组织起了抵抗，负责警卫的护兵马弁们飞快地安排我们一家转移。我们一家人上了马，哥哥和我被抱在两个护兵的怀里。我们开始了在黑暗中的突围，枪声嗒嗒，马蹄嘚嘚，没有人注意到在飞速移动的队伍中发出了一声呻吟，母亲中了子弹翻身落马，鲜红的血霎时将她白色的睡衣全部染透，她倒在那松树林里挣扎了许久无奈地看着血液流干……

我想，父亲这么多年向我们隐瞒的，大概就是这样一个故事，他怕这残酷惊吓了我和哥哥，所以一直没说。母亲死在一九四〇年，故事差不多应该是这样的！

"我原本是想等我死前再告诉你们的。"父亲缓慢低沉地开了口,声音伴着重重的喘息,"你们知道,我一开始从老家出来,投奔的不是共产党的军队,而是土匪,我那时还不知道什么国家、民族,我只是不愿像你爷爷奶奶那样终日辛辛苦苦忍饥挨饿地给地主干活,我想过几天痛快日子。当土匪时,我杀过人绑过票放过火,当然对象都是富人。我凭着一股不怕死的劲头当上了杆子头儿。后来队伍越扩越大,人枪都到了四千。附近各县的县长都怕我们,国民党派兵想来剿灭,我们同他们干了两仗后他们只得罢休。后来日本人打来了,我的队伍那时尽管装备不好,还是跟日本兵干过几仗,虽然大都败了,但我们的名声在民众中却大了许多。不久,国民党五战区司令李宗仁派人来找我,问我愿不愿共同联合起来打日本,愿意的话,他将我的人马收编为五战区抗日游击大队,衣服粮饷均按正规部队标准供应,封我为少将副司令,司令空缺。我当时想了三天,觉得在粮饷困难的情况下这条路倒也可走,就点头应允了。谁知收编以后,我在老河口五战区司令部接受的任务却是:驻防鄂北大洪山一带,抗日为次,与中共的鄂豫皖挺进纵队对峙为主,监视并相机消灭新四军的这支部队!眼见得日本人在我们国土上又杀又奸又烧,你们的爷爷和大伯就是被日本兵打死的,却让我的人马把枪口对准也打日本人的新四军,你说我这心里好受?恰好,那时新四军挺进纵队的两个干部被我的手下抓住,我就利用这两个干部同他们的纵队建立了联系,同他们商定:彼此不开仗,共同打日本!这之后,他们的纵队领导悄悄来过我的司令部,我也乔装改扮去过他们的司令部。就是在同共产党干部来往的过程中,我才懂得了国家、民族、社会主义等名词,才明白了人不该浑浑噩噩过一世的道理。这之后,我们的来往愈加密切,他们把捉住的日本俘虏交给我,让我去五战区请功领赏;我则悄悄地给他们送枪支弹药,护送他们的干部往返延安,给他们提供国民党部队的行动情报,还把电台交给他们使用。做这些一直是非常保密的,后来不知在哪个环节上出了毛病,引发了军统局的怀疑……"

父亲爆发了一阵长久的咳嗽,而后又是一阵粗重的喘息,他双手捧着自己的头在那里恢复重新说话的力气。

已经是满天霞光了,跑了半夜的带篷马车开始沐浴在一片朝晖里。前边,差不多已经看得见五战区所在的老河口市区了。马车上的父亲瞧了瞧带金链的怀表,摇醒了倚在身旁的母亲说:"妍妍,快到了。"母亲睁开美丽而惺忪的睡眼,望着远处的老河口市区叫一句:"啊,真美!"父亲是昨天半夜接到战区司令部速来开会的电报的,母亲闻讯,说她从未去过老河口,也想跟去看看。父亲只犹豫了一刹那便点头同意,他很愿借此让五战区的那些长官们看看他拥有一个多么漂亮的妻子!前边是一个山口,带篷马车缓缓地向山口驶近,父亲的骑兵卫队紧挨在马车两旁,车轮的转动、马的喘息、枪托的磕击,将这天亮时分荒郊的寂静捣碎。父亲、母亲和卫队的士兵们谁也不知道危险正在向他们逼近,根本不晓得军统局的特务就埋伏在前边的山口里,更不知道特务们早已为当天的《河口日报》准备好了一条待发的消息:"五战区抗日游击大队少将副司令魏卫中在来河口开会途中,突遭日寇侦察分队伏击,不幸殉国……"马车走进山口时,母亲还偎在父亲怀里。枪声是骤然响起的,父亲在听到子弹飞来的第一瞬,便嗖地跃出车尾并迅速抽枪开始了反击,他的卫队也以极快的速度开始了战斗。特务们的子弹几乎全部是倾向马车车厢的,当马车在父亲和卫兵们的拼命掩护下奔出山口时,母亲已经倒在了血泊里……

根据军统局的杀人惯伎,这一幕很可能发生,母亲大概不是死于日本人之手,而是这样被打死的!

"我现在给你们说说我年轻时的坏毛病。"父亲终于又缓过气来,开口说道,"你们听了可以恨我骂我看不起我,但我不能不说,这毛病是我刚当土匪时染上的,我喜欢玩女人。"

"我们不是要听这个!"哥哥脸通红地打断父亲。

"这和你们母亲的死有联系,"父亲那苍老的脸上仿佛闪过一丝红晕,"不说这个讲不清楚。"

我愕然地望着父亲。

"那时候邓州城四周富人家的女儿、媳妇,凡是被我的手下绑了票的,大都要送到我屋里。"我看见血顺着父亲颈上的血管很快向头部爬升,"当了副司令后,邓州的'怡春院'、河口的'采花巷'、襄阳的'醉春楼'也都是我常去的地方,在五战区的将官中间,我的不规矩是出了名的,被他们戏称为'采花大王'。我这个毛病是一直到遇见你们的母亲之后才改正了的。我对你们的母亲是一见钟情,你们母亲的美貌和大家闺秀的仪态彻底迷住了我,我决心结束荒唐的生活,娶她为妻正式建立家庭,可你们的母亲不知从哪里打听了我的坏毛病,坚决不允我的求婚。无奈之下,我曾跪在她的面前对天发誓:今生今世再找别的女人,愿立刻就做刀下鬼枪下魂,听凭你处置……"

我现在明白了外婆的话。外婆说她有天晚上隔着门缝看见,魏卫中跪在母亲面前仰脸向天说着什么,随后还掏出手枪在自己的头上比比画画。如今想来,外婆见到的其实就是父亲对母亲的发誓场面。我仿佛看见母亲凛然地坐在铺了绣垫的雕花椅上,柳眉竖起叫:魏卫中,你为什么三番五次来纠缠我?告诉你,想要我这条命你抽枪拿走,想让我同你结婚做你的夫人,休想!魏卫中也就是我的父亲倒没有发火,只是赔了笑小心翼翼地问:妍妍小姐为何对我如此厌恶?是因为我长你十一岁显得老了?母亲很快地摇了下头:不是。父亲仍然含了笑问:那究竟是为了什么?母亲还没有开口,红晕已在颊上漫开,她的声音里满是愤怒和谴责:你说你已经和多少女人有过来往……母亲话未说完,眼眶已被屈辱的泪水填满。我仿佛看见父亲的脸上罩了尴尬,他大概没有料到母亲会打听到他的过去,在一刹那的沉默之后,用低沉而令人感动的声音说:是的,我过去是做过许多荒唐的事,但那全在遇到你之前,如果我早遇见了你,那些事情就根本不会发生,因为只有你才能把我的一颗心全部抓住,在你之前,没有一个女人有这种能耐。父亲边说边抽出手枪跪下双膝:如果你答应和我成婚,我对天发誓,今生今世再找别的女人,愿立刻就做刀下鬼枪下魂,听凭你处置!父亲用枪口敲了敲自己的额头之后,把手枪向母亲手里递去。我仿佛看见母亲的手缩了一下,眼中又充满感动的泪……

"我和你们的母亲成婚以后,我再也没做过对你们母亲不忠的事,这一点你们的谢叔叔、陈叔叔都可以作证。"父亲的声音显出了激动,"这除了誓言的约束之外,还因为在和新四军干部的接触中,受到了他们言行的影响;此外,我那时也懂得了爱,尤其是在你们兄弟俩出生之后,我的心除了军务,就全被你们娘仨占了去。我根本没有想到,军统局会对我用了那么一招!那是一九四○年初春,我到五战区开会,会议结束时,到会的国民党中央代表突然对我笑着说:卫中啊,为加强游击大队的工作,决定给你送去一名参谋和一名女秘书!说着手一挥,一男一女两个年轻人就站到了我的面前。我那时已经知道军统局对我起了怀疑,自然知道这两个人的身份和他们的任务,便装作轻松地委婉拒绝:感谢上峰的关心,只是游击大队生活艰苦,让这两位年轻人去吃苦我于心不忍,再说,我眼下的秘书和参谋都还够用,日后缺人才时,自当张口请求荐人。没想到我的话音刚落,那个叫云萌的长得颇有姿色的女特务就开口说道:魏司令放心,我虽女儿身,但愿在艰苦生涯中摔打,以锤炼自己效忠党国之心。这时,四周一些不明底细的党政要员们便一齐笑道:答应吧,魏公,你这样的'采花大王',鲜花送到眼前,岂有推拒之理?!我当时权衡了一下,知道既然他们派人监视我的主意已定,推拒是不可能的,而且因为自己喜欢女人的名声在外,如今若坚辞拒绝上峰'送来'的这位漂亮女人,反会让他们觉得不近情理,引起他们更大的怀疑,促使他们对自己提早动手。于是,我便点头称谢,把这两人带回了我的指挥部。

"回到我的指挥部的当晚,我就借口下支队检查军纪和战备,骑马悄悄去了新四军挺进纵队,向纵队的领导汇报了军统局对我的怀疑和他们派来特务监视的事,我最后提出,为防止特务发现破绽出现意外,我要于近日起义,干脆公开投入挺进纵队,与国民党一刀两断。但纵队领导经慎重研究以后认为,起义时机还不到,近日起义,弊多利少,原因是:(1)对日作战是大事业,歼灭侵犯襄阳东部日军的襄东战役开始在即,新四军挺进纵队需要大批枪支弹药,如果我率部起义,这些东西的来源即被切断,对日作战时两支部队的保障都成了问题。(2)蒋介石消灭新四军,五战区消灭挺进纵队的心一直没死,有我这个少将在五战区,可以获得这方面最宝贵最可靠的情报,对新四军的安全有利。(3)国民党一直在寻隙发动反共高潮,此时起义,他们会说是在抗日前线策动其部队哗变,说我们假抗日真反蒋,给他们以反共宣传的口实。纵队领导最后指示我:采取一切手段迷惑、欺骗监视的特务,并通过他们之手,重新获取五战区和国民党军统局的信任,为继续长期立于敌营垒中打好基础。

"回返我的指挥部时已是黎明时分,身上虽然疲劳,但因为心中对下一步的做法有了底,反倒轻松了不少。万没料到,一进指挥部自家的小院,等待我的会是你们妈妈的一通大闹。我现在还记得那个空气干冷的黎明,我刚在院门外下马,就瞥见你们的妈妈双眼圆睁坐在客厅,我进门只惊问了一句:怎么起床这么早?你们的妈妈就骂开了:魏卫中,你不是人!你赌咒发誓说改掉旧习,可还敢从河口带来女人!你不怕坏天地良心……"

我能想象出父亲当时的那份尴尬和慌张,他一定是跑步上前低声解释:妍妍,你想到哪里去了?这是公事需要,云萌小姐是上峰派来的工作人员,怎么能扯到别处?母亲当时绝不会相信父亲的解释,她一定是怒不可遏地叫:你姓魏的甭给我狡辩!理由说得倒好,公事需要,傻子才会信你的话!啊,老天爷,我现在明白了,狗改不了吃屎!我不该相信你那张嘴!不该相信……我觉得我能理解母亲当时的心境,她是大家闺秀,她的自尊心和女人的那份本能,都不会允许别的女人去占丈夫的心。何况父亲有前科,他从外边带一个女人回来理所当然地应该受到斥责。在母亲哭闹父亲解释的当儿,我仿佛看见那个叫云萌的女特工从邻院探过脸来,不动声色地观赏这个场面,渐渐地,有一丝阴笑从她的眼中荡出,她把目光盯住了父亲那宽阔的后背。贱货!我觉得我现在才猜准了母亲的死因,母亲一定是被这个叫云萌的女人打死的!是的,一定是她!

"我怎么解释也无用,"父亲无奈地摇着那颗头发全白的头。父亲在几十年后的这个举动使我相信他当时的确无奈。我现在开始相信个人档案中那份履历表的作用了,人们通常是根据你过去的所为来判断你的现在和将来!父亲有拈花折柳的过去,所以母亲决不相信他有正派的现在。"有一刻,我曾经想把云萌这个女人的真实身份告诉你们的母亲,但我又有两份担心:一是她仍然不相信这话,把它视为我新的狡辩;二是她虽然相信却不会掩饰对那女人的憎恶、提防,妨碍我借云萌之手重新获得敌人信任的计划的实现。你们母亲的哭闹虽然当时被护兵们劝止,但从那天以后,她却坚决和我分居了,而且不和我同桌吃饭,视我如仇人一般。我原来估计她一怒之下会带着你们哥俩回到你们的外婆家,但她没走,她似乎是下决心住在我身边看看我和云萌要发展到什么地步。我那时真是难做人。可恨那个叫云萌的女人,为了便于探查我的内心,弄清她的上峰对我的怀疑是否准确,一方面开始暗中观察我和我的手下人的举动,一方面对我使出女人的那一套媚人诱惑本领。我知道她们军统局的戴老板曾有过高论:探查男人心底的最好使者是漂亮女人!他就是依据这理论训练他手下的女特工的。时过境迁,我现在可以给你们说实话,当时面对那女人的身体,我不是没有动过心,我曾经想过:只要她的身子,不让她看到自己的心不就罢了?要知道,她也很美,而且她的身份是秘书,她对我来那一套是极方便的,让我帮她解内衣上的扣子,倚在我身上让我批阅文电,执意帮我刮胡子。感谢上帝,对你们母亲的那份挚爱,帮我抵制了那诱惑。但是,你们的妈妈根本不相信我的干净,尤其是那天早晨她发现了云萌在帮我刮胡子——我对云萌的这类举动不能全都给以坚决的拒绝,因为那会让她看出我对她有戒心——便以为抓住了我们私通的证据,又同我铺天盖地地闹了一场……"

一个女人微笑着俯身给一个男人刮胡子,在理发店之外出现这亲昵场景的确让人怀疑!

我仿佛听见母亲愤怒而伤心地叫:魏卫中,今天你还有什么话说?你还怎样狡辩?没良心的东西,该遭天打五雷轰哪!……

"歼灭日寇的襄东战役开始前,我决定把你妈妈和你们兄弟俩送回邓州外婆家,因为这是一场血战,张自忠将军在战前的高级军事会议上一再要求:我所有参战将士都要有与日军拼到最后一口气死在战场的决心!但是你们的妈妈却怎么也不信大战在即,执意认为我送她回家的目的是为了更好地同那个女人鬼混,对我宣称:我们娘三个就是不走,你用什么理由来骗我也休想把我骗走,我要住这里让你的心不得安宁!眼见开战日期迫近,我急得没有办法,让你们谢叔叔、陈叔叔去劝都无结果,最后决定,强行把你们三个送走。我当时根本没有想到,那个早上竟是我和你们妈妈诀别的时刻,哦,那个早晨哪……"

妈妈根本不知道这是让她远离战场,她被反绑双手由父亲抱放到马背上时破口大骂:魏卫中,你不得好死!战马开始挪步,母亲无奈地仰望了一下晨空,流下了屈辱的泪。战马驮着她驰离了指挥部,陈叔叔和护送的一班骑兵紧随其后,当马队刚刚拐过指挥部旁边的小山包时,山坡上树丛里突然射来两颗子弹,母亲和一个护兵应声倒地。站在指挥部门口还未动脚的父亲听到枪声,吃惊地提枪上马,没跑几步,只见那个叫云萌的特务提着枪从山包这一侧急跑下来拦在父亲的马前喊:快,司令,有人劫持夫人!我在山坡上晨练刚好看见,开了两枪相拦!快快……

我想如果母亲死在那天早晨,就只有也只剩这一种死法了!

"你们的母亲起床梳妆之后,出门一见院外的马队整装待发,而且你们哥俩也已背在了两个叔叔身上,留给她的那匹坐骑站在马队中间,就知道我是要强送她走了。我当时估计她看出我要强送之后一定要哭闹着不上马,我已想好了办法,就是把她的双手反绑,抱放到马上。但出乎我的意料,她没哭也没闹,只冷笑着低声说了一句:好,魏卫中,我成全你和那个女人!便径直走到那匹枣红马前,踩镫上了马。我最后那一刻还很感谢你们妈妈的冷静,没再让我当众难堪,我根本没想到,可怕的事情转瞬便发生了:你们的妈妈上马之后,你们陈叔叔催马说走,马队便朝着邓州城的方向移步,不料你们的妈妈突然喝道:调头向南走!老子不回家了,老子要去投新四军!随我走!说罢,率先折转马头便向新四军挺进纵队的驻防方向走去。我浑身的血骤然一冷,我的第一个动作是飞快地去瞥视云萌,我注意到她的眉毛惊跳一下且双眼已经眯起。我知道我必须迅速采取措施。我当时的第一个想法是立即将云萌和那个男特务抓起毙掉,这事当时做起来不费吹灰之力,但这样做的后果将是什么？一旦两个特务与他们上级的无线电联系中断——他们自带有微型电台,一天三次与其上级联系,对此我一直佯装不知——他们的上级就会知道这里出了事,会很快对我和我的部队采取行动,可能借开会之名将我和我的团以上干部抓起,可能借换防之名将我的部队缴械干掉。要知道,我的防区后边就有国民党的两支机动作战部队。那样一来,新四军挺进纵队领导给我的任务就不能完成:即将开始的对日作战的襄东战役我的部队不仅不能参加,而且很可能由此带来严重影响——不会有人像我那样熟悉张自忠将军划定我守卫的地域！怎么办？既然杀不成这两个特务,那就必须立刻对你们妈妈采取措施,我当时抽出枪朝她吓唬地大吼了一声:回来！她勒住马扭头朝我冷冷厉厉地说道:我要让新四军领导……

"我没容她说下去！我猜得出她要说'我要让新四军领导给我俩评评理！'因为挺进纵队的领导来时她见过且对他们印象很好,我平日和新四军的来往虽然十分保密有时却没有瞒她,她知道我早晚也要过去。如果让你们的妈妈把那句话说完,两个特务就会判断出一切。我手中的枪响了,那是我此生听到的响声最大的一枪……"

我和哥哥几乎后退一步,骇然地望着父亲。我看见母亲吃惊地捂住胸口,缓缓从马背上转过身来,她像我们哥俩一样,无论如何也没想到父亲会向她动手,她的双眼里满是惊愕,她在向地上坠倒的一刹那,惊愕变成了恨,那是一种无边的切齿的黏稠的浓烈的恨。她的嘴最后动了一下,但没有声音,我想,那是一句骂！现在我明白了,为什么我们家没有一张母亲的照片和画像,父亲害怕看见妈妈！……

倾 诉

燃烧了一天的日头在远处熄灭之后,大河舒展了一下被烤得发烫的身子,使岸边响起一阵近乎哈欠的声响,随之,便开始惬意地享受起黄昏的凉爽来。时辰不大,有脚步声在北岸响起,她于是轻轻侧过脸去……

他爬上了这新修的有些地方还稍显松软的黄河大堤,站那儿喘一阵气,用手背抹去额上开始密集的汗粒,向左右的长堤上投去匆匆一瞥,便用缓重的步子下堤径向水边走去……

你来了,孩子。今天是小汶和水儿的"三七"忌日,我估摸着你会来的!他们就躺在我的怀里,你放心,我会照顾好他们娘儿俩,我不会让他们再受惊扰!小汶是一个懂事的媳妇,水儿是一个听话的孙孙,我们相处得很好。事情已经过去了,孩子,别太伤心。这桩事怨我,我如今能做到的,就是让他们娘儿俩安宁地在我身边歇息……

我今日来,除了看看小汶、水儿他们娘儿俩之外,还要告诉你,下游故道上的大堤已全部修好加厚,还有专人看护,从此你可以平安顺心地沿故道走路,再不用绕道安徽、江苏受颠沛之苦,再不用这儿拐弯那儿岔路……

孩子,能重走熟悉的故道我真是高兴!八年多了,自从民国二十七年六月九日,那位蒋先生命令他的军队在郑州花园口强逼我改道之后,我无时无刻不在想念着这故道。我至今也不明白,那位蒋先生面对日本人对中原的进攻,为何不带领他的万千兵马去和他们誓死相拼,反要用我的身躯、我的力量去阻止他们西犯?听到日本兵怎么说了吗?他们挥刀笑着叫:"这个靠黄河起家的民族完了,连他们的老根都不想保了!"我那时真是又伤心又气愤,既然我养育的子孙连我都保护不了,而且还要用我的躯体去保护他们,生生把我推到敌人面前,那我也就不必再顾及他们了!于是我就发了火气,从花园口蒋先生让兵炸开的口子恨恨地冲出去,淹没了涡河、贾鲁河流域,夺了淮河入洪泽湖的道,让河南、安徽、江苏的四十多个县市受了灾,淹没耕地八十四万多公顷,淹死人八十九万多口,使得三百九十一万多人逃离原来的居住地,冲塌的房屋更是不计其数。事后我也是深深懊悔,我不该如此害我的子孙,可我没有办法呀,坏脾气一上来,就控制不住自己了。每当想到这里,我心里就愧……

让你回归故道的事是去年冬天提起的。我和小汶看了当时国民党的一张《中央日报》才知道这消息。那报纸上说："在民国二十七年黄河改道,迄今豫省中牟、尉氏、洧川、扶沟、鄢陵、太康、西华、商水、项城、淮阳等县,以及皖北居民受害已有八年,如何能促使黄河仍归旧道,水利委员会黄委会以及行总豫分署连日视察研究,计划组织工程局,并将分设豫、冀、鲁三个复堤工程处,主持其事。行政院核准第一期工款五十亿元……"我俩当时不知道这其中还有另外的阴谋,我们只是高兴,因为我们又可以看到你的身姿了。我们小时候常在你的身边玩,我们看水中过往的大船小船;听船头艄公们或粗或细的哼唱;在沙滩上堆大大小小的沙城泥堡;到水边的芦苇丛中找水鸟蛋;偶尔,也坐大人们撑的小船到河心去网鲤鱼;没人的时候,我们俩还会学着纤夫们的样子,在空旷的河滩上嗨哟嗨哟地喊……

你和小汶小时候的事我也记得,你们的村子就在我的北边。夏天,你总爱光着黑红的屁股蛋,手拿着一根树枝,领了只穿一个红兜肚的小汶到河滩上玩。你们两个在河滩上滚呀叫呀笑呀,闹得沸反盈天。当然,有时也哭,还记得吧?那次你从水边捡起一截从上游漂来的树根,那树根猛看上去极像一个狼头,你拿了那树根向小汶身边跑,边跑边叫:"狼!狼!"结果吓得小汶连滚带爬又哭又喊,最后竟吓晕在一个沙坑里。这一下惊来了你俩的父母,当小汶在她娘怀里抽噎着断续说出被吓的根由后,你爹拎了鞋底便向你走去。你知道不好扭身就窜,但没跑出几步就被抓捕归案。你爹一手扯住你的胳膊,一手挥起鞋底朝你的屁股蛋上打去,你的屁股蛋黑而瓷实,鞋底抡上去响声清脆。片刻之间,你的两片屁股便印满红色的鞋印,你捂着屁股又跳又叫,惹得小汶在她娘怀里破涕为笑。那晚,你屁股疼得不敢沾床,趴在你妈怀里睡觉;小汶娘则端了香炉来河滩上为小汶喊魂,一步一声低呼:"回家啦,汶儿……汶儿,回家啦……"

有时,你也令我们害怕!有一年夏天的一个午后,我和小汶正在沙滩上用你带来的黄泥堆一个长臂泥人,突然听到一阵骇人的轰轰响声。我们住手正待抬头去看响声的出处,只见我爹疯了一样从堤边朝我和小汶奔来。到了我们跟前,左臂夹我右臂夹小汶转身又向堤上跑,刚到堤边,那轰轰的响声铺天盖地冲到身后,我们扭身看时方知是你发了火气涨了大水,浑黄的水头把沙滩上的一切挟裹而去,水中漂了好些木头、柴草和死猪、死羊、死牛,甚至还有人的微弱呼喊。我和小汶被吓呆在那里,我爹和村中另外的大人们则赶紧朝你跪下磕头,一时间河堤上跪下了黑压压的一片人,一排又一排长发短发的头颅全向你叩去,祈求你"保佑"的声音顿时飘满了河面。我和小汶被你的气势和大人们的虔诚吓得一声不敢出,我们惊恐无比地望着你,那是我们第一次看见你发怒的模样。

其实,我的脾气是逐渐变坏的。早先,我也曾清澈而温柔,要不然,我也养育不了那么多孩子!我最初从巴颜喀拉山下来时,沿途都是青草绿树,我在其间流得自在惬意。男人们常在我的水中洗澡,女人们则在水边淘洗吃的,老老少少只要渴了,走到水边用手捧起我的水就喝。两岸偶有大雨,因为青草绿树的护持,雨水加进来时变得十分徐缓,夹带来的泥沙也少而又少。那时,我看见两岸的树丛草地上,搭着一个又一个草棚,草棚前坐着一圈一圈的男女,那时男人女人的身上或是着树皮或是遮树叶,吃得也很简单,或是一块烧熟的肉或者是几个摘来的野果。有胆大的男人们馋了,会拿了鱼叉跳进我的水中抓鱼,那时水中的鱼多得不可胜数,随便用叉扎用木棍打用手捉都可以抓到。他们每抓到一条鱼就高兴得大笑,随后上岸架起树枝生火烤鱼,把鱼烤得焦黄流油,然后分给女人们和孩子们去吃。每当看到人们欢欢喜喜吃着喷香的烤鱼时,我就在一边满足地笑!啊,那时我是一个多么清秀温柔的母亲!但是后来,情况逐渐发生了变化,先是因为人口逐渐增多,人多了就要开垦草地多种粮食,两岸的草地越来越少;人多了还要多烧柴做饭,用木头盖房子,用木材做家具,两岸的树木砍伐量越来越大。再就是打仗,我不懂得你们这些孩子为什么总要打仗,这一部落和那一部落打,这一族和那一族打,这一家和那一家打。仗一旦打起来,便常用火攻,你今日点燃我住的林子,我明日点燃你住的林子,三烧两烧,两岸的树木便越来越少。紧接着便是天灾,树木和草地的减少使上游的雨水变得越来越少,两岸的地里干得不长禾草,如此恶性循环,终于造成了恶果:偶有大雨,雨水失了草地树林的过滤护持,径自带着大量泥沙涌进我的河床,使我改了昔日清秀容颜变成浑黄一片,变得人们不沉淀就无法来洗澡濯菜淘米,变得人们再不敢直接捧起就喝,水中的鱼也迅速减少,我成了一个难看的妇人!就是在这种情况下,我的脾气开始变坏,我动不动就发火生气,我想既然孩子们蓄意让母亲变得难看变得老相,我也要惩罚他们!你和小汶看到的那次大水,大约又是因为我按捺不住胸中的怒气失态时的举止……

还有那次,是个初夏的前晌,我在河滩里砍麻,那时我已长到十八岁。那片青麻是我自己种的。在河滩里种麻是易遭水淹的,但我想,反正青麻又不是什么金贵东西,即使淹掉了也不心疼,不过是费把力气罢了。那年的青麻长得茁壮异常,又一直没来大水。砍麻的那天前晌我兴奋无比,我想一旦把这些麻收了卖掉,有了钱就先给小汶悄悄扯上一丈花布,让她缝一身漂亮的裤褂。我边想着小汶拿到花布的那副笑模样边挥镰砍麻,直砍得浑身是汗气喘吁吁。正砍时,背后响起小汶的脆喊:"哥,送我去对岸!"我扭身一看,原来是小汶穿一身干净裤褂挎一个盛了粉条的竹篮,说要去对岸她姑姑家,让我撑船送她过河。这时候那片青麻已被我砍去了三分之二,我说:"小汶你先等一会儿,我把这片麻砍完就来,你先去小船里坐下。"水边就拴着村东头老桐叔的那只小船,村里人谁要过河,解开绳挥桨就成。小汶应了一声就往那船边走,我便回身又继续砍麻。我大约是又砍了不到三十棵麻,忽听小汶叫了一声:"呀!"我以为小汶是看见水蛇吓的,扭头一看,却见小船已翻扣在水面而小汶已不见了踪影。我大惊失色,扔下短镰就向水边跑,到了水边纵身跳进水里朝小船四周的水下摸,待我抓住小汶的衣角把她举出水面时,她已经被水呛昏了。你那一次把我吓得好苦!

　　傻孩子,你不懂,我那回其实是在成全你们!你两个在我的身边玩,我还能看不出你们之间的情意?我还能看不出你对她的爱恋?你常常在夜里爬上小汶家院墙外的那棵槐树看小汶的举动。你甭脸红,我啥都知道。连你那次偷拿她的小胸衣我都知道。那日小汶洗了自己的贴身小胸衣晾在院里的枣树上,傍黑的时候你趁她和家人在屋里吃饭,用一根细长竹竿隔院墙把那件小胸衣挑了出来,你一拿到那小胸衣就往自己脸上贴,用鼻子蹭着闻上边小汶留下的体香,而且掖进衣袋拿回了家。当晚你上床睡下又把那小胸衣拿出来放在自己的胸脯上,接着又举到嘴边亲,亲得上边满是唾沫。直到第二天的傍黑时分,你才又把那件揉得皱巴巴的胸衣用竹竿挑起隔了院墙往小汶家的那棵枣树上放。也是巧,正放时小汶从厨房里出来,看见你的举动后惊慌得张开嘴巴刚要喊一声又急忙抬手把嘴捂住,你则慌慌张张地扔下竹竿就跑,竹竿从院墙上滑进院子里发出很大的响声,小汶娘从屋里走出来问什么东西响,小汶颤颤抖抖地说是想用竹竿把晾晒的衣服收下来。结果惹得她娘一阵骂:"死丫头!你的手呢?抬抬手不就行了?"我就是因为看见了这些才想到要成全你们!不是我把她呛得将昏未昏,你敢把她抱在怀里又摇又晃?不是我把她的衣服浸满黄泥,你敢把她抱进那弯沉淀得清清湛湛又有柳棵子遮挡的回水里洗浴?我看得很清,你把迷迷糊糊的小汶抱在怀里,脱去她被水浸湿的所有衣服,撩着清水给她洗头、洗耳、洗脸、洗胸、洗腹、洗腿、洗脚,你的手哆哆嗦嗦却又欢欢喜喜,你的眼慌慌张张却又明亮无比,你希望她快醒又盼望她慢醒。你将她的周身洗成雪白一片之后,用自己脱扔在青麻地头的宽大旧衬衣将她的大腿、腹和胸裹住。在把那白嫩酥软的胸脯完全裹住之前,你定定地盯着乳沟和两侧看了一阵,随后你环视一下阒无人迹的河滩,胆战心惊地俯下脸去,用双唇轻轻去触一下那翘起的两颗桑葚。小汶就在那时嗯了一声并慢慢睁开眼睛,把你吓得险些将她扔到了地上!我说的是不是真情?你不要脸红,作为母亲我看见这场面倒很高兴,男大当婚女大当嫁,你两个有情有义该成一对……

有时你发火动怒也太让我高兴!比如日本兵占了鲁西豫东之后的那年春末,南岸的大汉奸项天在一个凌晨突然坐船领人包围了北岸靠堤的四个村子,将四个村里所有的姑娘和

273

年轻媳妇全拉到了河滩上,然后一个个审视挑选,有些姿色的全被硬拉上了一艘带机器的大船,说是去慰劳皇军。小汶第一个被挑选上船,她扯着船缆坚决不上,最后是项天用手枪把子敲破了她的手指头硬把她拖上去的。她当时绝望地望了我一眼。我的双臂被几个村人死死扯住,那时河滩里站的都是四个村子的乡亲,但因为船上有机枪对着且已打死三个上前拉扯自己媳妇的小伙,这时都不敢上前。临开船时,项天站在船头笑叫:"诸位乡亲都请回吧,你们的姑娘媳妇只是出趟公差,去皇军那里做点慰劳事情,无非帮着洗洗衣服拆拆被子,人家从日本跑这么远来打仗,鞍马劳顿,咱们慰劳一下也属应该!"乡亲们都气得嘴脸乌青,但苦于赤手空拳无法硬拼,眼见得大船解缆离岸驶走,船上的姑娘媳妇和滩上的男女老幼便哭喊成一片。我那时自然知道小汶此去意味着什么,恨得牙根都要咬断了!谁也没想到,转机倏然而至,你出面帮助了我们,那大船未驶多远,突然间摇晃起来,转眼工夫便倾斜着沉了下去,河面上霎时间浮起一片人头。滩上的男人们见状一齐扑向水里,河边的男人哪个不会游泳?大伙先扑进河里打捞那些女人,因为沉船处离岸不远,女人们都被救了上来。人们随后把目光对准了那些也慢慢向岸边游来的汉奸们,那些家伙为便于游水早把手中的枪扔了,这一来乡亲们不再害怕,大伙一齐拥上前,把最先爬到河边的那些汉奸又揪回水里使劲按进去,直到把他们呛死!有些汉奸见势不好想往南岸游,乡亲们这时便驾了小船追上去,用木桨把他们的头一一砸烂。我是把小汶救上岸后,又和十几个小伙一起去找项天的!那家伙倒精,手枪一直没扔,边泅水边朝我们开枪,但他打不准,我们一会儿潜下一会儿浮起引逗他把子弹打光,然后猛扑上去,揪住他便往水里按!我们十二个小伙,四个人一组轮番上前按他喝水,直到把他灌得肚子胀得如一个麻袋,这才把他拖上岸,让那些姑娘媳妇上前用唾沫啐他,最后,我们把他脖子上绑了一块石头,扔进了水里。大伙当时都在庆幸,幸亏你出面相帮,要不然那灾难真无法免除!当天晚上,村里不少人家向河中扔纸糊的人、车、灯以示对您的感激!此后我一直在猜测,那天无风无浪,那船是怎么沉的?是碰上了暗旋?

别猜了,孩子,那原因你不可能猜明白!不过我可以告诉你,这些年来,我一直在为那些不肖子孙伤心!我总是在想,我的子孙中为何会有帮助他人来害自己同胞的?我一直在琢磨是不是我的奶水有时出了毛病,使有些孩子吃了会骨头变软血变凉?抑或是我的子孙太多,管理管教不严不善?我一直在回想,自从因为鸦片的事和英国开仗以来,百十年间,汉奸孬种就一直没有断过,这究竟是咋回事?该不该像剔庄稼苗那样,把坏苗干脆剔掉,剔一个会不会少一串?

就是在船沉的当晚后半夜,因为害怕鬼子和汉奸的报复,我和小汶偷偷出村,参加了当时活动在冀鲁豫交界地带的抗日游击队。这以后不久,你便被迫改道离开了我们。七年之后,我成了冀鲁豫解放区冀鲁豫行署的秘书,驻在菏泽城,小汶则成了这河滨区的女区委书记。你可能想象不到小汶这时的模样,当年那个扎小辫、穿蓝底碎花小袄、稚气娇嫩的小汶早已不见,她变成一个腰扎皮带、斜挎驳壳枪、办事敏捷说话斩截的威武干部。我和小汶读到《中央日报》那则关于要你归故的消息那天,其实是我和小汶结婚的第三天。我们的新房就在行署大院内,我的办公室离新房只有十步远。报纸是我先看到的,我在办公室读完那则消息后,高兴地飞步出门向新房里跑。小汶当时正在新房里试穿我给她找来的一套新灰布军装。我哐地推开门,骇得她急忙去捂胸口,见是我才又嗔道:"吓死人了!"我把报纸递到她手上叫:"快看!黄河要回来了!"她看完那则消息也欢喜地喃喃道:"这下我们又可以到河边去玩了!"我截住她的话笑着说:"到河边去玩的应该是我们的儿子了!""哟……"她羞红着脸,叫一声,便扑进了我的怀里。

我虽然离开了这里,但对这走熟了的故道却魂牵梦绕,我常常漂游回来看看。我知道故道哪些地方被垦成了庄稼地,哪里又新建了村庄,哪儿还遗留有水;我知道故道两侧哪些村庄迁移了,哪些人家遭了灾祸,哪些人去了外地。我对你和小汶的行迹一直在关注着,我甚至对你俩怎样商量结婚怎样举行的婚礼都知道得一清二楚。那天你听说小汶要到你所在的冀鲁豫行署开会,晚饭后你便去菏泽城边她来时必经的路旁去等她。你站在几棵葵花后,看着她在苍茫的暮色里匆匆走来,你决定同她开个玩笑吓吓她。你没喊也没动,只是蹲伏在那葵花下边,待小汶刚要从旁边的小路走过时,你突然起身从后边抱住了她的腰。还没有感觉出她的惊慌,她的右脚便迅疾往后一弹,你的小腹立时挨了重重一踢,疼痛噎住了你的笑声堵住了你的喉咙,这一霎工夫,小汶已猛地蹲下身子滑出你的臂弯且滚出了两米多远,并嗖地抽出手枪把乌黑的枪口对准了你。"别……"你一手捂住小腹一手慌忙摆着。小汶这时才惊叫了一声:"是你?!"边说边飞奔过来扶住你,同时后怕地叫:"天哪,我还以为是特务截路差一点点就扣动了扳机!"你哼哼着倒在了地上。你没料到小汶反应如此敏捷,已练就了如此武艺。"踢着哪儿了?快让我看看!"小汶心疼至极地忙去你腰上查看,那一会儿她也忘了什么禁忌,撩开你的衣裤便用手在你的腹上揉。你开始哎哟哎哟故意夸张地叫,随后你便舒服地哼哼着,到末了,你趁小汶倾身全神贯注给你按揉的机会,悄悄抬起一只手从她的衣服下摆伸进去抓住了她的裤带。待她发现时你已快将那带子解开,她哟了一声红了脸慌忙去扯你的手,你攥住她的手腕一下子反把她拉倒在你的身上。"你还疼不疼了?"你听见她问但没理会,你急切地想去继续刚才的动作。但这时你感觉到她那丰腴的双乳触着了你的耳轮,跟着你听到了一句满含羞意的恳求:"等到明晚行吗?我们明天就举行婚礼!"听到这话你的双手不得不停了,你不敢再做什么动作,你只是在她颊上轻轻一吻,便摸索着站起身来,起身时你才感到腹上还有点疼痛,那晚你们回行署时是小汶搀你走的。

第二天上午开罢会,你向你的领导提出了结婚的要求,领导立刻笑着同意并答应下午就为你俩举行婚礼。婚礼上没有买到糖块,只买到了二斤红糖,你们便用这散红糖当了喜糖分发给众人。你把那二斤红糖放在一个瓷盘里,捧了盘子在前边走,小汶拿了一把铁匙在后边跟,每到一个来客面前,小汶就红着脸用匙在盘里舀上一下递到来宾手里,有那调皮的,就非要小汶把匙里的红糖放到他们嘴里不可,结果羞得小汶手乱哆嗦,喜得众人拍手叫着。那晚贺喜的客人刚走出门不到五十步,你便插了门向小汶扑去,小汶用目光示意你再等一刻,但你不加理会,上前就去扯她的衣服,她只好抬手帮你,你还是等不及,最后两个纽扣你是撕开的,小汶大概不好意思再去看你急切慌乱的样子,拉过一条枕巾盖住了自己红透的脸蛋……

我和小汶知道在让你归故的背后还有阴谋,是在我们的蜜月就要结束的时候。那天行署开会通报,说故道因已断流八年之久,河床上新建村庄一千七百多个,有居民四十多万,且沿岸两千余里的旧堤坝已破烂不堪,在此情况下,必须先转移村庄修复堤坝,然后再在花园口堵口放水。但实际情况是蒋介石已下令他的水利委员会尽快在花园口堵口,这样一来,故道两岸势必将成为第二个黄泛区!蒋先生这样做是因为自郑州以下,除开封、济南少数城市外,此时皆为我们的解放区,这一地区战略地位十分重要,其对于国民党策动内战的军事阴谋极为不利。因此,蒋介石认为此时引黄归故,一则可欺世盗名,再则可以水代兵,水淹解放区,把冀鲁豫解放区与苏北、淮北等解放区分割开,从而使我军作战处于不利的地位。听了这个通报知道了这个阴谋之后,我和小汶都吃了一惊,当初的那股欢喜顿时被吓走。我们这才记起,就在我们村子前边的故道上,也盖了不少房屋,因为河床泥沙淤积早已高出地面,在河床上盖房地面反显得干燥。而且当年村前的那段河堤也大都毁掉,到处都是豁口,如果此时上游放水,那里必然会变成一片汪洋!

我们了解到真相的第二天晚上,行署秘书长突然来到我们的新房,在一番问候之后有些不好意思地说:"你们的蜜月生活要被打断了,行署号召各级干部立即行动起来,到黄河故道上的村庄里动员群众搬到堤外,到沿岸的村庄里发动人们尽快修堤补堤。小汶是区委书记,也要立即赶回本区!"我和小汶默默点头,我们知道这个号召的分量,我们实际上也已没有了再度蜜月的兴致,一想到河水就要吞没无数的村庄和人们,谁还有别的心情?小汶起身说了一句:"秘书长放心,我今天晚上就赶到区里去。"我和小汶在屋里默坐了一会儿,便起身开始收拾东西。包袱收拾好小汶要动身时,我帮她把那支驳壳枪左肩右斜地挎好。我们那时都还没料到,这次分离之后,上天给我们再聚的机会只有三次!

我毕竟有些阅历了,孩子,我一开始就看出蒋先生在花园口堵口是别有所图!他在我身上扒口堵口都带有自己的目的!中国人利用我的力量来毁灭同类,这样的事我见得实在不少!有时我就想,假若人学会了更多的驾驭大自然的本领,比如像在我身上决口那样容易地引发地震、海啸、山体滑坡、降冰雹、刮龙卷风,那会不会成为一种坏事?有的人会不会利用这种本领来折磨、毁灭自己的同类?说真的,我存有这样一种担心!我的心情常很矛盾,我既希望你们越来越聪明有本领、越来越能抗御自然界给你们带来的灾难、越来越能制约和驾驭自然界,又害怕你们利用这种制约和驾驭自然界的本领来伤害自己的同类!我那时看出蒋先生的用心后,说实话我很慌张,我真害怕再出第二个黄泛区,那样我不定又要遭多少儿女的唾骂。因为豫、皖、苏黄泛区的事我一直在自责。倘若蒋先生逼我太甚,我真有可能再做一次傻事。

送走小汶的第二天,我们冀鲁豫解放区派出的代表和国民党政府黄河水利委员会的代表、联合国救济总署的代表、国民党行政院善后救济总署的代表,就你归故之事,在开封经商谈达成了初步协议,主要内容是:关于堵口复堤推进程序须俟会勘下游河道和堤防淤垫、破坏情形以及估修复堤工程大小而定;关于施工机构问题,议决直接主办复堤堵口工程的施工机构本统一合作原则,由国共双方参加人员办理;关于河床村庄迁移救济问题,认为河床内居民之迁移救济原则上自属必要；所有具体办法，仍俟实地履勘后视必要情形再行商定。

这一协议达成后不久，国民党黄委会委员长赵守钰、总工程师陶述曾、美籍顾问塔德等多人，在我们行署代表陪同下，由开封出发，赴黄河下游勘察，历时一周。他们返抵菏泽城后，与我冀鲁豫行署段君毅等人和渤海区政府代表刘季清举行了黄河问题座谈会，会上除就河床内村庄救济问题、施工机构问题、交通问题、币制问题进一步达成协议外，特别强调必须待复堤、浚河、裁弯取直、整理险工等工程竣工后，再在花园口合龙放水。这时我们实际上已开始按这个协议精神动员故道上居民搬迁并制订具体复堤计划，未料，国民党政府方面几天后突然变卦，其《中央日报》陡发消息说："倘秋汛期前不克完成堵复全部工程，政府方面实不能负其全责。"国民党军队副总参谋长白崇禧偕郑州绥靖区主任刘峙等来到花园口工地"视察"，为加快堵口工程打气。不久，国民党政府又电令其工程局，务必在一九四六年七月一日完工。七月正是黄河汛期，此时在花园口把口子堵住，大水必将朝冀鲁豫解放区漫地涌来，情况十分危急！此时中共中央周恩来同志亲笔给马歇尔写了一份备忘录，指出："黄河自花园口至利津海口六百公里之堤岸，应在放水前加高。大堤在八年抗战中，由于战争及自然的损害，损坏达百分之三十以上，坝堤破坏亦极为严重。黄河恢复，不是放水就可了事。以堵口重于复堤，将陷故道为一严重水泛区……"

这时，我们开始做两手准备：一是继续唤起国际国内舆论支持，争取通过谈判迫使国民党政府推迟在花园口的堵口行动；二是抓紧修复故道两岸大堤以应付最坏局面。当时虽值麦忙季节，但从五月下旬开始，冀鲁豫、渤海解放区均动员大批民工进行复堤。冀鲁豫解放区，西起长垣、濮阳，东至平阴、长清,上堤民工达二十三万人。渤海解放区共动员十九个县二十万民工上堤。我就是在这时借检查复堤进度之机,回到老家看望父母和小汶的。我到家时暮色已浓,但爹和娘告诉我,小汶还在堤上,我便急忙向堤上走去。离堤还有很远,我就听到小汶的声音:"这儿,再加三十筐土!这儿,再夯实一些!"我循声走到她身边,因为夜暗已将河堤罩住,正忙活的小汶和民工都没发现我。我走到她身边时,看见她正把肩上的一担土倒掉并招呼身后挑土的民工说:"倒这儿!"我听到她说话时夹着粗重的呼吸。我悄悄上去拿她肩上的担子,她先是一怔随即在黑暗中认出了我,惊喜地低叫了一声:"是你?"我不想引起更多民工的注意,轻轻握了一下她的手腕,便去堤下挑土。我大约又挑了十几担,黑暗中才响起收工的哨音。近处村子的民工把土筐担子集中在一起,开始三三两两在黑暗里往回走;远处村子的民工则到堤下不远处扎起的高粱秸棚子里吃晚饭。大堤下只剩下我们俩。我把她揽入怀中,到这时我的手指才知道她的白土布衬衣几乎全被汗水湿透。"累吧?"我心疼地问。"累也得干哪!"她把身子偎到我的怀里说,"工程太大,我这样加班加点起早摸黑地干,到七月一日上游堵口放水时这里的堤也根本修不完,前边那段河堤,有十几里全部坏了!"她边说边抬手朝黑蒙蒙一片的前方一指,我的心也在重重地往下坠,有什么办法可以免除将要到来的灾难呢?

晚饭后走入睡房,拥她入怀的那种欲望暂时把沉重排开。我抱她上床后,她不好意思地俯耳对我说:"这几天一直忙着带人搬迁、修堤,身上总出汗,味儿太大,应该洗洗。"我急忙去厨房端水,但水端来时她却已经斜歪在床上睡熟了。望着她疲劳至极的睡姿,我不忍再去动她,只是放下水盆,轻轻为她脱了衣服，抱她在床上睡好。半夜里，她忽然发了呓唔叫："大水，大水，快跑……"我们那时都以为，一场灾难已经在所难免。但值得庆幸的是，老天有眼，让花园口的堵口工程失败了，使国民党政府往故道放水的计划不得不往后推迟。

那不是老天有眼，孩子，那是我暗中做了点手脚。我看得很清，自故道断流之后，沿堤挖战壕、种庄稼、开大车缺口，有些地方甚至把堤挖平了种地，护堤砖石多做了碉堡和墙基。这种状况绝不是几个月就可以整治好的，如果按蒋先生的计划七月一日放水，我必会再遭儿孙们唾骂。于是，我便想通过我自己的力量，在花园口推迟蒋先生的堵口放水计划。

花园口的决口全宽一千四百六十米，在小水时期，靠西坝的一千米是浅滩，靠东坝的四百六十米是河槽。国民党政府工程局的堵口计划是，浅滩部分用旧法："捆厢进占，后浇戗土"，深水部分用新法："先建排桩木桥，上铺双轨铁路，用火车运石块从桥上抛下，筑成透水石堤，然后，一面在故道河头挑挖引河，减低石堤所挡水面，引水冲刷故道，一面在石堤的背后捆厢边坝，填筑土柜，使石堤闭气，决口断流"。他们这个计划曾在重庆水工实验处做过好几次小型实验，并且在四川长寿做过一次大规模的实验。他们自以为是万无一失，我却看出了他们的毛病，他们的整个计划是建立在我的流量在两千至四千立方米/秒的设想之上的。我便在这流量上动了手脚。六月二十一日，他们把木桥修成，桥面铁路也已通车，正当他们运石抛护之际，我悄悄动了动身子，把上游各个支流的水都吸一部分过来，使流量陡然增大，到六月二十九日，我听到工程局的流量测报员惊呼："天哪，流量到了四千八百立方米/秒！"我同时伸开大手，把口门河底的泥沙扣深到十米，并缓慢而用力地去摇动他们打成的桥桩。三十日这天,我用力拔下了两排桥桩,当那两排桥桩被我拔起抛到水面上时,我听到美籍顾问塔德的呼叫:"不好!"但看得出他还没有死心,我便又继续暗暗增大流量,到七月七日,已达六千立方米/秒,我用这越来越大的力量,把靠东坝的三十六排桥桩又连根拔起。至此,工程局不得不把堵口计划中止。我就是用这个办法为你们争取到了一段复堤时间,孩子,你现在明白了吧?

听说花园口堵口失败,我们有了更长的复堤时间,人们原先悬起的心稍稍有些放下。行署这时开了一次会,再次强调蒋先生以水代兵的计划并没有放弃,要求沿堤各区继续抓紧做好复堤和故道上的居民搬迁工作。小汶来参加会时,我们得以重新相会,这是我们婚后的第二次见面,久别胜新婚,何况我们是新婚之后的久别。那几天,除了开会时间,我们几乎是形影不离,只要室内一没人,我们便插上门紧紧相拥亲吻,晚上,我们常常在床上欢闹到半夜过后。我们那时仿佛都有一种预感,好像再不尽情享受,这爱情生活便马上要飞走!就是吃饭时,我们两个也要想法向对方表示爱意,她掰一块馍填到我嘴里,我夹一筷菜送到她口中,喝稀饭时,总是由她先喝,然后再把香唇凑过来注入我口中。那几天是我们婚姻生活中最辉煌灿烂的日子,蜜月时,小汶时时事事还有姑娘的羞怯,但是现在,她已完全放开,不论我提出什么爱的要求,她都含笑来满足。就在这些欢乐的日子里,她怀了身孕,虽然当时我还不知道。

我当时就知道,孩子!我看见你们相亲相爱的那种样子,我便明白我就要添一个孙子或孙女了!作为母亲,我比你还细心地在观察着小汶身子的变化。小汶离开你一个来月之后，身子开始有了反应。她第一次呕吐是在帮故道上一家人家扒房脊时，她和另外几个姑娘小伙一起在弥漫的灰尘中小心地揭那些青色小瓦，预备让房主人在堤外再盖一幢新房。她没干多久，呕吐突然爆发，她双手抓住房脊哇哇地把早上吃的饭全吐了出来。她当时并不知道这呕吐的意义，当人们劝她休息时，她抹抹呕吐带出的泪说："没事，大概是被这些灰尘呛的。"她只接过房主人妻子从房檐那里递上来的一碗水漱漱口，便又弯腰干起来。此后，她的呕吐开始变得频繁，但没有经验的她却仍认为这是受了风寒，仅用姜蒜红糖熬了几次茶喝。糟糕的是她根本没停了奔波，从这个村跑到那个村，动员村民们上堤干活，组织年轻人帮助从故道迁出来的人家盖房，派人去远处拉护堤的石头，从早忙到晚。更可怕的是，她竟敢和姑娘小伙们一起去扛那些护堤的石头，一块石头几十斤重啊！结果，预料中的事情终于发生了，当她又把一块石头扛上肩时，她觉出腹中一阵剧痛，她慌忙扔下石头蹲下身抱住腹部，但是晚了，血团子已经染红了裤子。姑娘小伙们围过来以为她是被石头砸伤，要抬她去找一个治外伤的郎中。幸亏一个中年妇女跑过来，她只看了一眼就惊叫起来："天哪，流产了！"面孔发白的小汶此时才知道那些流出的血意味着什么，懊悔地叫一声"嗷……"便昏了过去。

　　我是在一次动员抗击敌军进攻的会议中间，听到小汶流产消息的。这时候情况发生了急剧变化，蒋军开始向冀鲁豫解放区进攻，他们所到之处，抢占解放区的原有治河物资、器材及粮食，并对解放区治河机关员工进行飞机扫射，使解放区的复堤工程已无法进行。而此刻花园口的堵口工程却已复工,十月二十三日,国民党行政院水利委员会副委员长沈百先亲至花园口督工,限期五十日完成。对此,周恩来于十一月二日致函联合国救济总署中国分署署长艾格顿和国民党行政院救济总署署长霍宝树,在详述了解放区复堤工程进度及国民党军队破坏复堤等情况后指出:"政府迄未遵守协议,致使我方整理险工等工程无法进行,于下游工程未竣、救济河东居民款项毫未拨给之际,而花园口堵口工程则在积极进行,且闻国方又限期五十日完成堵口之命令,是直欲使下游千百万及河床数十万居民为鱼鳖,危险莫大于此!"国民党政府并没理睬,花园口堵口工程仍加紧推进。一九四六年十二月十五日花园口堵口工程抛石平堵开始;十二月二十七日,两条引河挖成,部分河水开始流回故道。十二月二十九日,蒋介石电告其水利委员会及其堵复工程局,表示"已令各有关部队协助运石车辆"。一九四七年一月二日,蒋介石指示其水利委员会加紧堵口工程,务须于"元月五日完工,不可拖延"。情况再次变得十分危急!我便是在这危急时刻,借带着一支武装小分队沿河岸检查各区的抗敌复堤工作的机会,又回到家乡见到小汶的。这是我们婚后第三次见面,也是我们最后一次见面。小汶显得有些消瘦,面颊略显苍白,我估计是流产造成的。夜里,她偎在我的怀里有些歉意地说:"我真傻,竟然不知那是怀孩子,生生把一个孩子给弄丢了,你生气吗?"我摇摇头,一边用胡楂扎着她的脸蛋玩一边宽慰她:"没有什么,丢了这一个还有下一个,再说,眼下兵荒马乱的,不养孩子也好!"她在我怀里扭着身子表示反对这个意见,悄声说:"我想早点当娘,尝尝做娘的味儿,来吧,你用点力气!"我在黑暗中笑了,捏捏她的脸蛋问:"你流产后吃没吃点好东西补补身子?"她说:"吃了,娘给我炖了两只老母鸡,可惜我只吃了一只半,区上开会商量抗敌复堤的事儿,我就走了。那是我流产后的第七天,娘嘟囔着不让我出门,说是身子还没歇过来。我说不怕,我身子结实着哩,就走了。"啊,我当时心疼至极地把小汶揽在怀里,在心里无声地叫道:"我的汶汶哪!"我那刻真不愿告诉她花园口那里很快就要堵住决口,整个河水就要涌来,蒋军的大规模进攻也已经开始,危险的时刻已十分迫近了。

孩子,你不会知道,就在这个时辰,我又尽我的力量在花园口工地帮助了你们,让堵口时间再次朝后推迟延缓。他们向花园口的故道引河放水后,我努力不用水去冲刷已经冻结的河岸,因引河未能刷宽,分流不及全河的十分之一,所以堵口合龙增加了难度。一月十一日,我又悄悄从上游招来几股大水,使河水流量突然由九百立方米/秒涨到一千三百多立方米/秒,并拼命把他们垒起的主坝往水下拉。我清楚地听到坝上的工程人员在惊叫:"糟了,主坝在下沉!"我不动声色地笑笑,又暗暗用些力气继续朝下扯,到十五日深夜,终于把立坝中的一段拉塌四米!我听见岸上响起警报声,看到工程技术员和民工纷纷披衣向主坝跑来,人们开始向那下塌四米的缺口抛掷石头,企图堵住。我拼命不让他们堵上,攒足了劲去撞大那个缺口,同时,把抛石用的栈桥也奋力拔断。十六日早晨,我看见两个穿黄呢子军大衣的军官来到岸边视察、督导,我听见人们恭敬地称其中一位陈总长!我没有理睬他们,我只暗暗地叫:"谁来指挥也无济于事!"这样,他们的堵口计划便遭到了第二次失败!我为你们又多争得了一点复堤时间。但我那时就看出,他们绝不会就此罢手,他们一定要使用更大的力量来制服我,我的力量也终究有限,我迫切地希望你们抓紧时间复堤,赶在他们放水前把堤修好……

我们那时也估计到对方不会罢休,所以做好了最坏准备。冀鲁豫行署专门发出紧急通知,强调各修防处段立即做好船只下水准备,赶修险工,准备抢险物料。沿岸各县人民,纷纷赶来河边筑堤。这期间,我在机关每天收集各县区的汇报,了解工程进度。二月的一天头晌,我正在填写报表,滨河区政府的通信员带来了小汶的一封信。一见那熟悉的字迹,我的心便急跳起来,我甚至都没有招呼那位通信员坐下便急切地去拆信。我至今还记得她写在信上的那些话:"……知道我多么想你吗?你要是有空,就回来看看!如今,咱们这里仍在赶修河堤,活又急又重,不过你放心,我会记住你的嘱咐不干太重的活了。还有,这个月我身上没来红的,我猜,八成是怀上了,就找了村东头老巩奶奶。她说:'像!'你知道我多高兴吗?我真要当娘了!我已经想好,这个孩子是在我治水时怀上的,将来就给他起名'水儿'好了……"也是巧,我刚读完信要同通信员说话,电话响了,说是一股国民党特务潜入齐村修防段,把我修防段长等五人全部杀害,领导让我火速带一个骑兵班前去协助追捕特务。我急忙中在一张纸片上给小汶写了两句话:"想你!切记保重身体!"我把纸片装在一个信封里递给那个通信员后,便上马走了……

齐村事件发生后,复堤便在更加险恶的环境里进行。而这时的国民党政府更加紧了在花园口的堵口合龙计划。二月底,他们组织三万多民工挖掘新引河,三月三日完工;三月八日开始向故道放水,水量占全河的二分之一;三月十一日夜,开始第三次抛石合龙;三月十五日晨三点五十分,大坝合龙,河水全部向解放区的故道流来。此时,我们的心情是多么复杂啊！

我当时的心情何尝不复杂？回到故道,是我日思夜想的事,但我又多怕因此给你们带来灾难啊！我曾在花园口那里犹豫了许久,最后,看到蒋先生属下的那副决然的、带了胁迫的脸色,只好向故道走来。我尽量放慢放轻脚步,我看到了两岸上有那么多人在抢修河堤;我发现因为仓促,不少段河堤修得很薄,绝难经起我长时间的撞击;不少建在故道上的村庄,人和衣服虽然搬走了,但房屋还没来得及拆掉,转眼间便被我压在了身下。我看见小汶正领着一个提锣的巡堤民工,在一处薄堤上不安地察看着水情。我刚想表示一下见到她的高兴,却见她突然大惊失色地叫道:"不好！"她身后的那个巡堤民工立时敲起了急骤的报警锣声。我先是一惊,后定睛一看,也吸了一口冷气,原来她脚下的薄堤浸水处出现了一个碗口粗的窟窿,一股水正旋转着向那窟窿里钻去。糟糕！这窟窿若不赶快堵上,片刻之后就会导致决口,而一旦决口,这几里长的薄堤要不了多久就会全部被水吞掉。那样,又一个黄泛区就会出现了！我急出了一身冷汗。就在那巡堤民工向远处边跑边敲锣报警的当儿,我瞥见小汶猛弯腰抱起堤上预先备好的一个装满土的草袋向那窟窿扑去。她是太急切太匆忙了,她忘记了那窟窿是有吸力的。她刚把那草袋塞向窟窿口,自己便也一下子被吸了进去。我看见她在没入水中的最后一刹那,是抱紧了腹部的,我知道她的目的是保护腹中的孩子！一定是那个草袋和小汶的身体暂时堵住了那个窟窿口,旋涡变得小多了,这为堵口争得了宝贵的时间。当附近的民工在报警锣声中赶来时,那窟窿并没有造成更大的危害,人们飞快地扛起草袋将那个地方重新加固填实。慌急中的人们这时根本没去想小汶在哪里,直到险情全部排除之后,那个敲锣的民工方才最先注意到不见了小汶。小汶哪?小汶哩?小汶!小汶……堤上一片喊声问声惊呼声,却只有我知道她在什么地方。一切都是在片刻之间发生的!我的心愧悔得流血,倘不是因为我的重回故道,怎会造成小汶的惨死?这一切都怨我,怨我啊!我知道你有气有恨,你就唾我、骂我、踹我吧!我明白你心里在叫:"没见过你这样的母亲,生生把自己的女儿害了!"……

不,不!他的双膝突然一软,便在那潮润暄软的河滩上跪了下去,他的前额触着那尚有余温的黄泥,久久没有站起。那时候黑夜已在四周站定,大堤和堤外的村庄树木都已隐去,只剩下了灰蒙蒙的天和微亮的水,近处有昆虫的叫声响起,对岸仿佛有一声水鸟的低唳。就在这一刻,他分明看见小汶拉着他们白胖的儿子水儿慢慢浮上了水面,在小汶、水儿母子的身后,站着一位双眉微蹙两眼哀伤发髻如银的老人……

儿 女

只有一点点云彩在空中晃荡,而且正像烟一样一丝丝分开消散,天蓝得让人心里舒展。芒芒把锄把横在地头坐下,用袖头抹了一把额上的汗,手忍不住又去抚摸面前那些壮实的麦苗。今年的麦子长得真好!麦叶的颜色中就带着一股壮劲,青绿中添几分油黑;叶面又宽又厚,显示出底气很足;根部既粗又挺,分明有一股向上蹿的旺力。虽然这麦苗还低矮青嫩,可芒芒的眼睛已看到了一地金黄的麦穗在风中摇摆,鼻子仿佛已闻到了一股新熟小麦的清香味儿,今年会是一个好收成!会的!谢谢你,鱼脊地!她抬眼看了一遍这块被河沟框成鱼脊样的土地,在心中说。从小就在田地里拾柴割草剜菜,使她对土地有一股本能的热爱,对这块自从分给自家就连连丰产的鱼脊地,她更是喜上加爱。她至今还记得爹临死前叮嘱她的话:芒儿,记住种好鱼脊地,只要那块地种好,你们娘几个就不会饿了肚子……是的,爹,俺会把这块地种好!别看俺是女孩儿,俺有的是力气,绝不会……

"姐!"喊声惊得芒芒回过头去,是上学回来的小弟!"姐,我放学路过7256井队,展哥让带给你的!"小弟气喘吁吁地把一张纸条递到姐姐手上。一片红晕飞快地在芒芒脸上洇开,她有些急切地打开那纸条,上边是熟悉的字迹:"想你,今晚老地方见!""姐,老地方在哪儿?"小弟抬了头闪着眼珠。"怎么,你看了纸条?"芒芒的双颊红得更甚,手轻轻扬起。"展哥说我可以看,只是别告诉外人。"小弟有些委屈。芒芒羞羞笑了一下,放下手交代:"以后他再让你捎信,可不许先看!"说着,弯腰提起锄头,又拿过小弟的书包挎在自己肩上,拉了小弟的手,向已有炊烟漫起的村中走去。

仲春正午时的风,轻柔而和暖,微微拂弄着芒芒短短的发辫。芒芒似乎沉入了什么甜蜜的回忆,脸上的红晕还在渐渐变浓,饱满胸脯的起伏也有些加快。她边走边看着正午时分的田野,田野除了绿油油的麦苗,就是那些高耸入云的钻塔,不住磕头的采油机和在土路上奔跑的油田汽车。哦,油田!在这里活了多少辈子的庄户人都知道,原来这块土地上好多万年前是一片森林,后来又被水淹,成了一个大湖,湖水干涸后才出现了田地,如今,这地下又藏着石油。十多年前,一些戴着眼镜、背着杆子和机器的人,开始在庄家村四周的旷野里测着量着什么,而后把一些写有数码的水泥桩子在田里戳下来,那时芒芒还小,还根本不知道这是干啥,只是偶尔从那些人嘴里听到几句"油田""开采""钻井"什么的,并没往心里去,从未料到就是这些人将给这块土地带来变化,更不知道这种变化还要同自己发生联系,而且是如此紧密!

就是这块新建的油田,给她送来了她深爱的人——展锥!

她扭过头,又看了一眼远处展锥所在的7256井队的钻塔,那钻塔正在拆装,莫不是要移井位?……

正在滚坠的夕阳,似乎也喜欢展锥那赤裸的宽阔壮实的脊背,又伸手最后触摸了一阵才离去。一股凉意立时围了上来,但展锥仍浑然不觉,正全神贯注地同那些和他一样年轻的钻工们把钻井设备往卡车上装。这口井已经打成,井队准备移向新位。队长有病在家,他这个队副就负起了指挥责任。汗,顺着脊梁沟像溪水一样注入汗湿的工作裤裤腰,白色的汗碱已在裤腰上印出了种种莫名其妙的图案,新到的汗水又重新对那些图案做着改变。他干活喜欢打赤膊,即使是在这个还不很热的季节。好在这里没有女人,清一色的小伙使他不必有什么顾虑。

需第一批拉走的设备装上车之后,夜色已经围近了井台,他看了下手表,高喊了一声:"洗手,吃饭!"便急急向近处的河沟走去。不能让她等我!他边用毛巾擦洗着汗湿的身子边想。一想到待会儿就要见到心爱的芒芒,他立刻感觉出,原被冷水激缩了的血管,又立刻膨胀起来,一股快乐和舒服的感觉顿时在周身漫开。嘀,芒芒!他在心里叫了一声。

自打第一次看见芒芒,她那匀称挺拔的身体里所洋溢着的健康美,就紧紧粘住了他的眼珠。不知是因为他们家三代当钻井工人,习惯了健康和力气,还是因为别的心理因素,反正展锥不喜欢那种腰肢纤细柔弱无比的女人,平日他的眼睛并不老实,看见漂亮姑娘总要用目光缠人家一阵,一待看清对方不是那种体态丰腴饱满显得矫捷有力的,便迅速放开,他觉得要一个手无缚鸡之力的姑娘做老婆没劲,和自己这副身架不配。两年前,爸爸的工友先后为他介绍了一个城里姑娘和一个油田干部的女儿,两个姑娘都属于那种娇小纤细的类型,展锥实在不高兴,但考虑到爷奶爸妈在这事上的焦躁和介绍人的热心,勉强同意见面,未料两个姑娘都在得知他在一线钻井且无法调回后方之后,嫌这个工种太苦太脏又无法照应家庭而相继把他甩了!自尊心受伤后的愤怒使他对着爷奶爸妈大吼了一阵,发誓不再找城里和油田内部有工作的姑娘!他随后便把目光转向了农村。钻井队无论在哪里钻井,四周总有村庄,有村庄就有姑娘,钻井队的小伙子们因身强力壮吃得好工资又高,常有人要把目光往附近村里的姑娘们身上瞄,瞄准了,得空就想法去接近人家找点快活。展锥的目光虽然也不停地在乡间姑娘们身上晃,但那目的却不是图一时快活,他是要找一个能跟他过一辈子的老婆!

谢天谢地,井队移到庄家村附近后,芒芒让他撞见!他第一次看见芒芒之后,立刻就在心里决定:就要这个姑娘!不管她家里有多穷,不管有什么障碍,我要她是要定了!他把自己的心思同爷爷、爸爸说后,他们并不同意,嫌芒芒是农村户口,也是农村姑娘出身的奶奶和妈妈倒支持他,说:农村姑娘老成懂过日子,你常在外边打井,有这样的老婆也放心,弄个风风流流的城里女人,她要找了野汉子还不把你气死?……

"队副,吃饭!"工房里有人在喊。他匆匆走进工房端起饭盒,口中嚼着米饭,芒芒的面影便又在眼前浮现。他忽然记起上次见面时抚弄她脸蛋时的那种感觉:光滑、柔和、温软而充满弹性,且带着一股淡淡的香气。他当时问她脸上擦了什么牌的护肤蜜,她说什么也没擦,她连最便宜的雪花膏也没有买过,于是他知道那香味来自她那健康的肌肤。这才是最自然最好闻的香味!嘀,今晚,该痛快地闻闻了,也许,还可以……

他觉着心脏又开始猛撞肋部。

放下饭盒时半块月亮已经升起,四野开始变得朦胧缥缈,远处的村里有狗在叫,微风把青草和麦苗的鲜气一团一团送到工房门口,展锥对一个班长交代几句话后,便匆匆迈步,很快地隐进了月色里……

是什么虫儿的叫声这样好听?啾儿啾儿啾儿……叫声短促急切,带一点金属振动般的颤音,在节奏上刚好和着芒芒那急切而轻快的脚步,和着她那欢乐而激动的心跳。

芒芒环视了一遍田野,由于心情好她有了看旷野夜景的兴致,如今这块土地的夜晚比过去好看多了。过去一入夜间,无月,四周黑得怕人;有月,田野静得吓人。现在,到处是成团成簇的灯光,四处是钻机、汽车、采油机的轰响,加上那暂时还不能利用而尽情燃烧的天然气的火焰,走到哪里都让人觉着心里有了依靠。不知展锥是不是已经到了那地方,她望了望7256井队的那团灯光,他可能又会换上他那件夹克,她喜欢让他用夹克衫把她紧紧裹在怀里。

芒芒现在回想起第一次认识展锥的那个场面还禁不住想笑。冬天的那个星星很少的晚上,她和西院的葱嫂一块儿去7256井队的钻塔旁倒油,那是葱嫂侦察的结果,说那里有油可弄。芒芒是头一次干这事,提着桶走近钻塔时,听到钻机的响声吓得心都要跳出来,可害怕归害怕,油还是要倒的,秋季地里出的那点玉米秸、高粱秆和棉花柴,眼见就要烧光了,煤又买不到也无钱买得起,怎么办?总不能让一家人都吃生东西?芒芒是长女,爹已死去,娘又有病,这做饭烧锅的东西同样得由她来解决。没法子,便只好也和村里的其他人家一样,到油田里去弄点油来烧。她先找到葱嫂的男人,让他相帮着用铁皮做了个油炉,然后便和葱嫂一起来干这个。接近油箱时,葱嫂大约是听见她的牙齿因为紧张在不停磕碰,便低低地给她鼓励:怕啥,靠山吃山、靠水吃水,这油田既然安在咱这地界,倒一点油做饭有啥?葱嫂从从容容放满了一桶,轮到芒芒时,她慌手慌脚中踢倒了自己的桶,哐!这一下惊动了在附近工房里歇息的钻工,听到工房门吱扭一声打开,葱嫂急嘱:快走!芒芒弯腰提起空桶没跑几步,又被什么东西绊倒了,她还没有爬起,一个钻工已跳到了她的身边,攥紧了她的胳膊叫:可抓住一个!她只觉脑子轰的一声涨得好大,乖乖被拉进了工房。进了工房在灯光下她才注意到自己是多么狼狈:裤子、褂子上都沾了大片的油!几个在工房歇息的年轻钻工见她进去,呼啦一声围上来叫:嗨!这么漂亮的姑娘还来揩油?芒芒一句话没说,只是哇一声捂脸哭了。不知是因为害怕还是觉着丢脸,反正她哭得伤心至极,而且一发而不可收,哭个不止。抓她进屋的那个小伙,先还边直盯了她看边说:甭给我展队副来这一套!后见她直哭下去,渐渐才有些着急,声音中带了几分哄:你看你看,哭什么哩,又没打你骂你,罢,罢,算我们倒霉,碰见了你这个好哭的倒油的,走,走,我把你的桶灌满油,你拎走了事,别在这里影响我们休息!芒芒又被他拉出门,不大工夫,那姓展的便把满满一桶油递到了她的手上,她这才抑住哭,抽噎着提了桶往家走……

"怎么才来?"一个低低的声音突然传进耳内,芒芒抬头一看,方见已到了"老地方",展锥正站在沟底朝她招手。她小心地弯腰扶了沟坡上的小树向下走,没走到一半,那双粗壮的手就已把她抱离了地面,还没来得及开口说话,几个结了硬茧的手指就已爬进了胸口。她嗔怪地把那只急切的手从衣服里抽出,装了不高兴地问:"手上的油洗净了没?""怎么能不洗净？"还是那副笑嘻嘻的样子。"每次都说洗净了，可我回去总觉着浑身净是一股油味。"芒芒在展锥怀中喃喃地抱怨，身子慢慢被那两只神奇的手抚得飘然入云。

"……结婚吧，下个月？……"一串热切的低语钻进芒芒的耳朵，芒芒把头摇摇："秋后吧。""总是秋后秋后，为啥拖那么久？"芒芒没开口，她不想把婚期定到秋后的理由说给他，那样他立刻就又会驳斥：何必呢？钱我有！……

飘飘欲飞的芒芒，还是准确感受到了展锥目光中的热度快到了那个极限。"我该回去了，要不，娘又要说我夜里乱跑，太野！"她匆匆站起抻着衣服，她晓得到了这个时候就要快走，要不，说不定他就会办出傻事。她临扭身时，看到展锥一脸沮丧的样子，又急忙柔声抚慰："明儿晌午去家里吃饭吧，俺给你擀绿豆面条！""去不了，我们明天要挪到25号井位！""哦，那就改日。"看到他的眼睛又灼灼地放出光来，她不敢再说下去，急急上了河堤……

蒙了水汽的太阳刚刚平放出光线，展锥便招呼四五个钻工上了汽车向新井位开去。前天傍黑时他已经去看过一次井位，这口井位于一块麦田的中间，四周平坦无障碍，不必提前做什么准备，只是地头有一道用于排水浇地的小沟，需要先把它填平好让各种车辆径直开到井位，他现在领人就是去干这个。卡车沿着两边爬满青草的田间大道飞驰，卷起的灰尘在车后像龙一样翻滚。展锥坐在驾驶室里，眼盯着那块很快被拉到眼前的麦田，他的眼睛突然间瞪大，嗬，麦地里站着那个熟悉的身影——芒芒！她在这里干啥？锄地！老天，难道这么巧，新井位刚好就在她家的责任田里？昨晚该问问她的！要真是她家的麦田倒好，省得晚点为青苗损失赔偿的事同责任田的主人啰唆。展锥已经有了经验,每次挪新井位为损坏庄稼的事总有一番同农民的谈判。一丝微笑爬上展锥的嘴角:又巧又好!打井占了她家的地后,她就再不需要总到地里忙乎,可以从从容容地准备下月结婚!

　　昨晚见面时虽然芒芒没应许结婚的事,但展锥知道,这件事的决定权在自己手里!他早在一周前就通知过家里做好下月举行婚礼的准备,下月该他回后方休息,他要在此间完婚!既然你芒芒爱上了我,那么剩下的关于两人关系的发展进程就要掌握在我的手里!在长期的钻井生活中,展锥看惯了坚硬的岩石在钻头进击下乖乖让路的情景,所以办事情从来都是不达目的决不罢休!那晚,他遇上芒芒看中了她并暗下娶她为妻的决心后,第三天就开始付诸行动。那日头晌歇班,他借口去庄家村的杂货店买烟,把芒芒家的情况探听清楚,而后在她去门前菜园的萝卜窖里拿萝卜时刚好"碰见"了她。"哟,这不是……还认识我吗?7256井队的!"他笑嘻嘻地开口叫。芒芒当然立刻就认出了他是谁,脸霎时便红成了桃花瓣,嘴张了张却无话出来。倒是他又嬉笑着开口问:"咱口渴了,能不能向你讨个萝卜吃?"芒芒立刻把最长的一个萝卜递给他,低了头忙向院里走。芒芒自然没想到,第二天中午他竟会又来了。当时芒芒正腰系围裙在厨房和面,忽然间听见他笑嘻嘻地站在厨房门口说:"芒芒同志,我来还昨天的萝卜钱,毛主席教导我们不拿群众一针一线,吃了你的萝卜不能不给钱!"芒芒当时哭笑不得地哦了一声,看着他大摇大摆地进屋,把五毛钱放在了灶台上。"你坐吧!"见他这样,芒芒只好给他让座。展锥大方地在灶前坐下,并立刻关心地拉起了家常:"你们为什么不买点煤烧饭?这土灶做饭的好处是啥?柴火够烧到接住麦秸吗?……"他临走时说了一句:"我可以帮你们解决做饭的燃料问题!"芒芒当时没有应声更没把这话放在心上,七天之后的那个傍晚,展锥竟真用自行车推来了一套液化气灶。芒芒当时意外而不知所措地看着他把一个铁架和一个圆桶样的东西搬进厨房,用一根胶皮管把两下一连,而后一拧一打,啪,一簇蓝色的火苗就蹿了出来,盛了一瓢水的铁锅放上去,片刻后水就咕嘟嘟开了。芒芒和弟弟妹妹们一样,新奇而欣喜地望着那个奇怪的炉灶。"这东西多少钱一个?俺能买得起吗?"芒芒在最初的意外和高兴过去后忐忑不安地问。"不要钱!这玩意儿我们油田多的是,闲着也是闲着,送给你们用,日后我们队上人的工作服脏了,拿来请你烧点水烫烫洗洗,坐你家喝口水就得了!"芒芒激动得脸通红,急忙去端水让他洗手……

展锥就是这样一下一下地接近芒芒,把她做姑娘的那份戒备一点一点打消,最后抓住了她的心,完全达到了目的!既然能把她准备交给男人的那份感情全攥在手里,什么时候结婚的事还能成了问题?

就在下个月!

麦田愈加近了,隔着玻璃,展锥已经可以看清芒芒躬身锄地时向后凸出的胯和臀,她的身材确实饱满耐看!望着她的丰腴背影,他不仅蓦然联想到:以芒芒这健壮的身体,将来生出的孩子一定会又大又胖!

他再一次觉得心脏开始蹦起,向肋部狠狠撞去……

每次同展锥见面之后,第二天芒芒总要对那见面的情景细细回忆,这回忆也是一种享受,能让她一整天沉浸在那令人心醉的甜蜜里。此刻芒芒站在麦田里,手在挥锄锄草,心却还在昨晚的那条河沟里,耳边还响着展锥那热切的话语:……结婚吧,下个月……

芒芒停下锄,边用脚蹬去锄板上黏着的土边笑了笑,那笑里有一丝苦涩。早日结婚,当新娘、度蜜月,这事儿芒芒何尝不想?但芒芒比谁都清楚自己的家底,不到夏粮秋粮收毕,是无法举办哪怕是很简陋的一场婚礼的。二百一十八块肆角柒分!这就是眼下家中的全部积蓄了,这点钱先不说还要给娘和弟弟、妹妹们留下做生活费、交学费,就是全用来给自己买嫁妆能买到个啥?一个小衣柜?当然,展锥有钱,只要自己一张口,他就会把钱拿来,可人生就这一次,娘家总不能没有一点陪嫁?总需要请婆家的人吃顿像样的酒席吧?诸事全让男方拿钱,那样不仅会让展锥的爹妈笑话,自己也觉着丢脸哪!

黑色的土粒在锄板下翻着个儿,芒芒望着脚下的这块鱼脊地,心里略略得了些安慰。听老人们说,当年南阳盆地是个大湖时,这个位置是湖底的最深处,最后一点湖水是从这里消失的,那条无法游走的大鱼,就在这里摇身一变而成一块地,鱼的内脏成了这块土地取之不尽的肥料来源,这块地至今还肥得厉害,每年夏秋两季的庄稼只需很少一点化肥,就可以长得胜过任何一块地。不太会种庄稼的芒芒,这些年所以能把一个穷家撑持下来,全凭了这块地,芒芒真庆幸当初分责任田时刚好抓阄分到了它。辛苦了,你们!麻烦再努把力,让今年夏秋两季的庄稼长得更好一些,让我也有一点陪嫁的东西……

芒芒边锄边想,根本没注意到汽车驶近,直到车轮在地头嘎一声停住,她才扭过脸来,有些惊异地望着汽车,看见是展锥从驾驶室跳下,她在心中嗔怪地叫了一句:昨晚才见过面,现在又跑来,让人知道了不要笑话你?!及至看到几个青工从车厢里跳下,去填地头的排水沟时,她才真正地吃惊了。"你们这是干啥?"她扔下锄头向地头跑来。"芒芒,这地是咱家的?"展锥迎上前含了笑问。芒芒没来得及回答他,因为她看到有一个工人已用铁锹铲起了带麦苗的土去填水沟,心疼得她立时大喝一声:"住手!"

低头填沟的青工们被这声怒叫惊得停住,其中一个笑笑说:"嗬,芒芒,这可是展头儿叫我们干的!"井队上的大部分人都知道芒芒和展锥的关系。

"这是俺家的麦地,不准在这里胡乱铲土!"芒芒生气地跺着脚,同时扭脸剜了展锥一眼。

"芒芒,"展锥漫不经心地看了下那些被铲掉的麦苗,"这块地的麦子今年是收不成了,其实油田早给你们村上的头儿说了,他们大概没有通知你,我们要在这块地里打井,新井位就在这块地的中间!"

"什么?"芒芒被惊得双眉都飞到了鬓边。

"这里定了一个井位,是早就勘探设计好的,你锄地时没看见过一个桩子?"展锥笑着解释。

芒芒的心里咯噔一响:地中间是有一根桩子!芒芒只知道那根桩子不能随便乱动,却不知它竟是一个井位,更想不到现在就要在这里打井,原来展锥昨晚说移井位是要移到这里。不!绝不能让他们在这里打井!那会把今年这夏秋两季庄稼、把这块鱼脊地都毁了的。芒芒看过他们打井时对田地的折腾,人踩、车轧、油洒,一大块地会被折腾得死去活来,几年都休想丰产,而且还要在地下埋输油管,在井上竖磕头采油机,你从此就休想在这地里安稳种庄稼。不!自己的家庭绝不能没有这块地!"走吧,你们!换个地方打井,我不让在这里打!"芒芒坚决地说。

展锥和那几个青工同时笑了。

芒芒的脸涨得通红,她恨恨地瞪了展锥一眼:你这会儿竟也能笑出声?!她觉出自己忽然对他生出一股恨意。也就在这一刻,她又一次意识到了自己和他之间的差别,他一点也不知道自己心里想的什么,根本不理解自己对鱼脊田的感情。

"芒芒,别说傻话了,这可不是你让干不让干的事!"展锥嬉笑着向她走近了几步。

"我就是不让你们在这地里打井,你们能怎么着?"芒芒脾性中的那份执拗被展锥的话激了起来,她昂了首站在地头的排水沟前。

"别耍小孩子脾气!"展锥的语气中带了严肃,"一会儿车队就要开来,误了事怎么办?"

"你只怕误了你们的事,就不怕毁了我的麦地?我们种一季麦子容易?"芒芒说到这里,眼泪差点就要涌出来,这一刹那,她想起了种麦前犁地时扭了脚脖的疼痛,想起了用板车和弟弟妹妹们向地里送粪时受的那份劳累。想起了为买化肥到处求爷爷告奶奶的那份屈辱,想起了每锄一遍草两膀上的那种酸疼,想起了全家人对收获麦子的向往,想起了要在夏秋两季收完庄稼后准备嫁妆的打算。想轻易地把这块地占了,做梦去!

"队副,车队来了!"展锥刚想再对芒芒开口劝解,背后一个小伙喊道,他扭脸一看,可不,车队开过来了。他有些着急地叫:"芒芒,听话,快让开!别误了大事!"

芒芒看也没看他,只干脆地答了一个字:"不!"

日头以反常的速度向中天滚着,展锥的脸上沁出一层细密的汗珠,他抬头看了看天,耽误的时间已经不短,他焦躁地在原地转了一圈,而后重把眼睛对准芒芒,他希望她能看出他目光中要求她做的是什么。当着这么多人的面,有些话不便

301

讲出,可是芒芒,你应该明白,你马上就要做新娘了,对这块破烂麦地操这么大心干啥?结婚后我会在油田给你找个干净舒服的事干,根本用不着你来种麦挣几个可怜的钱!

他估计身后的那些钻工们,正憋足了劲要笑看这场戏怎样演下去。不能让他们看太多的笑话,尤其不能让芒芒对自己说出什么出格的话来,那样日后就会成为这些家伙们的笑柄。他望着芒芒那张生了气的脸,那张小巧好看的嘴闭得真紧,双唇抿得连一点缝也不留!看得出她是真生气了,这一段时间的接触已让他摸准了她的脾性,不管她口中说了什么气话脸上有多大的怒色,只要她的双唇微启,糯米似的白牙露着,事情还都好说;而只要她双唇一抿,你就只能按她的意见办了。意识到她真生了气时,展锥心中不免生出一股真正的诧异:为这件小事值得生气?不就是一块地?而且还有青苗赔偿费!而且我在场!

"芒芒,听我说,钻井采油是大事,没有油这些汽车都开不动!"展锥低声想讲出点道理来,"这是大局……"

"俺们种庄稼就不是大局了?你三天不吃饭试试!没有粮食连人都要饿死!"芒芒声音挺高地反驳。

"哧哧……"身后的那帮家伙们在笑。展锥有些尴尬,他知道现在这当儿芒芒不可能听他讲理。他点起一根烟,默想着结束这种局面的办法,不能再拖下去了,倘不按时完成移位任务,上级可是要批的。

起风了,风撞在身后的车厢板上,呜呜作响,风也开始肆意掀扯着芒芒的衣裳,把她的衣襟掀得好高好高,让里边的粉色衬衣都露了出来。芒芒纹丝不动,仍是杏眼圆睁,鼻翼一起一伏,胸脯一鼓一鼓,两只小手攥成拳头放在胯边,修长的双腿挺立不动,臀部自然向后凸起,俨然像现代戏里的舞台造型。展锥扭身时发现,有几个青工把目光盯在芒芒被风掀动的衣襟上,心里不禁有些气恼地叫:嗨,芒芒,傻姑娘,你为什么偏要站这里让他们的眼睛沾光?

他又在原地转了一圈。得快想个法子!

眼看着一溜载着各种钻井设备的车辆向地头开来,昂首站在那儿的芒芒心中也不免有些发慌,趁着别人都回头去看车队的当儿,她低而急切地朝展锥说:"听见了没,快替我说说话,让他们换到别处去打,要不然……"她牙一咬,做出一个发恨的姿势。她知道他明白她没说出的是啥。她晓得他是真爱她,舍不得离开她。有次见面时她曾把脸藏在他的怀里问过:"油田里那么多有工作的漂亮姑娘你为啥不找?偏要找俺一个种庄稼的?"他当时亲着她的脸问:"你想不想听真话?""当然!"她答。"第一条,因为我是钻井工,干的是油田里最苦的活,有工作的漂亮妞儿看不上我,丑丫头我又不想要!我想将来让我的儿女长得比我好些!第二条,我常年钻井在外,要了你这个实诚姑娘,一般不必担心野汉子进门让我丢人!第三条,你长得其实比油田宣传队的那些妞儿都美,你只是没有打扮,我比较过,你的胸脯其实比她们还暄还好看,我三天不见就想得要死……"芒芒当时没听完就捶起了他的肩头。

芒芒说完那串话直盯着展锥的脸,盼望他说出一句:好吧,就依你!可未料展锥会也压低了声音说:"傻丫头,你不看看这是什么事儿,听我的话,快让开!"

芒芒猛一扭头,她这次是真真地恨他了。你个东西!胳膊肘往外扭!

日头将到头顶的时候,展锥不再去看芒芒,而是朝那几个手持铁锹的青工猛一挥手:"甭理她,你们干吧!"那几个小伙便都应了一声:好嘞!低头就去铲土。

"你们敢?!"芒芒气得流出了眼泪,猛跳上前,双脚各踩着了一把铁锹。刚铲了几下土的年轻钻工们又只好住手。

"不能再耽误了,要不要向上级报告?"芒芒听到一个工人在压低声音问展锥。展锥没有开腔,只是擦了擦脸上的汗。看到大颗的汗珠从展锥脸上滚下,芒芒心里又禁不住对他生出一股疼惜:总不会急下什么病吧?你真是个脑子不会拐弯的东西,就不会向上级报告一下,说这块鱼脊田不适宜打井,再另换一处?就这样站那里干气干急?

日头斜过头顶时,芒芒看到展锥对身旁的两个工人附耳说着什么,她有些高兴,估计他们是在商量另换井位,你到底想通了!但笑纹还没来得及在她脸上漫开,却忽听展锥对站在一旁看热闹的村里人亮开嗓门说:"我和芒芒相爱订婚的事想必诸位乡亲们都已经知道,我们已经商量好下月结婚了!昨晚我们见面为商量买家具的事,拌了几句嘴,这不,今儿个她就同我耍小孩子脾气,我想这是我们两人内部的事,自己来解决好!"

站在一旁看热闹的村里人都被展锥这突然说出的话弄得有些意外,芒芒也蓦地羞红了脸呆在原地,这当儿展锥已快步上前,忽把芒芒抱在怀里就往村里走。惊呆了的芒芒先是被展锥的这个大胆举动吓得不知所措,及至隔着展锥的肩膀看见拿铁锹的钻工们开始飞快地平整水沟,第一辆汽车已开始启动向鱼脊田开时,她才明白了展锥的用意,她发疯地用手去撕去推,企图挣开展锥的怀抱,但展锥的两只胳膊太有力了,像铁箍一样紧紧箍着她的身体,愤恨中的她猛朝他的肩上咬去,咬得太深了,她的舌尖几乎立刻尝到了血味,可展锥只是哼了一声,手照样箍得铁一般紧。

正在院里喂鸡的芒芒娘,看见展锥抱着又撕又打的芒芒进院,惊得腿都站立不住,她身子软靠在墙上颤了声问:"天哪,出什么事了?""没什么,娘,芒芒跟我拌了几句嘴,耍小孩子脾气,我进屋劝劝她!"展锥边笑着回答边熟练地推开芒芒的睡屋门,把芒芒抱进去,又反手把门闩插上。

"这个倔丫头!"芒芒娘叹息了一句,她没有去想别的,她对展锥的印象很好,早就在内心里同意了芒芒和展锥的婚事,小伙子既懂礼貌又会体贴人,再说人家吃着卡片粮,愿意娶芒芒也真是芒芒的福气。今儿个八成是芒芒的那股倔劲上来,嗨,真不该,弄得没过门就让男人抱回来,叫村里人看了不笑话?

展锥进了屋刚把芒芒放到床沿,芒芒就又边叫着"你滚开"边向门口冲去,展锥知道此刻还不能让她回去,她回去说不定会再耽误井队的事儿,便又把她按坐在床上,芒芒发疯似的抓起床头上的东西向展锥身上砸,用手抓他撕他,展锥一边躲一边用手死按着她的胳膊和腿,只不让她站起。芒芒终于耗尽了身上的力气,软软地躺在床上哭开了。展锥苦笑着,一时想不出别的劝慰话语,只一个劲地说:"何必呢?一块地……"心中却还在想着井位上的事,但愿一切顺利,把耽误的几个小时挤回来,要不然上边会批井队没有按时移位;再说,耽误钻井也就等于耽误采油,几个小时,能出多少油哩,嗨,这个不懂事的丫头……

就在展锥走神的当儿,刚刚歇得一点力气的芒芒睁开泪眼,看见了放在床腿旁的那根镰刀把,那是她昨天中午坐在床上削好后放在那儿的,她带着满腔的气恼和愤恨,呼地抓起了这件武器,猛向门口冲去。也许展锥此刻不动还好些,他瞥见她又要向门口跑,很快地转身想来拦,几乎就在他把头扭过的同时,芒芒手中的镰刀把啪地落在了他的右鬓上,这蓦然而至的一击太狠了,暴怒中的芒芒根本没去想这刀把砸下去的分量。展锥只来得及发出一声短促的惊叫:"呀……"随之便重重地向床上倒了,殷红的血立时从他的右鬓蹿出来。芒芒被这意料之外的后果骇呆了,血,使她那被暴怒烫热的神经骤然冷却下来,仅仅是几秒之后,她便扔了刀把没命地朝展锥扑去,抱了他的头边慌慌抹着血边心疼至极地哭喊起来:"疼吗?天哪!我该死,该死呀——都怨这地底下有油,没有油哪有这事?展锥,你醒醒,醒醒呀……"

展锥在芒芒的床上躺了五天还不敢下地大步走动。鬓上的外伤倒不要紧,就是头疼想吐,村上诊所里的大夫和油田的医生都来看过,说是脑震荡,需休息一段日子才能恢复。

这些天,芒芒一直坐在床头,土地和钻塔都已暂时被忘记,她的眼里心里脑里只有展锥,心疼和后悔使她默默流着泪。

窗上的光线已经暗去,又是一个黄昏了。芒芒倚在床头默望着昏睡中的展锥,泪水止不住又从颊上滚下,有两滴落在展锥的脖子里,使得他身子一动,睁开了眼睛。"芒芒,还哭?"展锥低低地开口。

芒芒猛把脸伏在展锥的胸口,发出了低低的呜咽:"我怎么能这样打你……"

展锥抬手轻抚着芒芒的头发,脸上浮出一个含义复杂的笑纹:"你这一下打得也好,它让我知道了你对那块土地是多么的热爱,也让我明白了你这个农民是真正的!真正的!如今,真正的年轻农民不多了!只有热爱土地的人才算!这几天,我在想,我对油田的爱和你那股对麦田的爱还不能相比,我恐怕还算不上一个真正的……"

"别说了……"芒芒的头在他的胸上急急摇动。

他住了口,默默探手去抹芒芒颊上的泪,一下一下,充满了柔情。一股晚风聚到窗前,带来了一丝钻机的响声。"芒芒,扶我去院外走走。"他低低地要求。

"能行?"芒芒抬起脸,看到展锥眼中的那份恳求,便不再说话,俯身轻轻扶他坐起,仔细地给他披衣、穿袜、套鞋,搀了他缓缓向外走。

夜色正在变浓,远远近近的钻塔上都已亮起了灯,不远处的7256井队钻机轰鸣,灯光下可见钻工们人影晃动。展锥直直地望着钻塔,许久之后才低低地开口:"芒芒,大自然只给了我们一块土地,你当农民,在土地的表面取粮;我当钻工,在土地的下面取油。眼下,我们还不能做到互不妨碍,也许有一天,我们会做到的!这些天,我一直在琢磨,大自然只给我们一块土地,却让她的上下两面都有果实可取,也许就是为了考验我们人的智力,看我们能不能想出办法,互不妨碍地同时去取;也可能是故意想加深我们对她的感情,是在告诉我们:你们人,不论是工人还是农民,都永远离不开我,都必须永远爱我……"

芒芒静静地听着,目光在不远处那轰鸣的钻机和钻机四周那黑黝黝的麦田里移,很久很久之后,才低微地带了哽咽地应了一句:"是哩,我们都爱她……"话未说完,满是泪水的双颊,又深埋在了展锥的怀里。

一阵掺和着麦苗气息和原油味儿的晚风,悄悄滑来,将他们重重围在了一起……

第二年初夏时节一个阳光灿烂的上午,一辆漂亮的嘉陵摩托停在了那块鱼脊地头,摩托车上下来了一对年轻的夫妇,那位穿白色连衣裙的丰腴而美丽的少妇,怀中还抱着一个婴儿。夫妇俩伫立地头,默望着地中那不断转动的采油机和在风中摇曳的稀疏麦穗,久久不动。那懵懂的婴儿转动乌眸,望着那麦子那采油机那土地,张开小手,含义莫名地欢叫了一声。

烙画馆

起风了,馆前的那两株小树开始在风中弯腰、扭颈、抖动。有几缕已溜进馆内,掀弄着烙台上的宣纸,簌簌有声。

炫儿和她的妈妈去后院厨房里为我的回来忙活,大炯哥和小炳刚去隔壁的一个工艺品店里结算一笔什么账目,偌大的四间房相通的"福聚烙画馆"里,只剩下了我和静。

我也需要这静!

三天前,研究室主任在实验室门前把那封写有"炫病速回"的电报递到我手中时,也说过:这一段试验你太累,回去边照看未婚妻边静养一段日子。

我现在不需要"养",只需要"静",我要在这静中好好想想!

三天前接着那封电报时我就知道,不是炫儿有病而是有事情!我知道炫儿的脾性,她就是病再重也不愿让我受惊,倘她是真的有病,她让拍的电报也只会写:家有急事速归。她晓得我对她的爱有多深!

果然!

刚才一走出车站,看见她哥哥大炯脸上的笑容,我便明白自己的判断没错。

"电报是我瞒着炫儿和妈妈拍的!"在车站广场的一角,大炯哥笑对我说。

我点头说我知道。他略略一怔,而后笑讲:我把原因全告诉你,几个月前,日本大阪的一个商社代表团来南阳游览,到咱们福聚馆里买烙画,对炫儿的手艺极为称赞,把她近日烙的画品一抢而空,还特意让她表演给他们看。你晓得的,炫儿得了我们两家祖传绝艺,自己又爱钻爱学,她目前的烙艺在南阳烙画界,除了几个老师傅之外,无人可比。当晚,代表团中一个叫桥本三郎的中年商人,又从宾馆坐车来到家里,说他十分喜欢这独具一格的烙画工艺品,他就是经营工艺品的一个商社总裁,说他愿意邀请炫儿和我去他的商社永久工作,月薪将比他现在最高级的雇员还高出一倍,而且送给我们每人一辆最新式的丰田轿车;还说,如果我们愿意,他将指派他的商社驻北京的代表,为我们办理出国的手续。我当时因为担心上当,没有立刻答应。他回国后不久,就让他的驻北京代表送来了一份合同文本,我在请教了侨务律师事务所的律师之后,答应了。不久,他的驻京代表出面,为我和炫儿办好了一切出国手续。现在的问题是:炫儿犹豫着不愿意走。原因你知道,她不愿离开你!这次我偷拍电报让你回来,就是想让你亲口告诉她,你同意让她去,而且你明年也要求转业,去大阪和我们一起干!……

我当时在那里站了多久我自己也不知道,我只晓得大炯一直就那样满怀希望热切地望着我,我记得我当时仅说了四个字:让我想想。

我是要想想!他这个要求太重大,它牵涉到的事情太多太多!

风似乎在逐渐变大,馆前那几株小树腰弯得越加厉害。

"炜哥,饿坏了吧?"炫儿在风声中轻手轻脚地走进来,边用围裙揩着手边柔声问,"菜已经做好了,我去把哥和炳弟叫回来就吃饭。"我默默地伸手拉过她,她像猫儿一样顺从地偎在我怀里,见我头俯下去,她先是脸红红地飞快瞥一眼院子,随后便阖了眼张开圆润的双唇迎上来。

这是进家之后我们第一次单独相处。我轻轻地咂着她那带了甜味的舌尖,心里却无往次的那种甜蜜战栗,只有一种即将失去她的恐惧。

"我去叫他们吧,你也该饿了。"炫儿轻轻从我腿上站起,边抿着被我弄乱的鬓发边说,细长的拿惯了烙笔的手指又替我抹了一下嘴角,才向门口走去。

风变得越加大了,走过屋瓦时带出了很大的喧哗。

我踱出馆门,默默地在这个每一块铺地砖石都熟悉的前院里缓缓走着,馆门旁那个烙有"福聚烙画馆"五个隶字的馆牌,在风中很厉害地摇摆着。哦,这块馆牌,这古老的烙画!

烙画,也叫烙花、烫花、火笔画,是我们南阳的三宝之一。它是以温度在摄氏三百至八百度的铁钎代笔,利用炭化原理,在竹木、宣纸、丝绢等材料上作画,巧妙自然地把绘画艺术的各种表现技法与烙画艺术融为一体,形成自己独特的艺术风格。听老人们讲,这烙画是早在西汉时期就有了的。最初,烙画的名声很小,西汉末年,南阳城里有一姓李名文的烙花工匠,在一次挑烙画去四乡叫卖的途中,忽见一慌不择路的男童气喘吁吁朝他跑来,扑通一声跪在他面前,说有坏人追杀,求他相助。这小孩不是别人,正是年仅十几岁的刘秀被王莽追赶。李文急中生智,把刘秀扮作讨饭的哑巴,引到一块石板前让他睡下,躲过了莽兵的追杀。临分手时,李文看他可怜,送给他一只精美的烙画葫芦做盘缠。后来,刘秀起兵南阳,于公元二十五年建立东汉王朝,立都洛阳,号称光武帝。身为帝王的刘秀没有忘记昔日烙花人的救命之恩,差遣心腹暗中查访,即宣进京,赐银千两,并把南阳烙画列为贡品,供宫廷御用,南阳烙画才从此开始名扬四海。

南阳的烙画艺人虽然历代都不少,可每代的名艺人也就是几个。清光绪年间,南阳最出名的烙画艺人是赵星三,炫儿的祖爷和我的祖爷就都是赵的徒弟,我的祖爷专攻花鸟,炫儿的祖爷擅长人物。师傅亡故之后,两人后来便合伙办这个"福聚烙画馆"。这烙画馆的房子虽然两次被焚毁——一次是日寇攻陷南阳时烧毁,一次是徒弟们烙花时乱放烙笔失了火。但后来都照原样修复,格局一直没变:四间馆堂两家合用;前院六间厢房,两家各住三间;后院四间厦房,一家一间厨房一间仓库。这福聚烙画馆传到我们这一代,两家真正把手艺学好的人,只有炫儿一个。我们这边,我爹娘生下我和小弟兄弟两个,我们一开始跟爹娘都学过画,但兴趣都不在这上边,都反常地喜欢与数字打交道,最后我考上了军事工程学院,当了兵;小炳上了财会学校,如今是一家公司的会计。我们的爹娘已于前年死去,烙花的手艺在我们这边算是绝了承继。他们那边,爹妈也就生下大炯和炫儿兄妹两人,大炯初时也学过烙花手艺,后来被抽到工艺品公司当了科长,激起了从政当官的欲望,一心想在仕途上有所发展,不料后来得罪了上级,把官又丢了,这已是我当兵以后的事,这之后就听说他辞了职,在家做起了烙画生意。倒是心灵手巧的炫儿,一心爱上了烙画手艺,从小苦学苦钻,加上她爹妈和我爹娘四个人的精心教授,练就了一手绝技。如今她爹已去世,她妈年老眼花已很少再拿烙笔,这福聚烙画馆还能办下去,全仗了她一人! 炫儿无论是卧烙还是坐烙;无论是在竹木、丝绢上烙还是在宣纸上烙;无论是烙花鸟山水,还是烙人物;无论是在筷子、尺子、章盒、木梳、笔筒、拂尘柄、佛珠等小件上烙,还是在组合家具、大型屏风、宣纸长卷、巨幅壁画上烙,她都能烙得又快又漂亮。大前年的冬天,她烙的木筷和版画还参加了在北京举办的亚太地区国际博览会,受到人们的高度赞扬并被抢购一空。两家的老人大约也是为了让这个百年老画馆后继有人,很早就暗中怂恿我和炫儿接触以建立感情——虽然后来炫儿她爹见我不热心烙画想把她嫁给邻居一个也从事烙画的小伙,但是晚了,炫儿和我早已把心互相交过,早已在馆后的白河沙滩里私订了终身,在大炯的帮助下,我们到底战胜了那个老人,正式订了婚……

已经说好了今年的"十一"结婚,谁想会有这个变故?!

倘炫儿随大炯去了日本,我怎么办? 要求转业也去? 单位会批准? 就是会批准,自己学的专业知识用在何处? 一朝便抛掉?

我呆望着那在风中不停摆动的馆牌,心中七上八下,直到炫儿喊大炯和小炳回来。

晚饭时的气氛,像过去我每次探家一样,热烈而融洽。炫儿妈坐在桌子上首,大炯和我分坐两边,下首是炫儿和小炳,猛看完全像一家。实际上自我爹娘去世以后,两家人差不多是合在了一起过。我在外边,没结婚的小炳便不再做饭,一直跟着炫儿一家吃；我每次探家回来，吃住的事也都由炫儿和她妈照料。

我望着坐在上首的炫儿妈，注意到老人拿筷子的手已略有些哆嗦，脸上的血色也愈加见少，头发更显干枯发焦。老人家也在打量我，探究似的目光不时在我脸上瞥过，我估计她是在猜测我因何现在回来。

大炯开了他预备下的卧龙玉液酒，我打开了带回来的张裕红葡萄酒，按老规矩，我先端起酒杯向炫儿妈敬道："妈，你喝一杯。"老人接过酒杯，没像往常那样痛快喝下，而是双眸盯了我，慢声问："炜儿，告诉我，不年不节的，你现在回来做啥？"

"我……去湖北一个单位出差，顺道拐回来看看。"我努力让自己说得自然，我发现在我未开口之先，大炯面露紧张之色，及至听我这样答后，才放心地舒一口气。临离开车站广场时，他再三嘱我，对全家谁都不能说是他打电报把我叫回来的。

"噢，是这样。"老人似乎是放了心，端杯喝了一口。小炳这当儿笑瞥了一眼炫儿接口道："我还以为你回来是要和炫姐提前结婚哩！"

一直柔柔含笑只管给我们端菜倒酒的炫儿，双颊霎时红透。而这话却如棍子一样，捣得我心里一阵锐疼。

大炯又同我碰了几杯后，便先是朝我飞快地眨眨眼，而后一本正经地开口说："小炜，家里有桩事正要写信同你商量，刚巧你回来了，正好当面说说。几个月前，日本大阪一家工艺品公司的总裁，提出聘请炫儿和我去他们的公司就职，并答应了很优厚的条件，我们觉得这是难得的机会，人不能一辈子总憋在这巴掌大的南阳城中，出去开开眼界赚笔大钱是好事，因此,想再征求一下你的意见,你愿不愿让炫儿我们出去?"

大炯的话音刚落,小炳就叫:"你还用问他吗,千载难逢的好事,走就是了!你们一站稳脚跟,我们就也去,去享受享受现代生活!"

"要我说呀,"炫儿妈慢腾腾地开口,"跑那么远干啥?在咱这里不是照样烙画赚钱?"

"在这里能赚到什么?"大炯立刻反驳,"原料贵得吓人不说,进什么材料都要找人开后门!辛辛苦苦烙出的东西,价定高一点便没人买了;刚卖点就又收这税捐那款的!炫儿千辛万苦地创出个新作品,有人就指责说这是裸体那不健康!你只要一次赚上两千块钱,就有人在背后咒你:早晚得买棺材!逢年过节,哪一处礼没送到,麻烦跟着就来!在这儿能干出个什么名堂?"

"可咱们一走,这福聚馆不就完了?"炫儿幽幽的声音中含着担心。

"犯得着为一块招牌心疼?"小炳讪笑着看定炫儿。

"炫儿的担心其实是借口,"大炯笑道,"她真正担心的是离开小炜!是吧?"

炫儿白了一眼哥哥,把红透了的脸低了下去。

"说说你的态度吧,小炜!炫儿过去跟我讲过,她也愿出去开开眼界,她只是担心你不愿让她走!"大炯两眼直盯着我要求,同时,放在桌底下的我的脚,被他重重踩了一下。

这不得不开口的时刻终于来了!我默望着大炯,他那黝黑的脸上全是期待,布满红丝的眼里,甚至隐隐露着一丝哀求。在那一刹那,我记起了自己也曾用哀求的眼神望过大炯,在那个可怕的永远留在记忆里的下午,我被白沙河里的波涛向远处卷时,我也是这样看他的。当时那么多一同游泳的伙伴都吓得爬上了岸,只有大炯向我游来,把那根可以救命的木头推到了我的手边……大炯哥,我会同意的,会的!既然去日本是你的迫切愿望,我不会作梗,也许你和炫儿到那里真能成就一番事业,对你们的一生有好处,我不能为了拥有炫儿,就把这一切破坏掉!我喝了一口酒,让酒液把变干的喉咙润湿,以一种努力装出的平静腔调说道:"我同意你们去,好儿女当四海为家,而且我明年也要求转业,去和你们一块儿干。"

"真的?"炫儿站起身,晕红的额上露出一点意外。我估计她这些天也一直生活在为难中,既不愿伤哥哥的心又舍不得离开我,我这种态度使她从这种两难处境中得到了解脱。

"小炜,感谢你对我的理解!"大炯端杯站起,眸子间竟有泪光在闪,他大约晓得我这样回答并不轻松。我刚要再说句什么,却听砰的一声,炫儿妈手中的酒杯突然落地,摔得粉碎。我扭脸望去,老人急忙说道:"人老了,连酒杯都拿不稳了。"我没有说话,只是默望着老人那老皮相叠的放在桌上的双手,她的手分明比刚才哆嗦得更加厉害了……

第二天我一直睡到将近晌午,倘不是炫儿不断来床前满怀关切地看我,我真想就那样一直躺下去。

我刚把衣服穿好,炫儿就先拿洗脸水后把给我留的早饭端了进来。我伏在桌上吃的时候,她一边抱怨我昨晚不该喝那么多,一边帮我收拾床铺,我望着她弯腰叠被时那姣好的侧影,又一次锥心地想到,我就要失去她了!

"炜哥,你手中的那双筷子好吗?"炫儿把床铺收拾好来到桌前时,含羞问了一句。我这才注意去看手中的那双筷子。烙花筷子一直是福聚烙画馆的主要产品,所用材料是四季常青灌木——女贞树。它属木犀科,果实为中药女贞子,据李时珍的《本草纲目》记载:女贞子,具有滋肝补肾、乌发明目之功效。其躯干木质细腻,色纯味甜,为理想的烙画材料。小小一把筷子上,常常能烙出极精致的人物、花鸟、山水来,像《金陵十二钗》《西厢人物》《卧龙山水》《百子图》《关爷挑袍》《群雁》《百鸟朝凤》等都是常用的图案。手中的这双筷子用料是最好的,两根筷子通身光洁没有一点点疤痕,每根筷子的上部四面都烙着一只鸳鸯,鸳鸯卧在水中,上有柳丝依依,两根筷子不论哪个面相互接触,两只浮在水中的鸳鸯都在交着颈。炫儿烙这双筷子时一定动用了真功夫,筷上的那水纹,仿佛一动一动;那柳丝,似乎在一飘一飘;那鸳鸯,极像是呢喃有声。
"这筷子烙得不错!"我望着炫儿赞了一句。

"这是俺最近特意为新婚夫妇们设计的一种筷,每把两双,用红缎带系住,用玻璃纸裹上,销路可好啦!"炫儿的语气中带着一丝自豪。

"是吗?"我又重新审视那双筷子,"是该多动脑筋,把烙品越做越精。"

"我给咱们留了两双在那里放着。"她的头低下去,声音也变得很微。

我的心一缩,一口饭没咽下去,就停在嘴里。

"还有那个!"她抬手指了一下屋后墙上,我这才留意到那儿挂着绫裱的宣纸立轴,宣纸上烙的是一幅家居生活图:一棵躯干微斜的古榆下,横放着一块石板;板前立着一个正提泥人玩的身着兜肚的胖男孩;石板一侧的躺椅上,一个男人正握书本半躺那里蹙了眉读;孩子身后,一位少妇正提针细心地缝着什么;一只小狗趴在孩子脚边,讨好地朝他伸出舌尖;看那用光的明暗,显然时间是夕阳刚刚下山。画上的一切都是那么静谧、恬淡。

317

"那样多好!"炫儿像是叹气似的说道。

我读懂了那幅画,心却分明地又是一颤,炫儿,你此一去日本,这幅画面在我们的生活里已不会出现!我知道我该说点什么,却又一时找不到话,幸好大炯的脚步此时响到了门前。

"一切顺利,小炜!"大炯几乎是蹦着进屋的,"我刚才去邮局给桥本三郎驻北京的代表挂了长途电话,告诉他我们可以近日起程,请他给订机票,他说机票订在下星期一没问题,让我们星期五坐火车离开南阳,星期六上午到京,哈哈,成了!"

"这么急?"炫儿瞪大了眼。

"早去早落脚早干活早挣钱,有什么不好?"大炯笑望着妹妹说。

我望了望墙上的挂历,心揪了起来,今天是星期六,还有五天! 五天后,炫儿就要走了。走了!

"炫儿,这两天抓紧准备准备,"大炯边在屋里快速地踱步边对妹妹嘱咐,"衣服不要多带,到那里买就是! 主要是烙画用的东西,要带齐!"末后,又对炫儿挥了挥手:"你去把这消息告诉妈,我再去街上买点喝酒的菜,中午我们全家再碰杯庆祝!"

我看着大炯那张激动得通红的脸,无言地喝药似的喝着碗中还剩下的红枣稀饭。待炫儿出去后,大炯踱到我的身边,饱含感情地拍着我的肩说:"小炜,大炯哥我一定要报答你的理解,我一定要在大阪为你和炫儿举办最隆重的婚礼! 相信我们会成功的! 几十年后,你、炫儿和我,会以大富翁的身份重返南阳,让烙画界的所有同行都羡慕不已!"

我只有报以苦涩的笑……

晚饭后,我刚离开饭桌,炫儿妈就朝我招手说:"炜儿,你来一下。"我随老人走进她那间简陋的睡屋,看着她那佝偻的身影和她迟迟没有开口的样子,我以为她是在担心大炯、炫儿走后她的生活,便急忙开口宽慰:"妈,你只管放心,大炯、炫儿走后,你老的生活就由小炳照顾,我虽在部队,也会在假期回来看你!"

"我叫你来不是要说这个!我知道你和小炳会照顾我的,我不操心这个。我现在操心的是你和炫儿的事!说实话,我昨儿个见你回来,实指望你能拦他们不让他们出去,我不是怕他们离开我,我是担心咱这个福聚馆哪,一百多年了,两家的老辈人创下来的,中间虽然有不景气的时候,但总是有人在烙在做,他们这一走,把咱祖传的手艺带到了日本,小炳不会烙,你又不在家,我老了,这馆怎么办?唉,没想到你也同意让他们去,看来是妈的思想老了,如今青年人都想留洋出国,妈也不好再死拦他们了。妈现在只有一桩心事,就是想在他们走之前,把你和炫儿的婚事办了,最好是后天就办!"

"哦?"我惊得站起了身。

"我晓得你会觉着这样办太仓促,可你听妈妈说说道理,你们早结婚早有个娃儿,到娃儿稍大一点,你们把他送回来,我知道你和小炳也是要去日本的,也知道你们晚点想把我也接去,可我不去,我老了,已经不喜欢看什么景致,离不开这个老家了。到那时你们把娃送回来,让他跟着我,一则我过日子有个伴,二则我也可早教他烙画手艺,让外人知道咱们福聚馆还有后人。倘你们不结婚就让炫儿走,我真害怕她到外国在男人堆里生活,大炯又不能老跟着她,万一出个事儿,可怎么办?女人一结婚,就把心拴死了,你说行吗?"

像是突然有一块巨石扔进了胸中,大群的波纹在心里涌

319

荡,后天就结婚!我觉出有一股欢喜悄悄在心底聚起,就过几天幸福日子吧!别管将来,只要现在!因为原定国庆结婚,我已经在部队办过手续,后天结婚并不违犯军规!几乎是不知不觉地,我开口问:"炫儿和大炯哥他们同意?"

"你只要同意了,我立时就问他们!"

"那你问问他们吧。"我垂下了头,我不敢让老人看见我羞得发红发烫的脸。

老人走到门口,就站在门槛那里大声喊着大炯、炫儿,连小炳也喊来了。

"咱们全家人都在这里,"老人的声音里透着肃穆,"大炯和炫儿快要走了,这一趟不是下襄樊上郑州,是到日本国去,太远,妈这个岁数,半截子入土的人,晚上脱了鞋,早上还不定穿不穿哩!以后见你们一次不容易,所以妈现在想把炜儿和炫儿的婚事办了,把这桩心事了了。我问炜儿,他同意。你们同不同意?炫儿,你先说!"

我红了脸望着炫儿,她垂首用脚尖在地上蹭着,两手紧紧扯着衣角,一刹那之后,才用低微得几乎听不清的声音说"俺同意"。

"你呢,小炳?"妈又问。

"人家当事者都同意了,我还有啥意见?完全拥护!"小炳笑叫,"只是以后我该向你叫啥?"他转向炫儿,"是叫姐还是嫂?"

炫儿捂脸跑了出去。

"炯儿,你哩?"老人转向大炯。

我的心提到了喉咙口:他不会同意,不会的!未料,他竟回答得异乎寻常地痛快:"我当然同意!"我有些意外,呆然望定他。

"那好,那你们明天就抓紧准备,后天办!"老人最后交代。

我和大炯一先一后走出了老人的睡屋,走到院子中间的时候,大炯突然抓住了我的手,就着炫儿窗上的灯光,我瞥见他的脸涨得通红。"小炜,有一句我这当哥的不该说的话,但我又想说还想请你记住:千万不能让炫儿怀孕!我们到日本后全凭她的手艺,我们没有时间……"

我扯了一下他的手不让他说下去,我用目光告诉他我已经明白……

我无法睡着!一个人躺在床上,默望着窗外天上那不多的几颗星星,刚才因决定结婚而起的那股欢喜在一点一点消失。我逐渐冷下来的脑子开始想到长远。如果后天结婚,你成为一个丈夫,那今后你该怎样对炫儿履行一个丈夫的义务和责任?明年真的要求转业也去日本?你已下决心因此而放弃你真正喜欢的专业?不可能!你从来就没有看起那些因女人放弃事业的男人!你内心从未把自己的一生同烙画生意同外国联系起来!既然你不愿出去,你又明明知道他们这一去不是短期的,你答应结婚意味着什么?不是在炫儿身上套了一个婚姻绳索,使她的身子从此不得自由?你去不了日本,她回来也非易事,如此做夫妻岂不是悲剧?你自己苦熬苦等无所谓,可炫儿如花似玉的年纪,万一碰到可意的男人,这有名无实的婚姻岂不是把她的手脚死死拴住?你是不是有点太残忍了?你为什么答应现在结婚?你答应结婚的真实目的是啥?说穿了还不是要图短暂的快乐?!你的内心深处还不是为了把炫儿的身子先占了?这难道不是一种极端的自私?你为什么不替炫儿想想,若干年后,当痛苦中的炫儿再回头看你今天的行为,她能看不明白?……

我被自己对自己的剖析弄出了冷汗。不能！不能这样做下去！天明就给妈说明！当然,要有好的借口。我望着夜空上那几颗邈远的星星,重新做出了决定。

直到做出这新的决定之后,我心里才有些安静。我闭上眼准备睡去,不想门此刻突然被敲响,我以为是大炯又来找我交代什么,就拉开灯,去开了门。门开后我吃了一惊,闪进来的竟是只穿着内衣的炫儿。"怎么,你还没睡……"我的问话还没全部出口,她就啪一下拉灭了灯,直朝我的怀里扑来。我当时慌慌地后退,虽说我和炫儿平日常有拥吻的举动,但在这半夜时分,又都穿着这样的衣服,毕竟还没举行婚礼,让妈妈和大炯知道了多难为情,他们这会儿也不一定就完全睡熟。"炫儿,小心冻着,快回屋睡吧,让妈妈看见会说我们的！"我轻推着她那丰满而温软的身子。炫儿没像以往那样听话,反而更紧地靠向我的怀里,我推她的两只手也渐渐变得无力。"炜哥……"她口中的香甜气息把我的心弄得又热又乱,我开始拥紧她的身子,她从我的胸上抬起脸呢喃地说道："是妈叫我来的,妈说天数不多了,说她盼我们早有个娃儿……"

我的身子猛一哆嗦,拥紧炫儿身子的手臂又骤然松了,才被激情搅热的脑子又霍然冷静下来：不,不能！事情不能起头！我感觉出炫儿的身子也在轻轻发抖,我意识到再这样待下去是危险的,便用力将她推开,猛向屋外奔去。

我跑出院子,一直跑到烙画馆后边很远的白河岸上。夜色下的河水闪着幽幽的白光,河滩里的玉米叶子在夜风中沙沙作响,水边上偶尔会响一声蛙跳,我就在那河堤上来回走着,直走到天色大亮。

我知道我必须回去做个解释,要不然会把炫儿的自尊心伤透。我回家时全家人都已起来,大炯正在对小炳交代去街上买婚礼需用的各样东西,妈妈和炫儿在厨房做饭,我注意到炫儿的双眼有些发红。我走进厨房还没来得及开口,妈就低低地抱怨:"亏你还是个当兵的,走南闯北,在这种事上还这样死脑筋,反正明天就要结婚了,有啥?是我让她去的!"

"妈,"我的嗓子有些哽咽,我停了一阵,尽量让声音带着欢快和笑意,"我昨晚想了一夜,我觉着明天就仓促举行婚礼有点委屈了炫儿,也有点委屈了我自己,你知道炫儿是一个什么人吗?是一个承继了我们福聚馆几代人烙画绝艺的艺术家!她上次让我带到部队的那幅烙在丝绢上的'晚秋',山东的一个国画家看后说,这个作者将来要成大气候,也许能成一流烙画家!一流!妈妈,我和一个一流艺术家的婚礼不该这样仓促!我们要办得气气派派排排场场!我想了,干脆再拖几个月,我明年春天就争取转业也去日本,那时,我们就在日本的大阪举行一个盛大的婚礼!外国人结婚是可以登报的,到时候,我要让炫儿和我的结婚照登在大阪的大报上!我们要彻底地风光风光!"

一直面有怨色默默洗菜的炫儿听到这儿,扭头羞着看我一眼,颊上的怨色已被一丝释然替代。我的努力总算没有白费!

"唉,罢了,看来妈是真老了,没有一个人跟我想的一样……"老人的筹划完全被我打散,伤心地把佝偻的身子倚在了锅台上。

"妈妈……"我扶住老人那微微颤着的瘦削身子,只喊了一声,没敢再说下去,我唯恐哽咽的声音暴露了我的真实心境……

因为不办婚礼,日程相对不如原来那样紧张了,接连两天,大炯和小炳一起外出处理平日与外界的金钱、物资来往,我则协助炫儿整理捆绑家里的东西。整理炫儿屋里的东西时,她拉了我的手指着一个大柜说:"炜哥,我让你看看我的宝贝!"我原以为她是让我看她的新衣服,柜门打开后才发现,原来里边装的是各种竹木、丝绢、宣纸烙品。"这些怎没卖出去?"我有些诧异。

"这些永远不卖!"炫儿的神色中透出几分骄傲,"我烙画过程中凡觉得意的作品,就一式两份,卖一留一;此外,还有爷奶当初留下来的作品,有俺爹妈和你爹娘当初教我烙画时的小品,这是我最宝贵的财产!除了我,就是你和妈妈知道它。"

"炯哥不晓?"

炫儿摇头:"他要是知道,早拿出去卖了!我走之后,这些只好交妈保管。"

"不让外人知晓,只是保存有什么用?"

"待我将来在外挣到大钱了,我要回来在南阳城盖个漂漂亮亮的烙画展览馆,把这些东西都摆出去,让那些来南阳的外地人、外国人看看咱们福聚馆的历史和手艺,振振咱这百年老馆的声名!告诉你,这就是我也想去日本的原因。我原来还担心你不愿意,我已经打定主意,只要你不愿让我去,我就不去!未料,你也想出去……"

"我?"我只有苦笑。

"我知道你的心!"炫儿走过来偎住我,"你也是想到外国看看新鲜,我想,到了那里,我要凭我的手艺,尽力让你和哥生活得好!"

"我……"

"你明年春上什么时候去?"炫儿截住我的话,仰了脸问,满眼都是期待,"我现在最操心的就是这个!"

"大概在五月吧。"我含混地说,心却因为这撒谎而又一阵疼痛。

"五月上旬还是中旬?"她捏紧我的手迫切地问。

"现在还说不准。"我苦笑着答,"你知道,转业批准的日子是由部队上定。"

"只要人家一批准转业,你就打电报给我们,你的出国手续我们让他们的驻北京代表出面办,他们会很快办好的!如果他们拖延,我就罢工!你不晓得他们是多么喜欢我的烙品,上次那个桥本三郎看我烙画,眼都直了。他们会按我的话去做的,会的!"炫儿双手环抱我的脖子,"你五月份不去,我说不定会急死的!会的!你不知道俺多么想你……"她的声音低下去,"就是在这南阳,我夜里常因为想你想得流泪,到了那么远的地方,你要再不按时去,我该怎么办……"

我默默抚着她的秀发,心酸得直想流泪,再在这里站下去,我也许就会因为冲动说出实话。

不能对不起大炯!

我颤颤说了一声"我会按时去",便借口上街买烟,走出了炫儿的屋子……

起程的一天到底到了。车是下午五点钟的,一吃过午饭,炫儿就朝我招手:"炜哥,你来一下!"我随她走进已显出空荡的烙画馆内,只见她拿起烙笔,从衣袋里掏出一个小圆镜大小的冬青木板说:"来,坐下,我再给你烙一幅肖像,是我走前送给你的一件礼物!待会儿,你也给我烙几个字,让我带上!"

我笑着点头。此刻,只要她高兴,要我干啥都行。我在一把椅上坐了,一边点了烟默然吸着,一边看她那纤长的手指拿起电烙笔在烙板上飞快地移动。我望定炫儿,她烙画时那副全神贯注的神态真是太美了,睫毛长长的双眼时睁时眯,好看的嘴角时翘时低,秀气的双眉时蹙时展,隆凸的前胸时伏时起……越发现这美我的心就越加苦痛,这么美的一个女人就要离我而去了!一想到有一天这娇美的身躯要躺在另一个男人怀里,我的身子就又开始微微哆嗦起来,老天,你实在不公!在那一霎,我承认我心中对大烱生出了恨!

一个多小时后,炫儿放下了烙笔,仔细把手中的烙板拿近拿远地审视一阵,才笑了笑说:"好了,给你!"我接过一看,尽管早知道炫儿烙画肖像的本领,还是吃了一惊,板上的我形似是当然的,神态上的那种准确显示真是神了,她甚至把我隐在眉宇中的那丝苦痛也烙画了出来。我看到画板下边还有两行小字:上边一行是"南阳的炜少校",下边一行是"炫在大阪等你"!看见这两行字,我的鼻孔又禁不住一酸:你等不到了,炫儿!

"来,你给我烙几个字!"炫儿递过一个巴掌大的烙板,又把烙笔递到我的手上。我小时候学过烙画,肖像烙不漂亮,但字和简单的山水还可以烙一点。我拿住烙笔,心里十分踌躇:烙什么字?还能再烙上表示爱和等待一类的话吗?再欺骗下去就有点太残酷了!"炫儿,我烙的这个礼物,想在你上车前再交给你,现在不许你看,行吗?"

炫儿笑了:"随你。"

我让炫儿出去,自己静坐了一阵,便在板上先烙出一片大海,而后在下边写了:炫,尽快忘掉炜!

在上车前交给她!让她一路上慢慢想开。长痛不如短痛,既然终究要疼,那就早一点疼吧!让你对我带着希冀走了,将来这笔债反而更重!

我把像小圆镜一样的烙板用一张白纸裹好,装进了军衣的口袋,这才喊门外的炫儿进来。炫儿进门猛扑到我的怀中,用力把我的头压下,让她的香腮紧紧贴在我的脸上。

我瞥了一眼墙上的挂钟,快四点了!马上就该去车站了,我知道这是我们的最后一次拥吻,待会儿到车站,人太多,又当着家人的面,不可能再有拥吻的机会了。

最后一次!

炫儿,我要把我对你的爱恋在这最后一吻里都表示出来!

我感觉到我们两个的脸上都有泪水,但我不知道那是不是我的,即使是我的,炫儿也不可能知道我流泪的真正原因。

"小炜、炫儿,该动身了!"院里,传来了大炯的声音……

妈妈没去车站,她只站在门口,默望着大炯、炫儿登上租来送站的面包车。我原来还担心她同儿女告别时会放声哭的,但出乎我的意料,老人竟未掉一滴眼泪,一直就那样面色凝重地站着。我和小炳把大炯和炫儿送上火车返回馆时,看见老人还定定站在那个烙有"福聚烙画馆"五个字的馆牌前。我轻步走过去,想把那块馆牌摘下,炫儿走后,这馆牌实际上已无什么用处,挂着它只会让老人看见伤心,不想我的手刚触到那馆牌,老人突然冷冷地问:"你要干啥?"我扭脸朝她苦笑了一下:"妈,取下它算了,反正也没人烙了。""我不是人?"老人那浑黄的眸子里蹿起一股火苗。我一时怔住,这当儿,老人缓步上前,推开馆门,径直走到宽大的烙案前早先炫儿的椅子上坐下,先从衣袋里摸出花镜戴上,而后拿过烙笔和一块长方形的冬青烙板,执笔便向板上烙去。

我呆望着妈妈那被白发几乎遮没了的脸,鼻子里沁满了冬青板被烙笔烙出的淡淡香味……

黄昏的发明

　　天是渐渐暗下来了,石板上的凉意开始加重;早先在门前啁啾着的那群雀儿,陆续地向几棵柳树上撤离;村里有人在叫塘里浮水的鸭子归笼,"鸭噜噜——"地叫得悠长纤细。

　　又一个日子走了。

　　石通伯把墓碑上的最后一个字錾好,停下了锤子,先是把两个粗糙得可以当砂纸用的手掌对起来拍拍,把飘落到手背、手腕上的石末子拍掉,随后去屁股后边的腰带上抽出了别在那儿的烟袋。火柴在暮色里红了一下,一股辛辣的烟味就在这摆满各式石板空旷寂寥的门前飘游开了。

　　丝丝,你的墓碑刻好了。

　　没想到你真会死在我的前头,由我来刻你的墓碑。

　　……石通哥,我日后死了,你也会给我刻一通墓碑吗?

　　瞎说吧你,你咋会死?

不是说世上的人都会死吗?

放心,死不敢去摸你!

我想也是,它要来,我就捉住它的爪子!咯咯咯……

唉……

那个活蹦乱跳扎个独辫满溢着朝气的身影,在这声叹息里退远了,那咯咯咯的笑声也飘融在了晚风里。

没想到你会真的死了。

我每天都刻墓碑,我刻了一辈子的墓碑,可我从来没想到会为你刻碑!

他把浑浊的目光放出去,停在自己刚刚刻成的墓碑上:

李氏讳丝丝之墓

夫冯大东

子冯一升冯二升冯三升

女冯秀枝冯秀叶恭立

辛未年清明

他最后把目光定在了"夫冯大东"几个字上。

冯大东!

丝丝死了你也还要做她的丈夫?

丝丝,难道到了那边你还是他的妻子?

不!

给丝丝刻墓碑的碑式是今儿清早冯大东写在纸上送来的。清明节快到了,石通伯原就估摸冯大东要来,他总不能不给死去的丝丝立一座碑吧?可一看见"夫冯大东"那几个字,他的心就又被刺得疼了起来:夫,夫,你冯大东还算个丈夫?你还有脸在碑上刻上"夫"?

……石通哥,人上吊死后,灵魂就不许再回家了!

你咋会想到那事？

我想上吊！

你瞎说些啥！疯了？

我受不了冯大东这个狗了！

哦！

骂，就是骂，他喝醉了骂，赌输了骂，饭做晚了他骂，没盐吃了他骂，给他脱鞋慢了他骂，日亲尻娘，我的五代祖宗他都骂遍了，我实在不愿听了。

这个畜生！可他是你丈夫，还是忍了吧。

是哪个王八蛋定下的规矩，让女人非要有个丈夫不可？

没有别的法子，忍吧……

也就是因为对冯大东的厌恶，他在挑选做墓碑的石料时，才特意选择了这块极易风化碎掉的石板。我要让"夫冯大东"几个字早早烂掉，你不配永远立在丝丝的坟头。当然，这种石板的易风化碎裂，不是一般人的眼睛所能看出的，只有像石通伯这类一辈子和石头打交道刻墓碑的人才会知道。

至多是几十年的光景吧，几十年之后，这座石碑就会碎裂倒掉，慢慢变成石粒变成土，到那时候，"夫冯大东"几个字就会像烟一样从丝丝的坟头飞走，丝丝就能彻底地摆脱冯大东这个丈夫了。

当石通伯在暮色里凝望着那块易碎的墓碑冥想着的时候，一个先前没有思虑到的问题突然跳进脑里：几十年后，当这座墓碑碎裂变粉时，人们再从墓前经过，不就不知道埋在墓中的是谁了?!

丝丝，这不又委屈了你?!

咋办呢？

他深深地吸了一口烟，又长长地吐了出去，在那烟缕就要融进暮色时,像突然有一根火柴在脑里擦燃,照亮了一个隐秘的角落,一个令他自己也吃惊的念头就放在那儿——

他急急地起身——因为坐得太久站起得太急,他看见一团金星像蚊子一样从眼前飞过,待那团金星飞远之后,他开始到他门前的石料场上用双手摸索着一块块预备做墓碑的石板。他门前的空场挺大,空场上摆满了各种质地并被切割成多种尺寸的石板,这是从石料厂买来预备给人刻墓碑的。他在那些石板中摸索选择着,天光已经极其微弱了,靠眼睛已经不行,他只靠着一双摸过千百块石头的手,在众多的石板中最后选定了一块芝麻黑花岗岩石板。那石板有近三尺高,在幽暗里闪着鳞状光泽。他在那石板前站了一刹那,深深呼吸了一阵,而后,憋足了一股气,猛弯腰把那石板抱起了,一步一步地向门口挪去。

他把石板在门口放平,放下时他的身子趔趄了一下,到底是六十多岁的人了,力量也在一天一天地被上天收走,一个从小以刻墓碑为生的人,如果有一天搬不动石板了,那可就真完了。他扶住门框喘息了一阵,而后进屋从锅灶上摸了两个凉馍和两棵葱,坐在门槛上吃了起来。吃完,喝了半碗竹壳暖瓶里半温半凉的水,就到窗台上摸了几样刻碑的工具出来。

天已经彻底黑了,懒散的星星们开始相继蹭出身子;近处的蒲山在星光下显出庞大黝黑的剪影;最早游来的几股夜风夹带了些寒气和麦田里的青苗味;喧闹了一天的村子静下来了,只有几只狗间或叫上一声两声;偶尔能听见一个男人的骂声,骂猪还是骂狗?

石通伯"啪"地擦亮了火柴,这次点着的不是烟锅而是一盏方形的三面木板只留一面漏光的怪样灯笼,这是石通伯家祖传的夜晚刻碑的照明工具。他把灯笼在那块花岗岩石板旁放下;而后摸出一把木尺,在石板上左右上下地量了一阵;接着开始用毛笔蘸了自己调拌的染料汁,在墓碑上写起字来。

刻碑都是先用笔把要刻的字在石板上写好,而后再用铁锤和錾子去刻。石通伯虽然一天学也没上过,但墓碑上的字却写得极是地道。这得益于他们祖传的练字方法——从五岁起,他必须每天照字贴在石板上写字,那些字总共才二百多个,是一个刻碑人必须掌握的常用字,字帖也是先祖们留传下来的,是几张几乎变黑的绵纸,小的时候,每当他提了笔在石板上练"之墓""先公""生于""妣""卒""享年""泣立"等字时,丝丝常会跑过来伏在一边看。

石通哥,你画的这是啥东西?

字。

画字干啥呀?

不会画字咋能给人刻墓碑呢?

教我画行吗?

你是女人家,女人家又不刻墓碑,学它有啥用呢?

石通哥,你画字和俺娘教俺画鞋样有些一样哩!

你教我画鞋样好吗?

你是男人家,男人家又不做鞋,学它有啥用呢?……

回忆使石通伯笑了,满脸的皱纹在灯光下一耸一耸的,像一张正从水中往上一提一提的网。

石板上的字写完了,他扔下笔,摸起了锤和錾。

他开始在灯光下去刻那第一个字:"娇"。

乒、乒、乒、乒,锤击錾的声响立时像风一样地向四周的黑暗里奔去。

……石通哥,你敲得真响!

响吗？你把耳朵捂起来。

这是你单独刻成的碑吗？

是的，爹说让我试试。

人死了为啥要刻墓碑呢？

好让后人知道坟里埋的是谁吧。

那我日后死了，你也给我刻通碑行吗？

瞎说吧你……

丝丝，我这就在给你刻哩，我用的是最好的芝麻黑花岗岩石板，几千年也不会坏的，我要让看见过这座碑的后人，都知道你是谁……

星星越来越稀：几抹云像阳光下的雪，正在缓慢化掉，夜空变得更加明亮了，一只不知是迷路还是有急事飞过的夜鸟，在空中发一声叫，惊得石通伯抬起了脸。

他放下锤抹了一把脸上的汗。

第一个字刻好了，他低下头去刻第二个字"妻"。

"妻"这个字笔画密，刻起来要格外小心，弄不好就会使笔画连在一处。

……石通哥，你刻的这是个啥字？

妻。

妻是啥子？

女人。

女人？女人都是妻？

出了阁的女人才叫妻，得坐过花轿。

那咱村里怎么没有妻？

咱们村里叫老婆，王老三的老婆，就是王老三的妻。

噢，老婆就是妻，那我日后要当了你的老婆，就也是你的妻了？

瞎说吧你,你咋能会当我的老婆?

咋不能呢?当谁的老婆不就是愿给谁洗衣做饭吗?我愿给你洗衣做饭,当你的老婆咋不能呢?

那得要经过媒婆。

媒婆?

就是五奶呀!没见她整日这家跑到那家,那都是在给人说老婆哩。

那咱们就也去找她。

还得你爹娘愿意。

我爹娘……

"石通叔,还在熬夜哪?"一个粗嘎的声音突然传来,正在空场锤击錾的石通伯一惊,手中的锤险些掉地,他没想到这个时候还会有人来到他这个位于村边边上的家门前,他慌忙一屁股坐在正刻的石碑上,遮住了刚刻好的"娇妻"两个字。"谁呀?"他的声音露出些惊慌。

"我,青谷。小三子后响放羊,弄丢了一只,我到西坡找,到这会儿也没找到。"

"哦,是青谷。"石通伯的声音平稳了,"吸袋烟吧,羊兴许卧到哪个沟坎里睡了。"

石通伯伸长胳膊把自己的烟袋朝青谷递过去,他到底也没抬屁股,他害怕青谷看见"娇妻"两个字,青谷看见了肯定要问:娇妻是谁?谁的娇妻?石通伯不愿有这个话题。

"日他娘,找羊累得半死,过日子真难。"光头的青谷边吐着烟圈边发着感叹,"有时辰就想,人反正早晚是个死,早死了不是早好?"

"瞎说吧你,三四十岁的人就想到死了?"

"你这又是给谁在刻碑?"

"西庄的汪家,快清明了,忙。"石通伯说了瞎话。

"石通叔,你老这么些年,刻的墓碑怕有几千通了吧?"

"得上万数了,四乡八村的都来让刻。"石通伯答着,眼前就晃过了树林似的墓碑,那些墓碑的上边,都站着人,有男有女,有老有少,有高有低,有官有民,有商有绅。

"上天也真是奇怪,咋就让人只活几十年就死了呢?"

"上天也只有用这个法子了,你想,人们瞧着这世上热闹,都想来看看,就只有轮流着来了,来一批,死一批;死一批,再来一批。"石通伯说着扭头看了一眼冯大东让为丝丝刻的那个碑。我和丝丝是一批的,我比她只大几岁,应该是一批的……

"石通叔,我回了,你老也别熬得太久,钱挣不完哪。"青谷说罢,搕搕烟锅,起身拍拍屁股,向黑暗里走去。

"慢走着你。"石通伯又摸起了锤。

现在该錾"李"字了。

要不是这次刻墓碑,石通伯差不多都忘记丝丝姓啥了,尽管是邻居,可因为小时候见她,总是叫她"丝妮";大了,叫她"丝妹子";后来叫她大东家的;再后来,又叫"他婶子",所以就把她的姓给扔在了脑后,那天冯大东拿来那个碑式,他开始看到那个"李",还愣了一刹那,一刹那之后才算记起,丝丝是姓李的。

丝丝叫他,也从不加姓叫刘大哥,而是一直叫"石通哥",从小到大一直到她死前,她仍是这样叫的,每次听到她这样叫,他心里就有一股吃了黑皮甘蔗的感觉,心里好受极了。

……石通哥,大热天的,不歇歇晌就又刻!

活儿多,早晚也得干。

就你一个人,大叔哩?

去大同庄了,那边有人刻了碑,钱欠着,俺爹去收。

你錾出的石屑屑可真多,乱飞。

可不是,小心打着你,迷了你的眼。

哎哟!

咋着了,打了你?

石屑屑崩到我的嘴唇上了,好疼好疼,快来看流血了没?!

没,没流血。

可是好疼!

那咋办哩?

俺听说,人哪处受了伤,让外人用舌头舔舔就能疼得轻些,你快伸出舌头给俺舔舔。

舔吗?

舔呀!

可我害怕,要是外人看见了,该说我在亲你哩。

哎哟,我疼得这样,你还在说这话!

好,好,俺舔,是哪个唇?

下边的这个。

行吗,这样舔行吗?疼得轻些了?

有点轻,再舔!

还疼吗?

上边的这个也有些疼。

好些了吧?

我的嘴唇有啥子味道吗?

甜。

甜?

还有点香。

香?

还软和。

你舔的时候心里咋想?

乱。

咋乱?

像一窝子蚂蚁放在了心上,他们乱爬,好痒。

还有?

美。

咋着美?

像吃了西瓜那样,也不全像,反正是心里舒坦。

呆瓜!

嗯?

你是个呆瓜!

嗯?

你真是个呆瓜!……

"扑"的一声,石通伯砸滑了锤。一股钝疼由手脖那儿向胳膊上传,可他的脸上却分明浮着笑意。

夜在不觉中又向深处沉了一截,凉气漫上来,好凉。

石通伯向手脖上被砸疼的地方吐了一口唾沫,揉了揉,又抡起了锤。

……石通哥,还在刻?没去看夏家的新郎新娘拜天地?

没,爹说活儿多。

新郎、新娘跪下时,头碰到了一起。

是吗?

入洞房时,新娘的脚绊着了门槛,趔趄了几步,险些趴地上。

真的?

日后我当新娘时,保准不会出这事。

你当谁的新娘?

还能是谁呀?狗的!

狗?

和你一样高一样壮的狗!

嘿嘿。

笑,光知道笑!还不快让你爹找媒婆五奶去俺家说呀!

我心里总是怕。

怕啥子?

怕你爹娘看不中我,我脸黑。

脸黑心不黑就行。

我的眼小。

要那样大做啥?能看见做活不是瞎子就中。

我的一颗门牙有点往外龇。

龇了好啃西瓜,咯咯咯。

你又笑。

我就是笑!笑你个胆小鬼,前怕狼后怕虎,就不怕别的人把我接走当他的老婆?

别的人?

比如冯大东。

冯大东?

冯大东已托了三叔去我家找我爹娘说,他喜欢我。

真的?

还会假!

那我……

你得快点!

我总是怕……

该刻"丝"字了,石通伯至今也不明白,丝丝的爹娘为啥要给她起名为"丝丝",是因为丝丝落地时正收丝瓜?是因为丝丝的发丝长得好?还是因为丝丝小时候爱吃萝卜丝、豆腐丝?为这事他问过丝丝,可丝丝也摇头说不明白。

不过丝丝的发丝也真是又长又亮,每次她在河边用皂荚洗了头回来,齐腰长的发丝披散开来,简直就像披了一匹乌亮的缎子。

……石通哥,你过来帮俺梳梳头发。

咋着梳?

这样拿住木梳,从上往下梳。

梳子齿上挂掉两根头发。

掉就掉呗,掉头发是常事。

你疼不?

不疼。

俺害怕梳疼了你。

我有那样娇气,梳头就梳疼了?

你的头发真厚实!

有掉光的一天。

瞎说吧你。

你是非要等我老得头发都掉光了再去找五奶说媒不可?

已经去找过五奶了。

找过了,我咋不知道?

前天后晌,我爹拿个羊腿去找了五奶,五奶后来就去了你家,五奶昨日一大早给回了话。

噢,咋说?

五奶说你爹不愿意,你爹说石通家没啥积蓄,房子就三间;他族里人丁也不旺;干的那个活儿也不吉利,刻墓碑,好像盼着人死的样儿;再说也提得晚了,冯大东提得早。

哦?他们对我封口封得可真紧,我一点点都不知道,我还以为你爹一直没去找五奶哩。

五奶说,你爹讲他喜欢冯大东,说冯大东懂礼数,光黄酒就已送去了三缸,说再过几天就要为你们换八字,喝订婚酒。

那不行!我不愿意冯大东,我看不惯他那个猴样儿,要我一辈子去给他洗衣做饭?没门儿!

可你爹愿呀!

他愿是他,我是我!

那怕不行吧,你是他闺女。

你甭替我爹说话,你只说说你咋想的吧!

我能咋想?气呗。

只是气?

还能有啥法子!你爹不愿我还能咋着他!

法子总是有!

啥?

想想!

真是想不出。

有时候你想吃面条,可你爹偏给你做了苞谷糁粥,你咋办?

吃呗,还能把粥倒掉?

那我们两个这事,你要像你爹做饭那样,把粥做好不就行了?

咋做?

想想。

不敢想。

我要叫你想哩?你过来,把衣服脱掉,明儿个你径直去见我爹,就说已经跟我睡过了。

不,不,不,你瞎说吧你,快松手,那样子去说你爹还不把我打死!

他敢把你打死?!

打不死也丢人呀,四乡里还不立即传开,说我坏?

噢,你怕丢人哪!

我当然……

刘石通,原来你怕丢人哪,我不怕你倒怕了!你这只狗!

你听我说……

滚开!

听我说

滚!……

唉,石通伯叹口气,又扬锤朝錾上打下去……

下一个字也是"丝"。

丝丝,我知道从那之后你就一直在生我的气,你有好长好长时间都不再来我家门前,我心里想你想得要死,可又不敢去见你,总怕你爹看见骂我坏货,说我死缠你,直到那天夜里你又来——

……谁?

你那嗓子咋不再高点?!

哦,是丝妹子。

你爹呢?

去村里办事了。

晓得我啥时候要去冯家了吧?

听我爹说了,十四,双日子。

你咋想?

我日他冯大东的祖宗,他仗着他家有钱,占了先。

就骂他几句?

那我还能咋!我一个刻墓碑的,能有……

还剩一个法子了!

啥?

跑!

跑?

咱俩跑!一起跑,跑得远远的,跑到一个山旮旯里,咱俩就在那儿过一辈子!

那咋行?

咋不行?

村里人不都要指脊梁骂我,说我拐走好人家姑娘?

你还管那么多?

还有,我一走,我爹咋办?他已经老了,谁来照看他?再说,这刻墓碑,祖传的活儿丢下也……

好,刘石通,你就刻你的墓碑吧!你这个狗东西,我瞎了眼,偏偏会看上了你!

丝妹子。

别碰我……

一股旋风呼地过来,卷起了石通伯刚刚凿出的那些石末末,向夜空里飞去,旋风走远后,剩下的仍是静。

莫不是丝丝回来了?丝丝,是你吧?你看见我在这儿给你刻碑,就回来看看?我爹说过,旋风都是从墓地里刮起来的,旋风是死人的魂灵走路的方式。

石通伯停下锤,向旋风远去的方向看了许久。

……刘石通你过来!

丝妹子,有事?

我明天就要去冯家了。

俺晓得。

我真想死啊!

瞎说吧你,这婚事兴许是老天爷安排好的。

就在前天,翠嫂告诉我,冯大东还在北庄的黄家女人处混,被人家男人抓住打了一顿。

这个东西,快当丈夫了还……

我决不给他!

不给他啥?

我当姑娘的干净身子!他想得也只能得个让人已经睡过的女人!

丝丝,你……

你过来!

别,别。

你不想要?不要我可要去随便送人了!

丝丝,我……

过来!

我……

"之""墓"两个字刻好的时候,半夜已过了,一股一股乳白色的夜雾随风漫来,烟一样地围住了石通伯。他歇下锤吸烟,眼望着那湿漉漉的翻滚着的雾。倏忽间他仿佛在那雾气之中看到了*丝丝*的脸。

他婶子,你过来坐。

还刻?

你那脸上是咋了,那么长一道伤?

还能咋,冯大东打的。

他敢打?

打还是轻的,嫌我给他生的儿子少,才三个。

这个猪,他想要多少?

八个,最少七个,喝醉时他翻来覆去唱:七狼八虎闯幽州。

这个猪!

差不多夜夜折腾我,来了月经也要干,弄得我满肚子满腿是血。

哦,老天哪。

还嫌我干活不上劲,挣钱少,供不上他去赌、去喝,屋里有三个钱,只要你藏不好,他敢把两个钱送到赌场上,一个钱送到酒馆里。

噢,这只猪!给,拿住,这是几个立碑人送来的一点钱,你拿回去!

我只拿几个称盐的钱,余下的你装起来,你有多少也贴补不起的,那家是个无底洞。

咋着办哩,这日子?

还能咋着办?离了婚跟你,你也没胆量要我,再说,娃子一堆了,如今让我走,我也硬不下心来,凑合着过呗。八成是上辈子我欠了冯家的债,让我这辈子来还哩。还呗,反正我就这百十斤肉,啥时候让冯大东榨干了,也就完事了。

他婶子,你太苦……

我琢磨着,这日子就像一个锅灶,把人放进去,文火熬着,熬呀熬呀,一直把你身上的肉、油、头发都熬光了,熬得剩下了一副骨架,再倒到地上。

他婶子,你有啥难时,记着叫娃子们过来说一声。

算了,咱俩见面越少越好,冯大东的醋心大着哩,他可以去跟别的女人睡,我要跟哪个男人说话多了都不行,天天夜里上床后爬到我身上闻,看有没有野男人的味,他要见我和你见面多了,会跟你抡刀子的。

这只猪!

有时候也想,你恋我恋了这多少年了,我该常找机会过来,让你在我身上也过一阵子瘾,可后来想想,有风险倒不说,让冯大东弄脏了的身子,再给你,有点太辱没你了……

丝丝……

该刻"夫"了,这个"夫"字好刻,可一个男人要想做一个自己喜欢的女人的夫,可真真难啊!

锤又响了,石屑重又像蝗虫一样飞起来,在寂静的夜气里向远处跳。

……石通哥,还在刻!

他婶子,你快坐,听说你昨儿去了一趟医院!

嗐,是肝病,已经弄清了。

咋就会得了这病呢?

我清楚得很,是气的。我气了一辈子,肝还能不出毛病?

老天,吃啥药能好?

啥药我也不想吃。

吃吧,算我求你,我去给你买药。

别,别碰我的嘴唇,大夫说这病传染,从今往后我俩连亲嘴也不能了。

那就不亲了。

石通哥,我差不多啥都不能给你了,嘴不能亲,下身这东西又让冯大东弄脏了,我不愿给你。你一个单身男人,我知道有打熬不住的时候,你的心真要是动了,你就来捏弄捏弄我这俩奶子吧,这兴许能去去火,来吧,还害羞?

别、别解扣子,看冻了你。

你看,这奶子也不如先前了,一点也不硬实,稀软,像布袋,这是几个孩子用嘴吸的,你捏摸捏摸吧,还能不能起点作用?能?不能?你要想嗑就嗑吧,我晓得你有这嗜好,把嘴伸过来,嗑住吧,我只有这个能给你了。

丝丝……

石通哥,闲的时候,动手也给我刻个墓碑吧,我看是到刻的时候了。

瞎说吧你。

刻吧,答应我……

鸡叫头遍的时候,一通花岗岩墓碑立在了石通伯面前,他提着那盏方形的防风灯笼,最后一遍审视自己刻好的那些字:

娇妻李丝丝之墓

夫刘石通泣立

辛未年清明

丝丝,我要把这个墓碑悄悄深埋进你墓前的土里,不让一个人知道,冯大东可以把他以丈夫名义为你立的那个碑竖在这个碑的上头,但要不了几十年,他那个碑就碎了,烂了,那时留下的,就只是我这个碑了,后人们只要看见这个碑,就知道你是我的妻子,是我的!

他仿佛看见有几十个人在挖掘一座古墓,棺板揭开的时候,他听见一个人在说:从骨殖上看,这是一座女子独葬墓,女子身份和死亡年代一时无法判定。在这当儿,另一个人在墓前高叫:这儿有一通墓碑!看,碑上的字清清楚楚:

娇妻李丝丝之墓

夫刘石通泣立

辛未年清明

这墓中的女人是一个名叫刘石通的男人的妻子!

妻子,丝丝,你是我的妻子了!
一抹舒心的微笑,在最早到来的一缕晨光里,爬上了石通伯的眉梢梢……

病 例

一

你有什么不适?

我害怕。

害怕?

是的。

你害怕什么?

我害怕的东西很多。

能说详细点吗?

比如由郑州去北京,我害怕路上出事,常常在出发的前几天就怕得坐卧不安,我拿不准是坐汽车好还是坐火车好还是坐飞机好。要说坐汽车买票比较方便,又是带卧铺的豪华车。

可一想到汽车,我眼前就出现一摊摊的鲜血,就看见两辆汽车相撞后扭缠在一起,就看见浓烟和大火。坐火车要说比较舒服,我有一个朋友的女儿在火车站售票室卖票,我能买到卧铺票,当然不是软卧,软卧我这一级还不给报销。可一想到坐火车,我就想到黄河铁桥,就想到万一火车在过桥时翻了咋办。那么重的火车倘是翻到水里人还能爬出来?而且我总担心掌握道岔的工人粗心或电脑出错,总看见一辆火车的头部与另一辆火车的尾部猛烈相撞,看见毫无防备的在卧铺车厢里睡觉的人们从卧铺上翻滚落地,看见有的人把腰撞断有的人把胸撞陷,看见一个人脑袋正好撞在车厢茶几上,脑瓜子像一个汴京三号西瓜落地一样粉碎了,白色的脑浆顺着车厢板如倾倒的稀饭一样缓慢流淌。坐飞机当然最节省时间,由于眼下飞机票贵,老百姓坐不起,所以买票基本上不用费事。可一想到坐飞机,耳朵里马上就响起了电视台播音员的声音:……空难发生后,当地群众立即前往救援,一百八十七名乘客和十二名机组人员全部罹难……就看见正在燃烧中的飞机残骸,看见救援人员在飞机坠落现场搜集到的烂肉和破布片。我就在这种恐惧害怕中度过动身前的时间,最后不得不选中一种交通工具——我通常选的是火车,我认为火车的窗户比较多,比较大,万一出事故爬出来的可能性还是有的。上火车前,我总要对妻儿反复交代一些家中大事的处置情况,以免自己这次真的回不来了,不至于变成永久秘密;我还把预先写好的对儿子的叮嘱和存款情况锁进抽屉,以便自己真的死了它可以当作遗书。我每一次出远门都痛苦地做好再也回不来的准备。出门时,我从来不忘带上自己的身份证件,为的是便于别人辨认尸体,有时怕证件在事故中被烧,我就把自己的名片在身上的每个口袋里放一张。我总觉得每一个司机都可能是我性命的索取者,都可以轻而易举不经批准地把我从这个世界上消灭。我坐上火车后,总是提心吊胆地看火车驶过桥梁、涵洞和高填方的路基,我在火车上从来没有真正睡熟过一次,我总是在心里恐惧地为自己选定车祸发生后逃跑和跳车的路线。每一次坐上火车,我都要不由自主地想起旧时人们骑马骑毛驴的情景,我总觉得那时人们的生命是掌握在自己手里……

这么说,你主要是长途旅行时害怕交通事故。

不,不全是这样,不做长途旅行不坐机动车辆我也照样害怕。比如出门步行上班,我总怕大街上的汽车、摩托车方向失灵撞上我,怕骑自行车冒失的年轻人碰倒我,怕横拉在街上的那些电线因过度疲劳断开落下击伤我,怕高楼上的那些窗户玻璃万一破碎飞下来扎到我头上,怕人们摆在阳台上的花盆被风吹落砸着我。

如果你坐在家里还害怕吗?

当然怕。坐在家里我主要是怕失火。如今家里的电器多,电线很容易超负荷,超了负荷有时就能烧毁电线造成起火。再说收录机这东西如果听完了忘了拔电源插头,也很容易出事,我们同一栋楼上一家姓王的,就是因为收录机冒烟起火把家产烧了个精光。再就是煤气,这玩意儿太容易出事了,稍有泄漏不是大火就是爆炸,我们单位里一个姓苏的,他母亲烧完水忘了关煤气,结果起火爆炸,弄得那个惨哪,全家人全烧成了一堆一堆的焦炭,你说我能不怕?我只要在家里,一天总要几十遍地检查煤气开关。还有电视机这个东西,一般情况下它不会爆炸,但也确有爆炸的,德化街上一个姓梁的人家,全家人正看电视时电视机忽然爆了,把他女儿的脸炸得血肉模糊,你说我坐在家里就能安宁?

你这种害怕的感觉是不是只在白天才有?到了晚上,比如电灯关了,煤气关了,收录机关了,电视机关了,这时就不再怕了吧?

怕,当然怕,晚上怕得更厉害。晚上主要是怕贼。如今的贼可是本领高强,撬门翻窗又快又无声息,据说他们身上都有万能钥匙,有无声打烂玻璃的工具,有切割钢筋、铁条的装备,而且手里有刀有枪。只要他们进到你屋里,你不乖乖拿出来东西是不行的,有时即使你拿出了东西,他们也会杀人灭口,这太可怕了。我每天晚上一关灯睡觉,就开始留心去听前后阳台上和门前的动静,总觉得有人的脚步声,害得我提心吊胆地睡不安稳。晚上我害怕的另一桩事就是地震,你大概知道,世界上的大多数地震包括唐山地震这样的强震都是在夜间发生的,夜间发生地震你很难跑出屋子。我每天临睡前,总是把一个啤酒瓶倒立在桌子上,为的是预报地震,万一有了地震,我起码早一步知道。唐山那场地震死人几十万,你说人能不怕吗?尤其刮大风下暴雨的夜晚,我总是在心上以为:来了,地震今天夜里就要来了……

你晚上的睡眠很不好吧?

当然。只要一睡觉,我总做些很可怕的梦,我的梦里常常出现一台模样奇怪的机器和一个无头的人,那机器在无头人的驾驶下速度很高,轮子好大,它总是轰轰隆隆着朝我碾过来,我在前边跑,它在后边追,好像非要把我碾碎不可。

你到单位里是不是精神上就好些了?

不,不,到单位里怕的东西更多。我在单位里最怕和某一个领导单独谈话,因为单位里的领导不止一个,而领导中又总是分帮分派的,你和这个领导谈话,其他的领导就可能认为你是在投靠这个领导,说不定日后就会动手整治你。在单位里我还怕和女同事单独聊天,因为别人一见你和女人单独在一起，尽管你聊的只是天气阴晴，别人也会以为你和她是想勾搭成奸，也可能给你编一段桃色新闻出来，弄得你的家庭鸡犬不宁。在单位里我还特别怕分配我写经验材料，这种材料常常需要生编硬造，需要按照上级的要求和希望去想些所谓的观点，再根据这些观点去找例子加以说明，写这样的一份材料常常要掉许多头发，而且越写这样的材料晚上越睡不着觉。

如果到家庭和单位以外的很安全的地方呢，还害怕吗？

怕，当然怕，比如我和朋友去街上的饭店吃饭，那些地方有保安人员，不会有人来伤害我，可一见那些碗筷，我就害怕被传染上乙肝。这年头甲肝不可怕，还能治好；乙肝就不行了，得了它就没有治好的时候，到最后非弄个肝腹水肝硬化肝癌不成。而且最近我听说还有个丙肝病，我真不明白为什么人的病会越来越多了。在我认识的人中，已有三个人死于乙肝了，你说我能不怕？还有就是去理发店理发刮脸，我总怕理发师的剃刀上带有艾滋病毒，万一他给我刮胡子时把我的皮肤刮破一个口子，把艾滋病毒传染给我那不就完了？那我就可能被隔离，连家里人也不愿和我生活在一起了。再就是开会住宾馆，我总怕洗澡时因使用浴盆和便池被传染上性病，如今性病可是猖獗，一旦传染上你对外人有口难辩传染源，别人保准把你看成一个偷偷狎妓的三等嫖客。

你看见什么东西时最容易产生害怕的联想？

不论看见什么东西，我都可能产生害怕的联想。像水，平平常常的水，自来水管里的水，我看见它总是害怕它含有有害成分，总担心它经过工业垃圾的污染，总害怕它里边有我在河水里看见的那些小虫。像面，我们每天吃的白面，麦子面，我总怕其中掺有农药，因为麦子在拔穗扬花时，农民们常喷洒农药，这些农药会不会污染了麦粒从而污染面粉？像街上卖的豆芽,用绿豆泡的豆芽,虽然它又白又长又粗,可我总害怕它是用化肥催泡催发的,豆芽里含有太多的化肥,人吃了自然会伤身体,你说我能不怕?像酒,我害怕它不是它的商标上写的那种酒而是用工业酒精勾兑的,是假酒,这种酒喝了轻则伤胃,重则瞎眼、死人,你说我能不怕?像药,我看见任何一种药都害怕它是假的,都害怕吃了它会死人,这年头假药还少吗?电视上不是播放了一个人卖的假青霉素治死了两个小孩?

你害怕的东西看来都与个人的安全有关。

也不见得,我还常常害怕别的星球来撞地球,那一年《中国青年报》上登载一则消息,说有一个星星偏离轨道直向地球撞来,我害怕得几天吃不下饭。我有时闲坐那里就习惯性地望着天,我真怕有一个星球会迎头砸来。银河系里的星星太多了,如果有一颗星星由于彼此引力的关系运行轨道出了毛病,刚好碰上了地球,你说后果可怕不可怕?我再就是害怕核武器的意外爆炸。如今世界上的核弹头是太多了,从眼下看来,哪个国家哪个人也不敢随便使用核武器,但意外爆炸并不是不可能发生的。不是说有一年一个国家的统帅部在一次演习时使用错了电报讯号,差一点导致核导弹的发射吗?核弹是一个没有理智和思维的东西,掌管核弹的人也有出差错的时候,万一有一天核弹突然意外地爆炸了——像苏联的切尔诺贝利核电站突然发生事故一样,你说可怕不可怕?

你在什么场合里没有害怕的感觉?

任何场合里我都有害怕的感觉。

在舞场里跳舞时也害怕?

有。我跳舞时害怕别人说我跳得不好,怕人说我跳起来像一头熊;怕人说我企图在舞场里寻找艳遇;怕舞场上边的那些装饰灯掉下来砸着人的头;怕喇叭太响超过八十分贝影响人的寿命;怕在旋转中万一失去平衡摔倒在地引起人们的哄堂大笑;怕电线上万一溅出电火花引起火灾逃出时因拥挤被踩伤,这座城市可是有过舞场失火的先例。

你见到什么人时没有害怕的感觉?

我差不多见到任何人都有害怕的感觉。

任何人?

是的。

见到大街上的一个陌生小伙你也会害怕吗?

我害怕他会是一个小偷或者抢劫犯。这年头有些抢劫犯衣服穿得可是笔挺,而且长得有模有样,从外表上你根本辨不出他是坏人。

如果见到一个姑娘呢?

我害怕她轻蔑地看我,姑娘们看男人时眼光总是很挑剔。我还特别怕在公共汽车上和姑娘们贴身而站,因为公共汽车是不断晃动的,万一由于哪次晃动我的前胸撞上了她的后背,她保不准说我是一个流氓而讹我的钱!

你和你的孩子们在一起也害怕吗?

当然,我害怕孩子们把我和其他做爸爸的男人相比,说我不是一个好爸爸,我怕失去他们的尊敬,我怕我老了之后他们不再搭理我。

你和你妻子在一起呢?

我害怕她不满意我在床上的动作,害怕她嫌我早泄,害怕自己有朝一日阳痿,害怕她偷偷去找别的男人。

好吧,请你去那边屋里稍候。谢谢。

你不要给我多开药,药吃多了我可是怕伤胃!

二

你是他的什么人?

妻子。

我想请你谈谈他平时的情况,好吗?

当然。

他平时的饭量如何?

时好时坏,好时能吃三碗面条,坏时不吃一口,他吃饭全凭他当时的情绪。

他平时的血压稳定吗?

时高时低,高时一般是 100—140,低时通常是 60—90。

他的家族里有没有过精神病?

没有。他的父、母、兄、妹、祖父、祖母精神都很正常。

他在过去的生活中,精神上受没受过强烈的刺激?比如说大的灾难、失恋什么的?

没有。他从大学毕业后就进入机关工作,生活道路上没有大起大落,我是他第一个也是唯一的恋人。

你们结婚几年了?

十五年。

你们结婚之初他的精神状态是什么样的?

那时还好,后来逐渐发现他常常无端地害怕,不过一开始我只把这认为是过于敏感,过于小心,没有太在意,最近一段日子有些重视起来。

他平时在家中发不发脾气?

他从不发脾气,他只是好唉声叹气。他对我和孩子非常关心,我常常在夜间醒来时发现他坐在那儿看着我和孩子,目光中满是爱怜和担心。我有时对他发脾气,他也从不回嘴,他总是心平气和地对我说:上帝给我们的压力已经太大了,咱们彼此再不要施加压力。

他平时常给你说些什么话?

他对我说得最多的是"小心"两个字。我出门上班时,他嘱我小心;我外出买东西时,他嘱我小心;我做饭时,他嘱我小心;我听录音机时,他也嘱我小心。我做任何事之前,他都要嘱我小心。

他在家中最常做的动作是什么?

检查。他总是仔细检查各种各样的东西。检查电闸,检查电灯开关,检查电线,检查洗衣机,检查电熨斗的插头与插座,检查煤气开关,检查自行车车闸,检查买回来的一切物品的商标是否是真的,检查门锁,检查窗户的插销。

你和他生活在一起有什么感觉?

我最初是十分放心,因为他对一切都检查都操心,所以我就很放心,我吃得放心,睡得放心。可后来他的害怕与忧虑也慢慢传染了我,让我办什么事也小心、胆怯起来,让我也有了一种感觉:好像什么灾祸就藏在不远的地方,随时都会扑过来。

谢谢。我还想问一下你们的儿子,可以吗?

当然。

三

你爱你的爸爸吗?

爱。

你发现你爸爸在家里常常做些什么事?

爸爱读书、读报,他读的书、报很多。

你爸还爱做什么?

爸爱一个人坐那里想什么,常常一坐好长时间,而且总是坐在房子的角落里,如果是傍晚和晚上,他想什么事儿还不开灯,一个人静静地坐在黑暗中。

你爸爸对你好吗?

好,爸从来没对我发过火,更没打过我,爸说让我生在这个世界上已经够苦了,他不能再给我增加痛苦。

你爸还爱对你说什么话?

爸常说我们早晚有一天要搬家。

搬家?他没说要搬到哪里吗?

他说,最好搬离地球,他说地球早晚要出事,出大事,他说地球已经不大适宜人住了。

你觉得你爸爸最近的行动有些什么特别的地方?

爸爸最近常读化学书,而且买来了一些化学实验仪器,爸爸常常化验我们家自来水管里的水,他说他还要化验我们房间里的空气,化验我们吃的食品,他说他日后可能要化验更多的东西。他特别嘱咐我要好好学习化学,他说化学可能将来是最有用的学科。

你爸平时对你说过他最喜欢什么吗?

说过。爸说他最喜欢到田野里散步,最喜欢骑毛驴走路,最喜欢点蜡烛读书。

哦?

……

笔记小说六题

有王、柳两朋友来舍下小坐,讲见闻六则,颇觉有趣,现录于后,供诸君一笑。版权仍归他们二人所有,余只赚几文钱以贴补家用。

裤　头

村人大栓,睡觉养成了不穿裤头、背心的习惯,且常向人夸耀赤身睡觉的好处:入睡快,解乏舒坦。一日,进城为村人办事,住招待所。房间里有五个床位,只他一人入住,心中窃喜:掏一个床位的钱却住一个单间,运气不孬!遂脱光衣服上床睡下,很快入梦。

半夜,酣睡中的他被尿憋醒,匆匆下床拉开门赤身向厕所里跑。尿完回到房门口时,方发现大事不好:房门竟已被夜风刮得关上了,而且门上的暗锁已从里边将门锁死。他大吃一惊,不由暗暗叫苦——昨晚入住时掏押金租来的房门钥匙也在裤子兜里,这如何进得去?走廊上夜风挺凉,他托臂站了一会儿,就打起哆嗦来。不行,得去找服务员开门。他向女服务员住的值班室刚走几步,才猛地意识到自己光着身子。不行,这样去叫门,女服务员开门后必然会惊得大叫,以为自己想要流氓或图谋不轨。他只得又停下脚步,在走廊里打着哆嗦。但夜风实在太冷了,如此等到天亮,恐要冻僵,必须另想办法。他借着廊灯看见服务台上放有墨汁,毛笔,心中一动,眉头舒展:有了!遂见他走到服务台前,拿过毛笔,蘸了墨汁,在腰上画了一圈,在两条大腿根上也各画了一圈,这样,一个裤头的轮廓便显了出来,而后,理直气壮地上前敲服务员住的房门。女服务员打着哈欠拉开门,他急忙说了门被风吹得关上,请她开门的话。女服务员看了一眼他的装束。大约眼睛近视,没说别的,便随他走到房间门口为他开门。门开了之后,女服务员说:你的裤头弹力挺好,是在哪儿买的?大栓忍住害怕,答了一句:东方公司,便急忙闪进屋去……

轮　胎

一公司老板在同外国人进行一宗商务谈判中间,外出小解,回来时裤子的拉链忘了拉上,依旧大模大样地往沙发上一坐,继续发言。他的这一不雅举止被女秘书小烨发现了。事关礼貌,甚替他着急,但又不好公开提醒,那反倒会引起谈判对手的注意,给老板带来尴尬。后来小烨灵机一动,提上暖瓶过去给老板的茶杯里续水,借这机会说道:老板,你车库的门忘了锁!不想老板不解这话意,竟答道:我早上出门检查过,车库锁了。小烨着急中只好用目光示意,老板这才发现问题所在,脸一红,起身借吩咐一个工作人员出去办事的机会把拉链拉上。

商务谈判顺利结束,老板心情很好,便想同早就暗中喜欢的女秘书调调情开开玩笑,说:小烨,你刚才发现我车库没锁,你看见车了吗?小烨最烦这种性骚扰,便正色道:车没看见,只看见一对旧轮胎!老板窘住,脸红到了耳根……

明代玉如意

朋友扁众,做玉器生意,成绩平平,仅顾住一家老小吃喝而已。见别人暴富,常愤愤。一日,忽然宣布:出售明代玉器如意。买玉器的人们一惊,便都围上来看,果见扁众摆在柜台上的一对玉如意有些古色。但玉器贩子们都有些不信:你扁众乃小家小户出身,何来明代玉如意出售?一定是假的!于是有人就请来市文物科的人鉴定,那文物专家反复验看之后,竟说:有点像,但最好再用仪器测定一下。众玉器贩子一怔:难道是真的不成?有人就请专家再用仪器测定检验。专家用仪器测过之后点头:是真的!于是立刻有玉器贩子出高价买走,为的是再到南方高价出手赚钱。

这一对明代玉如意卖出不久,扁众的柜台上又摆出一对明代玉如意,众人更是惊奇:这家伙还有这宝物?人们于是又围上来观看,又请专家鉴定,鉴定结果依然是真的,便又被人高价买走。

如此反复十余次。

满城人皆惊住:扁众哪里弄来这么多的珍贵东西?有人千方百计打听这些宝物的出处,但扁众一直秘而不宣。不久,城里就有传闻说:扁众的祖上在明代有人当过皇宫的玉器总管。

一日,我去探望扁众,在扁众那气派豪华的别墅里刚坐定,扁众即命保姆炒菜热酒。老友相见,自当开怀畅饮。在喝得颊红耳热时,我提出了那个一直哽在我心里的疑问:你究竟是从哪里弄到的那些明代玉如意?他笑笑,说:你是我最知心的朋友,我就不说假话了。这些玉如意都是我做的!我眼瞪大:做的?他道:我从一些千年老房的瓦上刮下一些陈土,从一些几百年的古墓里弄来一些旧土,浇上水放在锅里,而后把新做的玉如意埋进土里,烧起文火蒸煮五六个小时,玉在一定温度下是可以吸收外界东西的,经这样一蒸一煮,那些古代土里的成分、气息,就会渗进玉如意,而且其色泽也会古化。一般的鉴定者和鉴定仪器绝难识别出来。

我呆住。

扁众最后得意地说:你不动脑筋,就想蒙住人?

麦　田

千县来了两位日本游客。

两位游客都是男性,很上了些年纪。

旅游部门的向导忙向两位介绍千县的风景名胜:千叶山雾罩群峰、报晓寺暮鼓晨钟、双驼镇练武大厅……

两位游客听罢摇头,说:我们想去看看千坪。

旅游向导一怔:千坪?那儿不过是一片起伏不大的丘陵,上边种满庄稼,既无古迹又无胜景,有何看头?

两位旅客坚持要去。

导游只好尊重游客意愿,陪他们去了千坪。

千坪如今是大片的麦田,青青的麦苗如绿毯铺向远处的天边。

两位游客在田垄间久久地走着,既像在欣赏美丽的田间春色,又像是在核对寻找着什么。导游因无解说内容,便坐在车上吸烟,只有司机跟在两位游客后边,他想在适当的时候问两位游客能不能给他换点美元。

司机不懂日语,听不明白两位日本人的对话。

两位游客最后在一个山丘上站定,先是四下里巡看一遍,说了一阵子日语,而后忽然笑了起来,笑得那样突兀和开怀,令随行的司机一愣。

司机觉得他们笑得古怪,而且俩人的目光里有一种说不清的类似得意的东西令他觉得不自在。

这种不自在使他没有张口再提换美元的事。

两个游客跺了跺脚后开始下山丘向汽车走去。

两人对导游各说了一句日语,就示意回城歇息。

把两位游客送回宾馆后司机问导游:他两个看完千坪上车时给你说的啥话?

导游想了想,答:一个说,很好!另一个说,我们还会来的!

司机不明所以。但他心里总觉着日本游客在山丘上笑得怪,于是逢人便说这段见闻。一天,他向他做生意的一个内弟又提起这段见闻,那位内弟听罢精神一振,说:莫不是那山丘的土质十分特别?再不就是有什么咱们还没发现的值钱的矿产?

司机的内弟是位好奇心特重且说干就干的角色,当下就开车去千坪那个山丘上取了土回来找人化验,但化验后发现那土和别处并无不同。他于是又带了两个人去挖,他坚信日本人来这个光秃秃的千坪一定有缘故！他们挖下去两丈多深时看到有一层坚硬的水泥板,揭开水泥板后他们惊叫了一声：他们发现的是一个巨大的地下军需仓库。县上武装部闻讯赶来,组织人力彻底掘开了库顶,原来这仓库里装的全是各种型号的日本军靴,共五万只,可惜的是这些完好的军靴全是左脚穿的。

千坪周围的老人们这才忆起：日本兵当年投降前夕,曾把这块地方列为禁区,戒严了很长时间。

人们说,有放左脚军靴的仓库,就一定有放右脚上穿的军靴的仓库,于是四处挖找,但至今未找到。

需　要

二十四岁的方冬那天去医院原本是要检查胃,却不想在钡餐透视时医生竟盯住他的肺说：我要给你拍个胸片。方冬没在意,方冬以为这年头到处都在创收,这医生肯定想多让他花点钱。方冬随口应道：拍就拍吧,反正我是公费！

片子出来后那医生的神情有些古怪。方冬问他发现什么病没,医生先是摇了摇头随后却又叹了口气。方冬毕竟是机灵人,他从医生的神态中看出了点异样,于是就笑问：莫不是查出了癌？要真是癌了你也不必瞒我,我是个乐天派,再说,你也瞒不了我,要手术要化验,这些东西一看就懂！

医生先是看了他一会儿,随后轻轻拍拍他的肩膀叹口气说：是肺癌。

方冬的身子晃了晃,他的感觉是一块砖头砸到了自己的后脑勺上。

他立刻去另外的医院复查验证。

结论相同。

方冬是在一个阳光灿烂的正午躺倒的,他觉得浑身的筋骨都被癌抽走了,身子软得再也下不了床了。

死吧,明天就死吧。

他无心喝水,不愿吃饭,更不治疗,只想快死作罢。

方冬得了癌症的消息很快在单位传开,人们都为他惋惜,有的甚至为他落了泪。大家劝他想开些,起来吃饭并配合治疗。

他连眼都不想睁。

他开始想这些年他有负于谁:该在临死前向人家道个歉。

他第一个想到的是范丽,那个一直热恋着他却又被他坚决推开的姑娘。当初,为了回绝她执着的追求,他曾当面骂过她:滚开,你这个没皮没脸的东西!如今他躺在床上揣测:她知道我患了癌后会是一种什么心情?

果然,这天他接到了范丽的电话,他本想对着话筒歉疚地说一句:范丽,我过去对不起你。不想线路那头已有一个冷酷的声音响起:"方冬,这是你应得的下场!我相信你明天就会死!"

方冬被气呆也被惊呆在那里。

这个狗女人!方冬扔下话筒,发疯似的吼了一声,随后又对着墙壁叫:老子明天决不死!不死!我不仅要活到明天,我还要活到明年!

方冬于是立即起床吃饭。

自然,他第二天没有死。

从此,他赌着一口气,恢复了过去的生活习惯,并开始晨起锻炼,学做气功,找中医诊治。

他心里只有一个念头:不死!歹毒女人范丽,你不是想要我死吗？爷们偏不死！

方冬这一活就是三年。

而且身体有越来越好的趋势。

这天,电话里又传来范丽冷酷的话音:"方冬,你还没死?"方冬冷笑着放下话筒,他决定去气气范丽,让她看看自己的身体,于是向她家走去。

在范家的院门外,方冬听到范丽妈的高声抱怨:……你这样跟方冬说话,不怕老天爷折你的寿限？接下来是范丽带着抽泣的回答:妈,你不懂。我知道他需要一个敌人……

方冬惊呆在那里……

新　诗

常局长带着秘书小梁坐轿车去各县检查工作,每到一处吃饭,一律是当地领导作陪,大鱼大肉,山珍海味,公款招待。每当他们提出要交伙食费时,对方就笑着摇头:这年头,还来这个吗？

常局长和梁秘书检查完一遍工作打道回局的那天,车行至半路天已是傍晚。局长提出就在路边的饭店吃一顿晚饭,司机于是停下车来。

三人要了一桌饭菜,吃罢结账时,局长说:我们这次出来,一路都是吃的公款,今晚的饭钱理应由我们私人来付,你俩都别争了,我工资最多,我来做一回东。秘书和司机哪好意思应允,都争着掏出钱包来要付款,局长见争执不下,便笑道:这样吧,我们每人来作一首诗,这首诗中必须有"尖又尖""圆又圆""千千万""万万千""有没有""没有"这些词,谁作不出了,谁就付这顿饭钱,如何？秘书和司机听了,一齐笑说:好！

司机低眉一想,开口道:这样吧,我水平低,先作。我这首诗是:

> 我的车灯圆又圆,
> 我的车头尖又尖,
> 我跑路跑了千千万,
> 我送人送了万万千,
> 有一次事故没有?
> 没有!

局长听了点头:不错,符合要求,这顿饭钱不用你来交了。

秘书随后作道:

> 我的钢笔圆又圆,
> 我的笔尖尖又尖,
> 我"汇报"写了千千万,
> 我"经验"写了万万千,
> 有一句不含水分的话没有?
> 没有!

局长听罢颔首:嗯,也不错,饭钱也不用你来交了。你们听我的这首:

> 我的嘴巴圆又圆,
> 我的牙齿尖又尖,
> 我吃请吃了千千万,
> 我请吃请了万万千,
> 自己掏一分钱没有?
> 没有!

秘书和司机听罢一齐拍手:好诗! 好诗! 手拍完司机又

笑叫:咱们三个都作了诗,而且都是好诗,那这顿饭钱谁交?

局长叹一口气,说:也罢,既是这样,只有还用公款了,小梁,你去付款,记住开个发票,回去报销!……

会晤站

瞥见九添满面春风地向我跑来是在一个晚霞即将撤走的傍晚。他那副连牙齿上都绽着笑容的模样让我预先就做好了倾听好消息的准备。未料他开口之后却吓得我倒退了几步。

——嗨,你愿不愿意和死去的亲友见见面?

你——疯了,我把一口冷气徐徐咽进肚里。

你只说你愿不愿见吧?

让我摸摸你的额头,你是不是因为发烧在说胡话?

你他妈的干脆点!他有些恼怒地打开我的手吼道。你快点说你愿不愿见,你要不愿意我就去找别人!

怎么可能……?

再磨蹭我就走了!

好,好,我当然想见。

你想见谁?

我奶奶。只是你能……？

又他妈的啰唆！既然想见,就跟我走！

去哪里？在哪儿见？

会晤站！

会晤站？哪儿会有这种会晤站？

你这人就是多嘴！把你的嘴唇闭紧了跟我走。

我的好奇心被他彻底撩了起来,于是就老老实实地跟在他的后边移步。暮色正在一点一点地加浓,我在他身后小心地辨识着路径。我们出城后先是走过一片主要长着紫花苜蓿的草地,接着穿过了一道由构树、槐树、杨树组成的杂木林带,随后越过了一条有水蛇爬动的丈余宽的水声潺潺的小溪。在小溪岸边站定时,我看到前边不远处出现了一个由青砖砌成的小院,那小院的院门上方,果然写着三个蓝色大字:会晤站。

还真有这样一个地方?！我惊奇地叫了起来。

嘘——他竖一根手指在嘴前,示意我不要出声,领我径直走到门前。我急切地刚想一脚跨过门槛,不妨被九添扯住了胳膊:先交费！

交费？还要交费？

一百元！

嗬？你小子别是在变着法子骗人吧?！

你平日去一趟卡拉OK歌厅花多少钱？会晤阴界的亲人倒舍不得了？

我一心想看个明白,就不再争执,把钱掏出来给了他。他告诉我,进去后按一、二、三、四室的顺序走:每进一个房间,先看内中的提示和规定。手和脚都不要乱动,到处都是精密仪器和机器。

你要是骗我我可饶不了你！我半是怀疑半是惊奇地迈过

了高高的枣木门槛。

这是一个幽静的小院,几蓬青竹在当院里随着晚风轻摇着身躯,院子里除了竹叶们的细语再无别的声息。一号室是个四米见方的屋子,屋里放一张宽大的方桌,两支蜡烛映着厚厚一沓"承诺表",我拿过一张。这种"承诺表"不是用普通的纸张制成,其厚薄如激光唱盘一样。只见上边写着:你必须在此表上签名,否则不予接待。签字后请将表放在方桌正中间白线画定的框里。签字前请你看清你要承诺的内容:(1)不责备对方过去的言行;(2)不要求对方改变现状;(3)不高声喧哗以免惊吓阴世来的客人;(4)不乱动会晤站里的所有开关和按钮以防影响整个系统的运转。

我照要求在一张"承诺表"上签了名字,刚把它放进方桌正中间白线画成的方框,就见那承诺表倏忽间没了踪影。我正惊疑着,一个低缓的声音不知从屋子的什么地方响了起来:先生,请你进入二室!

我惶惶惑惑地走进了二室。二室里摆着一台类似电脑的机器,墙上贴着一张"须知":"请你用笔在屏幕上写出你要会见的去世者的姓名、国籍、性别、去世时的年龄、去世前所住的地址。当你写完上述内容后,你会看到屏幕的下方出现了一组数字,请你将此组数字准确记进心里。"我依"须知"上的规定,将奶奶的有关情况写到了屏幕上,果然,屏幕下方出现了一组数字:112658791109。我正惊奇地注视着那组数字,又一低缓的声音不知从屋子的什么地方响起:请你在记准数字后进入三室!

三室空空荡荡,但我感觉到四壁内和地板下有什么机器在嗡嗡地响。正面墙壁上嵌有一个类似电话机上的数字按盘的东西。按盘上有0、1、2、3、4、5、6、7、8、9十个数码。旁边有一行文字:"请在按盘上按下你在二室所记的数字,请务必不要按错;在按完数字听到嗒的一声后,请进入第四室。"至此,我心中的惊奇和惊疑已经消去,我认为这一定是九添精心设计的一个游戏,怎么会有如此现代化的会晤设备?而且还是在阴阳两界之间设置的?也罢,看看这个游戏的结局也好,待出了院门再同九添算账!我依照要求在按盘上按完了那组数字后,便向四室走去。

四室被用黑色的木板隔成了五个小间,第一间门上边写着"兄弟、兄妹、堂兄弟、堂兄妹晤见室";第二间门上写着"母子、母女、父子、父女晤见室";第三间门上写着"祖孙、曾祖孙晤见室";第四间门上写着"夫妇、情人晤见室";第五间上写着"其他亲属和友人晤见室"。屋梁上悬挂着一个电子牌,电子牌上写着提示:"请你根据你和被晤见者的关系确定要进的晤见室,推开晤见室的门时不要意外和害怕,他(她)是你的亲属和友人,他(她)也渴望见到你!晤见时间三十分钟。"我在心中暗暗一笑,九添这小子为设计这个游戏还真是想得仔细!我就要看到游戏的结局了。九添,你这个一心想赚钱的小子!我面带嬉笑地一脚踹开了祖孙、曾祖孙晤见室的木门,我估计我看到的只会是一个空荡荡的地方,可在门开的一刹那,我脸上的笑容一下子僵住:奶奶?!我的奶奶——我去世几年的奶奶竟真的面带慈祥笑容地坐在那里。——孩子,还认识奶奶吗?奶奶的声音一如我记忆中的样了,奶奶的衣着也和我记忆中的完全相同。——奶奶,真的是你吗?——当然,我的小傻瓜!听说你要见我,你知道我是多么高兴吗?你比过去长高了,也胖了。你爸妈他们都好吗?你大学毕业了吗？当初考大学时你是多么紧张啊！你现在每天晌午还是爱吃面条？——奶奶，爸妈他们都好，他们不知道有这么个会晤站，要不然他们也会来见你的。我大学刚刚毕业，工作还未分配，如今大学毕业生分配个工作并不容易，要走后门，要求许多当官的。我如今仍然爱吃面条。奶奶，你晓得我是多么想你吗？我把我当初给你照的那张照片放大后一直悬挂在咱们家的客厅里。我至今还记得你喂我喝豆腐脑的事，记得你领我去看马戏团演出的事，记得你给我买泡泡糖的事。奶奶，你在那边好吗？——好，奶奶一切都好。奶奶就是有些寂寞，总想你们，不过今后就好了，有了这会晤站，我们可以经常见见面。——对，奶奶，这会晤站是我的好朋友九添办的，我随时都可以进来见你。我原来还不信能在这会晤站里见到你，没想到竟会是真的。奶奶，我真高兴！这么说阴阳两界是可以相通的。——过来，坐我近点，让奶奶细细地看看你。瞧，也长胡子了。这眼镜是多少度的？你可要当心，每天看电视的时间不要太长，要不然这近视度数还会增加。平时要多吃点蔬菜，如今还是爱吃萝卜炖羊肉？噢，差点忘了问你，你有对象了没有？你的年纪已经可以谈了。你爸你妈他们没有托人为你介绍一个？回去告诉他们，就说我说的，可以找个媒人，让媒人……

铛！头顶上响起了报时声，这响声过后，是一个低缓的声音在提醒：会晤时间还有三十秒钟，请你们彼此告别吧。

——奶奶，你要保重！

——孩子，奶奶永远都在祝福你！

——奶奶……

尽管我一直在暗暗握紧奶奶的手，却到底也没能拉住奶奶。只见奶奶像坐在一辆高速滑行的车上一样，飞快地离我而去。奶奶始终面朝着我,身影越来越小,终至于完全消失。

噢,多么奇妙的经历,我竟然又见到了奶奶!

我带着一点遗憾和满怀的欢喜走出晤见室,来到了院门外。天已经完全黑定,九添还在院门口来回踱步。他见我出来,淡了声问:怎么样,骗你了没?

九添,真有你的,谢谢你!我快活地在他肩上砸了一拳。告诉我,这点子是谁出的?

敝人。

你?

怎么,瞧不起你老弟?告诉你,我许多年前就有这样一个想法了,尤其是在我母亲病逝之后,这个愿望就更加强烈。你知道我非常爱我的母亲,可死亡隔开了我们,使得我们母子再也不能相见。不过,这个愿望最初的诞生地是黑龙江畔。

黑龙江畔?

对。在黑龙江畔,我看到了中俄双方为解决边界纠纷而在各自的江岸上建立的会晤站。这种会晤站通常是一座小院或是一座小楼,内中创造了一种适宜平和讨论问题和交换意见的氛围,许多可能酿成大事端的边界纠纷,就在这会晤站里得到了解决。这种建筑给了我一个启发,使我想到,如果我们能设计一座建筑物,在内中安上最先进的高科技设备,从而使阴阳两界的人得以晤见,这岂不是解除了人间对去世者的思念之苦,从而为人类增添了欢乐,做了一件好事?

嘀?!

于是从大学一年级开始,我就一直在琢磨这项设计,经过对许多专家的求教和几年的努力,在一些有识之士的资助下,我终于建成了这个会晤站。你,是会晤站建成后进去的第一百零一个人!

噢,为什么不早告诉我? 你知道吧,你的这个会晤站会在全世界引起轰动! 你将成为世界名人! 你的职称会得到解决,你保准会被评为高级工程师,你的住房也会得到改善! 你……

我什么也不图,我只图在这里经常可以见到妈妈,只图这世上从此不再有因亲人去世而悲痛欲绝的人,只图这世上从此能充满欢笑。

九添,我的朋友,你知道你的这项设计具有多么巨大的意义。这个会晤站将彻底改变人们对死亡的看法,人们对死亡将不再恐惧。过去人们之所以害怕死亡,是因为人一旦死去他就和他的亲人永别了,可有了这个会晤站之后,死亡就变得如同出差旅行一样,他的亲人随时可以在会晤站里再见到他。噢,多么伟大的发明! 我现在一定要让全国全世界的人尽快知道这件事。我在青年报社里有朋友,我让他们尽快派记者来,这回谅他们不会再搞有偿新闻,这消息肯定会上头版头条……

不,谢谢! 这个会晤站还有待完善,还需要添置许多新的电子设备,我希望你暂时保密。

是吗? 那你需要我帮你做点什么?

不用,我唯一希望的是你能常来,随时见你想见的已经去世的亲友。

可我哪有那么多的钱交你的门票费?

实在没钱可以免费,我们不是多年的朋友吗?

真的? 你可别为这话后悔!

说到哪里了,你如果现在想进去就可以立即再进去!

我还真想再进去一次。在这一瞬间,我想起了大学二年级时爱上的那个姑娘——柯小羽,那是一个多么俏丽的女孩,可惜她后来死于一场车祸,要能见见她那该多好!

那就进吧。

我想先问清楚,我这次进去想见的这个人是遭遇车祸死的,我见到她时她会是什么模样?是车祸发生时的那种惨状吗?

不会。九添急忙摇头。你想见的所有亲友,他们都会以你心中保留的他们最好的形象出现。

那我就进去了!我迫不及待地重又跑进了院门,在一、二、三室里按规定做了该做的事,而后心怀忐忑地向四室里的"夫妇、情人晤见室"走去。尽管有了刚才会晤奶奶的成功,可我此刻还是不能相信:我真能再见到我心爱的姑娘小羽?

我怀着莫名的不安和希冀缓缓地推开了"夫妇、情人晤见室"那扇黑色的门,天哪,美丽的小羽竟真的甜笑着坐在那里。小羽——我把满腔的惊喜化成一句低喊。小羽在我的喊声里站起,仍用老习惯先抻了抻自己的衣襟,而后袅娜地向我走近。——我一听说阳世上有人要见我,我就猜,不是我爸妈就是你,因为这是阳世上最爱我的三个人。小羽一边捋着鬓发一边笑说,声音依旧是当年的那种温婉柔美。——小羽,你过得好吗?我捏紧了她的手急切地问,她的手照旧温热而滑腻。——好,我们那儿虽不是阳光明媚,但也万物俱备,各样东西应有尽有,而且因为个体之间并无利害要争斗,日子过得倒也舒心自在,只是常常想你。——我也想你,真真是日思夜想!我边说边把她搂抱到怀里,她仍如过去一样,温顺地坐在我的腿上,把头紧紧地偎在我的胸前。——告诉我,自从我走后,你是不是又爱上了别的姑娘?——没,没有,我向你发誓,我心里仍然只有你!倒是有人给我介绍过女朋友,可我见面后拿她们与你一比,顿时就无了兴趣。——真的?她娇笑着问,不是拿好听的话哄我吧?——我会哄你?我边说边把双

375

唇压上了她的小嘴。她的舌头仍如过去那样灵活而带着甜香,我们吻得热烈而长久,我又一次体验到了当年和她热恋时那种心醉神迷。——以后你会常来这会晤站看我吗?她的声音像细碎的糖粒一样向我的喉咙里滚。——当然,还用问?我边答边把手向她的胸衣里伸,顷刻间便捉住了那两只令我神魂颠倒的小鸟。我对小鸟的抚弄使得她把身子更紧地贴向我,我感到她的呼吸在加快,也觉出自己的欲望在飞快地膨胀。终于,我哆嗦着手伸向了她的下腹并开始去解她的裤带。——在这儿……行吗?她抬起羞红的脸蛋低低地问。——这有什么不行?可惜九添这小子没有在这个会晤间里设置一张床。不过不要紧,就在这地上吧,我把衣服脱了铺上就成。我麻利地脱着衣服并把它们在地上铺好,还行,地板很平。当我去脱小羽的衣服时她羞得双手捂上了眼睛,我是第一次看到小羽的裸体,她的身体是多么白嫩娇美!我边吻着她边把她平放在地上,而后迫不及待地向她扑去。就在我要俯压到她的身上那一刹那,我竟愚蠢地说了一句:小羽,我再也不让你回到那边去,我待一会儿就要把你从这儿抱走!我的话音刚落,赤裸着身子两腮晕红仰躺在那儿的小羽竟突然飘飞而走,与此同时会晤间里响起了一个低缓的声音:你违背了你的承诺,会晤至此结束!小羽!小羽——我惊慌至极地呼叫,但小羽已越飞越远,她只能依依不舍地一手掩胸一手向我挥着。小羽——我后悔至极地喊……

  醒醒,醒醒!是爸爸不停的摇晃把我从深深的梦境中拽了出来。在意识恢复的刹那,我一边急忙去擦双腿间那摊湿凉的东西,一边怅然地想,倘不是违背了那个承诺,我这会儿不还在那个会晤站里?

  ……

释 放

  饶义生第一次拿过父亲行刑用的那把锃亮的砍刀时打了一个真正的寒噤,鸡皮疙瘩顷刻间便密布了全身,他哆嗦着手把砍刀扔在了地上,砍刀落地时的声响像猫叫一样在院子里四下冲撞。父亲饶一坤皱了眉头冷冷地说:你小子连刀都不敢拿,日后还怎能吃得了行刑杀人这碗饭?父亲要他把刀重新捡起扛在肩上,在屋里来回走上三趟——由后墙走到门槛,再由门槛走到后墙。饶义生在父亲威严目光的催促下,不得不把那沉重的砍刀重又捡起,刀刃向上地扛上了肩膀。这是他第一次接受父亲的训练,这一年他刚满九岁。
  义生接受新一阶段的训练是在一个秋空阴沉的午后。那阵儿他和一个名叫蚌儿的邻居小姑娘正在玩捉迷藏的游戏,听到父亲喊他回家时他并不知道让他干啥,拉上蚌儿的手就往家里跑。进门看见父亲手里拎着一个小小的用竹片编成的笼子,笼子里有三只青色的蝈蝈,其中一只还正放开喉咙在婉转悠扬地鸣唱。义生以为父亲捉来蝈蝈是让他玩的,高兴地跑上前接过了笼子。原本站在院门口迟疑着没有进来的蚌儿,见此情形也含笑迈过了门槛。义生没料到接下来会听到父亲这样的命令:义生,把它们一个一个全都捏死!

捏死?!义生惊得往后跳了两步。

对,捏死!饶一坤冷然点头,我逮来它们就为了让你捏死它们。你长大后要干爹干的这个行当,干这个行当就必须敢于杀生!懂吗?捏死它们,最好撕掉它们的头!

我不!义生把蝈蝈笼紧紧抱在怀里。它们活得好好的,凭啥要捏死它们?

傻蛋!你这就是对活物的同情,有了这种同情,你日后就不可能去顺利地行刑,你面对一个活人就不会忍心下刀,你就挣不来钱养家糊口!

反正我不捏死它们!

听话!这是干我们这行的人必过的一关。

我不。

动手!

父亲愠怒地朝他扬起了巴掌。

义生只得打开蝈蝈笼把手伸了进去。欢叫着的蝈蝈根本不知道死期将至,声音依旧欢快热烈。义生手抖着抓住其中一只,闭上眼咬紧牙用力去捏。

当义生满脸是汗地扔掉三具蝈蝈的尸体时,他看见蚌儿双手捂脸奔出了院门。他没有喊也没有追,只是双腿发软地坐在了地上。

这之后义生又在父亲的督促下练了杀鸡、宰羊、砸狗。由于血经常沾上他的双手,他渐渐地变得面对鲜血也能不惊不悚。

接下来饶一坤又用湿泥和秫秸堆成了一个跪着的人,用手仔细地指着泥人的脖颈,告诉义生哪儿是骨头的缝隙,哪儿是喉管的位置,哪儿是动脉血管,告诉他刀从何处进,进多深可达什么要害部位。饶一坤说完又操刀示范,在泥人的脖颈上割下一条又一条刀痕。

这之后饶一坤便教儿子用刀。饶一坤告诉儿子,行刑的刽子手动手时并不像人们想象的那样举刀去砍,而是把刀紧贴在左臂后让利刃向外,在走过人犯的颈后时轻轻一弑就成。饶一坤手把手地教儿子操刀方法,并用湿泥堆成人形让他反复操练。饶义生在父亲的指挥下用那把锃亮的砍刀弑掉了无数个泥人的脖颈。

在饶义生十五岁的那年春天,父亲饶一坤开始领他上刑场实地观看。首次看刑的刑场在城东的沙河滩上,一溜五名男犯和一名女犯齐刷刷地跪在河滩里,义生看见父亲在官府的人宣读完死刑令验明正身之后,刀隐臂后缓步向人犯们走去,眨眼间便把六个人放倒在地上。看见六个脖颈上可怕的断碴和喷涌的血沫,闻着那飘荡而起的浓烈的血腥味,经过训练的义生还是没能忍住恶心而当场哇哇呕吐起来。当他吐完肚里的东西仰起带泪的脸颊时,父亲啪啪啪地打了他三个耳光。饶一坤一边骂儿子没出息一边用腰里的一块抹布去擦拭刀上的血迹。

随着实地观看行刑次数的增加,义生也慢慢做到了见惯不惊。到后来,父亲每次行完刑离开刑场,他总还要上前仔细地查看一下死者颈上的刀口,比试一下进刀的部位。他此时在刑场上的表情也渐如父亲:双眼微眯、一脸的漠然和冷峻。

饶义生经官府批准正式接替父亲做了刽子手是在他十八

岁的那年冬天。那个冬天邓州地面的雪下得仿佛没有尽头,就在雪花纷扬的一个正午,在县城西郊那片被白雪铺盖的洼地里,饶义生首次执刀行刑。那天要处决的是三个杀人犯。当人犯跪在雪地上听候宣判时,饶义生脱去棉袄只穿一件短褂,开始按照父亲传下来的程序行动起来:先紧了紧腰上束的黑色宽布带,而后扯过腰上的酒葫芦喝了三口烧酒,之后把带在身上的朱砂掏出,用手指蘸上些在自己的额头和脖子上各点了一下,便嗖地抽出装在皮鞘里的砍刀,隐刀于臂后,眯缝了眼向犯人们大步走去。毕竟是第一次砍杀真人,眼见一个活生生的人顷刻间就要死在自己的刀下,他的手还是在最后一刻软了,结果三颗人头都没有利索地切下,幸亏其父饶一坤早有准备悄步在他身后保驾,眼疾手快地给三个人犯各补了一刀。行刑结束后饶一坤一脚把儿子踹倒在雪地上。你个不能成事的软蛋!饶义生那刻双手捂脸哭着说:爹,我可能不是干这个的料,让我干别的吧,我去当挑夫挣钱也行啊,为啥非要干这个不可?父亲冷冷地骂道:胡说,老子辛辛苦苦教你这么多年,力气白费了?当挑夫能挣来这么多钱?杀人与当挑夫哪个省力?杀人只要把刀一举一落就成,当挑夫百多斤的担子放在肩上,一走几十里,不累?不流汗?你老老实实给我收起干别的的心思,一心一意地给我把这个活干成!……

在父亲彻底回绝了他干别的营生的要求之后,饶义生只有咬紧牙继续上刑场。此后每次上刑场,父亲都要把一个秘诀向他重复一次:不要把人看成一个活物,要看成一根树枝,一棵树早晚都是要死的,砍掉它的一个枝子能有什么妨碍?

饶义生把父亲教的这个秘诀记在心中,再上刑场杀人时就觉得手脖子硬了不少。树早晚都要死,砍个枝子确无妨碍。他就用砍树枝的心劲砍下了一颗又一颗人犯的脑袋。

一年以后,饶义生就完全砍顺了手,上刑场时再不用父亲到场保驾。有一次被杀的人犯一下子增加到十七名,按理要有两人同时行刑。可巧另两名刽子手一人出门在外一人卧病在床。监刑官问义生要不要派人把他父亲饶一坤叫来帮忙,义生摇头说不用。监刑官下令行刑开始后,饶义生双眼微眯执刀过去,唰唰唰十七刀,干净利索地结束了十七个生命。监刑官见状大喜,连连夸奖他手艺不凡。那天行刑结束后,监刑官除了付规定的酬银之外,还另外赏他一双带按扣的棉靴和一件里外全新的棉袄。

到了二十二岁上,饶义生的行刑技艺已经炉火纯青,成了远近闻名的刽子手,一些死刑犯人为了死得痛快无痛苦,临刑前点名要求让饶义生行刑。威震南阳府的大枪匪范千成那年被擒遭处决时,曾以秘藏金银的一处地址换来官府的允诺:同意让饶义生为其行刑。府衙为了得到那处金银的藏址,特意用马车去邓州城把饶义生接到了府城监狱。范千成见到饶义生后,呵呵笑着说:我姓范的平生要吃就吃要喝就喝想杀就杀想干女人就干女人,可谓痛快一世,临死时用巨大的代价请了你来,就是图走得也痛快,盼你不负我范某人!言毕,才将那处藏金银的秘址告诉了狱吏。官府把千余两金银由秘藏处起回之后,方命饶义生动手。饶义生果然未负范千成之望,刀起头落不过是眨眼工夫,范千成人头落地时笑容还留在脸上。这一次行刑的经过在社会上传扬一时,使饶义生的名声越加大了起来。

饶义生的行刑技艺日渐纯熟的同时,也开始走进青春年华里最让人烦躁的路段。一个隐秘的欲望开始像蚕蛹一样每天都在他的心里拱动——渴盼和女性接触。但他干的这个行当不能不让街邻家那些年轻的姑娘们心惊胆战,使得她们像信守一个协议似的大都对他不理不睬。他在苦闷中注意到,独有东邻苏家那个少时常和他玩捉迷藏游戏的蚌儿姑娘对他还算客气,见面时依旧柔柔地叫声"义生哥"。这使他很觉温暖,也生了些或许能娶蚌儿为妻的自信。他开始利用各种机会送些发卡、梳子之类的小礼物给蚌儿;蚌儿也常把一些吃食如几个粽子或热红薯悄悄递到他手上。一来二去,他感觉出蚌儿对自己有了情意,就催父亲找媒人到苏家去说亲。未料蚌儿的父母坚决地回绝了媒人的说合,了断了饶义生要结成这门亲事的热望。这使饶义生十分伤心,一连两天躺在床上不愿起来吃饭,最后饶一坤火了,走到床前怒声骂道:"没出息的东西,为一个女人值得这样?天下女人多的是,只要手里有钱,还怕弄不来一个?明天爹就想法去给你买!"

饶一坤说到做到,没过几天还真从一个逃荒人家里买来了一个姑娘。那姑娘模样还颇周正,饶义生看了也暗暗喜欢。没过几天,那姑娘就和饶义生草草拜堂成了亲,新婚之夜过罢的那天早晨,当饶义生心满意足地由新房出来时,饶一坤说:"咋样,这下明白了吧?人关键是要想办法挣钱,只要有了钱,想要的东西就会有。眼下咱有这个行刑挣钱的方便行当,你就该一心一意地干好它!"饶义生那刻虽没有说什么,但内心里已正式承认父亲说得正确。

自此,饶义生行刑越发认真,在他手里从未出过任何纰漏,官府对他的信任度也越加提高。到最后,凡他动手杀的人,监刑官根本不再上前检验人犯是否已经死定,总是他刀一落下,这边的监刑官就上马走人。

这年的秋天,县府里捉了五个反叛大清朝廷的人犯。据说他们的具体罪名是:主张宪政,致力共和。知县在报请府衙批准之后,决定将这五个人就地正法,行刑人自然被定为饶义生。在行刑日到达的前一天夜里,突然有一对男女敲响了饶家的屋门。那对男女对饶家父子含泪述说:明天要杀的五个人均系正直之士,他们反叛朝廷的目的其实是想为国民谋福。眼下只有你们还能救他们一命,恳请你们千万刀下留下生路……

所谓刀下留下生路,其实就是让饶义生动手时不要真下绝手,而是刀致喉管和动脉处悄然躲开,而只割一个看似吓人的刀口,让血喷涌出来,造成一个人已死定的假象。待监刑官走后,再在收尸时设法止血抢救。这话饶家父子一听就明白,饶义生要做这事凭他的刀法也完全能做成功。但他许久没有应声,他在冷冷地等待,等待他们说出下文。

……我们已经暗中找好了几个手艺很高的治红伤的大夫,我们明天会拉一辆收尸的马车到刑场附近,马车上边用苇席遮住。待你行刑完毕监刑官走了之后,这些大夫会同时跑上去以收尸为借口把那几个人抱上马车止血抢救。我们知道监刑官通常不再检验你杀的人是否已经死定,这会给我们挤出宝贵的时间,也不会给你带来麻烦。倘若成功,我们会永远铭记你的恩德,你们也算为国为民做了一件好事!

就这些?饶义生淡淡地问那一对男女。

是的。那对男女同时点头,我们会永远感激你!

走吧,你们。

你答应了?

明天看情况吧。

那对男女以为饶义生这是已经默允,就又千恩万谢地出了门。待他们出门走后,一直半闭了眼坐那儿抽烟的饶一坤慢条斯理地问:真干……?

他们没说价钱。

不预先说定价钱的事能干?

我想睡了。

单为了得几句感谢可划不来,万一事情败露,以后可去哪里挣钱……

我要睡了。

片刻之后,新房里就传来了饶义生平稳而嘹亮的鼾声。

翌日的刑场不远处果然停着一辆收尸的带篷马车,执刀的饶义生清楚地看见那对男女满怀希望地出现在车旁。他们的附近有几个刑场看客也神色不宁,饶义生猜他们大概就是被请来准备抢救人犯的外科大夫。

那天行刑的过程一如往常,饶义生砍倒五个人犯之后,监刑官看也没看上马就走。这边收尸的人们以为一切照计谋进行,疾跑过来借收尸之名想迅速抢救伤者,但跑近一看,五颗人头差不多都已离了脖颈,根本没有再救的可能。那对男女在短暂的惊愕过后立刻大放悲声,饶义生就在那痛切的哭声中从容不迫地骑上了那匹官府特为他配备的灰色骡子,悠然地踏上了归程。

来年的春天邓州城出了一桩带点粉色的凶杀案件,被捉的凶手是一个美丽的少妇,官府指控她杀了本县知县的侄儿。这少妇不是别人,正是饶义生少时的玩伴——邻居苏家的姑娘蚌儿。生性柔弱为人贤淑的蚌儿所以忽然之间成了"凶手",根由在于她新婚不久的丈夫。她的丈夫倒也是个读书识礼之人,婚后对蚌儿百般关爱。这小伙唯一的毛病是想进入仕途,因此便常去结交些和官府有瓜葛的人,知县的侄儿便是在这种情况下被他极亲热地引进了自家屋里。知县的侄儿头一次进屋就把夹带着意外和惊喜的目光投到了蚌儿身上。边炒菜边温酒的蚌儿以女性的直觉立刻看出这人不是地道的朋友,曾委婉地劝说丈夫不要再和他交往下去。可丈夫正一心指望由此人做桥攀附知县,哪肯听蚌儿的?于是接下来便有事情发生。知县的侄儿先是找机会在言语上对蚌儿百般挑逗,后见蚌儿佯装不懂对他不理不睬,才决定采取强硬手段。在一个细雨飘洒的黄昏,他趁蚌儿的丈夫正同自己的知县叔叔在县衙的后堂谈棋论画的当儿,熟门熟路地踅进了蚌儿的卧房。他是早做好了今日一定要把事情做成的打算,所以一进门就抱住了蚌儿手脚并用起来。蚌儿是那种视贞节比性命还重要的女人,哪里肯依?于是一场搏斗便在不大的空间里展开。搏斗的结果当然是以蚌儿的失败而告结束:蚌儿的嘴里被塞了布团,双手被反剪在背后,浑身的衣服被剥了个精光,赤条条被扔在了床上。接下来胜利者便开始忙碌着占领,忙完一遍意犹未尽,心想这样强迫着做终不如放松着做有味,就对蚌儿说:我松开你的手,抽出你嘴里的布,你配合着让我再高兴一回,我从此就再不来烦你!蚌儿紧闭了眼不吭也不动,知县的侄儿以为这就是默许,于是就依诺而行解除了对蚌儿的强制措施。正当他满心欢喜地起身要重做第二遍的时候,蚌儿突然抓起床头的铜烛台向他的脑袋砸去,知县的侄儿注意力正集中在蚌儿身上,根本没想到蚌儿会有这举动,惊得急忙躲闪,慌乱中头顶刚好碰上了床头的柜子尖角,只听他哼了一声,身子随即便软在了床帮上,一股白色的脑浆缓缓地向床上流淌。邻居们闻声赶来时,吓呆了的蚌儿还赤条条地坐在死尸一旁。这桩凶杀案的真情通过邻居们的口口相传使得满城人都一清二楚,人们的同情当然都在蚌儿一边,不少人还联络起来到县衙门口跪请知县明断是非,但判处蚌儿死刑的命令最终还是由官府下达了。这个判决惹得人们群情激愤。行刑的那天,原定的一个姓常的刽子手愤而拒绝行刑。行刑人愤而罢工,这在过去还没有过,官府在慌急中找到了饶义生,饶义生开口只问了两个字:价钱?

酬加一倍。来人应道。

一倍不干!饶义生照样悠然吸烟。这原本不是我分内的活。

那就两倍!来人急忙又添。

去吧,义生,一刀三份钱,值得干了!饶一坤这时在一旁催促。

三倍!饶义生身子动也没动,只让价码从牙缝里晃出来。

好吧。来人只好退让。

饶义生于是提刀出门,径向刑场走去。被绑缚的蚌儿看见是熟悉的义生向自己走来,忙满怀希望地高呼,义生哥,我冤枉啊——饶义生只微闭了眼平静地走近,蚌儿话未喊完,饶义生的刀已落下,可怜蚌儿那纤美的颈项,眨眼间便如被风吹折的柳枝一样齐刷刷断了。

饶义生的钱财就这样在不断增加,绑在裤带上的钱袋在持续而缓慢地膨胀。

有了钱,饶义生自然要做些有钱人常做的事:喝酒、玩女人。

饶义生喝酒并不去酒馆里喝,而是买了酒拎到家里,让老婆炒了菜,独自一人喝。喝时,还要把那把行刑的砍刀横放到腿上,边摩挲着刀边喝。常常是手摩挲一遍刀,口进去一杯酒,有点饮酒思刀的味儿。饶义生玩女人是到窑子里玩,通常是四天去一回,很准时很规律。逢了他去的日子,窑子里的鸨母会预先挑一个模样好些的姑娘给他留下让他尽兴。他逛窑子的事他的女人起初并不知道,后来渐渐听到了风声。那已怀孕的女人虽然平日对他百依百顺,但对这种事终难容忍,于是便在一个他由窑子里尽兴而返的清晨,开始哭闹着表示抗议。饶义生忙了一夜那阵子正想倒头酣睡,女人这一闹不由得使他心头火起,于是伸手扯过女人就打,他平日杀惯了人,对人的肉体早不存痛惜之心,所以下手也就没有轻重,只几拳头,便把那女人打得双手捂腹凄厉号哭,而且双腿间已有鲜血流出。通常打架的人一见鲜血,发热的头脑都会骤然冷却下来;可饶义生却恰恰相反,看见了鲜血才有一种事情终于做成的快感,才有一种放心了的感觉。看见妻子双腿间的鲜血越流越多,他满意地哼了一声,仰头向床上一躺便阖眼睡去。他的父亲饶一坤闻声从后院赶来时,儿媳正脸色煞白地仰卧在血泊中。老人一时恼极,上前拎一根木棍便向儿子身上打去,边打边骂,你个畜生,你竟敢把她打成这样?!你还是不是人啦?饶义生被父亲打醒已经十分窝火,这会儿听骂他畜生,顿时火冒三丈,便瞪大了眼咬了牙问:我打我的老婆,干你屁事?饶一坤听到儿子这样出口不恭,也越发恼怒,高了声吼:你竟敢这样同你爹说话,你个不懂长幼的东西!饶义生也冷冷叫道:什么长幼不长幼?我只知道人有死活之分!走开,别惹我生气!饶一坤闻言更是气得浑身哆嗦,扬起木棍便向儿子打去,边打边叫:我打死你个畜生!饶义生只挨了父亲一棍,当父亲第二次把木棍抡来时,他顺手一扯就把木棍抓到了手中,啪啪啪折断后又扔回了父亲身上。

——你敢打我?饶一坤暴怒地原地转了一圈想找武器,后来看见了挂在墙上的那把行刑大刀,边伸手去拿边发了狠叫:老子今天非杀了你这个逆种不可!但他这个恫吓儿子的动作晚了一步,饶义生见父亲要去拿刀,本能地先伸手抓过了刀柄。

刀刃在饶一坤面前雪亮地一闪。

咋？想杀了你爹？你个杂种！

那你抓刀干啥？饶义生冷眼瞪住父亲。

有种的你就砍吧，照你爹的脖颈上砍！砍呀，你个王八羔子！

饶义生眯了眼盯住父亲在狂怒中伸过来的脖颈。

你手软了？你个从树枝上蹦下来的野东西，敢动手打你爹了！砍呀，砍了你爹的头让别人看看你的胆量，看看我养了个什么东西，砍呀，你砍哪……

饶义生握刀的手一动，手背上的青筋像爬行的蛇一样一弓。饶一坤在看到儿子手背上的青筋一弓的一瞬间脑子里骤然间清醒了，他知道这个动作意味着什么，他本能地想把伸到儿子胸前的头缩回来，但是晚了，他只感到有一股凉风从耳畔掠过，随后就觉出脖子里一热，他能来得及做的只是把一个无限的惊诧浮现在脸上。当他的头颅像西瓜一样滚落在地的时候，脸上的那点惊诧才刚刚喘息着在两个颊上站定。

太阳像往常一样夹带着大团血红的色彩跃上东天，饶义生也像往日行刑过后那样，用一块抹布缓慢而平静地擦拭着砍刀上的鲜血。晨风如往常一样又轻柔地滑过饶家的房脊，几只鸟在树上依旧叫得婉转清丽，只有饶家的那只狗，在大团浓烈的血腥味的逼迫下，不停地吠着……

返回家园

看到那棵古柏的树冠在车前方的地平线上出现之后,宗小莹知道,她分别了四年、日思夜想的老家就要到了。她高兴地从座位上站起身子,两手不由自主地去腰间摸了摸那个装有两万元现金的暗袋,去胸前的乳罩里捏了捏那张可异地取款的七万元存折,爹、娘,莹莹回来了!你们那个当初只带着七十元钱去深圳闯世界的女儿,今天带着九万元的存款回家来了!仁生,当年那个你父亲看不起的穷人家的女儿宗小莹,如今也敢和别人比比钱袋了!……

公共汽车在村口那棵古柏下"嘎"一声停住,莹莹拿过自己的提箱和提包向车门走去,在迈出车门的那一瞬,她忽然觉得原本积蓄在胸间的那股自豪和欢喜已不翼而飞,一团莫名的惊慌开始在心里翻滚。莹莹,你这四年在外边都做了什么?人们会不会反复追问?

一群孩子最先朝她奔过来,她下意识地整了整临离开深圳时才烫的头发,把脖子上的金项链拉正,让那个嵌玉的坠儿位于乳沟正中;摸了摸耳朵上的金耳环,检查了一下右手腕上的那只金手镯的接口,这才微笑着用标准的普通话向奔跑过来的孩子们说道:小朋友们好!

孩子们在她的问候声里相继停步,瞪大了眼好奇地打量着她。莹莹发现自己已很难叫出这些孩子的名字,而他们,也已认不出了自己。四年,真是一段不短的时间。

这是莹姐吗?一个挑水的姑娘站在不远处问。莹莹闻声扭头,认出是仁生的妹妹,便叫了一声:玮玮,是我!那姑娘放下水桶就向她跑过来:莹姐,啊,你可回来了!俺哥一天到晚念叨你。哟,天哪,都戴上金项链了!这项链多重?值好多钱吧?

十三克!莹莹夸耀地答。但话音未落,她便倏然看见那个姓聂的老板手里晃动着项链向她走来——来,我给我的小鸟亲自戴上,十三克,挺重的懂吗?瞧这嫩白的脖颈,戴上项链变得格外诱人,让我忍不住很想再亲两口……

她猛摇了摇头,把这令人不快的记忆赶走。玮玮,你这是要去挑水?快该做晌午饭了吧?

我这是帮玲玲家挑水做酒席,玲玲今儿个出嫁!

哦?连又矮又胖的玲玲也出嫁了?这么说我也真要马上把自己嫁出去了!仁生,也该准备准备咱俩的婚礼,你不是每封信上都催我快点回来嫁给你吗?现在我回来了!

玮玮,给我说说那帮姐们儿、哥们儿的情形!

姐们儿、哥们儿?玮玮怔怔地眨着眼睛。

对!姐们儿、哥们儿活得开不开心——话到此处莹莹突然住口,她这才意识到"姐们儿""哥们儿"是都市里的用语,宗村的人还不能理解它的含意,呵呵,她自嘲地笑了一下,你把这儿当成了深圳?

回去告诉你哥,就说我回来了!他今天去了镇上?……

到了家,经历了和家人相见的欢喜场面,又分发了给爹、娘、弟、妹们带的礼物,倾听了一阵惊叹和欢呼之后,莹莹草草吃了点饭,就上了妹妹的床想进入一场安恬的睡眠。她在这丽日当空的白天睡觉不仅是因为想把旅途上的劳累彻底消去,还因为这是她在深圳那个城市里养成的习惯。在那座城市她就职的那个私营鞋业有限公司里,她每天的工作是从下午五点开始的,在这之前的整个白天,她大都是要在床上睡觉,为的是好养精蓄锐去应付下午五点之后的事务。她的工作任务颇为独特,就是按老板的吩咐走向来公司订货的男人,不论他的相貌如何年龄多大,都要想尽办法让他高兴,从而令其在订货合同上签上名字,让一个男人高高兴兴痛痛快快地提笔在一张订货合同上签字并不是一件容易的事,这需要做各种努力。媚人的微笑、温柔的话语、殷勤的侍奉,这些当然都是必须的,但仅有这些还远远不够,还需要嬉笑着把酒倒在他的口中,还需要胳膊揽住他的脖子,身子坐在他的腿上,还需要让他把满是酒气的嘴唇贴到你的脸上,还需要让他的手触摸你身子的许多地方。可这还不是最可怕的,最可怕是他们中的有些人要拉你上床,要你把一个姑娘所拥有的全部东西都交给他。可以想见,从乡村来的莹莹第一次听说这种事是怎样的惊骇和惊慌,她当然拒绝过,但要拒绝这种工作就得去工厂辛辛苦苦地做工,而且挣的钱与这相比少得可怜,单纯当一个女工要想成为腰缠几万的人几乎不太可能,即使可能也需要很长的时间。莹莹不想在这个远离家乡的城市待太久,她还渴望和她一直深爱着的仁生结婚,过一种正常的家庭生活,眼见着身边同是乡下来的姑娘做那种工作已经赚了大钱,衣着时髦光鲜,饰物金光耀眼,出门挥手叫车,吃饭气派讲究,莹莹固守的堤防开始一点一点地塌陷,积聚金钱的欲望洪流最后是在一个晚霞如火的黄昏彻底冲毁莹莹心中的坝基的,就在那个黄昏,她答应老板去接待一位客商。这夹杂着犹豫和恐惧的第一次过后,生活开始变得轻松容易起来,老板给的奖金和客商给的小费的数目是她过去从不敢向往的,她也开始有钱购买时髦衣饰,进出美容美发场所,使用高级化妆用品;也开始有了真皮手袋、高级手表、珍珠项链。随着时间的延续和次数的增多,犹豫、羞怯、恐惧渐渐消失,她变得老练起来,各种场合各样男人都能应付自如,一种全新的观念开始走进她的心里:既然有一个富裕起来的捷径我为啥不能走?我完全可以用这种办法挣一笔钱,而后回老家和仁生成婚安安生生过日子!人生在世还不就是那么回事,何必扭扭捏捏地让自己吃苦?仁生,这不是对不起你,这恰恰是对我们的幸福负责!没有钱,你爹连婚都不让我们结,还谈得上幸福?还记得你爹当初骂我穷酸人家的贱女儿的话吗?

莹莹醒来已是暮色沉沉的时辰。她起身时习惯性地看了一下表:五点一刻,糟糕,晚了,得赶紧化妆!她慌忙下床时才记起自己已经到了家,再不用化好妆去侍奉哪个男人。莹莹,你过去的那段生活已经结束,你马上就要成为仁生的妻子,你要适应这种角色的转变!

外屋传来了舅舅的说话声。莹莹舅舅来了!舅舅当初是她和仁生之间的牵线人,她对舅舅怀着很深的感激之情。她穿好衣服急急地走了出去。

四年间舅舅的容貌起了很大变化,头发差不多全白了,莹莹看到舅舅的第一眼便想起了四年前她离家的那个早晨,那天早晨是舅舅从他可怜的积蓄里拿出了七十块钱给她做路费,她才踏上了南下深圳的道路。舅舅当初也是为仁生爹反对仁生娶莹莹生气,才支持莹莹去闯世界的,我要报答你,舅舅!

几句简短的寒暄问候过后,莹莹从包里数出了三千块钱放到舅舅手里。舅舅,这些钱你拿去花吧。舅舅还从来没见过这么多钱,舅舅又喜又慌地推着:莹莹,我哪用得了这么多钱?你快留下做嫁妆!仁生这孩子不错,他一直在等着你,听说他爹也已回心转意,同意你们的婚事,你赶紧和他见面商议商议结婚的日子,年龄都不小了,别再耽误!——做嫁妆的钱我还有,我带回了九万块钱哪!为了让舅舅放心拿钱莹莹顺口说出了自己的积蓄,但话一出口她便开始后悔:舅舅会不会由这个数字猜出些什么?

莹莹的担心没错。舅舅在听到她说出九万的数字之后一下子惊住,双眼瞪得很大地问:九万?你哪来这么多钱?

莹莹的心急跳了几下,她预料中的追问果然来了。挣的,干活挣的!

干啥活能挣这么多的钱?

我在一家鞋业有限公司当推销员。

人家一月给多少工钱?

一千元。

那一年也才一万二,四年才四万多,可你还要住、要吃……

我们推销产品,销多了可以提成。有的推销员一月可以提成七千!

是这样,舅舅舒了一口气,将眼中的疑虑慢慢撤去。

嗬,舅舅,请饶恕外甥女对你说了谎话。你不应该知道真相,你不可能理解我们的行为。其实那没有什么,每个人都有权利想办法改变自己的处境,我们面临的最可怕的敌人是贫穷。舅舅,我很想向你解释一番,但我知道那会引来一场吓人的争论,我不想跟你争论,我只想让你高兴……

仁生的话音滚进院子是在晚饭之后。一听到那低沉的声音莹莹就浑身一震,四年了,仁生的音容一直珍藏在她的心里,今天,终于要见到他了!四年前,他的父亲认为莹莹家太穷,弟、妹又多,怕儿子和莹莹成家后累赘太大日子难过,坚决反对儿子和莹莹定亲。当莹莹让舅舅第三次去说合遭到拒绝之后,莹莹和仁生抱头痛哭了一场。仁生当时主张两人私奔外地偷偷结婚,莹莹则咬了牙说:不,我偏要让你爹看看我们宗家会富成个什么样子!莹莹四年前就是为了赌这口气一怒之下离家的。

四年了,仁生是莹莹除了自己的爹娘之外,唯一与之保持通信的人,两人在信上倾诉了多少情话。仁生几次在信上提出要去深圳看看莹莹,但莹莹担心他到了深圳会看出她生活中发生的变化,会听到她与其他男人接触的传言,便以各种理由回绝了他的请求。今天,一千多个日夜的思念终于有了个了结,我终于可以见到、摸到、抱到你了,仁生!

仁生刚一进院,冲动的莹莹便伸出双臂一下子扑上去抱住了仁生的脖子,把脸紧紧地贴在了他的颊上。几年来,她曾许多次扑进男人的怀里,但唯有这次是怀着真正的冲动和深情的爱意扑进去的。她又一次体验到了四年前她和仁生相见时的那种由衷的欢喜,体验到了心脏猛撞胸骨的那种微微的疼痛。这是她在深圳和任何男人身体接触时都没有过的现象。这四年间,她并不是没有产生过就在深圳找一个丈夫、永远定居在深圳过日子的念头,但她接触过的男人一个又一个地让她失望了,好些男人无论在相貌、心地还是在用情上,都无法和她心目中的仁生相比。

仁生显然没想到莹莹会这样做,他被莹莹这个公开亲昵的举动弄得尴尬无比,慌慌地说:莹莹,快,松开我,你娘在看着……

莹莹在仁生的脸上响亮地亲了一口之后方松开了手。

路上辛苦了,仁生红着脸说,双手竟一时不知道怎么放了。

看把你吓得!莹莹咯咯笑了,城里的男女们公开相拥亲吻的多的是,谁像你,吓成这副模样!

仁生愧疚地笑笑:你……知道……咱们这地方……依旧讲规矩……

快进屋坐吧,你爹他怎么样——?莹莹故意把声音拉长,以表示出对那个当初阻挠她和仁生相爱的老人的不满。

俺爹身子还行,在俺的解释和坚持下,他已经同意了咱们的婚事。他想请你明儿晌午过去吃饭。

呃,明儿我家有几个亲戚来,我恐怕没时间过去!莹莹说得异常傲慢。

去一趟吧,他可能想借此表示一下心中的歉意。

那么好吧,莹莹大度地一挥手,我就去见见他!

吃过早饭莹莹就开始化妆,差不多用去了两个小时才化完。这是去见曾经小看过自己的人,而且这个人很快就要成为自己的公公,我必须让他见到我时真正地吃一惊。

莹莹这妆化得的确讲究。莹莹在深圳那家鞋业公司搞推销时,曾专门被老板送到化妆学习班学了十五个半天,莹莹本来就漂亮,化了妆之后更显得光彩照人,她对镜最后审视一遍,而后开始去戴金项链、金手镯、金耳环,随即把那个真皮的手袋一拎,这才迈步走出门去。

仁生是在院门外迎接莹莹的,见到莹莹盛装的样子,他显然吃了一惊,双眼直直盯着莹莹的脸。莹莹知道自己的化妆有了效果,心中又添了几分欢喜。

仁生领着莹莹往院中走。莹莹在后边边走边观察着仁生,仁生除了衣服式样和发型土气之外,整个人显得生气十足:高高的个头,宽宽的肩膀,结实的后背。晚点给他买身西服,再去县城的理发店给他设计个合适的发型,他会变得帅气十足,比得过我接触过的所有男人。

仁生一家像迎候贵宾一样迎候莹莹。她进屋的时候,看到全家人都恭敬地站起了身,仁生的父亲,那个当初反对她走进这个家门的老人起身时慌慌地碰翻了身边的凳子,她没让自己激动,只像当初在深圳接待客户一样矜持地问一声:大伯、大娘好!

两个老人急忙应着:还好,还好,快坐,快坐。

莹莹注意地看着仁生爹,这个当年傲气十足的老头如今也已是一副龙钟老态,站着都摇摇晃晃。时间真会让人变得软弱起来!她留意到老人也在仔细地打量自己,看吧,你!好好看看你当初看不起的姑娘!她如今再也不是那个让人一盯就浑身哆嗦什么世面也没见过的小姑娘了!再也不是那个兜里掏不出几块钱的穷丫头了!她是一个拥有九万存款的——中产阶级!你家这三间房子能卖多少钱?一万块钱顶住天了,可她手中的钱能买你三九二十七间房子!她可以就凭这笔钱的利息生活下去!你现在同意让她和你的儿子结婚了?

你看来不傻！你知道娶一个像我这样的儿媳对你的家庭意味着什么，换了谁大概都会同意的。

回来这一路上坐车很辛苦吧？仁生爹问，声音中没有了当年同她说话时的那种盛气。

不辛苦，我坐飞机到南阳，只坐了两个小时的汽车就到家了。她把飞机两个字咬得很重。机型是737，很舒适的。

哦，哦？老人显出了些意外，飞机票挺贵的吧？

还可以，才八百多，莹莹把这句话说得轻描淡写。

嘀，那顶咱种三亩小麦的钱哪！老人惊叹了。

爹，咱们摆桌子吃饭吧！站在旁边的仁生有些突兀地岔开了话。

哎，大伯、大娘，我这次回来走得急，没来得及给你们和弟、妹们买礼物，很对不起。这三千块钱留下，你们随便买点需要的东西！莹莹边说边从手袋里抽出一个信封，啪一声扔到了老人旁边的茶几上。

使不得，使不得！老人笑着摆手。不知道他是要看看那信封还是要去拿那个信封还给莹莹，反正他站了起来，大约是站得太急，只见他身子一歪，差点倒地，幸亏仁生的一个弟弟急忙伸手扶住。

娘，端饭！仁生突然大声喊。

这是仁生娘倾尽全力做的一桌饭菜。

乡间能买到的鸡、鸭、鱼、肉都上桌了。但莹莹的眉头却轻轻地皱了皱；瞧这些盛菜的餐具，有黑陶有黄瓷有白釉，根本不成套；还有这菜，熟是熟了，味也挺香，可就是没个像样的形状，提不起人的兴致来。

仁生在桌上摆了家酿米酒和一瓶白酒，问莹莹愿喝什么。

397

莹莹因为在城里常陪客人喝酒,酒量早练了出来,就说:给我来点白的。仁生平日不喝酒,开酒瓶也不在行,弄了许久瓶盖也未打开,莹莹见状就说:我来!接过酒瓶后嘭一声就利索地启了盖,跟着熟练地斟了起来,酒斟满后,莹莹优雅地端起酒杯,照陪客户的规矩,说了一声:请!便与仁生一家人逐一碰杯,而后仰脖喝了下去。

莹莹在各种各样的酒场里已学了许多劝酒的行话,她在这个中午把这些行话都用了起来,劝得仁生的爹、娘一杯又一杯地喝酒,直把两位老人喝得心花怒放笑声连连,脸和脖子全红遍。

仁生因为不会喝酒,一直默默坐在一边。

酒喝得差不多的时候,莹莹照自己养成的习惯,从手袋里掏出摩尔香烟和一个小巧的打火机,啪的一声将香烟点燃,深深吸了一口,而后微仰了脸,吐出一串好看的烟圈。

莹姐,你会吸烟?仁生的妹妹玮玮惊奇地叫了起来。

嗯。莹莹点了下头。如今城里吸烟的女人多的是,这也是一种风度——莹莹话到此处急忙假借咳嗽住了口,她一下子记起她这是在重复那个罗老板当初教她抽烟时说过的话:来,我的小鸟,吸一口尝尝!别扭捏,甭害怕,如今城里吸烟的女人多的是,这也是一种风度的展示!瞧,手指这样夹烟,对,吸一口,别皱眉头,把嘴噘圆了喷出去。好!……她记得那次吸烟时有一点烟灰掉落到她赤裸的胸口上,烫得她哎哟一声,那个罗老板后来就是用舌头一点一点把那些烟灰从她胸口舔去的。

仁生的爹娘也满眼新奇地看着莹莹吸烟。

那天的午饭结束时,莹莹看出,仁生的爹娘对自己十分满意,通往婚姻的道路上已经没有了障碍。

临走时,莹莹把一个预先写好的纸条放到了仁生手里。她在那纸条上只写了一句话:晚上在老地方见面。

天还没有黑定,莹莹就去了当年她和仁生经常偷偷见面的地方:村东河滩里的第七棵巴茅下边。

就是在这里,她和仁生有了第一次亲吻;也是在这里,她和仁生发誓要白头偕老;还是在这里,他们共商反抗仁生父亲的主意。

仁生今天到得有些晚。

怎么了,还要我等?她扑到他怀里时嗔怪地抱怨。

家里来了个客人。仁生的身子似乎没有像当年那样激动得发颤。

她仰起脸来,双唇微微张开,她渴望得到一个长久的亲吻——像南方那些贪婪的男人所做的那样;然而仁生一如当年他们见面时一样,轻轻亲一下她的嘴唇就离开了。

她有些失望,不过旋即意识到他在这方面还没有经验,自己应该主动引导他。

两个人在草地上坐下时,她轻声要求:把我抱到你的腿上。

你愿不愿做?她坐在他的腿上后附了他的耳朵问。

做什么?他有些茫然地反问。

你是真傻还是装傻?

他有些明白了,却依旧没有动,只轻轻说了句:我们还没有结婚。

为什么一定要等到结婚以后?不开化!懂得什么叫享受吗?我们应该抓紧享受!南方人可是知道享受——她感到他的身子在抖。她以为他会把他抱起平放到草地上,然而没有,

399

他只是把手平放到了她的肩膀上。

她有些意外地睁开了微闭着的眼睛。

莹莹,来,咱们坐下来谈谈。他把她从自己的腿上放到地上。

谈谈？莹莹惊异了,谈什么？

谈谈你在南方经历过的事情。

莹莹立时戒备地拒绝:那有什么好谈的？不过是看见一些高楼,走过一些街道,认识一些生人。

那就谈谈今后的日子,你对今后过日子有啥打算？

今后？莹莹双眸一亮,渐渐来了兴致。我已经想好了,待我们结婚后,马上利用你们家那两间靠公路的房子,开一个卖毛线的铺子。如今乡下的年轻人冬天都不再穿棉衣而喜欢穿毛衣,咱们卖毛线肯定能赚钱;而且乡下一般人分不清腈纶线、混纺线和纯羊毛线的区别,我们的赚头就会更大!

哦？仁生目光发直地看着莹莹。

再发展下去,我们还可以开个鞋铺。如今卖皮鞋也是个容易发财的行当,许多人造皮看上去和真皮一样,把一些人造皮鞋当真皮鞋卖,很少有人能识别出来!我这几年在深圳那个鞋业有限公司里,可是看见过不少上当的买主……

仁生默默地坐在那里。因为没有月亮,莹莹看不见他脸上的表情,莹莹只能感觉到,他一直在听。

那天晚上分别时又亲吻了一次,照旧吻得时间很短,而且莹莹觉得他的嘴唇很凉。

大约是因为这讨厌的夜风。

接下来几天莹莹忙于探亲访友,没有再约见仁生。两人再见面是在一个黄昏,那本来是一个晚霞绚丽让人顿生温情的黄昏,没想到就在这个黄昏莹莹和仁生之间爆发了一场冷战。冷战的起因是玮玮,莹莹和仁生正站在村边说话时玮玮跑来了,玮玮跑到莹莹身边后喘息着说:莹姐,我有一个难题你能不能帮我解解?莹莹笑着说:上高中学的数学我可是早忘光了。玮玮就摇头说:不是数学难题是生活难题,我有两个男朋友,这两个人我看着都好,可俺只能跟一个人订婚,你说我该怎么选择?莹莹听罢笑了,说:你哥站在这里我还真不好回答。玮玮就摇着莹莹的胳膊催着:怕他干什么?你见多识广,肯定有好主意,快说,快说!莹莹就笑道:两个人都要,一个做丈夫,一个做情人。情人?玮玮瞪大眼睛。对了,就是在婚外相会的男人,如今城市里早兴开了这个,这样……

玮玮你快回家去!仁生这当儿瓮声瓮气地打断了莹莹的解释。

玮玮伸了伸舌头,只好转身走了。

莹莹看见仁生阴沉下来的神情,又笑道:看看,我就说不讲的。

还是讲出来好!仁生眯了眼说。看来你在这方面知识很丰富,只是不知道实践过没有,在深圳当没当过别人的情人?

你?!莹莹冷冷地瞪住对方,心中却有些发虚,她最后只说了一句:没意思!便转身向村中走去。

莹莹一夜没有睡好。

后悔、委屈,主要是气恼,折磨得她在床上翻来覆去。

仁生,你必须为你昨天黄昏的行为向我道歉,否则,我决不会理你!

莹莹第二天没有出门,只是躺在床上等待。她相信仁生会来向她道歉。——莹莹,原谅我的无礼,我实在是爱你……

401

她甚至已替仁生拟好了道歉的话。

爹和娘以为她病了,几次来问她哪里不舒服,她都挥手让他们走开了。她只是侧耳倾听着院子里的脚步声,她坚信仁生会来。——她已经让他知道了她有多少存款,单单为了这笔钱,他也会来!

莹莹的判断没错,仁生果然来了,是在第二天的晚饭后到的。

你终于来了!我倒想听听你怎么道歉。

莹莹没有吭声,只是赌气地扭转了脸,面朝了墙壁。

莹莹,你病了?她感觉到了他走到了她的床前。

我没病,我在听着!她尽量让自己的声音放冷。

莹莹,对不起。

怎么个对不起?

我做出了一个决定。

决定?莹莹翻过身子扭过了脸,这和她预料中要听的话不一样。

我俩的事算了吧。

莹莹双眼倏然间瞪大,她呼一下坐起:什么?是你爹依旧反对?

不,他倒很愿意咱们成婚。

那是……她忘了她在生气。

是我。

你?

我心里总是……

莹莹一下子抓住了仁生的胳膊:你心里总是什么?声音中夹了惶恐和急迫。

没底……

啊？……

屋里再无声息，直到月光踅进室内，才看见一颗低垂的头和一张愕然的脸。

月光也愣在那里……

现代生活

俺和尹姐认识很偶然。

俺是去年坐月子满月不久,和俺豆他爹一块儿来省城打工的。俺们村有好多户都翻修了房子,豆他爹也想出来挣点钱,好回去盖几间新房。俺豆他爹会木工,到了省城后在德正街一个小家具厂给人家帮忙打家具;我呢,除了洗衣、做饭、种地之外啥都不会,再加上抱着个吃奶的豆豆,找个事做可不容易。后来东找西找,总算在天元玉器店找了一个卖货的事做。这家玉器店的老板是俺南阳镇平人,他听说俺也是南阳人,就愿意让俺这个同乡给他帮忙,每月给开三百块工钱。这个店不大,就两个卖货的,一个是老板的妹妹,一个是俺。平日俺能抱着豆豆到店里上班,有顾客时,我把豆豆放到坐椅里;没顾客时,我就把豆豆抱到怀里。

那天店里一时无顾客,加上豆豆又饿了,我就解开怀给豆豆喂奶。正喂着,就见一个长得好年轻好耐看的女子进店来了。她说她要买玉镯,因为豆豆正嚼着奶头吃得高兴,我就没有把奶头从豆豆的口中拔下,一手抱着豆豆一手去柜台里把几种玉镯拿出来让她挑选。她没有低头去挑玉镯,而是直了眼在看我的怀里,俺起初以为是俺的上衣撩得太高让她看着觉得不得体,后来才弄清她是在看俺豆豆吃奶。她说:你的奶水好足呀!俺笑了笑答:这倒是,豆豆这孩子虽是能吃,但一次也至多是吃空一边的奶子,害得我常要把另一边奶子的奶水挤到地上扔了;俺的奶常常要惊,一惊奶水就会自动流出来,把胸口的衣裳都淌得精湿。俺让她看看俺胸衣上被奶水洇湿的地方,她伸手捏捏俺的奶子问:你是这儿的老板娘还是在这儿打工的?俺说是打工的。她就又问:老板一月给你多少钱?我说:三百。她就再问:要是我一月给你九百块又管吃管住,你愿不愿到我那儿干活?我当时一喜:老天,一月九百块?这可是俺从来没听说过的数目!还有这样的好事?俺就忙问她是干啥活。她说:就是给我的孩子喂奶,用你的奶水。我一听是干这个,立刻满口答应:行。她说她的孩子才两个月大,如果答应给她的孩子喂奶,就要住到她的家里,而且俺不能带上豆豆。我一听这条件,又有些犹豫。她跟着又说:你可以把你的孩子送回老家让他的爷爷奶奶或姥爷姥姥照管,我再每月给你加四百块钱供你给孩子买牛奶或奶粉吃。我一时决断不下,干吧,有点舍不得让豆豆这么小就断奶离开我的身边;不干吧,这笔钱又真是让人心动。一月一千三的收入,顶俺种四亩地一季子的收成哩!俺当时没有立刻答应,说晚上和孩子的爹商量商量再说。她给我留下了一个电话号码,说想通了给她打电话。我就是那阵子才知道她姓尹的。

俺当晚回到俺们租的那间小屋时,把这事给豆他爹说了。

豆他爹刚听完就欢喜地叫:干,为啥不干?!这样的好事摊到头上不干才是傻瓜哩!我说真要去干豆豆就不能吃我的奶了。豆他爹说:让豆豆喝牛奶更好!你没见多少城里的孩子都吃的是牛奶?!咱乡下的孩子想吃牛奶还吃不到哩,这也算让咱豆豆过上了正经的城市生活!俺想想也是,在俺们村里,只要听说哪家的孩子喝上牛奶了,都眼羡得不得了,如今这倒是把福气送上门了。

第二天,俺照豆他爹的交代,给那位尹太太打了电话,告诉她俺愿意去给她的孩子喂奶。尹太太在电话里说:你在玉器店里等着,两小时后有一辆车去接你。俺有些意外:还用汽车来接?俺把去给尹太太孩子喂奶的事给玉器店的老板讲明了,老板点点头说:也好,既然有挣大钱的地方,你就去吧,人总是要攀高枝的嘛!

那天来接俺的是一辆黑亮黑亮的轿车,那是俺平生第一次坐轿车。俺以为车是要把俺拉到尹太太家里的,谁料一下子把俺拉到了一所医院里,下车看见尹太太站在医院门口,我问尹太太到医院干啥,尹太太说:给你检查一下身体。我当时有些发愣:俺身子好好的为啥要检查身体?尹太太没再解释,拉上俺去了化验室,抽了血;随后又拉我去了妇科,让一个女大夫查看了俺的下身。俺有点被弄糊涂了:给孩子喂奶查俺的下身干啥?等检查结果出来尹太太才给我说明白:你身体很健康,没有任何疾病!俺这才晓得她是怕俺有病。

我去她家给孩子喂奶时才知道,她家住在一栋高楼里,那栋高楼设计得好洋气,阳台的栏杆都铮明耀眼;电梯是高速的,说是从美国进口的;只是楼顶是咱中国式的,有脊有檐,上边覆着琉璃瓦,日头照上去,闪着金光。整个楼看上去又洋又土,土中有洋,洋中有土。她家住一套四室两厅的房子,那套房子装修得可真叫漂亮,我还是头一回看见那么漂亮干净的住房。屋里的所有东西好像都能照见人影,都是锃光瓦亮的。她家人不多,她男人像是不在本城做事,隔些天才来住一次,家里就她和孩子外加一个小保姆。我头一次进屋时尹太太对我说:我这儿过的是现代生活,你可能需要过一段日子才能适应,有什么电器不会用,可以问问小保姆。她的儿子起名叫灿灿,长得周正喜人,也是个大肚汉,特能吃,噙住我的奶头可就不丢了,咕咚咕咚一气吃了个饱。尹太太不让俺叫她尹太太,要俺称她"尹姐",说这样亲切些。她安排我睡在她隔壁的房间里,夜里让我带着灿灿睡。我也愿意带着灿灿睡,因为猛一下把豆豆送回老家后,夜里怀中空着也总是睡不安生,有灿灿噙着奶头睡到我怀里,我睡得才香。

尹姐这人心眼挺好,对我很不错,尤其是对我的吃食,特别细心安排。她给我规定,早上要喝一碗由青小豆、小麦和中药通草熬的青小豆粥,吃一条白汤鲫鱼;中午要吃一小盘杏仁豆腐和半个用淡菜炖的猪蹄;晚上要喝豌豆粥,吃两只炒鸡翅膀。她说这些东西都是下奶通奶的,吃了奶汁又多又稠。俺还从来没吃过这么好的东西,心想老天爷八成是见俺过去整日在农村吃苦,可怜俺,才给了俺这个过现代生活的机会。尹姐让我吃得这样讲究,可把那个小保姆累坏了,又给我熬汤又给尹姐做饭,累得她没有歇息的时间。这样的饭食吃过几天后,我能感觉出我的奶水不仅量更大了,而且更黏更稠了。那天,尹姐特意让我把奶水往她拿的一个杯子里挤了点,而后拿了出去,中午回来欢喜地告诉我说:经化验,你的奶水里各种营养物质的含量都很丰富,这对灿灿的生长发育会起很好的作用。

没想到这样的好饭食我也有吃够的时候。一个月下来,我就开始对这些饭食腻味了,尤其是那种白汤鲫鱼,为了保证下奶的效果,尹姐不让在汤里边放盐,时间长了实在让人难以下咽。俺有时候提出不想吃,尹姐就不高兴,就把眼一瞪说:为了灿灿,你要咬着牙吃! 俺这时才明白,尹姐让我吃这么好,其实是为了她的儿子,并不是心疼俺。

尹姐对她的儿子,那真是爱得出奇。只要灿灿哭一声,她必要跑过来看一遍。每天都要跑过来亲吻多少回。只要上一趟街,必定要给灿灿买一堆东西,有些玩具根本不是灿灿这样小的孩子玩的,她也买;有些衣服大得灿灿根本穿不成,她还买。才两三个月大的孩子,光玩具就堆了半间屋子。有时看着那些玩具,我就想起了俺豆豆,俺豆豆长这么大,才只有他爹给他动手做的一样玩具:一个用木头雕刻的大公鸡。

我进尹姐家住了一段日子之后,才发现尹姐的男人有些怪,不仅平日在家住的日子少,而且每次来也都是在夜间进家,进了家就不再出门,有时连饭都是让小保姆送进卧房里吃。我注意到那男人的面相显老,年龄要比尹姐大不少,尹姐也就二十八九岁的样子,而那男的像有五十多岁。她男的对灿灿也很喜欢,每次他回来后,尹姐总叫我把灿灿抱过去让他看,那当爹的接过灿灿也是亲个没完,有时还用嘴噙住灿灿的小鸡鸡亲,边亲边叫:我的接班人! 我的总经理! 我的好儿子! 我的小宝贝! 弄得我都有些脸红。尹姐叫我称她男人"先生"。

尹姐平日难得一笑,年轻轻的人,脸却总是冷着,让人看了有点害怕。只有在她先生回来那两天,我和小保姆才能看见她的笑脸,才能从卧室的门缝里听到她发出的笑声,但那些笑声都很短促,而且不像俺乡下年轻女人们的笑声,一点也不脆生,好像是用了力才笑出来的。

尹姐平时并不上班,她好像从来不愁钱的事,也没有人来催她去上班。她早上倒是起得早,起床之后就在阳台上放着的一个健身器上跑步和做各种动作。她家的阳台很大,上边放有一个很高的健身器,尹姐可以在上边跑、跳、转、翻、拉,常常弄得满身是汗。我有时就忍不住劝她:又没有人逼你,你何苦要受这份罪?! 她听了难得一笑,说:你不懂,这叫健身,是女人防止身子臃肿变形保持柔韧纤美的途径。我听不太懂,直觉得她这是自找罪受,有点傻。她头晌要做的事情是去街上一家靓女美容店里做美容,躺在美容店的一张一头翘着的床上,让一位穿白大褂的姑娘往她脸上涂抹各种白乎乎的东西。有一回我抱着灿灿去喊她回来见客,她脸上抹着白乎乎的东西猛从美容床上坐起身,把灿灿吓得哇一声哭了。她晌午饭后通常要睡一觉,她睡觉的时候不允许别人打搅,外边来的电话,除了是她先生的外,其余一律不能叫醒她。她告诉我,充足的睡眠是保护身体养护面部皮肤的重要条件。她午睡起床后,通常要去逛商场,叫小保姆陪着她去,天黑之前她回来时,身后的小保姆总能拎回一兜子东西,或是穿的或是用的或是吃的。晚饭后她大都在家一边看电视一边打电话,她打的电话时间都很长,有时一个电话说下来长达两顿饭的时辰。

也许是她平日常做美容的缘故,她二十八九岁的人看起来只像二十三四岁。有天晚上她洗完澡在卫生间里照镜子,一边照一边喊我过去,说:你看我这身子像不像一个二十岁的黄花姑娘? 我笑了,说:像,你的小肚子还很扁平,屁股也不虚凸着。她听罢很高兴,叮嘱我说:记住,脸蛋和身子入眼是女人的本钱,没有这,日子就麻烦了。我看见她的奶子也很大,很适宜喂孩子,就问她:你的奶子这样大,为啥不亲自喂灿灿吃奶,反要花钱雇我来喂?她说,她怕亲自喂孩子日后两个奶子会耷拉下来,不能像现在这样挺挺着。我听罢在心里嘀咕:你活得可是真仔细,连奶子耷拉不耷拉都想到了。

平心而论,尹姐对我不错,平时常把她不再喜欢穿的衣服给我,那些衣服大都是崭新的。有时,也把她不再喜欢用的化妆品给我和小保姆用,我不大喜欢化妆,至多是用一点润肤油擦擦脸罢了,那些东西我都交给了小保姆,小保姆常常把嘴唇抹得血红血红。

俺在她家住一段日子,自然就有些想俺豆他爹,豆他爹也想俺,打电话催俺回他租的房子看看他。我向尹姐请假,尹姐有些不愿意,说:快去快回。我当时想,再怎么快,我也要在家住一夜呀。我到家时,天已经黑了,我和豆他爹草草吃点饭,就脱衣上床打算亲热,没想到衣服刚脱下,门就敲响了,跟着门外响起了尹姐的声音:回吧,灿灿在家直哭着要吃奶哩!我愣住了,豆他爹也不满地嘟囔:这样急?都不让人家两口子亲热一夜了?我看着豆他爹不想让我走的样子,就低了声说:你要不乐意俺就把这活辞了。豆他爹想了想,说:还是挣钱盖房子要紧,你去吧!他帮着俺穿好衣裳,俺拉开门,一脸不高兴地跟着尹姐走了。在往回走的路上,尹姐还问:你们办没办?我没听明白她的话意,回问她:办啥?她说:办那事!我这才明白她是指两口子亲热的事,就气哼哼地说:哪有时间办?!她听罢笑了一声,说:好!为她这句"好",我差一点跟她吵起来。

有一天头晌,尹姐出去美容,小保姆出去买菜,刚好俺豆他爹来电话,说他想俺。俺也确实想他,就在电话上让他快来见见面。他来了以后,俺俩在俺住的那个房间里亲热了一回。没想到豆他爹要走时,尹姐刚好回来了。她阴沉着脸看着俺豆他爹下楼,也没说留他吃晌午饭的话。豆他爹刚下楼走开,她就进我屋里问:你俩办了那事吧?我不会说谎,只好红着脸点点头。她叹一口气,说:明天你还得随我去检查一下身体。我问:检查身体干啥?她说:万一你丈夫身上有病,在你俩亲热时传染给了你,你给灿灿喂奶时就会再传染给他,为了我的儿子,你得再去检查一次。我争辩说俺豆他爹身子强壮,一点病也没有。她说:不怕一万就怕万一,如今城里男人可是乱来的多,那天晚上你刚回去我又把你叫回来,怕的也是这个!我这才明白她的心思,明白之后一方面有些生气,一方面又在心里感叹她为她的儿子的安全想得可真是周密。

第二天去医院化验检查了一遍,证明我仍和过去一样健康没带什么传染性病菌。尹姐就从手袋里掏了二百块钱递到我手上说:真抱歉,又让你抽一次血。我当时说:你对你儿子可真是一百个小心!她说:儿子是我的命根子,有了他,哪个女人也休想斗过我!我当时一怔,问她:还有女人与你斗?她的脸立刻一沉,说:好了,给灿灿喂奶去吧!

天气转凉的那段日子,尹姐突然神情紧张地告诉我和小保姆:最好不要出门;必须出门时也不要说是尹家雇的人;不论是谁问你们我是不是住在这里,你们都摇头说不知道。她那些天也很少再出门去美容和买衣服。我不知出了啥事情,心里有些害怕。她男人那段日子也很少来,偶尔来一回,也总是在半夜时分到,天亮前就走。

这段日子过去之后,尹姐恢复了原先的生活习惯。有天她外出逛商场回来,满脸怒气,进屋就把手袋和买的东西啪一声扔到了地上。我和小保姆以为她在商场买东西时受了售货小姐的气,也没在意,估计过一阵就好了。不料她这场怒气持续的时间很长,中午饭也没吃,把自己一直关在卧室里。半下午的时候,她眼睛红肿地打开卧室门出来,递给我两千块钱,要我立刻去商店去给她买一个望远镜回来。我听了有些惊奇,望远镜这东西好像不是女人玩的,我只见过当兵的背这玩意,没见过年轻女人也喜欢这个,就问:买望远镜干啥?她怒气冲冲地说:侦察!我一定要把小贼……她说到这儿不说了,只朝我挥挥手说:快去买吧,要放大倍数大的!

我按她嘱咐去商店给她买了一个望远镜,她晚饭后就背着望远镜出去了,直到半夜时分才回来。一连几天,她都是这样。这期间,她先生也一次没来。十来天之后的一个晚上,她回来时满脸泪水,进屋就骂了一句:狗!都是狗!

她先生来的次数越来越少了。有一个晚上,她先生来后,尹姐把卧室门关得紧紧的不见他,我以为她睡着了,就反复敲着门告诉她先生来了,但她到底也没把门打开。先生在卧室门前站了许久,最后对我和小保姆尴尬地笑笑,走进我和灿灿住的房间,亲了几下灿灿,就走了。第二天,我听见尹姐对着电话说:你去找那些年轻的嘛,来我这儿干啥?……

这件事过去,我和小保姆都以为先生肯定要生气,不想第三天傍晚先生就又来了,而且来时给尹姐带了不少礼物,进屋脸上还赔着笑脸。先生过了夜走后,尹姐骄傲地对我和小保姆说:只要有灿灿在,他敢不来?除了灿灿,他可是只有……说到这儿她又不说了。

日子又渐渐恢复到先前的样子,尹姐也不再拿望远镜出去了,只是常常坐在那里发呆。

有天后晌,尹姐在呆坐了一阵后,突然来到我身边说:要小心别人害我的儿子!我一怔,问她:谁会害你的儿子?她说:这你别问,反正要小心!

从这天开始,对喂给灿灿喝的果汁,她都要仔细审视检查,看是不是被人放了毒。我说:果汁放在咱家里,谁会投毒?她皱了眉说:他们知道我经常从那个食品店里买果汁,万一在我去买之前就放了毒呢?后来,对小保姆从市场上买回来的蔬菜,她也有些不放心了,指使她洗了一遍又一遍。那天,来家收水电费的那个小伙子对灿灿多看了两眼,她也紧张地对我说:小心他,兴许他是他们派来的人!我和小保姆都被她逗笑了。到后来,她对我也有些不放心了,每次我解怀给灿灿喂奶时,她都要拿个酒精棉球过来擦擦我的奶头,说要消消毒。

我被她弄得有些烦了。

有个晚上,灿灿吃了奶正在我的怀里又笑又跳的,我却听见她在电话里对她的先生说灿灿病了。我当时有些吃惊地看着她问:灿灿明明好好的,你为啥要咒他有病?她说:你别管,我这是为了调动他爸爸!待会儿他爸爸来了,你就说灿灿刚吃了药睡下,不能叫醒。我不明所以地看定她的眼睛,她的眼里有一种奇怪的笑容。

先生那晚上来后,我照尹姐说的去做,没有开门让他来看灿灿。

再后来,待先生来后,如果尹姐看见先生在客厅里情绪很好有说有笑,她就会走到我身边,猛把我的奶头从灿灿口中拔出,不让他吃了,结果惹得灿灿哇一声哭起来。而一当看见先生慌慌地跑到我身边,心疼地去抚摸灿灿时,尹姐的眼里就又会闪出一种古怪的笑意。

我有点弄不明白尹姐为啥这样做。

又过了些日子,我因为俺豆豆有病,就把在尹姐家的那份工作辞了。俺想弄明白的是,你们让俺说这些是为了什么?总不会是尹姐家出了啥子事吧?……

后 裔

你？！

外婆,你知道我心里是怎么看你的吗?你是一个爱我的外婆,但又是一个小心眼的爱慕虚荣的女人!当初,你反对妈妈和爸爸恋爱结婚,这我可以理解,哪个当妈的不希望自己的女儿嫁一个有模有样的前程远大的男人?谁愿意女儿找一个瞎子做丈夫?但一旦妈妈和爸爸结了婚,你作为一个丈母娘,就应该承认这个事实,就应该维护这个新建的家庭。可你却不,你继续用尽办法来向我爸爸妈妈发泄你心中的不满和气愤,你为妈妈敢于违抗你的心愿嫁给爸爸耿耿于怀,你为爸爸竟敢不顾你的反对娶走你的女儿气急败坏,你千方百计想要拆散这个家庭。妈妈告诉过我,她和爸爸婚后第三天,按照习俗,她该和爸爸一起带上礼物去看望你和外公,这叫回门。可你却声言,决不接待瞎子!妈妈以为你只是说说而已,毕竟爸爸已成了你的女婿,妈妈相信她和爸爸真要回去看你和外公,你肯定会笑脸相迎。不想那天——吃过早饭,你就不顾外公的反对,执意拉他出门去了公园。当爸爸在妈妈的引领下兴致勃勃回到家时,迎接他们的是上了锁的两扇门。妈妈当时就扶着门框哭了,爸爸那刻什么也没说,只是把手上提的礼物在门槛前放下,而后拍拍妈的肩膀,拉住妈的手说:"走吧。"爸爸一手拉着妈妈一手用妈妈当初送他的那根金属棍探着路往回走。妈妈说爸爸当时的双腿都在发抖。外婆,这情景就不令你心里难受?

我出生之后,你只允许妈妈回家,仍不接待爸爸,你说爸爸是用他的军功章诓走了你的女儿。妈妈把我放你身边,我承认你是把我当心肝宝贝地照应,给我吃最好的饭食,让我穿最好的衣裳,给我买各样的玩具,但在我懂事之后你还常常感叹:唉,你要不是一个瞎子的女儿,将来肯定会结一门好亲,能享一番富贵,可惜呀!你知道你这样叹息会伤我的心吗?瞎子的女儿咋着了?就要低人一等?就该让人瞧不起?就不能找到一个好丈夫?

你很少来我们家里,偶尔来一趟,也是选爸爸不在家的时候。那天,你来家看见墙上挂着一张爸爸站在堑壕里的照片,你撇着嘴说:哟,现在还挂这种照片干啥?自己瞎了眼看不见,是让别人看哪?有啥意思嘛!有本领穿着西装打上领带到五星级宾馆里,到自己公司门前照一张!你知道我当时听了你的话后是啥感觉?是气!是恨!难道没本领开公司、没钱进五星级饭店的人,就不能在自己的家里挂一张往日的照片吗?你为啥要用这种讥讽挖苦的语调来说我的爸爸?眼瞎的人并不低谁一等,你看不起我爸爸就是看不起我!还记得那天我执意不收你送我的那件裙子吗?我对你生气,我不要你的东西!

　　我爸爸开了按摩所后,有时一天能挣三十块钱。我妈妈给你说了这个消息后,按说你应该高兴,爸爸总算找了一条补贴家用的途径。可你是怎么表现的?你依旧是撇起嘴说:嘁,不稀罕,那还不够丢人的钱!你说你这话伤不伤人心?妈妈听了你的话后,眼圈当时就红了。那天,你和我一起从爸爸的按摩所所在的那条街上过,有个中年妇女向你打听:听说前边那个按摩所的按摩师手艺不错,是真的吗?你竟然急忙把头摇摇:不知道,我不清楚那按摩所是谁开的,更不知道那所里的按摩师手艺如何。你害怕别人知道那按摩师是你的女婿,就像我曾经害怕别人知道他是我的爸爸一样,我们两个都虚荣!

　　有一个黄昏,你拉着我走进街心花园和几个老太太聊天,你们的话题慢慢转到自己的女婿身上。有个老太太夸自己的女婿和日本人合资开了公司,另一个老太太夸自己的女婿刚刚买了一栋别墅,还有个老太太夸自己的女婿当上了局长,她们最后把目光转到你身上,问你的女婿最近在干啥,我看见你的眼神黯淡下来,你低了声说:我的女婿得了病,正在医院里住院。我当时非常吃惊,我爸爸明明身子挺好在按摩所里忙碌,你竟然咒他害病?!

　　外婆,我爱你,但我同时也看不起你!……

　　你?!

　　妈妈,你知道我平时想得最多的是什么吗?是那个上午,是一九七九年的那个上午!

　　一九七九年那个阳光耀眼的上午,当我爸爸随着凯旋的部队班师回城的时候,你要是在你的车床前像往日那样继续车削那些机器零件,或者在你的宿舍里剪你平日喜欢剪的那些漂亮的窗花,你就不会认识我的爸爸,自然也就不会和他相恋、结婚、成家,当然也就不会生下我了。可你却不,那天你偏偏因为和你的师傅生气而没有去上班,也没有按照外婆的嘱咐在屋里剪窗花,而是走出屋门跑到街边的一家杂货铺前溜达,这样,当凯旋的部队从远处开过来时,你就好奇地迎了上去,你就看见了一个戴墨镜的军人。那军人在走下汽车接受一群孩子献花时,含着笑伸出手去接却没有接住孩子们高举的花束,你在短暂的诧异之后明白那是一个双眼全瞎了的军人,你几步奔上前从一个女孩手中拿过花束小心地塞进那军人的手中。那是你第一次走近我的爸爸并认识了他。你看见我爸爸在人们的搀扶下,小心翼翼向汽车走去唯恐跌倒的样子,心里突然升起一股想去帮助他的愿望,就是这股愿望促使你第二次走近了他。那已经是一个黄昏了,你走进爸爸所在的军营,把一根你亲手车的用来探路的金属棍递到了爸爸手中,那根金属棍里还可装一节电池使其在夜间发光,那是你创造发明的一件独特的物品。爸爸——那时他还不是我的爸爸——在接过那根金属棍时十分感动;几乎是含着眼泪说:没想到你为我想得这样细!爸爸那天回赠了你一个用炮弹皮雕成的和平鸽,你很看重这件礼物,你把和平鸽就放在你的床头。半个月后,爸爸正巧到你所在的工厂作报告,你看见他走进会场时惊喜地迎上去说:没想到是你来了!爸爸听出了你的声音,爸爸高兴地握住了你伸出的手,这个场景刚巧被一个好事的记者拍进了相机。那天,爸爸所讲述的战斗故事激起了你对他的爱慕,加上那张照片在报纸上的发表,最终促成了你下定和爸爸相好的决心。这一切我都是从外婆交给我的一张报纸上读到的,遗憾的是那张报纸上的文章写得太简略了,没让我知道你们相爱时的具体细节和经过。

你和爸爸结婚后曾度过了一段美好的生活,你因为自愿和瞎了眼的战斗英雄结婚而赢来了人们的敬意和称赞,你上了报纸、画报、电视和广播。我看过奶奶留下的一份画报,那张画报上刊登了你和爸爸的四张照片,照片上的你漂亮而透着贤惠,眉眼里全是真诚的笑纹。但我想那时你肯定没料到爸爸会转业到地方,会在生活上因为我的出现而陷入困难状态,会不得不去开一个小按摩所来挣钱养家。你是一个工人的女儿,学历又不高,你没有足够的知识去明白一个道理:时间会让一切热闹的东西最后都归于沉寂。战斗英雄的事迹也是这样,人们最终淡忘了战争,淡忘了爸爸曾经做过的事情,而只知道他是一个瞎子,一个开按摩所的瞎了双眼的男人。

可能就在爸爸开了按摩所之后,你脸上的笑纹见少了吧?你这时才看出你婚姻生活的面目——原来也是这样平庸平常和辛苦;你这时方意识到,你当初选择爸爸做丈夫时虚荣心也多少起了作用。你这时既要照料我又要照料爸爸,既要忙家务又要忙工作,加上爸爸的顽固记忆症又来添烦,你终于抛去了当姑娘时养成的好脾气,开始和爸爸争争吵吵了。

我一直都在观察你。

你最初和爸爸争吵只是因为心里烦躁,也许还因为委屈——爸爸不该怀疑你和别的男人有亲密关系。但后来,你的确出现了一些变化:每当那个长着络腮胡子的叔叔出现时,你就开始站也不是坐也不是,你的双颊上会出现一些莫名其妙的东西——近乎紧张、慌乱和兴奋。到后来,每当你们厂的这个络腮胡子叔叔要来时,你就总要找借口换身衣服,要刷牙洗脸,尽管你极力掩饰,我还是看出了事情在向危险处发展。你不要以为我看不出来,我是你的女儿,我的器官和血液都有一半和你相似,所以我能看明白你的心思,你在放松对自己的约束,你希望去尝试一下在家庭以外存在的东西。爸爸凭本能在提防着你内心发生的变化,但他的双眼毕竟瞎了,他看不清变化正在一点一点地发生。我想,拯救这个家庭的责任已经落到了我的身上,我应该有所行动。

在那个细雨霏霏的星期天的后晌,当爸爸还在他的按摩室为病人按摩挣那点可怜的钞票时,络腮胡子叔叔借口来通知厂里要变股份制公司的事,走进了我们那寒碜的客厅。我立刻从我的房间里出来,和你一起坐在沙发上注视着他的举动,我知道他和你都期望我离开,但我佯装不知,就是坐在那里不走而且把审视的厌恶的戒备的目光放到他的身上。他一定是看出了我目光中的敌意,他变得很不自在,他说话斟词酌句,最后只得慌慌告辞。他临出门时,我坚持要和你一起去送他,我不给你们单独说话的机会,我们三个人沿着街边一直向前走着,你显然是期望我先停下脚步,但我没有,我一直走到你们两个不想再走为止,就在我们俩和他挥手告别时,我上前把一张折叠好的白纸交给了他,说:叔叔,我画了一张画,送给你。他和你都有些诧异,但他还是接住了。我俩开始往回走,你小心地问我送人家一张什么画,我说是一张关于叔叔的形象素描。其实我画的是一间茅屋,那间茅屋由三根柱子支撑,三根柱子上分别写着六个字:瞎子、妻子、女儿,茅屋旁边还有一行大字:你想让这间茅屋塌掉吗?我想这幅画的含意那个叔叔一定能看懂,他也果然看懂了,自此后他再也没有来过一次,他在我和你的视界里都消失了踪影。我看出你那些天有些恍惚和惆怅,过了许久才慢慢恢复正常。妈妈,你应该履行你当初的诺言,你不能背叛这个家庭,背叛爸爸,我不希望有一个违背自己诺言的妈妈。我不是反对你去寻找幸福,我是害怕你最终寻到的是痛苦。我听说世上的幸福不是很多,分

419

给每个人的都有限,何况你已经享受过了,你曾经和爸爸度过了一段美好的日子,你已经有了一个还算聪明的女儿,你还想要什么?你以为你和那个络腮胡子叔叔真的走到一起就会快乐幸福?恐怕未必,你要时时为背叛受到内疚的折磨,你会受到人们指责的沉重压迫,你还会受到我的诅咒,你怎么可能感到幸福?

妈妈,还是安下心来和爸爸一起把人生剩下的那截路走完吧。我马上就要考大学了,我考上了大学会努力去减轻你肩上的担子,会让你得到歇息。也许我将来能创造一个环境,在那个环境里你和爸爸能一起自在地安度晚年。

妈妈,我爱你,也同情你,可也在时时提防你!你的心灵曾经崇高过,别为它后悔,别把它磨蚀掉,要让你的女儿为你曾经崇高过永远感到自豪!我将来大约也会有儿女的,到我老了的时候,我会告诉我的儿女们:你们有过一个值得尊敬的外婆!会告诉他们:在二十世纪七十年代的最后一个年头,你们的外婆为了抚慰一个为国负伤的军人的心灵,毅然嫁给了他……

妈妈,别让我失望……

你?!

爸爸,你知道我现在最苦恼的事是啥吗?

是别人指着那块"俞明按摩所"的招牌说:瞧,那是瞎子俞明开的,他就是俞小珊的爸爸。别人的爸爸要么当官要么当老板要么当科学家要么当教师、教授,唯有我的爸爸开了一个按摩所,整天给人去按摩身子。你要是能去干点别的多好!当然,你是瞎子,能让你去干的事不多,可也有瞎子在盲文学校教书的呀?!要不,戴上一副墨镜,坐在中医院里给病人号脉,让一个眼睛好的徒弟帮你给病人开方子不是也行?我有时甚至想,去给人算命也比给人按摩强,爸爸,你知道如今在城市里"按摩"这两个字是多么让人恶心吗？它让人联想到许多下流的东西。当然,你是通过按摩给人治病,治那种腰椎间盘突出症,治那种关节疼,可难保别人不往歪处想呀！那天,不是有两个中年女人在按摩所门口议论:这瞎子长得倒是周正,一双手会说话似的,躺那里让他按摩按摩大约会很舒服。我那天听了,气得差点朝她们啐吐沫,我后来朝她们脚下泼了一盆水,到底把她们赶走了。我几次劝你不干这个,你说:我是突然瞎的,瞎之前只会打枪、扔手榴弹、放火箭筒、指挥连排进攻,根本不会干别的,这点按摩的本领还是瞎了眼后专门拜师傅花了大力气学来的,现在改行干别的哪能行？……依我内心的想法,我是真希望你就坐在家里啥也不干,可你不搞按摩,挣不来钱,我又没有学费上学,妈的工资那样低,光靠她的工资,咱们家连日子都没法过。唉,咋办呢？

爸爸,你知道我现在最烦的是啥吗？是你和妈妈的争争吵吵。三天两头的,你会为一些小事和妈妈争吵。有时妈妈下班回来晚一点儿,你就发脾气;有时妈妈单位里来一个男同志谈工作,你也要生气,甚至有男的在门外和妈妈说话,你也要发火,借故和妈妈吵一顿。我看得出,你不愿妈妈和任何别的男人接触,你怕妈妈生了外心。你的耳朵特别灵,有时妈妈和单位里的男同事一块儿下班,离家还有老远,你就能听出她不是一个人回家的,你就要面露不快。这种情况是从啥时候开始的？好像你过去对妈妈是很信任的,我记得过去许多个星期天的晚上,你总是催妈妈去电影院看电影,为啥现在变得这样厉害？是因为你过了四十五岁而妈妈还显得年轻？是因为人们淡忘了你的英雄身份你失去了自信？爸爸,你不应该怀疑妈妈,妈妈当初跟你结婚的时候你的眼就瞎了,我想,她那时就做好了承受一切的准备。外婆告诉我,妈妈当初为了和你结婚,和外婆吵了几次,外婆那时不同意妈妈嫁给你,外婆担心她的女儿跟你吃苦,但妈妈执意跟你结婚了,于是方有了这个家,有了我。爸爸,你应该珍惜妈妈对你的感情。你有时和妈妈吵嘴时,说妈妈对你的感情里大部分是怜悯,你说你不愿被人怜悯,其实怜悯有什么不好?难道妈妈对你一点也不怜悯,而是冷漠和粗暴你就好受了?我倒觉着,怜悯和爱是紧紧连着的,当然,我还小,我对感情这个东西还说不太清楚。可我想你不能再伤妈妈的心了,妈妈其实也老多了,妈妈的头发也已经白了不少,眼角、嘴角也有了好多皱纹。有好多次,你和妈妈吵了之后,妈妈会在晚饭后走到屋后把衣角塞到嘴里哭。有一次,妈妈边哭边低声给我说:我快受不了这种折磨了,要是再这样下去,我只好离开你爸爸了,让他再找一个放心的女人好了……爸爸,你真把妈妈吵急了,她一气之下离开了你咋办?你想过没有,我长大后是要出嫁的,一旦妈妈离开了你,我又不在你身边,将来谁给你做饭、洗衣、铺床、收拾屋子?你老了以后咋样生活?

爸爸,你知道现在最令我尴尬的事情是啥吗?是你在外人面前不厌其烦地讲你当年的事迹。只要我们家一来客人吃饭,你一坐到饭桌前拿起筷子,就要兴奋地开口说:当年,我们连打仗前的最后一顿饭吃得可是永生难忘,连长说,这顿饭大家一定要吃饱,这可能是我们此生吃的最后一顿有热汤热水的饭了,他的话音刚落,大伙才拿起猪肉包子要吃,就有一发冷炮打了过来,当场炸死了我们连三个战士,大包子和鸡蛋汤也被炸得四处都是……我头一次听你讲这些时十分新奇,还围着你问这问那;不断地一遍又一遍地在饭桌上对来的客人讲,就把我心里的新奇一点一点磨没了,到最后,听你讲述这些故事竟变成了一种负担。尤其是有的客人已来了几次,而你仍然要津津有味地对他们重复:当年,我们连打仗前的最后一顿饭吃得可是永生难忘……每当这时,我就替你着急和脸红,就觉着尴尬。除此之外,你在按摩所里也是这样,对几乎每个来按摩的病人都要讲一遍你眼被炸瞎的经过:那天,我们刚打退敌人的一次进攻,大伙正在抢修工事,我才把面前的掩体弄好,出来想去拿箱子弹,突然一排炮弹飞来,我只觉得眼前有一道可怕的白光一闪,就啥也不知道了……一天一天一遍一遍地讲下去,其中好些病人是连续找你按摩的,你就连续地给他们讲。你看不见他们厌烦嘲弄的目光和神情,可我看到了,我心里真是难受。有一段日子,每当你要开口讲这些旧事时,我就拦住了,我说大家都已经知道了,别再讲了。你听了闷闷不乐,一个劲地吸烟,饭也吃得少了,按摩病人时也显得无精打采,脸也见瘦了,没法,我也不敢再劝再拦了。我后来开始去找医生,我希望医生能治好你这种对往事的顽固记忆,几家医院里的医生听完我的叙述后都说,我们这里只有治疗健忘症的药,还没有消除记忆的药,人记忆力强不是一件坏事,不必治疗。我只好扫兴而归,我心里也真不明白,我平时学的几何原理和英语单词,有时第二天、第三天就能忘得无影无踪,可你为何对一二十年前战场上的旧事记得那样清晰?

　　爸爸,你知道有一段时间我最大的愿望是啥吗?是永远离开这个家,到一个谁也不认识我的地方去。那样,就不会有人指着我说:看,她就是一个瞎子的女儿!就不会有人因为我的父亲是个瞎子而看不起我。我们班有一个姓金的男生,长得非常魁梧英俊,我从心眼里喜欢他,因为我学习好,又会唱歌,他好像也喜欢我,我们两个有一段日子在课余时间常在一起玩。那段日子我十分快活,可后来不知他从谁嘴里知道了你是瞎子,他很惊愕,他在有天黄昏拉着我的胳膊问:听说你父亲是个瞎子?我那一刻脸都白了,我急忙解释说:俺爸的眼睛是后天瞎的,他不会遗传给我,我的视力不会因此受影响。可他没有再说什么,只是转身走了。就从那天开始,他很少再同我一起玩了,偶尔同我在一起时也很不自在。我猜,他大概是怕同我发展感情,怕我将来会给他带来负担。人恋爱之后不是要结婚吗?我将来要真和他结了婚,说不定要把你也带过去哩,他大约是担心他未来的岳父会给他添麻烦吧。爸爸,你当初打仗时为啥不注意保护自己的眼睛?不是也有人打了仗而双眼还是好好的吗?为啥偏偏让你瞎了?你就想不到你将来会生一个女儿吗?你就想不到女儿会为你的眼睛痛苦吗?……

爸爸,我有时也知道我的这些埋怨不近情理——仗一打起来什么事情都可能发生,可我就是忍不住总想抱怨。我常常想,要是当年致你眼瞎的那排炮弹偏离了方向不在你身边爆炸多好!

爸爸,我现在就盼着世界上能出现一种药物,这种药物能让你的眼睛复明,而后我们一家三口也能去过正常人的生活:一起到电影院去看电影,一起到剧院去看演出,一起去爬山,一起去游泳。我长这么大,我们一家三口还从来没有这样玩过。每当我看见别的父母带着自己的孩子进出娱乐场所时,我心里是多么羡慕呀!爸爸,这些年,为了不使你痛苦,我从来没有提出要去需用眼睛看的场所,我告诉你我喜欢听音乐、听评书、听豫剧,我和你一起挤到家里的收音机、录音机前,其实我心里是多么想出去跑呀、跳呀、看呀、闹呀……

爸爸,我看得出来,你心里其实也苦。每当你面对着收音机发呆的时候,我就猜你想起了自己眼睛没瞎的日子,但你从来没把自己心里的痛苦说出来。

每当你面对我的时候,你总是一副温暖的笑脸,从一个视力很好的人猛然变成一个瞎子,你心中曾有的苦痛我能大概想象出来,可你从来不说一个字。爸爸,我也就是因此而钦佩你!

爸爸,我明白那个道理:你作为军人,为国家做了你能做的!

爸爸,我爱你、钦佩你、心疼你,可又忍不住埋怨你!……

卷 宗

册 一

现场遗留物1:纸片。经鉴定,纸上文字为失踪者方一灵笔迹。(实物另存)

纸片上的文字多已被海水浸毁,仅以下列形式留8个字:

边
船
很白
分钟
想
太

现场遗留物 2:书页。(实物另存)

书页已残破。文字属铅印。经查对,该书页为上海人民出版社 1974 年 3 月出版的《宇宙之谜》第 195 页上的两行字:

> 到偏爱的幸运儿必然发展成为无罪的天国之人,而另一方面不幸的穷苦人也必然发展成为该罚的罪人。

现场遗留物 3:香烟盒。(实物另存)

这是一个石林烟的盒子,已残破,只剩外层烟盒正面的下半部分,上边的字迹为:

石林

长度滤嘴烟

中国云南曲靖卷烟厂出品

现场遗留物 4:值班日志。(实物另存)

共有两页,页码不连贯,为第 21 页和第 37 页。上边的字迹已多被海水浸湿毁坏。

第 21 页上所剩的字迹为:

> 一切正常。全部资料顺利发回。第四海区白色波浪

第 37 页上所剩的字迹为:

常

无垠

除了蓝

无物

现场遗留物 5：纸片（疑为失踪者日记断片）。（实物另存）纸片残破，上边所剩的字迹为：

晨起，做操。而后观察老鼠——03 号 40 分钟，对话 5 次。它的眼睛真漂

现场遗留物 6：纸片（疑为失踪者日记断片）。（实物另存）纸片残破，上边所剩的字迹为：

想呀，真想

再看录像带《陆上动物》之十，这是第三十七遍，我差不多

现场遗留物 7：纸片。（实物另存）

经鉴定查对，为失踪者离婚了的妻子的来信断片，上边所剩的字迹为：

房子已替你锁好，钥匙存

再不会惹

祝你

现场遗留物 8：纸片。（实物另存）

经鉴定查对，为失踪者写给友人但未发出的信的残片，上边所剩的字迹为：

我太

羡慕你活

听到人声

现场遗留物 9：棉被（仅剩三分之一，断口为撕裂痕迹）。

（实物另存）

经查对为失踪者平日所盖之棉被。上边布满精斑,与其留在大陆家中短裤上的精斑化验比照后确定,精斑全部为失踪者所留。

现场遗留物10:眼镜碎片。(实物另存)

经辨认检查,为失踪者平日所戴之眼镜碎片,近视度为150°。

现场遗留物11:装在笼子里的4只小老鼠。

老鼠均已死,系受外力砸伤。4只老鼠的身上都有用剪子剪去毛之后显出的编号,编号依次为01、02、03、04。

现场遗留物12:男性白衬衣右侧的袖子。断裂处为剪痕。(实物另存)

经辨认查对,此衣袖为失踪者平日所穿的衬衣袖子,其上不知何故有用圆珠笔写下的尚可模糊认出的四个字:

原谅一切。

现场遗留物13:搪瓷脸盆。(实物另存)

脸盆系失踪者平日所用,盆沿处搪瓷新近脱落,显然受过摔砸。盆底有一滴干涸的血,经化验比照,血是失踪者的。

现场遗留物14:小厨房平日切菜的案板。(实物另存)

该案板长40cm,宽40cm,厚2cm。被搬离原位,摔在厨房门口。案板的右上方用圆珠笔写有七行字:

没船

依旧

429

只有

风

几只鸟

想亲

快

现场遗留物15：一个无任何标志的铁质盒子。疑是罐头盒(待查)。(实物另存)

现场遗留物16：国家有关部门配发给该观测点的全套自动海洋气象观测、记录、传输装置。装置完好,未见丝毫损坏,但停止运转。

现场遗留物17：珊凤岛上储存淡水的水箱。未见损坏。箱内淡水还有约两立方米。

现场遗留物18：配发的发电装置。未见损坏,但呈关闭状态。

现场遗留物19：国家有关部门配发的电台和收信机。均损坏严重。系有意抛砸。(实物另存)

现场遗留物20：国家有关部门配发的供值勤人解闷的放像机。遭严重损坏,系砸伤。(实物另存)

现场遗留物21：录像带一段,长约10cm(据原配发单位记录,共发给该观测点各种录像带211盒)。(实物另存)

该段录像带上仅余一幅图像：一个男人站在一群孩子中

间。该幅图像系何录像带中的画面,待查。

现场遗留物22:国家有关部门配发的供值勤人解闷的录音机。遭严重损坏,系砸伤。(实物另存)

录音机内尚存一盒录音带,但该录音带上只录有失踪者方一灵的一句话:

人啊,我

现场遗留物23:食物(面粉、干面条、大米、脱水菜、猪肉罐头)共五种。

这批食物是基地生活补给船发放给该观测点的,除去方一灵正常的消耗量,食物未见减少。

现场遗留物24:画有图案的纸片。(实物另存)

这片撕扯过的纸片上画有一个奇怪的像一条鱼的图案。

册 二

调查笔录1。被调查者:失踪者方一灵已离婚的妻子罗萝。调查者:王义生、郑金明。时间:1986年5月17日。

我们离婚的第三天,他就去了那个岛上的观测站。我只给他写过一封信,这之后我们彼此再没有任何联系。我不知道他发生了什么事。我只听说那个岛离陆地很远,坐船得走很长时间才能到。

我们刚结婚时感情很好,后来渐渐因为家务事发生一些口角,感情由淡漠到破裂。他这个人性格内向,人际交往能力差,在单位里经常与人闹别扭,同我们的几家邻居关系也没处好。在家里有时同我争吵后他会咬了牙说:总有一天,我会到一个没有任何人的地方去住。他说他讨厌人世上的闹闹嚷嚷和挤挤吵吵。有一次,他说他不仅烦我,也烦所有的人。所以后来听说他去了那个远离陆地的小岛工作,我一点也没有感到意外。

调查笔录2。被调查者:海洋气象观测基地三室主任董祥生。调查者:王义生、郑金明。时间:1986年5月18日上午。

方一灵去珊凤岛值勤是他自己主动要求去的。那个岛是我们所有观测点中最偏远的一个,一般人都不愿去。方一灵原在机关工作,他并无去远洋小岛值勤的任务,但他执意要去。平时我们规定,凡去远洋观测点工作的同志,半年一换。但方一灵出发前坚持要签三年的责任书。对他这种自愿去偏远小岛长期工作的同志我们当然支持。不过说实话,当时我们心里也多少有些诧异。

他出事的那天,我们先是同他断了无线电联系,后是气象自动观测传输装置停止向基地传输气象资料。在他上岛的两年多时间里,这种事从未发生过。岛上的无线电通信装置和观测传输装置我们配的都是两套,绝不可能同时都坏了。我们觉得这里边一定是有什么意外发生,希望你们能早日查清楚。

调查笔录3。被调查者:基地生活补给船物品分发员贾若。调查者:王义生、郑金明。时间:1986年5月23日下午。

我们生活补给船的任务,是每隔一个半月到各个观测点上分发各种生活用品,包括淡水、面粉、脱水菜、罐头、肉干等各种食物,以及衣服、鞋子、袜子、防晒油、牙具、肥皂等各样用物。珊凤岛因为太小且附近暗礁多,补给船无法直接靠上,每次都是船停在远处,由我和另外两个同志把给该岛的补给品装上小艇,开过去靠上岛卸下来。我就是这样和方一灵认识的。我前几次去时,方一灵没有像别的岛上值勤的人那样热情;都是冷淡地在发放簿上签字,话很少说。后来他才逐渐热情起来,常要问问陆地上和基地里的事情。出事前一个月那次我去时,他热情得令我诧异,像外国人那样紧紧拥抱着我,一连声地问这问那,好像陆地上的一切事情他都关心。噢,还有一点,他这个人基本不写信,他父母都已去世,收到的信也不多;因为平时他的往来信件都由我来捎,所以我知道这个情况。直到最后这两次见面,他才让我捎过几封信到邮局发了。可惜这些收信人的名字我大都记不得了。只记得有一封是给市物资局的一个姓汪的人,收信人的名字我也忘了。

调查笔录4。被调查者:滨海市物资局科长汪由。调查者:王义生、郑金明。时间:1986年5月29日下午。

我是收过方一灵的一封信。我收到信时还有些意外,我们过去基本上没有联系,只是在上初中时同过学。他的来信写得也很古怪,没写任何实质性的事情——我还以为他有事要我帮助他办呢。喏,这就是那封信,短得出奇。

附:方一灵致汪由的信。

汪由老同学:

  我很想告诉你一句话:不能离群。

  这么多年没联系,你日子过得好吗?

  敬礼!

方一灵
3.11.于珊凤岛

调查笔录5。被调查者：基地通讯处报务员杨小根。调查者：王义生、郑金明。时间：1986年5月30日上午。

我们和各观测点的联络主要是通过无线电台。我们平时规定，每两个小时有事无事都开机联络一次。在联络的间隙，双方的收信机都开着，一方可以随时告诉另一方事情。珊凤岛出事的那一天，我刚好值班，我收到方一灵拍来的最后一封电报只有四个字：灯火辉煌。我接收后很有些诧异，忙敲键询问我是不是收错了，但这时联络已经中断，无论怎样呼唤都不见珊凤岛的回答了。我至今不明白方一灵发出的这封电报是什么含义。

调查笔录6。被调查者：与珊凤岛相隔157海里的永静岛观测站金青峰。调查者：王义生、郑金明。时间：1986年5月31日下午。

珊凤岛出事那一天，我正在永静岛值勤。那天的下午，我突然接到方一灵拍来的电报——我们各观测点可以互相联系，但我们平日很少这样做，都是只同基地保持联系。所以我当时有些意外，急忙抄收。电文只有三个字：漆黑想。我不知这电文的含义，但敲键询问时，联络已经中断。我当时以为方一灵是在同我开玩笑。

册　三

现场勘察记录1：珊凤岛海洋气象观测站位于一个极小的珊瑚岛上。岛呈长方形，长约70米，宽约50米。岛上无树，较平坦，无天然淡水。该观测站为建在岛中央的两幢二层小楼。楼顶安置着各种自动观测装置。二楼置放着自动记录与传输装置。楼下为值勤人生活区,一间卧室,一间值班室,一间厨房。发电装置和厕所在楼西侧的十二米处。周围150海里内无任何岛屿,四周皆茫茫海水。

现场勘察记录2:岛上的海洋气象观测传输装置完好无损,各按钮上的指纹均系方一灵所留。

现场勘察记录3:岛的东、南、西三个方向上,均有一处石头上画有"□"的符号,符号呈棕色,刮擦不掉。岛上从未存有棕色颜料和漆。

现场勘察记录4:配发该观测点的救生衣和橡皮艇仍存原处,没有被人挪动的痕迹,但上边留有一个印迹,既非人手亦非人脚的印迹。

现场勘察记录5:岛的南侧中部沙滩上,留有一个奇怪的印痕。痕最宽处三尺二,最长处五尺七,深三寸许,呈不规则形,似有什么重物在此放过,但印痕周围无方一灵的脚印。

现场勘察记录6:岛上遗留物大多有被海水浸湿过的痕迹。但当天该海区并无风暴,最高潮位也到不了岛的上端。

现场勘察记录7:岛上除方一灵本人的脚印外,未发现任何他人的脚印。

现场勘察记录8:岛的北端一块柱状石头上发现一块大

的刮痕,似被什么重物撞过。

册 四

现场勘察后印象1:岛上发生过蓄意破坏行为。

现场勘察后印象2:疑有他人接近小岛。

现场勘察后印象3:方一灵似受过什么外力胁迫。

现场勘察后印象4:方一灵精神状态不是十分正常。

现场勘察后印象5:似有海水自高空落下。

现场勘察后印象6:疑有不明物体上过岛。

册 五

假想判断之一:方一灵被海盗劫走。

一伙海盗趁方一灵正值班时突然上岛,将其劫走。此假想有证据支持。但岛上储存的淡水和食物未见丢失。海盗通常图的是钱财,单单劫走一个普通的气象工作者有何意义?而且岛上并未留下海盗的足迹,另外据查,该海区未见过海盗出没。

假想判断之二:方一灵叛逃他国。

方一灵利用他国船只在附近海域航道上经过的机会,上船逃走。此假想有证据支持。但岛上配备的橡皮艇和救生衣并未动过。而且,叛逃者通常是对接受国有用时才会为对方接受,方一灵从事的海洋气象观测工作毫无保密性,所得的观测资料将向联合国有关组织定时通报。哪个国家会冒着引起外交纠纷的危险,来接受一个政治上、军事上、经济上、科技上均无甚价值的人叛逃?

假想判断之三:方一灵在海边不慎溺水而死。

方一灵午后在海边游泳时不慎溺水而死或遭鲨鱼袭击。有证据支持此假想。但那天他与基地的联系是突然中断的,他不可能因去海边悠闲地游泳而突然中断与基地的联系。而且既是去游泳,何必预先蓄意毁坏东西?

假想判断之四:方一灵因长期孤独导致精神失常从而跳海自杀。此假想有证据支持。但那岛上的不明印痕作何解释?他给基地发的最后一封电报:"灯火辉煌"是何含义?

假想判断之五:方一灵被不明力量突然降临劫持。此假想有证据支持。但不明力量为什么专门对有关方一灵生活方面的什物感兴趣并加以破坏,而对气象观测传输装置却不予理会?劫持者竟能不留一个脚印?

处置意见

此事暂时悬置,待发现新的证据后再下结论。

十七岁

我的十七岁同样开始于一个早晨。在那个只有冷风没有朝霞的早晨我刚刚结束南下长沙的革命大串联壮举,背着一个用麻绳捆着的印有大朵红色牡丹花的被子风尘仆仆地返回母校。母校用她破旧的房舍和满目的荒凉迎接了我。此时全校的红卫兵们正忙于同室操戈,我当然也不能旁观,放下被子喝了一碗红薯稀饭就急急忙忙地加入了一个名叫"冲霄汉"的战斗兵团,开始了又一阶段的"革命生涯"。

学校的师生们这时主要分属于两大派:红色造反司令部和"冲霄汉"战斗兵团。后者因为拥有校篮球队的三名主力和一名校花而声名显赫。"冲霄汉"其时的任务是把红色造反司令部打垮。斗争的第一阶段是写大字报。我因为当初作文写得好而被定为写大字报的主笔之一。我们把乒乓球台抬放到一个大教室里,买来大捆的纸、笔和成箱的墨汁。我手中的毛笔在雪白的道林纸上如游龙戏水,一张张写满了字的大字报就这样被我炮制出来,源源不断地被拿出去贴到外边的墙上。春风来时,满墙的白纸哗哗作响,一种革命的气息就这样在校园里汇聚,鼓荡着我们年轻的胸膛。

大字报的内容芜杂而又丰富。有转抄毛泽东主席最高指示和中央文革最新指示的,有历数敌对派种种罪行的,有公布走资派搞女人隐情的,有敦促某个敌方首领反戈一击的。我就在制造这些大字报的过程中,知道了字有宋体、魏体、隶书之分,知道了颜真卿、王羲之、柳公权。我开始有意在写大字报的过程中锻炼自己写钢笔字、毛笔字的技能。天长日久,我的字竟写得有模有样起来,使得一些人常在我写的大字报前驻足观看,不是观看内容而是观赏我的书法。我当时并没意识到这种意外的收获会有什么意义。直到成年后的一个冬天,一位接兵的连长见了我写的字后满怀热情地问我"小伙子,愿不愿跟我去当兵"时,我才明白我已在不知不觉间为自己今后的生活打下了重要的基础。

我们写的大字报常被敌方撕掉,有时刚一贴上就遭污损。这种结果使得大家觉出了此种斗争手段的落后,并很快发明了新的战斗方式:与敌人面对面地进行口头辩论。

学校开展口头革命大辩论的场面十分壮观,敌对双方投入的兵力都在千人以上。两千张年轻的嘴同时激烈地发音,那响声的确吓人,能惊得五华里之外的麻雀在空中乱飞。两千张嘴中涌出的气流,能摇晃得满校园的树叶哗哗作响。这种大辩论有时围绕一个问题进行,有时循多个题目同时展开。辩论的对象是各找对手,通常是男对男女对女,也有男与女对面交锋的。一开始辩论时双方还能平静,很快便都开始提高音量使嗓音变尖变粗。一个暖风醉人的晚上我参加了一场辩论,那场辩论的细节我至今记忆犹新。

那晚上的辩论我因为肚子拉稀去得有些迟了。当我从厕所里匆匆提起裤子赶到辩论场上时,大辩论已经开幕,巨大的声浪正像暴风一样在学校青砖砌成的院墙上撞来撞去。那天晚上双方出动的人数似乎一样多,都在一对一地辩论着,我在场上转了一圈,也没找到一个敌人开口施辩。这使我多少觉着有些遗憾:不参加辩论你就不可能有战绩,没有战绩作为一个红卫兵就总有点过意不去,而且你在战友们心目中的威信也会变低。也是巧,正当发愁没有辩论对手时,臂缠敌方袖章的一个女同学犹犹豫豫地向这边走来。我不愿放弃机会立刻迎了过去,开口就叫:伟大领袖毛主席教导我们说,天地转,光阴迫,一万年太久,只争朝夕,你磨磨蹭蹭才来可是对文化大革命的态度问题!

她瞪我一眼,立时甩了一下小辫冲过来叫:最最敬爱的毛主席说,一切都要从实际出发。我今天来晚了是另有原因,这绝不能证明我对文化大革命的态度不好。当年托洛茨基参加革命挺早,可他后来却成了布尔什维克的敌人!

你的意思是说参加革命早的倒可能成为人民的敌人?

故意曲解别人话意的人最卑鄙!

谩骂不是战斗,只有那些泼妇才动不动用谩骂来达到目的!

谁是泼妇?你说谁是泼妇?你对你姐姐也这样说话?

你别生那份当我姐姐的妄想!

可我跟你姐姐一样都是姑娘,你竟敢说我是泼妇?!

是姑娘就不能说泼妇了?为什么?

姑娘和妇人不是一回事,和泼妇相差更远!

怎么着姑娘和妇人就不是一回事?不都是女的吗?

姑娘只有和男的那样了才算妇人。

咋着叫那样了？

你……

说不出来你就快回去，就你这水平还来跟我辩论？收场吧！

流氓！

我流什么了？

呜——她捂脸哭起来了。

我快活地去向我们的头儿报告：我辩哭了一个敌人！站在远处静观辩论的我们"冲霄汉"战斗团的团长，高兴地拍了一下我的肩叫：好！

二十一年后在一个偶然的朋友聚会场合，我又看见了我这个辩论对手，这时的她已是两个孩子的妈妈了。时间早已消除了我们的敌意，我在喝几杯酒后含笑问她：你那天晚上究竟是为了啥事参加辩论会迟了？她的脸一刹那红了：例假，那天我来了例假，量很大，我本不想去的，可想到革命……

我哈哈笑了，天呀！

口头辩论的寻常结果是导致互相辱骂，而辱骂，则很容易引得双方动拳动脚，于是武斗便自然而然地在两派间开始了。

我们学校的第一场武斗开始于两个女同学。那天，来自两个阵营的两位女同学在女生宿舍前辩论，辩到最后都有些火起，于是一个骂你那张臭嘴永远都有理！另一个便回：你那张臭嘴才臭！那个更火，逼上来叫：谁是臭嘴？这个也逼上去：谁是臭嘴？三凑两逼，两个人碰到了一起，于是一场厮打开始。这场厮打惊动了其余的"女战士"，于是"女战士"们纷纷拥过来援助自己的战友，更大规模的厮打开始了。女生们的厮打带有哭喊声，哭喊声又惊来了敌对双方的男生，双方男战士为了保护自己的女战友立刻加入了战斗,于是第一场大规模的武斗便揭幕了。一开始双方用拳脚,后来用木棍,最后用上了砖块、石头,校园遂正式变成了战场。

双方很快占领了一部分校舍作为自己的根据地,把教室窗户用砖砌起,只留下瞭望口,使其变成了近似碉堡样的东西。

规模最大的武斗发生于一个阳光灿烂的下午。当时的情况是:对方夺走了我们原来占据的一个院子,我们这派决定反攻夺回。头儿们为了这次反攻的胜利,专门请来了一个部队复员的班长做参谋。进攻的人员被分成三个梯队,我被分到了第一梯队。我们被领到造反大旗前站定,举拳宣誓:为了保卫毛主席的无产阶级革命路线,头可断,血可流,但决不后退半步……在战斗发起前,突然有情报说对方手里有打兔子的火枪和炸鱼的炸药包,我一听,原本就被恐惧弄得有些发抖的腿软了:天哪,倘是叫打兔子的枪打一下那不完了?打兔子的子弹可是铁砂呀,万一打进身上可怎么往出挖?得赶紧想个办法!也巧,头头这时让我登上梯子去高处望敌方动静,当我下梯子到最后两级时,我故意一脚踩空摔了下来,并立时抱住脚脖说脚腕可能扭断了,大伙马上过来安慰,这办法让我巧妙地退出了就要出发的第一梯队。当战斗发起时,我安然地坐在指挥部里喝茶,偶尔拿过头头的望远镜观察一下前沿的动静。

进攻战斗进展顺利。我们很快夺了他们的外圈阵地,对方在不得已中开始退却。眼见就要全胜,我不禁生了后悔:丢了立功和让众人尤其是女生们称好汉的机会!我于是拎了根木棍,并装作跛脚,向已无敌人的前沿冲去。那一仗我的战功是:敲碎了对方据守的一排平房上的六块窗户玻璃。战斗结束时,战友们拥上来欢呼胜利,一位名叫小芳的长得很入眼的女生激动地扑过来抱住我的脖子说:你真勇敢,竟带伤上阵!我有些愕然,不过既然她已主动抱住了我,我也就趁势在她嫩白的脸上亲了一口,占了点便宜。好在她沉浸在战斗胜利的狂喜中,对我这一亲浑然不觉。不过这一亲倒让我自己记住了亲女人的滋味,时时地很想来一回。小芳的影子便从此留在了我的脑子里,让我割舍不掉了。

为了应付频繁的武斗,我决定学点武功。刚好同一派的一个同学的哥哥在部队当过侦察兵,会捕俘拳,我就拜了他为师,把一套捕俘拳的打法学了过来。功夫学到手后,我不知为什么很想在小芳面前露露。很多晚上,我都在我们"冲霄汉"战斗兵团女生住屋门前练拳,希望让小芳看到,然而却巧得很,她竟一次也没发现。绝望中,我同我的一个好友商量,让他为我制造一个机会。他同意后,我们经过一番精心策划,在一个傍晚埋伏在小芳由学校回家的路上,小芳走来时,我那位胳膊上戴了敌方红卫兵袖章、又在脸上涂了墨汁的好友突然跳出去拦住她的路,要她跪地投降并报告组织内部情况,就在小芳于惊恐中高喊救命时,我从另一个方向冲了过来,我用漂亮的捕俘拳将那位好友打跑后,小芳朝我感激地扑过来,软在了我怀里。我自然不会失掉机会,一边轻拍她的后背安慰"别怕",一边又在她脸上亲了几口。

这一次亲吻过后,一到夜晚,我满脑子都是小芳的身影,一天不见她就有点坐卧不宁。我模糊地意识到:自己开始恋爱了……

秋天的时候,我们"冲霄汉"战斗兵团的头儿决定组建一个宣传队,下到农村演出,一方面扩大我们这派的影响,另一方面顺便吸收一些青年农民加入"冲霄汉",以壮大我们的力量。

　　小芳因为能唱会跳,很自然地被挑入了宣传队。一见她去了,我便要求进队,我进队的理由是我会拉二胡——其实那阵子我拉胡琴只能拉出《大海航行靠舵手》《老两口学毛选》《下定决心》等有限的几支歌儿,还根本达不到伴奏的水平。头儿们见我坚决要参加,也就应允了。进队之后,为不让乐队的其他人尤其是小芳看不起,我抓紧点滴时间练琴。那阵子我第一次体会到恋爱也可能成为一个人事业发展的动力。我没日没夜地练,最后终于成为乐队的二胡手,有时演员有病少了节目,还可以上去独奏一段曲子。《二泉映月》和《良宵》两支曲子我就是在这期间学会拉奏的。

　　进了宣传队整日和小芳在一起就有了加深感情的机会。每次演出结束,我总是最先把水杯送到她手上;夜间演出时,我先把她脱下的外衣给她披上;有时她嗓子疼了,我就悄悄给她买一包"胖大海"让她泡水喝;转移演出场地时,我总是找借口用自行车驮上她。有一次我们到一个生产队演出,正遇见那个队组织社员们吃忆苦饭,我们这些革命小将当然也要跟着吃。那天的忆苦饭是糠糁榆树皮粉做成的窝头,另加红薯面稀粥,其难吃的程度简直无与伦比,尤其那窝头咬到嘴里实在无法下咽。我注意到小芳也像吃药一样正皱着眉头艰难地对付着发给她的那个窝头。我一边嚼着自己的一边观察着她,我看见她把手上的窝头掰下一半,趁身边的几个女伴没注意时悄悄向身后的一个土坑扔去。我吃了一惊,扔掉忆苦饭不吃会被斥为想忘记过去,而忘记过去不就意味着背叛,这个罪名可是不轻。我为她捏了一把汗,但愿别让人发现。我们是和生产队的社员们一起围坐在晒场上吃的,饭吃完后,生产队长按惯例又讲了番不忘阶级苦牢记血泪仇的话,这时人们开始四散,我松了一口气,以为小芳扔窝头的事总算过去。没想到就在这当儿,一个半大的孩子在经过那个土坑时发现了那半个窝头,他弯腰捡起后高叫:这是谁扔的?生产队长一见,脸顷刻阴沉下来,立时喝住正在四散开的人们说:谁扔的谁坦白,不然我会按指纹查的!晒场上立时鸦雀无声,我看见小芳的脸唰一下白得没了血色,我知道这事一经查清她一定要面对一场污辱,那不是极要脸面的她所能忍受的。几乎没有什么犹豫,我立刻张口承认:这是我扔的,我错了,我忘记了过去。生产队长社员们和我们的宣传队员闻言,先是吃惊地看定我,渐渐目光里有了鄙夷。我晓得这事将被视为大逆不道,会有惩罚来的。果然,生产队长冷冷开口说:念你不是本队的社员,罚你向毛主席磕三个头请罪,再把扔掉的窝头吃了!我不敢争辩,急忙向竖在晒场一边的毛主席画像磕了三个头,而后在众人的注目下,把那半个沾灰土的糠窝头一口一口吃了下去……

这天晚上我们宣传队长不让我参加演出,我在我们宣传队借住的生产队的保管室里早早抻开被子躺了下去,小芳演完她的节目之后,急匆匆跑回来,进屋就扑到我的身上,一句话没说,只是流着泪不停地在我脸上亲着,把泪水抹得我满脸都是。末后她含着泪说:你想对我做什么你就做吧!我当时真想动手摸摸她的身子,可我觉着在她哭的时候摸她有点欺负人的味道,就摇摇头说:你快出去把脸洗洗,免得待会儿大伙回来看见。

我们第一次正式约会是在窝头事件过去七天之后,这时我们已转移到了另一个生产大队演出,宣传队长也已恢复了我的演出权利。这天晚上演出中间,小芳借从我身边过的机会把一个纸团扔到了我的怀里。我展开一看上边写有"睡前村东土埂上见",我的心跳开了,这是她第一次主动地约我,我激动得把手中的胡琴都拉得有些走调。演出结束后我借口解手去了村东土埂,小芳已站在那儿等着,乍一见面,我不知该如何开口,更不敢动手,倒是小芳轻声问我:你说,吃忆苦饭的好处究竟在哪里?我想了想答:可能是为了让人们知足吧,让人们和过去的苦日子比,越比人们就会越知足,就会产生一种幸福感。让人们知足,让人们产生那种幸福感有啥好处呢?她又接着问。这会让人们生出感激,生出一种报恩尽忠的情绪吧。我答着答着觉出这是个可能涉及国家政治的危险话题,就住了口。寂静向我们身边挤来,夜风在近处的庄稼地里悄然移动。我感觉到她在向我的怀里偎来,我的心开始狂跳,身子也不争气地哆嗦起来,我的手像经历过子弹擦身的鸟儿一样惊惊颤颤地落到了她的胸脯上。她没动,而且一只手抬起逐个地解开了上衣上的纽扣,我狂喜地把手朝那在夜色里仍发着白光的肌肤上触去,并一点一点向那两个隆起的地方移动。就在我的手指即将登上峰巅的时候,村里突然传来了喊我的声音。我被吓了一跳,双手迅速撤离了高地,并催她:快扣起!我们原本急促的呼吸霎时间屏住,开始弯腰悄步分开向村边走,我们当时都未来得及懊悔。

直到第二天黎明,当我从一串混乱的梦境里醒过来发现一切正常时,我才生出了后悔:昨晚不该那样惊慌的,谁会知道我们在那里相会?谁会准确地找到那个地方?我是不是失去了一个千载难逢的机会?倘是我们仍留在那里,接下来会发生什么事情?她会不会任我……我被自己的推测和想象弄得激动无比并且越加后悔……

我在太阳升起时懒懒地穿衣起床,先走到昨晚在关键时刻站在村里喊我的那个战友床前踢他一脚,在他的哎哟声里我拉开了屋门。满院子的阳光轰然涌进,这一刻我方记起今天是我的生日,十八岁的日子正向我姗姗走来……

私房话

早　晨

"你的眼皮有点浮肿,告诉我,他昨夜里是不是不让你睡?"

"嫂子,你真让人讨厌!"

"说,上床后你们两个是谁先动的手?是他还是你?"

"我不理你了!你还有没有点正经话?"

"正经话咱俩以后说,告诉我是谁先动的手。是他吧?我看出他昨晚上洞房前那个猴急样,恨不得让我们这些人都立马滚开,好即刻插上洞房门,好和你……"

"嫂子,求你了,说点别的不行吗?"

"他的劲大吗?今早上大成说,昨夜里他们几个孬蛋在你们后窗户外听墙根,只听见……"

"不理你了,我得去忙了,爹让我把那些黄芩……"

"新媳妇头三天是不能干活的,这三天你只要干了活,这辈子你就要被活活累死!我当初嫁来你们家时,头三天里连个柴火棒也不捡一根,连饭都是你哥端到我面前的。"

"你福气好嘛,摊上了我哥那样一个好人!"

"你的福气也不赖嘛,找的这个小伙子长得白白净净,又识文断字,头发又梳得有模有样,还戴着一副眼镜,哪个女的看了心都会痒痒。"

"又没正经了,我不跟你瞎扯了,我真得去晾晒那些黄芩了……"

黄　昏

"他这个人看起来对中药材还懂一点儿。"

"人家上过卫校,是中专生,多少也学过这一行的。"

"哟,才做了一天夫妻,就这样夸他呀?要在一起睡上十天半月,不把他夸上天了?"

"我真想用针线把你的两片嘴唇缝上,嫂子!"

"中专生毕业了不是可以在城里找工作吗?他咋会愿意来咱这小镇……"

"一言难尽。当初他爹妈得病死后,家里欠了债,他只得中途退学,他未婚妻也要求退了婚……"

"他原来有过未婚妻?你和他结婚前,他和那女的来往密切不密切?他们有没有发生过……"

"嫂子!你那脑子咋净往歪处想?!"

"傻妹子,我是怕你吃亏,你一个黄花姑娘,配一个不是童身的男人,那可就吃亏大了!"

"我不想听你说这些!"

"好,好,不说这些。那你给我讲讲你们是咋认识的,嫂子对你们的恋爱经过还一无所知哩!"

"不想告诉你!"

"不告诉我自然可以,不过这家里生过孩子的女人眼下可是就我一个,等你日后怀了孕,你想问我注意事项啥的我可也是一句不说。"

"嗬,想吓唬我哩?我不会看书?如今好多书上都写有女人怀孕之后要注意的事项。"

"哪一本书上写的也不可能很细,也不可能有我的经验管用。比如,女人怀孕之后究竟多长时间可以和男人亲热,可以……"

"行了,行了,给你说。只是你要答应我,说给你之后你别到处去传。"

"嫂子这张嘴你还不知道?一向都挂着锁,谁也别想从我嘴里抠出东西来!"

"我和他认识很偶然。"

"世上的男女做夫妻,表面上看着没章法,摸住谁是谁,千里姻缘一线牵,老天爷在牵着那根线哩!说吧,你们头一回见面认识是在啥地方?"

"在三朵山的青栗崖上。"

"在一个悬崖上?你不是存心吓我吧?"

"真的。有段日子,爹给白马镇的一家人看病,需要不少龙胆草,青栗崖上有,我就去采——好了,他在喊我,以后再给你说。"

午　后

"今晌午吃饭时,我听见你那位在给爹说要开一个什么公司。"

"中药材经销公司。他说他过去看过县志,知道咱们镇在大清朝和民国时是有名的中药材集散地,咱们这四周山里出的山茱萸、黄连、厚朴、茯苓、元参等中药材的质量,在全国都是数得着的。他说咱们不能只零碎采点药给人治病,挣一点小钱;咱还应该大量采购中药材卖到城里和外地赚大钱,咱们要靠这个富起来,要开一个中药材经销公司。"

"能行?咱们是开公司的材料?公司好像是城里人才能办的。"

"我也有点担心,可他说行,他说眼下不用添置任何东西,只需准备一千块钱,而后在门前贴一告示,宣布收购各样从山里采来的中药材。这样,村里那些识得中药的人就会自动上山去采,咱们用便宜价收来之后,洗净、晒干,再同大城市里的中药房、中医院联系,用高一点的价钱卖给他们,咱们就赚这个差价。他说四周山上的中药材这样丰富,镇上及四周山民中识得中药材的人又这样多,这件事一定能办成,一定——老天,我又恶心了,想吐。"

"别是怀孕了吧?这个月见红了没有?"

"没有,我想不是,我过去也有推迟的现象。我八成是冻着受凉了。"

"你说你们做那事时戴没戴……"

"嫂子,你别问得那么细好不好?!"

"要真是怀上了,倒证明你那位犁地是非常勤快的,证明种子是良种,证明你们两个没有白辛苦……"

"我不想听你说话!"

"好,好,你不想听我说,我就来听你说!你上次说你们的恋爱经过刚开了个头,今儿个给我接着往下说。"

"我都忘记说到哪里了。"

"说到你去青栗崖采龙胆草。"

"那天我去青栗崖采龙胆草,看见他在崖坡上转悠,我当时觉着奇怪,这个地方在山林深处,平时除了采药和打猎的,很少有人来,而他一没拿采药的工具,二没拿打猎的家什,他来这儿是要干啥?我就一边采药一边看他的举动,只见他在那崖坡上走走停停,停停走走,一会儿仰头看天,一会儿低头看地。他注意到我在看他,很不高兴,恶声恶气地说:'你走开!'"

"是吗?"

"你想,我从小在山里转悠,能叫他吓住?我就说,这青栗崖又不是你们家的地盘,凭啥要叫我走开?我就是要在这儿挖药材,与你有啥相干?!"

"他咋说?"

"他当时跺了跺脚,脸阴沉着骂:奶奶的,全世界都没有个安静的地方,死也找不着个安静的地方!我一听他开口骂了脏话,就也火了,我说:你嘴里干净点,你骂谁?想找安静的地方回你们家去!他听我这样一说,气哼哼地瞪了我一阵,然后就踢踢踏踏地走了,临走还狠劲朝一棵栎树上踹了——哎,爹在叫你!"

"好,先到这儿,下次再接着听你说。"

午　前

"叫爹给你号号脉嘛,是不是喜脉爹一下就能号出来。"

"我不想叫爹号脉,我后响去找街东头的方老先生,让他给我号号。我想我不至于这么快就怀上了,怀孩子能这样容易?"

"在有些女人那里,怀孩子是难得跟上天一样,可在另一些女人那里,怀孩子就跟喝口凉水那样快当,这就跟种麦一样,苗能不能出来,一看土地好不好,二看种子优不优,你这样快就怀上,证明你这块地一是肥,二是土整得细。"

"我讨厌你打这些比方!你这张嘴能不能停一停,是不是害怕别人把你当哑巴卖了?"

"好,咱不说了,咱还来听你的恋爱经历。"

"不给你说!"

"不给我说也行,等你日后宫颈打开,嗷嗷喊疼要生孩子时,我可是一点忙也不帮,不去烧水,不招待接生婆,不给剪子消毒,不给你熬红糖茶,不给你擦洗下身,不给你准备干净被褥……"

"又来胁迫我?给你说行了吧!我头一回和他见面就是上次说的那个情形。第二天我又去了青栗崖采龙胆草,没想到一上崖坡就又看见了他。我当时真有些惊奇,咋能这样巧?我来他也来?他显然也没想到我会再来,也是打个愣怔,随后就气哼哼地看定我,恨了声说:你是不是存心跟我捣乱?怎么我一来你就也来了?!我听了他的话也有些生气,就说:我看你是在跟我捣乱,我来采药,你来干啥?他吼了一声,说:我来死!我听了一笑,说:你要死就死,跟我吵啥子?我还要采药哩!不跟你啰唆了!我说罢就在崖坡上的草丛里找龙胆草。他先是铁青着脸看着我的一举一动,后来就大步朝我走过来,站到我面前说:我要你立刻离开这个地方!我能听他的?我的脾气你也知道,我才不理他这个茬!我说:我要你立刻离开这个地方!他一听两眼都充血了,说:好,看来你是存心和我作对,非要让我再做件坏事不可?也罢,我反正这辈子还没见识过女人,看你长得不错,胸脯子也真好看,我今儿个就玩玩再走!说着,他竟真的朝我胸脯上伸过手来,我吓了一跳,急忙向后闪退了一步,同时抡起采药的小铲子说:你要再敢动手,看我不劈了你!我心里一点也不怕他,他的身子虽高,但细,一看就知道没有多少力气,论动手打架他不是我的对手。他见我抡起小铲子,就也没敢再伸手,只站在那里说:实话说,你长得是不错,我真想走之前就做一回恶事,过一过瘾。不过既是你不愿意,我也不会强求⋯⋯"

"老天,锅里的饭煳了⋯⋯"

晚　上

"没想到开这个中药材公司还真赚钱,你那一位还真有点眼光。"

"我当初就给你说过,他能行,他读的书多。"

"哟,又夸起来了,这可有点王婆卖瓜⋯⋯"

"我说的是实话嘛,咱们家啥时赚过这么多钱?两千二百块!去掉当初的那一千块本钱,还有一千二哩!"

"这笔钱爹准备咋花?要我说,咱们家也买一台黑白电视机,咱俩再各来一身衣裳,给你那位还有爹和你哥,买上点烟酒,让他们也过过瘾!"

"他说这笔钱不能花,把它再当作本钱,用来向乡亲们收购中药材,而后再拿到山外城里去卖,去赚更多的钱。他说这叫流动资金,做生意没有供周转用的流动资金不成。"

"行嘛,你也已经懂了不少,到底是跟着能人学的能处多!他是不是在夜里一边搂着你一边教你?女人还是睡在男人怀里学东西快呀。"

"又没正经了!你啥时候才能不往歪处说?"

"罢,罢,咱不说歪处说说正处,你还接着说你和他在青栗崖上的事吧,你们那天在崖上到底是咋结束的?"

"我当时气得也不再采挖龙胆草了,就瞪了眼看着他究竟是要在这崖上干啥。他见我这样,也就不再理我,自个坐到一块石头上在一片纸上写着什么,写了一阵,把那张纸片装到他带来的一个挎包里,把挎包挂到崖坡上的一棵小树杈上,然后就转身向崖头上走,一直走到崖边边上。我看他最后在崖边边上的一块石头上站定,不由得吃了一惊:我平时采药也常到崖边,知道他站的那块石头是晃动的,那石头随时都可能因为他的踏动滚下崖去。我不由得高声警告他:你脚下的石头危险,随时都可能滚下去,那崖头下可是二百丈的悬崖,掉下去准保会摔成肉饼了;就在前几天,有一头野猪从崖头上掉下去,摔得肉都成了碎块块。我原以为我这样一警告,他就会慌忙跳过来,没想到他听了我的话后竟然转身朝我冷冷一笑说:我今天本来就是来跳崖寻死的,我还怕这石头滚下去?我一听,骇了一跳,这才记起他刚才一直在说死呀走呀的,会是真的?在我惊讶的那一时辰,他又冷冷开口道:我本来是想独自安安静静地去死的,不想你偏来捣乱偏要来做目击者,也罢,我不能再拖了,昨天我就准备走的,因为你,我拖了一天,我不再等了,今天就让你看看吧,看看一个人是怎样毅然决然向悬

455

崖下跳的！我同意用我的行动让你长长见识！我当时是真有点慌了,看来这人是真想寻死,咋着办好？这当儿他又喊：你既是当了目击者,当警察来调查我的死因时,你就把挂在树上的那个挎包交给他们,那里边装有我的遗书,要不然他们会怀疑是你害了我。我这时才想起应该问一句,你为啥要跳崖自杀？他咬着牙说：你少管！"

"我的天,还有这事？！"

"我当时在心里想,我得想办法救他！看来他是在精神上受了啥刺激,我不能看着他去死！可咋样救？硬到崖边去拉他？那只会促使他更快地跳下去。我只有先用话语稳住他,然后再找机会把他拉离悬崖边边。可说啥话好呢？也算急中生智,我想了个主意,开口装作恍然大悟地说：嗨,原来咱俩来这青栗崖的目的是相同的,都只想跳崖寻死哩！闭了眼正想要跳下去的他一听我这话,又一下子睁开眼意外地看着我问：真的？你也是来寻死？你一个姑娘家有啥不得了的事要走绝路？我就胡乱编道：恨呗,我恨那个害我的人！他说：你恨谁你该去找谁算账,来自杀算啥本领？我说：我一个姑娘家哪有力气去找人算账？！他问,那人咋害了你？他是个干啥的？我说：他打伤了我,还烧了俺家的房子；他是个打猎的,手中有猎枪,平日就在这山上转悠,那不,站在不远处那个小山头上的就是他！他好奇了,说：嚯,我倒要看看这个人！边说边就离开悬崖向我这边走来,我等他快走到我身边时,猛把我爬坡采药用的一截绳子套到了他的身上,同时用爹教我的防身本领,握拳朝他的后颈那儿猛捶一下,就把他打晕了。随后,我用绳子把他捆个结实,将他背了回来。"

"嗬,你还真有点本领……"

午　后

"今儿个头晌来卖药的那个小伙脾气可是真冲,你过秤慢了一点,他可就发开了脾气,一副凶得要打人的样子,他叫啥名字?"

"弓。"

"叫弓。这名字倒起得好。弓对你那位好像有气,背着药篓来时就气哼哼地看着你那位。"

"别瞎猜。"

"好了,咱不说弓,还说你那位的事,你那天把他背回来以后……"

"我那天把他背到咱家里,他醒来后木呆着眼说,你太多事,你救不了我的,我早晚还是要死!爹随后就细问他寻死的原因,他先上来不说,后来看爹是诚意关心他,才流着泪说,他爹和妈是一年之内先后得一种怪病死的,那种病一开始就是身上起泡泡,痒,然后是睡不着,吃不下,慢慢瘦死过去。城里医院的医生说这是一种罕见的病,没有法子治好。他后来发现自己身上也起了些小泡泡,给未婚妻一说,未婚妻马上就宣布和他断了关系。他本来就绝望,未婚妻又这样绝情,使他越发觉得不如早死了好。爹听他说了缘由,立马给他号脉检查,爹给他号完脉查看了他身上的那些水泡后说,能用中药把他这怪病治好。他当然不信,他说他当初在卫校问了好多医生和教授,都说这是一种罕见的疑难病症,治不好。爹说四十五天之后见结果,四十五天之后若他身上的水泡还不下去,爹就亲自送他到青栗崖让他跳下去。他这才算答应先住下来。爹每天给他熬两回汤药,二十五天的汤药喝下去,还丝毫没有见效。他的情绪愈加不好,这时爹的眉头也皱紧了。有天晚上,爹把我叫到他的屋里说:我用这药,照说二十天之内就能够见效,如今所以迟迟不见效,与他的心情太不好有关,心情不好,身子对药会生一种排斥力。俗话说,病一作,心要乐;心一乐,病才却;心不快活空服药。看来要想让药更好地发挥作用,得先把他的情绪弄得好起来。我当时不明白爹给我说这些的意思,就问爹:咋样才能让他的心情好起来?爹低了头,沉默了半晌说:孩子,照说爹不能出这主意,可俗话说救人救到底,你既是把他从悬崖上背了回来,咱就该尽力彻底把他救活过来,行善不行到底,怕神灵们会怪罪的。眼下只有一个法子,你主动去接近他,你是女孩子,他兴许会……爹没有把话说完,但我听懂了,我当时愣在那儿许久没有开口,后来就无言地走了出来。我回到自己的屋里想了半夜,嗨,救人倒救出麻烦来了,我赔吃赔喝还要想法让他高兴起来,真是自找来的麻烦!不过想到最后,觉着终究还是救人命要紧,要是能救而不救让他死了,我会一辈子心里难受,罢、罢,就想个主意吧!第二天头响,他喝罢爹给他熬的汤药后,正没精打采地躺在床上,我走了进去,我对他说:我刚才在院里晒中药,从头顶的树上掉下来个东西到我后颈里了,也不知是树叶还是毛毛虫,麻烦你帮我找出来。说着,就把后颈伸到他眼前。他懒洋洋地探过头来,伸手扒开我的颈后衣领往里边看,我这时就把前边的扣解开了几个,把胸脯露出来了。当他从我衣领里掏出一片树叶后,他自然也看见我的奶子,我虽然背朝着他,但我能感觉到他的眼瞪大了,他先是屏住了气,随后喘气声就大了起来,我假装没意识到自己的胸脯敞露着,转过身面对他笑道:谢谢你!他呆了一霎,吧了吧嘴,随后就猛地伸手攥住了我的两只奶子,我假装吃惊,挣了一下,但故意不挣开,让他摸了一阵。

我看见他的脸孔涨得通红,眼中闪出了过去没有的激动和快乐。我最后挣开他之前附着他的耳朵说:我后响再来,你先歇着。他恋恋不舍地看着我走出屋门。中午吃饭时,我就注意到他情绪变了,不住地看我,饭量也增加了。我后响又去了他身边,又让他摸了一阵胸脯。就是从这天起,我一天去两次,他的精神状态也随之好了起来,说话多了,开始主动走到院里帮我干活。爹估计得很对,随着他情绪的好转,中药的效力也得到了发挥。吃到第三十六天时,他身子上的小泡开始变小见少;到第四十天时,他觉得浑身都有了力气;到第四十五天,那些小水泡都已结了痂再没有新的出来。又观察了五天,他什么不好的感觉都没有了。他见自己的病真的好了,那个欢喜哟,双膝一弯,扑通一声就跪到爹跟前,说:从今往后,你就把我当你的儿子使唤吧!我就在你们家,不要任何工钱地为你们家干活,来报答你们家对我的救命之恩……"

"那后来你俩是……"

"后来他执意要在咱家住下干活回报救命之恩。我几次劝他回家,回到他自己村子里去,或者回到卫校接着把书读完。他不,他一定要住下。爹和我都不好意思硬撵他走。他这人倒也勤快,啥活都干,而且对爹极恭敬,一口一个'爹'地叫着,叫得爹心里挺舒坦。后来有天晚上,爹把我叫到他的屋里说:这小伙今儿个对我说,你对他那样好,要是你同意,他想娶了你,你看咋着办?我一听吓白了脸,忙摇头说:不——"

"为啥不愿意?你们不是……"

"我那只是为了救他的命,而且我也只限他摸摸我的胸脯,每当他提出其他要求时,我都拒绝了。我是不讨厌他,对他也有那么一点点好感,可我心里对他从来没想别的,从来没想和他过一家人的事,只是觉着他可怜,没爹没妈的……"

459

"哦？那以后……？"

"爹过了些日子又给我说：这小伙现在已经迷上你了，你要是真回绝了他，说不定他的精神又会垮下去，八成他会再上青栗崖的。我一听没了主意。我看出爹在心里也愿意让我跟他……我哭了许多回，直到哥和你从凤林镇迁回来后，我还常在夜里哭。我可能是上辈子做了啥坏事，老天爷要惩罚我，便安排我在青栗崖上碰见了他……爹还给我说：这孩子识字，将来会有个好前途，你跟着他日后是会享福的！我不想享啥福，我就是怕他又去寻死……"

"那能不能告诉我，你有没有真心爱的人？要是有，他是谁？"

"你不会说出去吧？"

"你不相信嫂子？"

"是弓，就是那个弓。我俩从小就一块儿上山采药……可爹嫌人家识字少，反对……逼着我……"

"老天哪……"

关于战争消失那天庆贺仪式的设计

战争最后消失的那一天，离我们的生活肯定还有很远很远，但这并不妨碍我们对那一天的向往。按照人类的理想和努力，那一天最终是会到来的，倘若这样一个人人盼望的日子真的来到，自然应该举行一个盛大的庆贺仪式。那仪式应该怎么开？该安排哪些内容？现在就考虑这件事似乎有点早，不过凡事想早点没坏处。鉴于此，我便想代后人预先设计出一个方案来——

仪式举行地点：联合国总部门前

参加仪式人员：世界上所有国家的总统和每个国家、每个民族的代表

仪式开始时间：上午9时9分9秒

仪式主持人：联合国轮值秘书长

仪式程序和内容：

一、仪式主持人宣布：人类庆贺战争消失仪式现在开始。万门礼炮开始轰鸣，每门炮鸣十响，每一响代表一年，十万响礼炮象征人类对这个日子盼望了十万年之久。

二、乐队奏《和平之歌》。所有参加仪式的人用各自的语言唱四句歌词：把战争瘟神送走，让和平长存地球，再不用刀枪相向，使人类其乐融融。

三、联合国秘书长讲话。讲话中将公布下列数字：

自人类爆发第一场战争以来，共发生战争××××万场。

在这些战争中共死亡×××××万人。

共造成残废×××××万人。

这些战争共费时×××××万小时。

这些战争共耗费金钱折合黄金××××××万吨。

四、展示从世界各个旧战场上挖掘出的阵亡者的白骨。会场四周的数十块超大电视屏幕上同时出现白骨挖掘场面和成堆成堆的白骨。

五、播放各个时代记者们保留下来的战争中伤者的惨叫和死者亲属们的哭泣声。

六、销毁现有的一切武器。随着主持人的宣布，四周的超大电视屏幕上出现一个小星体，星体上堆满世界各国制造的各种各样的武器，从核导弹、氢弹到坦克、大炮。这时，一个男孩和一个女孩走上主席台同时按动了销毁武器的电钮，顷刻间，那些武器和那颗有可能撞向地球的小星体被炸成了灰烬。

七、放飞和平鸽，主持人刚一宣布，抱在数万名儿童怀中的数万只和平鸽便一齐腾上碧蓝的天空。那些鸽子在空中渐渐飞成一个巨大的"爱"字。

八、冲洗战争在地球上留下的血迹。摆放在主席台上的一个巨大的地球仪开始缓缓转动,人们能够看清那地球仪上各块大陆都沾有象征血迹的红颜色,世界上所有民族均派一名代表上台各拿一根喷水管对着地球仪喷水,两分钟后,那些"血迹"被冲洗干净。

九、数千名各国演员参加演出的大型团体操开始,演员们手中的花环组成了一行大字:我们都是兄弟姐妹!

十、赠送不良情绪发泄器。主持人说:鉴于世界上物质产品已极大丰富,政治上已实行了充分的民主,引发人间争执的原因已不再是经济政治因素而主要是人的情绪,故特向每个人赠送一个不良情绪发泄器。今天先向到会的每个人赠送。说到此处,他按了一下身边的一个开关,只听嘭的一声,从空中飞下来无数个小皮球,每个到会的人怀中都落下一个,那球上写着:你生气了请砸我!有个男子砸了一下那球,球里立即弹出一个漂亮的仿真姑娘,那姑娘弯腰鞠躬道:对不起,请消消气。同时施放一种极清雅的香气。有个女子砸了一下那球,球里立即弹出一个漂亮的仿真小伙儿,那小伙儿弯腰鞠躬道:对不起,请消消气!同时施放一种含有男性淡淡汗味的清香气息。

仪式在轻柔的《活在世上真美好》的音乐声中结束。

上述方案,只是活在1999年的一个中年男子的设计,它的不全面、不恰当之处,肯定很多。随着社会的发展和人的精神世界的丰富,这个仪式的内容自然还应该增加。我建议,每到世纪末,即2999年、3999年、4999年、5999年、6999年……都应该有一个人来修改丰富这个方案。假若到战争最后消失的那天,人们修改来修改去,还是觉得我的这份设计好,庆贺仪式最终用的是我的方案,那么请一定付给我设计费。我已经给我的儿子做了交代,不管届时是我的哪一代孙子在,他都会继续使用我现在的账号:666——88888888。

请一定记准不要把账号弄错!

圆月高悬

  皇上预先就做了交代，船队抵达武城后，原本在船上的人员一律不准上岸，所有人都宿在自己所在的船上，以免频繁扰民。
  我记得很清，那天晚膳用罢把碗盘撤下去的时候，月亮已升起来了。大概是南巡船队的动静太大，连武城的月亮都知道是皇上来了，因而也摆起了奉迎之态，让自己变得又大又亮媚态十足。可能是连日阴天加上这个晚上月光太亮的缘故，一时间，南巡船队各个船上的人都出了船舱站到船头上看月亮，一些宫女因为高兴，忍不住把笑声抛洒到了运河的水面上。我看了眼皇上，见他也正面露笑意地漱口擦面，知道他的心情也好，就不再为那些笑出声儿的宫女担心——他平日可是最见不得宫女放声大笑，他喜欢的是笑不露齿。他曾再三说过：一个女人，要是当众浪笑，那会让我反胃……

皇上起身往中舱走时,我趋前报告:明儿午后进德州城的准备都已全部做好。他点点头说:你来一下。我于是随他进了中舱,这会儿忻贵妃和她的一帮侍女都在船头看月亮,中舱没有别人。我以为皇上要细问明天的行程安排,刚想开口说明,未料他突然问道:便服带了几套?

五套,一套私塾先生的,一套马车车夫的,一套庄稼人的,一套串村小贩的,还有一套是富商的。我紧忙说明,不知他这会儿忽然问这个干什么。

把那套庄稼人的拿来。

我不敢怠慢,赶紧把便服从箱子里拿出来,侍候皇上穿上。看来,他今晚是想微服出访了。

你也赶紧换上便服!他一边到镜前打量自己一边对我说。我答:好。之后忙又问,侍卫们去几个?我好通知他们也换衣服。

一个不去。

那不好吧?万一遇上个意外……

你怎么这样啰唆?告诉御前侍卫们,就说我今晚要读书,谁也不许进来打扰!

官员们谁陪着去?

不用谁陪,只要有人陪,就可能把我私访的消息走漏到地方上,弄得我看不到真相。

我不敢再多话,快步回到前舱我的住处换了一套庄稼人的衣服,再对站在前舱值守的御前侍卫们做了交代。重来到中舱时,皇上示意我拉开位于中舱和后舱之间的暗舱小门,然后随我进入暗舱,并由此暗舱钻进了停在御船旁边的另一条船上——自打出京南巡以来,尽管对皇上所在御船的警卫做了里三层外三层的布置,可我还是不放心,为防万一,在征得皇上的同意后,我又做了这样的安排,毕竟不是在皇宫,小心些好。

辅船上安排有四名便衣侍卫,给他们的任务是,一旦皇上和我出现在这条船上,他们二话不说,立刻悄无声息地把船向船队的后部划开,以脱离险境。果然,四名便衣侍卫一见皇上和我到了船上,一声不出,迅速地将船向船队后部划去。没有人注意到这只小船的离开,偶尔有其他船上的侍卫们看见,见这小船船头挂着一个写有"巡"字的灯笼,便以为这是一只船队的巡查船,不再查问,直到我们来到船队的尾部。

船队的灯光已照不到我们了。皇上示意停船,让我扶他上岸。我低声对四个侍卫交代:你们就守在这儿,直到我们回来!

来到岸上,皇上看了一眼天上的月亮,长舒了一口气说:终于摆脱束缚了。

我看了一眼远处船队里无数的灯笼,心却不由得抽紧了,现在,皇上脱离了重重保护,一旦出事,可全得由我来担承了!

小五,咱们去武城的大街上随便走走看看。皇上兴致勃勃地径向滨河街走去。我跟在后边,看着他的背影,忽然觉得民间那句"人靠衣裳马靠鞍"的说法真有道理,这会儿弘历没有了皇帝正装的打扮,看上去和一个四十来岁的农民真的没有什么两样。

记住,待会儿到了街上要叫我三哥。他回过头来压低了声音对我交代。

三哥,你今晚出来究竟想干点啥?我好安排。我也压低了声音问,我得弄清他的心愿。

你猜猜。他笑笑。这会儿,他不再像一个一言九鼎的皇帝,倒真有点像我远在河北清河乡下的哥哥了。

女人？作为他最贴身的内府官员，他在男女的事情上从不避我，我也因此知道他对女人的全部喜好。这次南巡他虽然带了皇后和几个妃子，可我明白他和她们在一起并不开心，他不止一次地给我说过，他更喜欢那些开朗有趣心地单纯没有经宫中生活熏染过的姑娘，而且他特别在意女人的臀部大小，他喜欢饱满的。

怎么又想到那儿了？是不是你想女人了？他瞪了我一眼，倒没有生气。

主子又拿俺开心了！你明明知道俺是净过身的，偏来刺激俺。

好了好了，委屈你了。他笑着。小五，实话告诉你，我今晚出来，就是想看看这个地方百姓们的真实生活。白天，武城和德州的官员都告诉我说，眼下山东地面上，百姓们全都能安居乐业，吃穿不愁，人们聚会时经常自发地称颂本朝的德政，这让我很高兴。你算一算，我二十五岁登上大位，到今年已经是第十六年了，这十六年间，我为了大清基业，为了实现先皇遗训，不敢稍有懈怠，可谓呕心沥血，如今总算有了个好结果，我心里也敢舒一口气了。咱们今晚到这武城的街市上走走，看看百姓们平安富裕的生活情景，听听他们的肺腑之言，让我也为自己的治国之绩骄傲骄傲。

听他这样说，我一颗悬着的心也就放下了，看来就是随便走走，没有啥棘手的事需要我安排处理。假若要是找姑娘玩的话，我的麻烦事可就多了，先要物色合他心意的，然后得找一个安全的地方，还要弄清对方有没有脏病传染，嗨，那可要伤透脑筋了。好，只是走走看看好，省我的心。再说，这儿离庞大的南巡船队也不远，不至于会出啥意外的事情。

小五，我问你，你说咱们的大清王朝还能持续多少年？他忽然回头压低了声音问。

我心中一惊,扑通一声朝他跪下说:皇上,你吓死我了,小的怎懂这样的事情?

他四顾了一下,小声喝道:快起来,你这样一跪,要让别人看见,岂不把我们的身份暴露了?

可我咋能懂这样的大事情?我一边起身一边小心地看着他。他为何要这样问我?

上月十七日黄昏,你不是在和人讨论王朝的存续时间吗?

我的心猛地提到了嗓子眼,吓得急忙又跪了下去:我们那只是在瞎说,怎么可能当真……

看把你吓成了啥样子,快起来!他又一次朝我低声喝道。

我一边起身一边回想那个黄昏与太后身边的陈山议论王朝存续时间的情景,是哪个杂种偷听了我们的谈话并密报给了皇上,这不是想要我俩的命吗?这只狗!

你以为我不知道你有时间就在看书?能看书的人自然会想诸如此类的问题,这没有什么,我不怪罪。

我又吃了一惊,我以为我平日偷偷摸摸地看点书无人知道,原来皇上知道得清清楚楚,一定是内府里出了奸细,能把我的情况随时密报上去,我的身子不由得一抖。皇上,我只是看见书觉得新奇,随便翻翻,啥也没有看懂。

你不想给我说真话是吧?你反复读《资治通鉴》也是随便翻翻?尽管内庭有不准宦官读书的规矩,但我觉得像你这样与我朝夕相处的,读点书也没有坏处,要不然你啥也不懂怎能同我对话?

谢谢皇上宽容小的,小的幼时在家识字后,就有爱读书的喜好,后来净身进宫,这个喜好一直没有丢下,所以见到书就想读,你让我替你保存那套《资治通鉴》,我一看见书的封面心里就痒痒,就偷偷读了起来,其实,我真的读不懂。

你没读懂就同人讨论起王朝的存续时间了,要读懂了那还得了?说吧,回答我刚才提出的问题。

我们大清王朝还能存续万万年,吾皇还能活万万岁!

好吧,既然小五跟我是两条心,只想跟我说假话,也就罢了,这次南巡结束回京后,你就不要再在我身边干了,去后花园里当个花工吧!

皇上……我一听这个,吓得赶忙想再跪下去。你一定要让我说出心里的看法,你就先要恕小的出言无罪!

我既是让你说,哪还会治你的罪?说吧,把你的真实看法说出来!我想听点真话。

小的以为,所有王朝存在的时间,都没有一个定量,关键要看它老的速度。

老?他扭过脸看定我,脸上的肃杀之气令我打了一个寒战。

一个王朝的生命和一个人的生命有点近似,都有一个由年轻到老的过程,老到一定程度,就死了,就没有了。就像从来没有一个人能一直活下去一样,也从来没有一个王朝能一直存在下去。像汉朝、唐朝,多厉害的王朝,最后不都没了?估算一个王朝的命数,关键是看它老的速度。

老的速度?

也就是身体腐坏的速度。一个人的身体,通常是随着年龄一点一点逐渐腐坏的,但有时因为得了病,加速了腐坏的速度,就可能早离世。一个王朝,通常也是随着时间的延长一点一点失去了活力,不过有时因为得了病,也会很快失去存在的可能。

一个王朝会得哪些病?

主要是腐病。

说明确点!

就是王朝的官吏们再也不为这个王朝着想,大家都想着从这个王朝主子那里偷一点东西归己,都想着怎样欺骗他的上一级,一级骗一级,直到把主子骗过去;还有就是百姓们不再相信王朝颁布的治策和律令,不再对这个王朝抱有希望,与它离心离德,在百姓和朝廷之间,信任已不复存在,愤怒却在人们心里积聚。

你说我们大清王朝如今得没得这个病?

得了,但很轻微。

你估计一下,还能持续多长时间?

小的确实估计不出,小的没有这个本领。

好吧,不难为你了。实话给你说,昨天夜里,我做了一个不好的梦,梦见太后和我还有几个皇儿正在一间大房子里说话,可那房子忽然间摇摇晃晃地塌下来了……

梦是当不得真的,皇上不必把这梦放到心上。

叫我三哥!

对,三哥……

武城的滨河街上挂了不少灯笼,把街路上铺的条石都映得清清楚楚。我猜,那些灯笼是为迎接皇上南巡而新挂上的,平时不至于这么讲究。街上的商铺都开着门,顾客也还有不少,我想,这大概是要营造一种热闹祥和的气氛,要不是南巡的船队停靠在附近,大多数商铺可能早就关门了。

我跟在"三哥"身后,漫步沿街道一侧走着,间或地,他会走进街边的小店里去,看看店里卖的东西,撇着山东腔问问价钱。那些店主们会很客气地应答着。我在后边警惕地注视着

471

四周,防止有不正常的人接近他的身子,还好,月亮很亮,灯笼很亮,间或走过的人也都忙着自己的事,一切正常。滨河路挺长的,我们约莫走到一多半的时候,看见一家挂着"贝州香"匾额的酒馆,小酒馆门前站着一个姑娘,那姑娘不时地对着路人喊:喝一杯了,喝杯贝州香,烦恼全忘光;喝杯古家酿,身暖心情爽!及至看见"三哥"和我,便马上亲热地喊:二位叔叔,要不要进店喝一杯?俺们老古家酿的贝州香,那可是武城出了名的好酒,当年武松路过的时候,一连喝了五大碗!

嘀嘀,你倒是敢说!"三哥"被那姑娘逗笑了。

叔叔不信是吧?那姑娘歪了头笑问"三哥"。

当然。

那俺告诉你,她的声音忽然压低了:俺也不信。可是一说武松喝过就有人进店买酒,俺就只好这样说了!

"三哥"再次被逗笑了:好,那我俩就也进去喝一杯!

好的,爹,新到客人两位——

那姑娘随之对着店内高声喊道。

我跟在"三哥"身后进店一看,果然是一家小酒店,只见店堂里摆着十来张条桌和木凳,有几张桌前坐着人对酌。"三哥"进门就在一张酒桌前拉过一张条凳坐下了。

欢迎来到小店!两位大哥,先来两壶?一个肩膀上搭条布巾的五十多岁的汉子应声由柜台后边出来,对"三哥"和我招呼着。

有几种酒?"三哥"装成一副正宗酒客的样子问。

就一种,贝州香,自家酿的,这城里的名酒。

放心喝吧,老弟,古家多少辈子传下来的酿造手艺,你一喝保准满意。旁边桌上那两位老汉中的一位转身对"三哥"说道。

那好,就先来两壶!"三哥"见那酒客叫他老弟,笑了,显然是为自己的化装成功高兴。

好的,两壶。下酒菜要几个?有鲜藕片、猪耳朵、牛舌头、羊腰子。

各来一盘!"三哥"豪爽地伸出四个指头。

稍候就到!那原本在门口招徕客人的姑娘这时进店对我们说,之后就朝后厨高喊:娘,两壶酒,四个菜——边说边向后厨走去。

不过片刻工夫,就见那姑娘端着一个放了酒菜的托盘向我们走来,借着店里的灯笼光线,我开始细看那姑娘,这一看让我很吃了一惊,没想到这个小地方还能长出如此貌美可人的姑娘,只见她眼瞳大而黑亮,小嘴和鼻子长得十分巧妙,一件蓝粗布绣花的上衣和一条黑粗布细瘦长裤,把美好的腰身全凸显了出来,饱满的前胸和微翘的丰臀散发着一种极其诱人的气息,微带笑意的双颊上漾着一对儿酒窝,酒窝里蓄满着天真、单纯和一点点野性。她在把两壶酒和四个菜往桌上放时,身子略微前倾,一股淡淡的体香随之沁入了我的鼻孔,我不由得轻吸了一口气。这当儿,只听她含笑说了一句:请二位叔叔慢用,这可是武松喝过的酒!

嘀嘀。"三哥"再次笑了,我们都进来了你还要忽悠?你叫啥名字?

俺只卖酒不卖名字。那姑娘咯咯一笑转身走了。

她叫春儿,老古的宝贝女儿。邻桌的老汉这时给我们介绍。

我注意到"三哥"的一双眼睛已爬到了那叫春儿的姑娘背上,而且紧贴着人家的臀部。

我轻轻咳了一下,让"三哥"的目光收了回来。我和他对视了一眼,想弄清他眼里究竟有无想要的意思,我知道他一向喜欢这种开朗有趣长在民间的清纯女子。

他向我轻微地摇了摇头。

我明白他摇头的含义:今晚不近女色。我再次松了口气,这姑娘肯定是这个小酒馆主人的掌上明珠,要把她弄走可不容易。

来,尝尝这贝州香!"三哥"很豪爽地把壶里的酒倒进杯子里,然后举杯朝我碰过来,我慌忙举起杯子,象征性地抿了一口。

怎么样?旁边那一桌上的老汉扭过头来问。

果然是香,好酒!"三哥"跷起大拇指夸了一句。

在武城,能喝到古家的贝州香那可真是一种享受,老古家多少辈人都做酒,有秘不传人的本领。

老哥看来是经常到这酒馆喝了?"三哥"和那老汉搭讪着。

是呀,来人世上走一遭,别亏待了自己,该吃就吃,该喝就喝。听口音知道老弟是外乡人,一个外乡人能找到这"贝州香"酒馆,证明你有口福呀!

老哥的眼睛厉害哩,一下就看出我不是本地人,实话告诉你,我家住邯郸那边,俺们那里今年天旱,庄稼收成不好,吃的成了问题,没办法,就想来你们这边买点粮食,今儿后晌才到,在大车店里吃了饭来街上闲逛,被春儿喊进了这贝州香酒馆,没想到进对了。来,喝,小五!"三哥"又把杯碰过来。我朝他使了个眼色,示意他悠着点,别自己把自己弄醉了。

你们来武城买粮食可是找对了地方,托老天爷的福,这儿连续两年小麦、苞谷、小米、地瓜都收成不错。

那老百姓的日子肯定好过。

照说是该好过的,可……那老汉看了一下门口,压低了声音:可经不住官府里以各种名目强收呀,交罢皇粮之后,一会收修河粮,一会收修路粮,一会又收迎官粮,名目多着哩,几遍收下来,百姓的粮囤就差不多空了,就得勒紧裤腰带过日子了。

迎官粮是干啥的?"三哥"的眉头皱紧了。

迎接官员用的呀,俺们这靠近运河边的地方,来往的官员多,官员来了,本地的官员就要接待,除了安排他们吃,还得安排他们到花街上找姑娘玩呀,临走还要送上一堆礼物,这钱从哪里出?收了百姓们的粮食卖呀,卖出的钱本地官员也顺便留一点装进自己的腰包。就说这次过船队,船队不还停在河边吗?每个人头又收四十斤苞谷。

哦?

说到底,咱们种地是苦差事,还是当官好呀,当了官才能多贪点多占点,现如今,老百姓无论想办成啥事,都要先给官员送礼,要不然他就卡你。所以老百姓说呀,大小当个官,强似卖水烟。

老哥说得好呀。"三哥"的脸阴沉了下来。你说这收礼的官员,十个中间能有几个?

几个?七八个吧。已经形成风气了,现在老百姓盼的就是你收了礼最好能把事办成。

这当儿,酒馆门外忽然响起了一声响亮地呼喊:古老大,还不快出来迎接华二爷!

酒馆里的众多酒客一听到这声喊叫,像唰的一下拧上了喉咙里的开关,倏然间都断了话音,一齐扭了头朝酒馆门口看。

一个穿着讲究的中年汉子走了进来,他的身后,跟着两个膀大腰圆的黑脸小伙,一看而知是随身的保镖。

华二爷来了,你可是贵客,快请坐。那个姓古的老板这时忙从柜台后迎过来,拉开凳子让坐。

嗬,喝酒的人还真不少哪!那位华二爷一边大剌剌地在一张酒桌前坐下,一边傲然地扫视了一眼店里的酒客。

给你们准备四凉四热八个菜,烫三壶酒?

你看着办吧,我等三人奉命夜巡,为保证皇上南巡的重要船队安全累得够呛,你也该慰劳慰劳了!那华二爷说罢将一条腿跷到旁边的空桌沿上抖着。

叫你家春儿出来给华二爷捶捶腿吧。两个保镖中的一个对老古说。

老古闻言急忙摇头:那孩子小,哪知道怎么捶?还是我来捶吧。说着就想趋前给华二爷捶腿,不防一下子被一个保镖推了个趔趄:听不懂话还是怎么的?叫你家春儿来!

老古咽了口唾沫,低声下气地说:春儿在帮她娘给你们准备下酒菜,那孩子也小,不懂给官人们服侍的礼数。

你喊还是不喊?不喊我就进屋去找她了!另一个保镖恶声恶气地叫。

不用找,俺来了。春儿这当儿走了过来。

店堂里此时依旧鸦雀无声。我注意到"三哥"眯了眼在看那个华二爷,我知道"三哥"的脾气,只要他眯了眼看你,接下来他准会朝你发火撂狠话。我急忙又咳了一声,提醒他今晚所扮的身份。果然,听见我这一咳,"三哥"的眼睛才又恢复了原状。

华二爷好!春儿姑娘的脸上倒没有什么胆怯之色,只见她径直上前用两个轻握的拳头为那个华二爷捶起了腿。

嗯,好,春儿这一捶,我的劳累就不翼而飞了。那华二爷这时笑道,说罢,又转而看着那古老板问:我上回给你说的那事,你想好了没有?

哪个事儿?古老板脸上堆笑,赔着小心。

把你这几间旧房子和地皮卖给我呀,忘了?你的忘性可不小!连二爷我交代的事情都敢忘?

没忘没忘,只是这几间房和地皮是俺祖上传下来的,也是俺一家三口安身的唯一处所,你要买走了,俺可咋过日子呢?

你不会再去别的地方买一所房子?活人叫尿憋死了?

那二爷你为何不到别的地方去买,偏要买我这旧房子?

我不是给你说过了,我已经买下了你邻居的房子和地皮,我想将那些房子扒了盖一所新的大宅邸,没有你家这块地皮行吗?你不是存心要和我作对吧?

哪敢哪,俺这小家小户实在是折腾不起呀,再说,你出的价也根本不够俺再买块地皮再盖个酒馆,你说,俺要没酒馆了,俺指望啥赚钱谋生呢?求求你可怜可怜俺们。

嗨,听你的口气,好像是我在欺负你,你他奶奶的是存心要气我是吧?告诉你,你要真惹恼我了,姓古的,我一个钱不给,你也照样得给我搬走!你家西邻卖杂货的单家,他们的房子是不是被知县大人的小舅子给硬拆了?

是呀,知县的小舅子那是硬欺负人哪!老爷你就行行好吧。老古努力笑着。

老子也会派人给你全拆了,你信不信?!

华二爷,你要把俺们的房子拆了,让俺们住哪儿?一直在默默为华二爷捶腿的春儿这当儿停手慢声问。

好办呀,你实在没地方去了,就去我家呀,去当我的第四房太太。告诉你,我早就喜欢上你了,而且我已经正式升任县衙的主簿了,正九品,你只要去我家,不仅你爹妈的住处能解

477

决,而且你今后就是九品官的夫人……

啪!那华二爷的话音未落,就见"三哥"猛地拍了一下桌子站起来叫:欺人太甚!

一屋子的人都把目光转向了"三哥",我心中一惊,也忙站了起来。

他娘的,从哪儿跑出条乱叫的狗?!还有这种多管闲事的傻×!那华二爷呼地推开春儿站了起来,转向"三哥"气势汹汹地问:你小子在说谁欺人太甚?

你!"三哥"的眼眯了起来。

嘀,可见到个敢向老子叫板的人了,好,我正负责警卫皇上的船队,正愁没有捣乱的人犯捉哩,有人撞上来了,其他的人都给我滚出去!你们两个,去把他给我捆了!

其他的酒客闻言全向门外跑了。华二爷的两个保镖向"三哥"身边走过来,我见状慌了,高叫道:你们谁敢胡来?!你知道你们想绑的人是谁吗?

是邯郸来的买粮食的!"三哥"瞪我一眼,显然不想让我亮明身份。

你就是来买金子老子今天也要治治你!捆好,先扔到河里让他洗个澡清醒清醒,要不然他不知道这是谁的地盘!

最先走到"三哥"身边的那个保镖刚要朝"三哥"伸手,不想被"三哥"一脚踢倒在了地上。我知道"三哥"年轻时练过武,会一点拳脚,可要面对这么三个年轻力壮的汉子,他肯定要吃亏。

给我抽刀,捅了他!有谁追究起来,老子出面!那华二爷这时嗖地从腰里抽出了一把明晃晃的短刀,那两个保镖也一下子抽出了相同的刀。我的心呼一下缩紧了,万一皇上受伤,自己必是死无葬身之地,于是,一边急忙去掏揣在兜里的显示皇帝身份的专用金符，一边就想喊出"这是皇上"几个字，不料就在这当儿，忽听春儿平静地叫了一声：华二爷，且慢，春儿答应做你的四太太，俺家的房子和地皮也按你出的价卖给你！你犯不着和这位买粮食的叔叔生气，请你先坐下！

那华二爷被这陡然出现的局面弄得一怔，大约是他的两个愿望都已实现，没有了再发怒的理由，便收回了刀，慢慢坐到了凳子上，并示意他的两个手下也放下了刀。

"三哥"也是一愣，有些意外地看着春儿。连春儿的父母也惊看着女儿，他们显然也没想到女儿就这样答应了对方。

来，来，每个人都喝杯酒，消消气！那春儿这时已端着个托盘走过来，先将三杯酒分别递到华二爷和他的保镖手上，又过来给我和"三哥"各递了一杯。来，喝！春儿自己也端起一杯酒。这杯酒算我春儿敬你们的，华二爷和你的手下是想让我和爹娘跟着你们享福，这两位买粮食的外地叔叔是想替我们一家说话，都是为我们好，春儿感激你们！春儿说罢，仰头就把手中的酒喝了。那华二爷和他的两个手下见状，也就举杯喝了。"三哥"和我，也只好喝下了杯中酒。杯中酒喝进口时，我觉得这酒和我们刚才喝的酒有点不一样，淡得厉害，几乎没啥酒味，正有些疑惑，却忽然感到有一股让人身酥骨软的东西由腹内向外发散开来，使我很想摊开手脚坐下去，就在我向凳子上坐下时，我的两个眼皮猛然间强烈地想要闭合起来，我看到的最后一幅影像是"三哥"向桌子上趴了下去……

不知道过了多长时间，我才慢慢醒了过来，我醒过来睁开眼看到的第一个情景是："三哥"也正揉着眼睛从桌上抬起头来。随后，我看见春儿和她父母三口人都是一副出门远行的打扮，且每人肩上都背了一个包袱。接下来，我看到华二爷和他的两个保镖都还躺在店堂的地上，三个人全鼾声如雷睡得

479

正香。

两位叔叔,很抱歉,刚才让你们喝了俺家窖藏五十年的酒头,使你们睡了一觉。那春儿这时低沉地开口道,不用这个办法,你俩可能会被他们戳伤,春儿一家三口感谢二位叔叔仗义执言,喏,这是俺们的一点谢礼。说着,给"三哥"和我面前各放了一陶瓶酒。现在,请二位叔叔走吧,走得越远越好,不要让他们再找到你俩。她说着又指了一下躺在地上呼呼大睡的华二爷他们三个。我给他们喝的是俺家窖藏八十年的酒头,他们不睡到日上三竿是起不来的,你们快走吧!

那你们……?"三哥"问。

俺们也得立刻逃离这儿,姓华的既然盯上了俺和俺家的房子与地皮,他不达目的是不会罢休的,他哥哥是德州府的六品官,到哪里打官司也是他们家赢,俺们惹不起,只有逃了,逃到河南那边投奔亲戚,你看,俺们趁你俩刚才醉睡的当儿,已经收拾好了,你们走后,我们稍等一会儿,就也要走了,趁天还没亮,好走些。

春儿,你很有本领!"三哥"的口气转为轻松和赞许。好吧,既是这样,我俩告辞了,祝你们路上顺利平安!"三哥"说罢,转身拉上我就出了酒馆的门。

门外的大街上,月光依然很亮,只是因为夜已深到接近黎明,已经没有行人了。

"三哥"和我几乎是跑着回到了小船上,而后让四个侍卫拼力划着小船向御船飞去。当我们重新出现在御船上时,皇上发出的第一个指令就是:迅速派兵包围贝州香酒馆!

兵士们出发之后,皇上这才由书案上拿过一支毛笔,在春儿赠送我俩的那两个陶酒瓶上各写了一个字:"春",字是写在原有的商标"贝州香"仨字下边的,写完了,还手拿着瓶子长时间地看。

我有点明白他的心意了,就凑上前轻问:要不要宣春儿上船?五号船上还有房间。

皇上先是沉默了一霎,而后轻声叮嘱:想办法让她悄悄上船,先别让忻妃她们知道,记住,在我写的这个字旁用上印,天亮之后,再给她送回去一个酒瓶,算是咱们的一份回礼。

我颔首。

之后,他就出舱上了船头。

我记得很清,那个时候,运河岸边有些人家的鸡已开始打鸣,但西移的月亮还很明亮。皇上先是仰头看了一阵月亮,而后说:告诉他们,把那个姓华的和他的两个手下关进大牢,但对外不公布缘由,我不想让更多的百姓知道大清王朝下边的官吏如此可恶,他们是朝廷的基础,现在是康雍盛世,我才执掌家国十六年,不能让人知道大清基业的基础已开始变朽……

我点头……